OS
DESPOSSUÍDOS

OS
DESPOSSUÍDOS

URSULA K. LE GUIN

OS DESPOSSUÍDOS

Tradução
Susana L. de Alexandria

OS DESPOSSUÍDOS

TÍTULO ORIGINAL:
The Dispossessed

COPIDESQUE:
Natércia Pontes

REVISÃO:
Giselle Moura
Hebe Ester Lucas
Carla Bitelli

CAPA:
Giovanna Cianelli

PROJETO GRÁFICO:
RS2 Comunicação

DIAGRAMAÇÃO:
Desenho Editorial

ADAPTAÇÃO DOS MAPAS:
L.M. Melite

ILUSTRAÇÃO DE CAPA:
Marcela Cantuária

DADOS INTERNACIONAIS DE CATALOGAÇÃO NA PUBLICAÇÃO (CIP)
(CÂMARA BRASILEIRA DO LIVRO, SP, BRASIL)
ELABORADO POR VAGNER RODOLFO DA SILVA - CRB-8/9410

L433d   Le Guin, Ursula K..
Os despossuídos / Ursula K. Le Guin ; traduzido por Susana L. de Alexandria.
- 2. ed. - São Paulo : Aleph, 2019.
385 p.
Tradução de: The dispossessed

ISBN: 978-85-7657-458-3

1. Literatura americana. 2. Ficção científica. I. Alexandria, Susana L. de. II. Título.

2019-1163   CDD 813.0876
                  CDU 821.111(73)-3

ÍNDICES PARA CATÁLOGO SISTEMÁTICO:
1. Literatura americana : Ficção científica 813.0876
2. Literatura americana : Ficção científica 821.111(73)-3

COPYRIGHT © URSULA K. LE GUIN, 1974
COPYRIGHT © EDITORA ALEPH, 2017
(EDIÇÃO EM LÍNGUA PORTUGUESA PARA O BRASIL)

TODOS OS DIREITOS RESERVADOS.
PROIBIDA A REPRODUÇÃO, NO TODO OU EM PARTE, ATRAVÉS DE
QUAISQUER MEIOS.

THE MORAL RIGHTS OF THE AUTHOR HAVE BEEN ASSERTED.

Aleph

Rua Bento Freitas, 306 - Conj. 71 - São Paulo/SP
CEP 01220-000 • TEL 11 3743-3202
www.editoraaleph.com.br

  @editoraaleph

  @editora_aleph

Ao parceiro

ANARRES

ANARRES

URRAS

HEMISFÉRIO ORIENTAL

URRAS

HEMISFÉRIO OCIDENTAL

1

ooooo

Havia um muro. Não parecia importante. Era feito de pedra bruta e argamassa grosseira. Um adulto conseguia olhar por cima dele, e até uma criança conseguia subir nele. No ponto em que atravessava a estrada, em vez de ter um portão, ele degenerava em mera geometria, uma linha, uma ideia de limite. Mas a ideia era real. Era importante. Por sete gerações não houve nada mais importante no mundo do que aquele muro.

Como todos os muros, era ambíguo, com dois lados. O que ficava dentro ou fora do muro dependia do lado em que se estava.

Visto de um lado, o muro encerrava um campo árido de sessenta acres, chamado Porto de Anarres. No campo havia dois grandes guindastes, uma plataforma de lançamento, uma garagem de caminhões e um alojamento. O alojamento era sólido, encardido e lúgubre; não tinha nenhum jardim, nenhuma criança; era evidente que ninguém vivia ali, nem sequer devia passar muito tempo ali. Era, na verdade, uma quarentena. O muro não cercava apenas o campo de pouso, mas também as naves que desciam do espaço, e os homens que vinham nas naves, e os mundos de onde vinham, e o resto do universo. O muro cercava o universo, deixando Anarres de fora, livre.

Visto do outro lado, o muro encerrava Anarres: o planeta inteiro estava dentro do muro, um grande campo de prisioneiros, apartado de outros mundos e outros homens, em quarentena.

Algumas pessoas vinham pela estrada em direção ao campo de pouso, outras paravam no ponto em que a estrada cruzava o muro.

As pessoas vinham com frequência da cidade vizinha de Abbenay, na esperança de ver uma espaçonave, ou simplesmente ver o muro. Afinal, era o único muro divisório do mundo. Em nenhum outro lugar podiam ver uma placa com os dizeres Passagem Proibida. Adolescentes, em particular, eram atraídos pelo muro. Talvez conseguissem observar uma equipe descarregando engradados de caminhões-lagarta nos depósitos. Talvez até houvesse um cargueiro na plataforma de lançamento. Os cargueiros desciam oito vezes por ano, sem aviso, exceto aos síndicos em serviço no porto. Assim, quando os espectadores tiveram a sorte de ver um, animaram-se, a princípio. Mas lá ficaram eles, parados, e lá ficou o cargueiro, parado, uma torre preta agachada em meio a uma confusão de guindastes móveis, do outro lado do campo. E então uma mulher saiu de um dos depósitos e disse:

– Estamos encerrando por hoje, irmãos.

Ela usava a braçadeira da Defesa, uma visão quase tão rara quanto a de uma espaçonave. Aquilo causou certa emoção. Mas, embora seu tom de voz fosse brando, foi categórico. Ela era a chefe da equipe e, se provocada, seria defendida pelos síndicos. De qualquer forma, não havia nada para se ver. Os alienígenas, os fora-do-mundo, ficaram escondidos na nave. Sem espetáculo.

Foi um espetáculo sem graça para a equipe de Defesa também. Às vezes a chefe desejava que alguém tentasse atravessar o muro, um tripulante alienígena pulando da nave, ou um garoto de Abbenay tentando uma entrada furtiva para ver o cargueiro mais de perto. Mas nunca aconteceu. Nada jamais aconteceu. Quando algo enfim aconteceu, ela não estava preparada.

O comandante do cargueiro *Atento* disse a ela:

– Aquela turba está atrás da minha nave?

A chefe olhou e viu que, de fato, havia uma verdadeira multidão em volta do portão, cem pessoas ou mais. Estavam por ali, paradas, do mesmo modo que as pessoas tinham ficado paradas nas estações, aguardando os trens de produtos agrícolas, durante a Fome. Aquilo assustou a chefe.

– Não. Eles, hã, protesto – ela disse, no iótico limitado e lento que sabia falar. – Protesto, hã, você sabe. Passageiro?

– Você quer dizer que eles estão atrás desse canalha que temos que levar? Eles vão tentar deter o homem ou a minha nave?

A palavra "canalha", intraduzível no idioma da chefe, não significava nada para ela além de um termo estrangeiro, mas nunca gostou do som da palavra, nem do tom de voz do comandante, nem do comandante.

– Vocês conseguem se proteger sozinhos? – ela perguntou, lacônica.

– Claro que sim. É só você terminar de descarregar o resto da carga, rápido. E traga esse passageiro canalha a bordo. Não é uma turba de odos que vai causar problema para *nós*. – Ele bateu de leve na coisa que trazia no cinto, um objeto metálico parecido com um pênis deformado, e olhou com ar condescendente para a mulher desarmada.

Ela lançou para o objeto fálico, que sabia ser uma arma, um frio olhar.

– A nave estará carregada às 14h00 – ela disse. – Mantenha a tripulação de bordo segura. A decolagem será às 14h40. Se precisar de ajuda, deixe uma mensagem gravada no Controle Terrestre. – Ela saiu a passos largos antes de o comandante retrucar. A raiva deixou-a mais rígida com a equipe e com a multidão.

– Liberem a estrada aí! – ordenou. – Os caminhões vão passar, alguém pode se machucar. Afastem-se!

Os homens e as mulheres da multidão discutiram com ela e entre si. Continuaram a atravessar a estrada, e alguns entraram no muro. Mas deixaram o caminho mais ou menos livre. Se a chefe não tinha nenhuma experiência em controlar uma turba, eles não tinham nenhuma experiência em ser uma turba. Como membros de uma comunidade, não elementos de uma coletividade, não eram movidos pelo sentimento de massa; cada pessoa ali era regida por suas próprias emoções. E não esperavam que ordens fossem arbitrárias, então não tinham prática em desobedecê-las. A inexperiência deles salvou a vida do passageiro.

Alguns tinham vindo para matar o traidor. Outros tinham vindo impedir a sua partida, ou gritar-lhe insultos, ou apenas olhar para ele; e todos esses outros obstruíram a passagem abrupta dos assassinos. Nenhum deles portava armas de fogo, mas dois tinham facas. Para eles, ataque significava ataque físico; queriam pôr as próprias mãos no traidor. Esperavam que ele viesse protegido, num veículo. Enquanto tentavam revistar um caminhão de mercadorias e discutiam com o indignado motorista, o homem que todos queriam veio andando pela estrada, sozinho. Quando o reconheceram, ele já estava no meio do campo, seguido por cinco síndicos da Defesa. Os que desejavam matá-lo recorreram à perseguição, tarde demais, e começaram a atirar pedras, não tão tarde. Atingiram de raspão o ombro do passageiro no momento em que ele entrava na nave, mas uma pedra de dois quilos acertou a lateral da cabeça de um dos membros da Defesa, matando-o na hora.

As escotilhas da nave se fecharam. A equipe da Defesa retornou, carregando o colega morto; não fizeram nenhum esforço para deter os líderes da multidão que corriam em direção à nave, embora a chefe, lívida de assombro e fúria, os tenha mandado para o inferno quando eles passaram correndo, dando uma guinada para evitá-la. Quando chegaram à nave, a vanguarda da multidão espalhou-se, indecisa. O silêncio da nave, os movimentos bruscos dos enormes e esqueléticos guindastes, a estranha aparência queimada do solo, a ausência de qualquer coisa em escala humana deixaram-nos desorientados. Uma rajada de vapor, ou gás, ou algo conectado à nave assustou alguns deles; apreensivos, ergueram os olhos para os foguetes, grandes túneis pretos acima. Uma sirene soou em alarme do outro lado do campo. Uma a uma, as pessoas começaram a retornar ao portão. Ninguém as deteve. Em dez minutos o campo estava vazio, e a multidão, espalhada pela estrada que ia a Abbenay. No fim, parecia que nada havia acontecido.

Dentro da nave *Atento*, muita coisa acontecia. Como o Controle Terrestre havia antecipado o lançamento, toda a rotina teve de ser cumprida às pressas. O comandante ordenara que o passageiro fosse amarrado e trancado na sala de descanso da tripulação, junto com o médico, para que não atrapalhassem. Lá havia uma tela, e eles poderiam ver a decolagem, se quisessem.

O passageiro observava. Viu o campo, o muro em volta do campo e, do lado de fora do muro, as distantes encostas das Montanhas Ne Theras, salpicadas de arbustos de holum e espinhos-da-lua esparsos e prateados.

Tudo isso de repente deslizou na tela, turvando-a. O passageiro sentiu a cabeça pressionada contra o encosto almofadado. Era como uma consulta no dentista: a cabeça pressionada para trás, o maxilar aberto à força. Não conseguia respirar, sentiu náusea, sentiu o intestino solto de medo. Seu corpo inteiro gritava às poderosas forças que o dominaram: *Agora não, ainda não, esperem!*

Seus olhos o salvaram. O que insistiam em ver e relatar tirou-o do topor. Pois na tela agora havia uma estranha vista, uma grande e pálida planície rochosa. Era o deserto visto das montanhas acima do Vale Grande. Como ele voltara ao Vale Grande? Tentou se convencer de que estava numa aeronave. Não, numa espaçonave. A borda da planície cintilava como o brilho da luz na água, luz sobre um mar distante. Mas não havia água naqueles desertos. Então, o que ele estava vendo? A planície rochosa não era mais plana, mas convexa, como uma imensa tigela cheia de luz solar. Enquanto observava, maravilhado, ela ficou cada vez mais convexa, espalhando sua luz. De repente, foi atravessada por uma linha, abstrata, geométrica, o raio perfeito de um círculo. Além daquele arco, era a escuridão. Essa escuridão inverteu toda a imagem, tornando-a negativa. A parte real, rochosa da imagem não era mais côncava e cheia de luz, mas convexa, refletindo, rejeitando a luz. Não era uma planície ou uma tigela, mas uma esfera, uma bola de pedra branca caindo e sumindo na escuridão. Era o seu mundo.

– Não entendo – ele disse em voz alta.

Alguém respondeu. Por um instante, não conseguiu compreender que a pessoa em pé ao lado de sua cadeira estava falando com ele, pois não sabia mais o que era uma resposta. Só tinha certeza de uma única coisa: seu total isolamento. Lá embaixo, seu mundo desaparecera, e ele ficou sozinho.

Sempre temera que isso acontecesse, mais do que jamais temera a própria morte. Morrer é perder o eu e unir-se ao resto. Ele mantivera o eu, mas perdera o resto.

Finalmente, pôde olhar para o homem em pé ao seu lado. Era um estranho, claro. Dali em diante, haveria apenas estranhos. O estranho falava uma língua estrangeira, o iótico. As palavras faziam sentido. Todas as coisas pequenas faziam sentido; só que a coisa toda, não. O homem dizia algo sobre as amarras que o seguravam à cadeira. Desajeitado, tentou apalpá-las. A cadeira inclinou-se para trás e ele, com vertigem e sem equilíbrio, quase caiu. O homem não parava de perguntar se alguém estava ferido. Do que estava falando?

— Tem certeza de que ele não está ferido?

Em iótico, a forma educada de se dirigir diretamente a alguém era na terceira pessoa. O homem queria dizer ele, ele mesmo, não outra pessoa. Não sabia por que deveria estar ferido; o homem não parava de dizer algo sobre pedras sendo atiradas. Mas a pedra nunca irá atingi-lo, pensou. Olhou de novo para a tela, procurando a pedra, a pedra branca caindo na escuridão, mas a tela estava vazia.

— Estou bem — disse por fim, ao acaso.

Isso não apaziguou o homem.

— Por favor, venha comigo. Sou médico.

— Estou bem.

— Por favor, venha comigo, dr. Shevek!

— O senhor é doutor — disse Shevek, após uma pausa. — Eu não. Eu me chamo Shevek.

O médico, um homem baixo, calvo, de pele clara, fez uma careta impaciente.

– O senhor deveria estar em sua cabine... perigo de infecção... não era para o senhor ter contato com ninguém além de mim. Passei por duas semanas de desinfecção para nada. Maldito seja esse comandante! Por favor, venha comigo, senhor. Vão me responsabilizar...

Shevek percebeu que o homenzinho estava perturbado. Não sentiu nenhuma compunção, nenhuma empatia; mas até mesmo na situação em que se encontrava, de absoluta solidão, uma lei se mantinha, a única lei que jamais reconhecera.

– Tudo bem – ele disse, e levantou-se.

Ainda se sentia zonzo, e o ombro direito lhe doía. Sabia que a nave devia estar se movendo, mas não havia sensação de movimento; havia apenas silêncio, um terrível e completo silêncio lá fora, além daquelas paredes. O médico o conduziu por silenciosos corredores metálicos até uma sala.

Era uma sala muito pequena, com paredes vazias e emendadas. Isso desagradou Shevek, por lembrá-lo de um lugar que queria esquecer. Parou à porta. Mas o médico insistiu e implorou, e ele entrou.

Sentou-se numa cama semelhante a uma prateleira, ainda se sentindo tonto e letárgico, e, incurioso, observou o médico. Sentiu que deveria estar curioso, pois aquele homem era o primeiro urrasti que ele já tinha visto. Mas estava cansado demais. Poderia ter deitado e dormido ali mesmo, na hora.

Passara a noite anterior acordado, concluindo suas anotações. Três dias antes, despedira-se de Takver e das crianças, que foram para Paz-e-Fartura, e desde então estivera ocupado, correndo para a torre de rádio para trocar as últimas mensagens com as pessoas de Urras, discutindo planos e possibilidades com Bedap e os outros. Em todos aqueles dias corridos desde que Takver partira, sentira que não estava fazendo todas aquelas coisas, mas as coisas estavam fazendo por ele. Estivera nas mãos de outrem. Sua vontade própria não atuara. Não houvera necessidade de atuar. Foi sua própria vontade que dera início àquilo tudo, que criara aquele momento e aquelas paredes à sua volta agora. Fazia quanto tempo? Anos. Cinco anos atrás, no silêncio da noite, nas Montanhas de Chakar, quando dissera a Takver: "Vou a Abbenay derrubar muros". Antes disso, até; muito antes, na Poeira, nos anos de fome e desespero, quando prometera a si mesmo só agir de acordo com seu próprio livre-arbítrio. E seguir essa promessa o trouxera até ali: até aquele momento sem tempo, aquele lugar sem chão, aquela saleta, aquela prisão.

O médico examinara seu ombro ferido (o ferimento surpreendeu Shevek; estivera tenso e apressado demais para perceber o que estava ocorrendo no campo de pouso e não sentiu a pedrada). Agora o doutor se voltava para ele segurando uma seringa.

– Não quero isso – disse Shevek. Falava num iótico lento e, como percebeu pelas conversas no rádio, mal pronunciado, mas a gramática era correta o suficiente; tinha mais dificuldade em entender do que em falar.

– Isto é vacina contra sarampo – disse o médico, com surdez profissional.

– Não – disse Shevek.

O médico conteve-se por um instante e perguntou:

– O senhor sabe o que é sarampo?

– Não.

– Uma doença. Contagiosa. Quase sempre grave em adultos. Vocês não têm essa doença em Anarres; medidas profiláticas a evitaram quando colonizaram o planeta. Mas ela é comum em Urras. Poderia matá-lo. Assim como uma dezena de outras infecções virais comuns. O senhor não tem resistência. O senhor é destro?

Shevek fez um sinal negativo com a cabeça, automaticamente. Com a destreza de um prestidigitador, o médico enfiou a agulha em seu braço direito. Shevek submeteu-se a esta e a outras injeções em silêncio. Não tinha direito a suspeitas ou protestos. Entregara-se àquelas pessoas; abdicara de seu direito nato à decisão. Esse direito desaparecera, junto com seu mundo, o mundo da Promessa, a pedra árida.

O médico falou de novo, mas ele não escutou.

Por horas ou dias, existiu num vácuo estéril e triste, num vazio sem passado nem futuro. As paredes à sua volta o oprimiam. Além das paredes, era o silêncio. Seus braços e suas nádegas doíam por causa das injeções; teve uma febre que não o levou ao completo delírio, mas o deixou num limbo entre a consciência e a inconsciência, uma terra de ninguém. O tempo não passava. Não havia tempo: apenas ele. Ele era o rio, a flecha, a pedra. Mas ele não se mexia. A pedra lançada pairava no meio do caminho. Não havia dia nem noite. Às vezes o médico apagava ou acendia a luz. Havia um relógio na parede, ao lado da cama; o ponteiro passava de um a outro dos vinte números do mostrador, sem significado.

Despertou após um longo e profundo sono e, como estava de frente para o relógio, estudou-o, sonolento. O ponteiro apontava para um pouco depois do número quinze, o que, se o mostrador fosse lido a partir da meia-noite como no relógio de vinte e quatro horas anarresti, devia significar que estavam no meio da tarde. Mas como poderiam estar no meio da tarde no espaço entre dois planetas? Bem, a nave deveria ter seu próprio horário, afinal de contas. Equacionar tudo isso o deixou imensamente animado. Sentou-se e não sentiu vertigem. Levantou-se da cama e testou seu equilíbrio: satisfatório, embora sentisse que o contato da sola dos pés com o chão não fosse muito firme. O campo gravitacional da nave devia ser bem fraco. Não gostou muito da sensação; precisava de firmeza, de solidez, de fatos concretos. Em busca dessas coisas, iniciou uma minuciosa investigação da saleta.

As paredes vazias eram cheias de surpresas, prontas a se revelarem após um breve toque no painel: lavatório, vaso sanitário, espelho, mesa, cadeira, armário, prateleiras. Conectados ao lavatório, havia vários dispositivos elétricos de um mistério total, e a válvula hidráulica não interrompia o fluxo quando se soltava a torneira, mas continuava a jorrar água até ser fechada – um sinal, pensou Shevek, de grande fé na natureza humana ou de grande quantidade de água quente. Acreditando na segunda hipótese, lavou-se todo e, não encontrando uma toalha, secou-se com um dos misteriosos dispositivos, de onde saía um agradável jato de ar quente que lhe fazia cócegas. Como não encontrou suas próprias roupas, tornou a vestir as que estava usando quando acordou: calças largas amarradas por um cordão e uma túnica sem forma, ambas amarelas com pontinhos azuis. Olhou-se no espelho. Achou o resultado desastroso. Era assim que se vestiam em Urras? Procurou em vão por um pente, contentou-se em fazer uma trança, prendendo os cabelos para trás, e, arrumado assim, decidiu sair do quarto.

Não conseguiu. A porta estava trancada.

A incredulidade inicial de Shevek tornou-se raiva, um tipo de raiva, um desejo de violência que ele jamais sentira antes na vida. Forçou a maçaneta imóvel, empurrou o metal liso da porta, depois se virou e golpeou o botão de chamada, que o médico lhe orientara a usar, se necessário. Nada aconteceu. Havia vários outros botõezinhos numerados de cores diferentes no painel de intercomunicação; bateu com a mão em todos eles. O alto-falante da parede começou a balbuciar:

– Quem diabos... sim, indo imediatamente... claro... de vinte e dois...

Shevek abafou a voz de todos eles:

– Abram a porta!

A porta abriu deslizando, e o médico olhou para dentro. Ao ver seu rosto calvo, ansioso e amarelado, a ira de Shevek acalmou-se e retirou-se para uma escuridão interior.

– A porta estava trancada – disse.

– Desculpe, dr. Shevek... precaução... contágio... manter os outros do lado de fora...

– Trancar para fora, trancar para dentro, é a mesma ação – disse Shevek, encarando o médico com um olhar leve e distante.

– Segurança...

– Segurança? Precisam me manter numa caixa?

– Sala de descanso dos oficiais – o médico apressou-se em propor, para apaziguá-lo. – O senhor está com fome? Talvez queira se vestir antes de irmos para lá.

Shevek olhou para a roupa do doutor: calças azuis justas, enfiadas em botas que pareciam tão finas e macias quanto o próprio tecido; uma túnica roxa aberta na frente e fechada embaixo com alamares prateados; e, sob a túnica, mostrando apenas o colarinho e os punhos, uma camisa de malha de um branco ofuscante.

– Não estou vestido? – Shevek enfim perguntou.

– Ah, pode ir de pijama, é claro. Não há formalidades num cargueiro!

– Pijama?

– É o que o senhor está usando. Roupa de dormir.

– Roupa usada para dormir?

– Sim.

Shevek piscou. Não fez nenhum comentário. Perguntou:

– Onde está a roupa que eu estava usando?

– Sua roupa? Mandei lavar... esterilizar. Espero que o senhor não se importe... – Examinou um painel na parede que Shevek não havia descoberto e trouxe um pacote embrulhado em papel verde-claro. Desembrulhou o terno velho de Shevek, que parecia muito limpo e um tanto menor, amassou o papel verde, ativou outro painel, jogou o papel no cesto que se abriu e sorriu vacilante.

– Pronto, dr. Shevek.

– O que acontece com o papel?

– O papel?

– O papel verde.

– Ah, coloquei no lixo.

– Lixo?

– Descarte. Vai ser queimado.

– Vocês queimam papel?

– Talvez seja apenas jogado lá fora no espaço, não sei. Não sou médico espacial, dr. Shevek. Concederam-me a honra de atender o senhor pela minha experiência com visitantes de outros mundos, os embaixadores de Terran e de Hain. Conduzo os procedimentos de descontaminação e adaptação de todos os alienígenas que chegam a A-Io. Não que o senhor seja um alienígena no mesmo sentido, é claro.

– Olhou timidamente para Shevek, que não conseguia acompanhar tudo o que ele dizia, mas podia discernir a natureza ansiosa, modesta e bem-intencionada de suas palavras.

– Não – assegurou-lhe Shevek –, talvez tenhamos a mesma avó, duzentos anos atrás, em Urras. – Estava pondo sua roupa velha e, enquanto vestia a camisa pela cabeça, viu o médico jogar a "roupa de dormir" amarela e azul no cesto de "lixo". Shevek fez uma pausa, com o colarinho ainda sobre o nariz. Sua cabeça saiu por inteiro da camisa, ele ajoelhou-se e abriu o cesto. Estava vazio.

– As roupas são queimadas?

– Ah, esse pijama é barato, é de serviço... para usar e jogar fora. Custa menos do que mandar lavar.

– Custa menos – Shevek repetiu pensativo. Disse as palavras do mesmo modo que um paleontólogo examina um fóssil, o fóssil que determina a data de um estrato inteiro.

– Receio que sua bagagem tenha se perdido naquela correria do embarque. Espero que não contenha nada de importante.

– Eu não trouxe nada – disse Shevek. Embora seu terno tivesse sido alvejado até ficar quase branco e tivesse encolhido um pouco, ainda lhe servia, e o toque áspero e familiar do tecido de fibra de holum era agradável. Sentiu-se ele mesmo de novo. Sentou-se na cama de frente para o médico e disse:

– Veja bem, eu sei que vocês não encaram as coisas como nós. No seu mundo, em Urras, deve-se comprar coisas. Eu venho ao seu mundo sem dinheiro, não posso comprar, portanto devo trazer. Mas quanto posso trazer? Roupa, sim, talvez dois ternos. Mas comida? Como posso trazer comida suficiente? Não posso trazer, não posso comprar. Se for para me manterem vivo, vocês vão ter de me dar comida. Sou anarresti, farei os urrastis se comportarem como anarrestis: dar, não vender. Se quiserem. É claro que não é necessário me manterem vivo! Sou o Mendigo, veja bem.

– Oh, não, em absoluto, senhor, não, não. O senhor é um convidado de honra. Por favor, não nos julgue pela tripulação desta nave, eles são homens muito ignorantes e limitados... o senhor não faz ideia de como será bem-vindo em Urras. Afinal, o senhor é um cientista mundialmente famoso... galacticamente famoso! E nosso primeiro visitante de Anarres! Eu lhe asseguro que as coisas serão muito diferentes quando chegarmos ao Campo Peier.

– Não duvido que serão diferentes – disse Shevek.

Cada trecho da viagem à lua em geral levava quatro dias e meio, mas desta vez foram acrescentados cinco dias de adaptação para o passageiro, na viagem de volta. Shevek e o dr. Kimoe passaram esses dias em vacinações e conversas. O comandante da *Atento* passou-os mantendo a órbita em torno de Urras e praguejando. Quando tinha de falar com Shevek, fazia-o com desrespeito perturbador. O médico, disposto a explicar tudo, tinha sua justificativa pronta:

– Ele está acostumado a encarar todos os estrangeiros como inferiores, não como seres totalmente humanos.

– A criação de pseudoespécies, como dizia Odo. Sim. Achei que talvez em Urras as pessoas não pensassem mais assim, já que lá vocês têm tantas línguas e nações, e até visitantes de outros sistemas solares.

– Muito poucos, pois as viagens interestelares são muito caras e lentas. Talvez não vá ser sempre assim – acrescentou o dr. Kimoe, com evidente intenção de lisonjear Shevek ou estender o assunto, o que Shevek ignorou.

– O Segundo Oficial – disse – parece ter medo de mim.

– Ah, o problema dele é fanatismo religioso. Ele é Epifanista ortodoxo. Recita as Primas todas as noites. Tem uma mente muito rígida.

– Então... Como ele me vê?

– Como um ateu perigoso.

– Ateu! Por quê?

– Ora, porque o senhor é um odoniano de Anarres... Não existe religião em Anarres.

– Não existe religião? Nós somos feitos de pedra em Anarres?

– Eu quero dizer religião estabelecida... igrejas, credos... – Kimoe alterava-se com facilidade. Sua autoconfiança enérgica, própria dos médicos, era continuamente abalada por Shevek. Todas as suas explicações acabavam em embaraços, após duas ou três perguntas de Shevek. Cada um deles considerava como naturais certas relações que o outro sequer conseguia compreender. Por exemplo, essa curiosa questão de superioridade, de altura relativa, era importante aos urrastis; muitas vezes usavam a expressão "mais alto" como sinônimo de "melhor" em seus escritos, onde um anarresti usaria "mais central". Mas o que ser mais alto tinha a ver com ser estrangeiro? Era apenas um dentre centenas de enigmas.

– Entendo – ele disse, agora que mais um enigma se elucidava. – Vocês não admitem nenhuma religião fora das igrejas, assim como não admitem nenhuma moralidade fora das leis. Sabe, eu nunca tinha entendido isso, em todas as minhas leituras dos livros urrastis.

– Bem, hoje em dia qualquer pessoa esclarecida admitiria...

– O vocabulário dificulta – disse Shevek, elaborando sua descoberta. – Em právico, a palavra *religião* é infrequente. Não, como vocês dizem... é rara. Não muito usada. Claro, é uma das Categorias: o Quarto Modo. Poucas pessoas aprendem a praticar todos os Modos. Mas os Modos são construídos a partir das capacidades naturais da mente. Não é possível que vocês acreditem que não temos capacidade religiosa. Que podemos estudar física estando excluídos da relação mais profunda que o homem possui com o cosmos.

– Oh, não, em absoluto...

– Isso seria nos considerar, de fato, uma pseudoespécie!

– Homens instruídos com certeza entenderiam isso, mas esses oficiais são ignorantes.

– Mas então vocês só permitem que os fanáticos saiam em viagens pelo cosmos?

Todas as conversas entre eles eram assim: exaustivas para o médico e insatisfatórias para Shevek, embora muito interessantes para ambos. Eram o único meio de Shevek explorar o novo mundo que o aguardava. A nave em si e a mente de Kimoe eram seu microcosmo. Não havia livros a bordo da *Atento*, os oficiais evitavam Shevek, e os tripulantes eram mantidos rigorosamente a distância. Quanto à mente do doutor, embora inteligente e com certeza bem-intencionada, era uma mixórdia de artefatos intelectuais ainda mais confusos que todos os dispositivos, aparelhos e comodidades espalhados pela nave. Estas últimas Shevek achava divertidas; era tudo tão cheio de luxo, estilo e inventividade; mas não achava a mobília do intelecto de Kimoe tão confortável. As ideias de Kimoe pareciam nunca ser capazes de seguir uma linha reta; tinham de contornar isso e evitar aquilo, e então acabavam batendo contra um muro. Havia muros cercando todos os seus pensamentos, e ele parecia totalmente inconsciente disso, embora sempre se escondesse atrás deles. Somente uma vez Shevek viu uma brecha, em todos os dias de conversa entre os mundos.

Ele perguntara por que não havia mulheres na nave, e Kimoe respondera que operar um cargueiro espacial não era trabalho para mulheres. Cursos de história e o conhecimento dos escritos de Odo deram a Shevek um contexto para compreender essa resposta tautológica, e ele não disse mais nada. Mas o médico devolveu uma pergunta, uma pergunta sobre Anarres:

– É verdade, dr. Shevek, que as mulheres em sua sociedade são tratadas exatamente como homens?

– Isso seria desperdício de um bom material – disse Shevek, com uma risada, e depois uma segunda risada à medida que se dava conta do ridículo da ideia.

O médico hesitou, contornando um dos obstáculos de sua mente, pareceu aturdido e disse:

– Ah, não, não estava falando de sexo... é óbvio que vocês... elas... Eu me referia à questão do status social das mulheres.

– *Status* é o mesmo que *classe*?

Kimoe tentou explicar o significado de status, fracassou e voltou ao primeiro tópico.

– Não há mesmo nenhuma distinção entre o trabalho do homem e o trabalho da mulher?

– Bem, não, isso parece uma base muito mecânica para a divisão do trabalho, não é? Uma pessoa escolhe o trabalho de acordo com seu interesse, seu talento, sua força... O que o sexo tem a ver com isso?

– Os homens são fisicamente mais fortes – afirmou o médico, com determinação profissional.

– Sim, com frequência, e maiores, mas o que isso importa, quando temos máquinas? E, mesmo quando não temos máquinas, quando temos de cavar com a pá, ou carregar peso nas costas, os homens podem trabalhar mais rápido... os que são grandes... mas as mulheres aguentam trabalhar mais tempo... Muitas vezes eu gostaria de ser tão resistente quanto uma mulher.

Kimoe o fitou chocado, a ponto de perder a polidez.

– Mas a perda de... de toda a feminilidade... da delicadeza... e a perda da dignidade masculina... Certamente o senhor não pode fingir, no *seu* trabalho, que as mulheres sejam *iguais* ao senhor? Em física, matemática, no intelecto? O senhor não pode fingir estar sempre se rebaixando ao nível delas!

Shevek sentou-se na confortável cadeira estofada e olhou em volta da sala de descanso dos oficiais. Na tela, a curva brilhante de Urras pairava imóvel contra a escuridão do espaço, como uma opala azul-esverdeada. Aquela visão adorável e a sala haviam se tornado familiares a Shevek nos últimos dias, mas agora as cores vivas, as cadeiras curvilíneas, a iluminação indireta, as mesas de jogos, tudo pareceu tão alienígena como da primeira vez que ele tinha visto.

– Acho que não sou de fingir muito, Kimoe – disse.

– É claro que conheci mulheres muito inteligentes, mulheres que pensavam como homens – o médico se apressou a dizer, ciente de que estivera quase gritando, de que, pensou Shevek, estivera esmurrando a porta trancada, gritando...

Shevek mudou de assunto, mas continuou a pensar a respeito. Aquela questão de inferioridade e superioridade devia ser fundamental na vida social urrasti. Se para sentir-se digno Kimoe precisava considerar metade da raça humana inferior a ele, como as mulheres faziam para se sentir dignas? Será que consideravam os homens inferiores? E como tudo isso afetava a vida sexual deles? Sabia, pelos escritos de Odo, que duzentos anos antes as principais instituições sexuais eram o "casamento", uma parceria autorizada e imposta por meio de sanções legais e econômicas, e a "prostituição", que parecia apenas ser um termo mais amplo, cópula em modo econômico. Odo condenava ambas, embora tivesse se casado. De todo modo, as instituições talvez tivessem mudado bastante em duzentos anos. Já que ele iria viver em Urras com os urrastis, seria melhor descobrir.

Era estranho que até mesmo o sexo, fonte de tanta paz, deleite e alegria por anos a fio, pudesse, da noite para o dia, tornar-se um território desconhecido, onde ele deveria pisar com cuidado, consciente de sua própria ignorância. No entanto, era assim. Ele foi alertado não só pelo estranho acesso de raiva e desprezo de Kimoe, mas por uma vaga impressão anterior que esse episódio pôs em foco. Nos primeiros dias a bordo da nave, naquelas longas horas de febre e desespero, distraíra-se, às vezes satisfeito e às vezes irritado, com uma sensação inteiramente simples: a maciez da cama. Embora fosse apenas um beliche, o colchão cedia sob seu peso, maleável como uma carícia. O colchão entregava-se a ele, entregava-se com tanta insistência que ele sempre sentia, e ainda sente, sua presença ao adormecer. Tanto o prazer quanto a irritação eram decididamente de natureza erótica. Havia também o aparelho-toalha-bocal--de-ar-quente: o mesmo tipo de efeito. Cócegas agradáveis. E o desenho dos móveis dispostos na sala, as suaves curvas de plástico onde a dureza da madeira e aço foi introduzida à força, a suavidade e a delicadeza das superfícies e texturas: não seria isso também um indicativo de um erotismo vago e difuso? Ele se conhecia o suficiente para ter certeza de que estar alguns dias sem Takver, mesmo sob forte pressão, não o deixaria tão excitado a ponto de sentir uma mulher em qualquer tampo de mesa. A menos que a mulher realmente estivesse ali.

Seriam os marceneiros urrastis todos castos?

Desistiu da resposta; em breve descobriria, em Urras.

Pouco antes de se atarem para a descida, o médico veio até a sua cabine para verificar o progresso das várias imunizações, a última das quais, uma inoculação contra a peste, deixara Shevek enjoado e grogue. Kimoe deu-lhe mais um comprimido.

– Isso vai animá-lo para a aterrissagem – ele disse.

Estoicamente, Shevek engoliu a coisa. Agitado, o médico mexeu em seu estojo e, de repente, começou a falar rápido:

– Dr. Shevek, não espero ter permissão de atendê-lo de novo, embora seja possível, mas, se não, queria lhe dizer que foi, que eu, que foi um grande privilégio para mim. Não porque... mas porque passei a respeitar... a apreciar... simplesmente como ser humano, sua bondade, sua verdadeira bondade...

Não lhe ocorrendo resposta melhor, por conta de sua dor de cabeça, Shevek estendeu a mão e apertou a de Kimoe, dizendo:

– Então vamos nos encontrar de novo, irmão! – Kimoe apertou-lhe a mão, nervoso, no estilo urrasti, e saiu às pressas. Após sua saída, Shevek percebeu que lhe falara em právico, chamando-o de *ammar*, irmão, numa língua que Kimoe não compreendia.

O alto-falante da parede balia ordens. Atado ao beliche, Shevek escutava, sentindo-se confuso e alheio. As sensações da entrada na atmosfera intensificaram a confusão; não tinha consciência de quase nada, exceto uma profunda esperança de não precisar vomitar. Só soube que tinham aterrissado quando Kimoe voltou correndo e o conduziu às pressas até a sala dos oficiais. A tela onde Urras pairara por tanto tempo, luminoso e envolto em nuvens espiraladas, estava em branco. A sala estava cheia de gente. De onde tinham vindo? Ficou surpreso e satisfeito com sua capacidade de ficar de pé, andar e cumprimentar com apertos de mão. Concentrou-se apenas nisso e deixou escapar o sentido daquilo tudo. Vozes, sorrisos, mãos, palavras, nomes. Seu nome o tempo todo: dr. Shevek, dr. Shevek... Agora ele e todos os estranhos à sua volta desciam uma rampa coberta, todas as vozes muito altas, palavras ecoando além das paredes. O alarido das vozes diminuiu. Um ar estranho tocou seu rosto.

Olhava para cima e, ao sair da rampa em direção ao nível do solo, tropeçou e quase caiu. Pensou em morte, naquele hiato entre o início e a conclusão de um passo e, ao final do passo, pisou num novo mundo.

Uma noite clara e cinzenta o rodeava. Luzes azuis, embaçadas pela neblina, ardiam do outro lado de um campo enevoado. O ar em seu rosto e suas mãos, nas narinas, garganta e pulmões era frio, úmido, perfumado, suave. Não era estranho. Era o ar de um planeta de onde sua raça viera. Era o ar de casa.

Alguém pegara em seu braço quando tropeçou. Refletores e *flashes* o iluminaram. Fotógrafos filmavam a cena para o noticiário. O Primeiro Homem Vindo da Lua: uma figura alta e frágil na multidão de dignitários, professores e agentes de segurança, os belos cabelos revoltos numa cabeça muito ereta (para que os fotógrafos pudessem capturar cada detalhe), como se ele tentasse olhar acima dos refletores, para o céu, o céu claro e nevoento que escondia as estrelas, a Lua e todos os outros mundos. Jornalistas tentavam atravessar os cordões de policiais.

– Poderia nos dar uma declaração, dr. Shevek, neste momento histórico?

Foram forçados a recuar no mesmo instante. Os homens à volta de Shevek o impeliam para a frente. Foi levado à limusine que o aguardava, fotografado até o último minuto, por conta de sua altura, seu cabelo longo e o estranho olhar de aflição e reconhecimento em seu rosto.

As torres da cidade elevavam-se em meio à névoa, grandes escadas de luz embaçada. Trens passavam no alto, riscos brilhantes guinchando. Imponentes paredes de pedra e vidro faceavam as ruas, acima da correria de carros e ônibus elétricos. Pedra, aço, vidro, luz elétrica. Nenhum rosto.

– Esta é Nio Esseia, dr. Shevek. Mas foi decidido que seria melhor mantê-lo afastado das multidões da cidade, por enquanto. Vamos direto para a universidade.

Havia cinco homens com ele no interior escuro e suavemente estofado do carro. Eles apontavam marcos, mas na névoa ele não sabia dizer qual prédio grande, vago e fugaz era a Alta Corte e qual era o Museu Nacional, qual o Diretório e qual o Senado. Cruzaram um rio ou estuário; os milhões de luzes de Nio Esseia, difusas pela névoa, tremeluziram na água escura atrás deles. A rodovia escureceu, a neblina adensou, o motorista diminuiu a velocidade do veículo. Os faróis iluminavam a bruma como se ela fosse um muro que não parava de recuar diante deles. Shevek inclinou-se um pouco para a frente, contemplando o lado de fora. Seus olhos não se fixavam em nada, nem sua mente, mas ele parecia reservado e circunspecto, e os outros homens falavam baixinho, em respeito ao seu silêncio.

O que seria a escuridão mais densa que fluía interminavelmente ao longo da estrada? Árvores? Poderia o carro estar passando por entre árvores desde que saíram da cidade? A palavra iótica lhe veio à lembrança: "floresta". Eles não chegariam de repente ao deserto. As árvores prosseguiam sem parar, na colina seguinte, e na seguinte, e na seguinte, eretas no frio perfumado da névoa, intermináveis, uma floresta pelo mundo inteiro, uma esforçada e imóvel interação de vidas, um movimento escuro de folhas na noite. Então, enquanto Shevek se maravilhava, enquanto o carro saía da névoa do vale do rio e entrava no ar claro, lá estava, olhando para ele, sob a folhagem que margeava a estrada, por um instante, um rosto.

Não era um rosto humano. Era comprido como um braço e de uma palidez assustadora. A respiração esguichava vapor do que deviam ser narinas, e havia um olho, terrível, inconfundível. Um olho grande e escuro, fúnebre – talvez cínico? –, que sumiu na luz dos faróis.

– O que era aquilo?

– Um jumento, não?

– Um animal?

– Sim, um animal. Meu Deus, é mesmo! Vocês não têm animais de grande porte em Anarres, têm?

– Um jumento é uma espécie de cavalo – disse um dos outros homens; e outro, com voz firme e experiente:

– Aquilo *era* um cavalo. Jumentos não ficam daquele tamanho.

Queriam conversar com Shevek, mas ele não ouvia, de novo. Pensava em Takver. Imaginou o que aquele olhar profundo, seco e sombrio na escuridão teria significado para Takver. Ela sempre soubera que todas as vidas têm algo em comum, alegrando-se em reconhecer seu parentesco com os peixes nos tanques de seus laboratórios, buscando a experiência de existências fora dos limites humanos. Takver saberia corresponder àquele olhar na escuridão, sob as árvores.

– Lá adiante é Ieu Eun. Há uma multidão aguardando o senhor, dr. Shevek; o presidente e vários diretores, e o reitor, naturalmente. Todo tipo de figurão. Mas, se estiver cansado, acabamos com as amenidades o mais rápido possível.

As amenidades duraram várias horas. Nunca mais conseguiu se lembrar delas com clareza. Foi impelido para fora da pequena e escura caixa do carro em direção a uma imensa caixa brilhante cheia de gente – centenas de pessoas, sob um teto dourado de onde pendiam lustres de cristal. Foi apresentado a todas elas. Eram todas mais baixas que ele, e sem pelos. As poucas mulheres ali eram calvas; percebeu que elas deviam depilar todos os pelos, até o pelo corporal mais fino, macio e curto de sua raça, e o cabelo também. Mas isso era compensado pelas roupas maravilhosas, deslumbrantes no corte e nas cores, as mulheres em vestidos longos que se arrastavam no chão, os seios desnudos, cinturas, pescoços e cabeças enfeitados com joias, rendas e tules; os homens em calças e paletós ou túnicas em vermelho, azul, roxo, dourado, verde, com mangas bufantes e cascatas de rendas, ou longas becas em carmim, verde-escuro ou preto, que se abriam na altura dos joelhos, revelando as meias brancas com jarreteiras prateadas. Mais uma palavra iótica flutuou na cabeça de Shevek, para a qual jamais tivera uma referência, embora gostasse do som: "esplendor". Aquelas pessoas tinham esplendor. Proferiram discursos. O presidente do Senado da Nação de A-Io, um homem de olhos estranhos e frios, propôs um brinde:

– À nova era de fraternidade entre os Planetas Gêmeos e ao arauto dessa nova era, nosso ilustre e muito bem-vindo convidado, dr. Shevek de Anarres!

O reitor da universidade conversou com ele encantado, o primeiro diretor conversou com ele sério, foi apresentado a embaixadores, astronautas, físicos, políticos, dezenas de pessoas, todas com longos títulos honoríficos antes e depois dos nomes, e conversaram com ele, e ele lhes respondeu, mas depois não se lembrou de nada do que disseram, e muito menos do que ele próprio dissera. Muito tarde da noite, viu-se com um pequeno grupo de homens caminhando na chuva morna por um grande parque ou uma praça. Havia uma sensação flexível de grama viva sob os pés; reconheceu-a por já ter caminhado no Parque Triângulo, em Abbenay. Aquela lembrança vívida e o toque vasto e frio do vento noturno o despertaram. Sua alma saiu do esconderijo.

Seus acompanhantes levaram-no a um prédio, e a um quarto, que, explicaram, era "dele".

Era amplo, com cerca de dez metros de comprimento e, evidentemente, um quarto comunitário, pois não havia divisões nem estrados de dormir; os três homens que ainda o acompanhavam talvez fossem dividir o cômodo com ele. Era um quarto comunitário muito bonito, com uma parede inteira de janelas, cada uma delas separada por uma coluna delgada que subia como uma árvore, formando um arco duplo no topo. O chão era atapetado em carmim, e no outro extremo do cômodo ardia uma lareira aberta. Shevek atravessou o quarto e postou-se em frente ao fogo. Nunca tinha visto madeira queimada como aquecimento, mas ficou maravilhado. Estendeu as mãos para o calor agradável e sentou-se num banco de mármore polido ao lado da lareira.

O mais jovem dos homens que tinham vindo com ele sentou-se do outro lado da lareira. Os outros dois ainda conversavam. Conversavam sobre física, mas Shevek não tentou acompanhar o que diziam. O jovem falou calmamente:

– Imagino como deve estar se sentindo, dr. Shevek.

Shevek esticou as pernas e inclinou-se para a frente, a fim de sentir o calor do fogo em seu rosto.

– Sinto-me pesado.

– Pesado?

– Talvez a gravidade. Ou estou cansado.

Olhou para o outro homem, mas através da incandescência da lareira o rosto não era nítido, apenas a cintilação de uma corrente dourada e o vermelho-rubi do manto.

– Não sei o seu nome.

– Saio Pae.

– Ah, Pae, sim, conheço seus artigos sobre Paradoxo. – Ele falava de modo arrastado, sonhador.

– Deve haver um bar por aqui. Os dormitórios dos veteranos da faculdade sempre têm um armário de bebidas. Gostaria de beber alguma coisa?

– Sim, água.

O jovem reapareceu com um copo d'água, enquanto os outros dois uniam-se a eles perto da lareira. Shevek bebeu toda a água, sedento, e ficou sentado, admirando o copo em sua mão, uma peça frágil, finamente desenhada, refletindo o brilho do fogo em sua borda dourada. Estava atento aos três homens, às suas atitudes, enquanto sentavam ou se punham de pé ao seu lado, protetores, respeitosos, proprietários.

Ergueu os olhos para eles, rosto por rosto. Todos o olharam, em expectativa.

– Bem, aqui estou – ele disse. Sorriu. – Aqui está o seu anarquista. O que farão com ele?

2

ooooo

Numa janela quadrada numa parede branca está o céu claro, sem nuvens. No centro do céu, o sol.

Há onze bebês na sala, a maioria confinada em berços almofadados, em pares ou trios, preparando-se, com agitação e burburinho, para a soneca.

Os dois mais velhos ainda estão à solta, um deles gorducho e ativo, tirando os pinos de uma placa perfurada, o outro magrinho, sentado no quadrado de luz solar amarela vinda da janela, olhando para os raios solares com uma expressão abobalhada e ingênua.

Na antessala, a supervisora, uma mulher caolha e de cabelo grisalho, conversa com um homem de 30 anos, alto, com ar triste.

– A mãe dele foi transferida para Abbenay – diz o homem. – Ela quer que ele fique aqui.

– Então devemos levá-lo à creche de período integral, Palat?

– Sim, vou voltar para um dormitório.

– Não se preocupe, ele conhece todo mundo aqui! Mas é claro que em breve a Divlab vai mandar você para junto da Rulag, não? Já que vocês dois são parceiros e engenheiros.

– Sim, mas ela... Foi o Instituto Central de Engenharia que a requisitou, entende? Eu não sou tão bom assim. Rulag tem um ótimo trabalho a fazer.

A supervisora assentiu com a cabeça e suspirou.

– Mesmo assim...! – ela disse, com energia, e não falou mais nada.

O olhar do pai dirigia-se ao bebê magrinho, que não notara a sua presença na antessala, por estar ocupado com a luz. O bebê gorducho, naquele instante, dirigia-se rápido para o magrinho, mas com um esquisito movimento de cócoras, devido à fralda molhada e caída. Aproximou-se dele por tédio ou sociabilidade, mas, ao chegar ao quadrado de luz, descobriu que ali estava quente. Sentou-se pesadamente ao lado do magrinho, empurrando-o para a sombra.

O semblante vago e embevecido do magrinho na mesma hora transformou-se em carranca de raiva. Empurrou o gordinho, gritando:

– Vai 'bora!

A supervisora foi até lá na hora.

– Shev, não é para empurrar as pessoas.

O bebê magrinho levantou-se. Seu rosto brilhava de luz solar e raiva. Sua fralda estava prestes a cair.

– Meu! – ele disse, numa voz alta e retumbante. – Meu sol!

– Não é seu – disse a mulher caolha, com a indulgência da certeza absoluta. – Nada é seu. É para usar. É para compartilhar. Se você não quer compartilhar, não pode usar. – E ela pegou o bebê magrinho com mãos delicadas e inexoráveis e o sentou fora do quadrado de luz solar.

O bebê gorducho continuava sentado, olhando com indiferença. O magrinho sacudiu-se todo, gritando:

– Meu sol! – e caiu num choro raivoso.

O pai o pegou no colo e o abraçou.

– Ora, Shev – disse. – Que é isso? Você sabe que não pode ter as coisas. Qual o problema? – Sua voz era suave e tremia como se ele também estivesse próximo das lágrimas. A criança magra, comprida e leve em seus braços prosseguia no choro colérico.

– Tem alguns que não conseguem tocar a vida com calma – disse a mulher caolha, em solidariedade.

– Vou levá-lo para uma visita domiciliar agora. A mãe vai partir hoje à noite.

– Tudo bem. Espero que você consiga logo um posto junto com ela – disse a supervisora, içando a criança gorducha ao seu quadril como um saco de cereal, com melancolia no rosto e dando uma piscadela no olho sadio. – Tchau, Shev, querido. Amanhã, escute, amanhã vamos brincar de caminhão e motorista.

O bebê ainda não a perdoara. Ele soluçava, apertando o pescoço do pai, na escuridão do sol perdido.

A orquestra precisava de todos os bancos para o ensaio daquela manhã, e o grupo de dança movimentava-se ruidosamente pelo salão do centro de aprendizagem, então as crianças que estudavam Falar-e-Ouvir sentaram-se em círculo no piso de cimento-espuma da oficina. O primeiro voluntário, um garoto magricela de 8 anos, com mãos e pés compridos, levantou-se. Ficou em pé bem ereto, como fazem as crianças saudáveis; a princípio, seu rosto ligeiramente coberto de penugem estava pálido, mas corou enquanto aguardava o silêncio das outras crianças.

– Pode falar, Shevek – disse o diretor do grupo.

– Bem, eu tive uma ideia.

– Mais alto – disse o diretor, um rapaz corpulento de 20 e poucos anos.

O garoto sorriu, envergonhado.

– Bem, sabe, eu estava pensando. Digamos que você jogue uma pedra em alguma coisa. Numa árvore. Você joga, ela voa e bate na árvore. Certo? Mas ela não pode. Porque... Posso usar a lousa? Veja, aqui é você jogando a pedra, e aqui é a árvore – ele rabiscou na lousa –, isso é uma árvore, e aqui está a pedra, veja, no meio do caminho. – As crianças soltaram risadinhas ao verem o desenho de um pé de holum, e ele sorriu. – Para ir de você até a árvore, a pedra precisa estar no meio do caminho entre você e a árvore, não é? E depois ela precisa estar no meio do caminho entre o meio do caminho e a árvore. E depois ela precisa estar no meio do caminho entre *esse ponto* e a árvore. Por mais longe que ela vá, tem sempre um lugar, só que esse lugar na verdade é um momento, que está a meio caminho entre o último ponto e a árvore...

– Vocês acham isso interessante? – interrompeu o diretor, dirigindo-se às outras crianças.

– *Por que* a pedra não pode chegar até a árvore? – perguntou uma garota de 10 anos.

– Porque ela sempre tem que chegar até a metade do caminho que falta para onde ela tem que chegar – respondeu Shevek –, e sempre tem a metade do caminho faltando... Entende?

– Podemos dizer apenas que você não mirou bem a árvore? – observou o diretor, com um sorriso tenso.

– Não importa se você mirou bem ou não. *A pedra não pode chegar até a árvore.*

– De onde você tirou essa ideia?

– De lugar nenhum. Eu entendi isso. Acho que entendi como a pedra faz realmente...

– Chega.

Algumas das outras crianças estavam conversando, mas pararam como se emudecidas de susto. O garotinho com a lousa na mão continuou em pé, em silêncio. Pareceu amedrontado e fez uma carranca.

– Falar é compartilhar... uma arte cooperativa. Você não está compartilhando, está apenas egoizando.

Os acordes agudos e vigorosos da orquestra soaram no corredor.

– Você não entendeu isso sozinho, não foi espontâneo. Eu li algo muito parecido com isso num livro.

Shevek encarou o diretor.

– Que livro? Tem esse livro aqui?

O diretor levantou-se. Tinha cerca do dobro da altura e o triplo do peso de seu oponente, e era evidente em seu rosto que ele detestava aquela criança; mas não havia nenhuma ameaça de violência física em sua postura, apenas uma afirmação de autoridade, um pouco enfraquecida por sua reação irritada à estranha pergunta do garoto.

– Não! E pare de egoizar! – Em seguida, retomou o tom de voz melodioso e pedante: – Esse tipo de coisa é frontalmente contra o que buscamos num grupo Falar-e-Ouvir. A fala é uma função de mão dupla. Shevek não está preparado para entender isso ainda, como a maioria de vocês está, e assim sua presença perturba o grupo. Você próprio sente isso, não é, Shevek? Sugiro que você procure outro grupo que esteja no seu nível.

Ninguém mais disse nada. O silêncio e o volume alto da música aguda prosseguiram, enquanto o garoto devolvia a lousa e saía do círculo. Foi até o corredor e ali ficou parado. O grupo que deixou para trás começou, sob a orientação do diretor, uma narração coletiva, em que se revezavam. Shevek ouviu o som daquelas vozes domesticadas e do seu próprio coração, que ainda batia rápido. Havia um zumbido em seus ouvidos que não vinha da orquestra; era o que se ouve quando se reprime o choro. Já observara aquele zumbido várias vezes. Não gostava de ouvi-lo e não queria pensar na pedra e na árvore, então direcionou a mente para o Quadrado. Era feito de números, e números eram sempre tranquilos e sólidos; quando ele falhava, voltava-se para os números, pois neles não havia falhas. A visão do Quadrado em sua mente era nova, um desenho no espaço como os desenhos que a música faz no tempo: um quadrado dos nove primeiros números inteiros, com o número cinco no centro. Entretanto, quando se somavam as fileiras, o resultado era o mesmo, equilibrando toda a inequação; era agradável de olhar. Se ao menos pudesse formar um grupo que gostasse de falar sobre coisas assim! Mas havia apenas alguns garotos e garotas mais velhos que gostavam, e estavam ocupados. E o livro que o diretor mencionou? Seria um livro de números? Será que ele demonstrava como a pedra chegava até a árvore? Tinha sido burro em contar a brincadeira da pedra e da árvore, ninguém sequer entendeu que era uma brincadeira, o diretor estava certo. Sua cabeça doía. Olhou para dentro de si mesmo, para dentro, para as figuras calmas.

Se um livro fosse escrito só com números, seria verdadeiro. Seria justo. Nada expresso em palavras jamais resultava em algo equilibrado. Coisas em palavras tornavam-se distorcidas e embaralhadas, em vez de diretas e ajustadas. Mas, por baixo das palavras, no centro, como o centro do Quadrado, tudo se equilibrava. Tudo poderia mudar e, no entanto, nada se perderia. Quem compreendesse os números compreenderia isso, a harmonia, o padrão. Compreenderia as fundações do mundo. E elas eram sólidas.

Shevek aprendera a esperar. Era bom nisso, um perito. Começou a desenvolver essa capacidade quando esperou sua mãe Rulag voltar, embora fizesse tanto tempo que nem se lembrava; e ele aperfeiçoara essa habilidade esperando sua vez, esperando para partilhar, esperando uma partilha. Aos 8 anos, ele perguntara *como*, *por que* e *e se*, mas raras vezes perguntava *quando*.

Esperou seu pai vir buscá-lo para uma visita domiciliar. Foi uma longa espera: seis décadas*. Palat aceitara um posto temporário na manutenção da Usina de Tratamento de Água do Monte Tambor e, depois disso, passaria uma década na praia, em Malennin, onde iria nadar, descansar e copular com uma mulher chamada Pipar. Explicara tudo isso ao filho. Shevek confiava no pai, e ele merecia a confiança. Ao final dos sessenta dias, chegou ao dormitório infantil em Campina Vasta, um homem alto e magro, com um olhar mais triste do que nunca. Copular não era bem o que queria. O que ele queria era Rulag. Quando viu o garoto, sorriu e sua testa franziu-se de dor.

Sentiam prazer na companhia um do outro.

– Palat, você já viu algum livro só com números?

– Como assim, de matemática?

– Acho que sim.

– Como este?

Palat tirou um livro do bolso de sua túnica. Era pequeno, para ser levado no bolso e, como a maioria dos livros, encadernado em verde com o Círculo da Vida estampado na capa. A impressão ocupava todos os espaços, com letras pequenas e margens estreitas, pois papel era uma substância que exigia muitas árvores holum e muito trabalho humano para ser fabricada, conforme sempre observava o fornecedor no centro de aprendizagem quando alguém estragava uma folha e

---

* Década: período de dez dias. [N. de T.]

pedia uma nova. Palat ofereceu o livro aberto para Shevek. A página dupla era uma série de colunas de números. Lá estavam eles, como ele havia imaginado. Em suas mãos recebeu o pacto da justiça eterna. Tabelas Logarítmicas, Bases 10 e 12, dizia o título da capa, acima do Círculo da Vida.

O garotinho estudou a primeira página por um instante.

– Para que servem? – perguntou, pois, evidentemente, aqueles algarismos não estavam ali apenas por sua beleza. O engenheiro, sentado ao lado dele num sofá duro do salão comum frio e mal iluminado do domicílio, incumbiu-se de lhe explicar os logaritmos. Dois velhos no outro lado do salão tagarelavam durante o jogo "Supere Todos". Um casal adolescente entrou, perguntou se o quarto individual estava livre aquela noite e dirigiu-se para lá. A chuva caiu forte no telhado metálico do domicílio de um andar, e cessou. Nunca chovia por muito tempo. Palat pegou sua régua de cálculo e mostrou a Shevek como funcionava. Em troca, Shevek mostrou-lhe o Quadrado e o princípio de seu esquema. Era bem tarde quando perceberam que era tarde. Correram pela escuridão cheia de lama e do maravilhoso aroma de chuva até o dormitório infantil, onde levaram uma ligeira bronca do vigilante. Trocaram um beijo rápido, ambos tremendo de rir, e Shevek correu até a janela do grande dormitório, da qual pôde ver o pai voltando pela única rua de Campina Vasta, no escuro úmido e elétrico.

O garoto foi para a cama com as pernas enlameadas, e sonhou. Sonhou que estava numa estrada que passava numa região deserta. Lá na frente, viu uma linha cortando a estrada. Ao se aproximar atravessando a planície, viu que era um muro. Ia de um lado a outro do horizonte da terra árida. Era espesso, escuro e muito alto. A estrada subia nele e se interrompia.

Ele tinha de prosseguir, mas não podia. O muro o impedia. Um medo com dor e raiva apoderou-se dele. Tinha de prosseguir, ou jamais conseguiria voltar para casa. Mas o muro estava ali, impassível. Não havia como.

Bateu com as mãos na superfície lisa e gritou com ele. Sua voz saía sem palavras, corvejando. Assustado com o som da própria voz, encolheu-se, e então ouviu uma outra voz, que dizia:

– Olhe! – Era a voz de seu pai. Teve a impressão de que sua mãe Rulag estava ali também, embora não a tenha visto (não se lembrava do rosto dela). Pareceu-lhe que ela e Palat estavam de quatro à sombra do muro e que eram mais volumosos que seres humanos, com formato diferente. Estavam apontando, mostrando-lhe algo lá no chão, na poeira estéril onde nada crescia. Era uma pedra. Escura como o muro, mas em cima dela, ou dentro dela, havia um número; era cinco, pensou de início, depois achou que era um, e então compreendeu o que era: o número primitivo, ao mesmo tempo unidade e pluralidade.

– Essa é a pedra fundamental – disse uma voz querida e familiar, e Shevek foi trespassado por uma alegria. Não havia mais muro nas sombras, e ele sabia que havia voltado, que estava em casa.

Mais tarde, não conseguiu recordar os detalhes desse sonho, mas o ímpeto de alegria que o trespassou ele não esqueceu. Jamais sentira algo assim; tão firme era a certeza de sua permanência, como o vislumbre de uma luz que brilha constantemente, que ele nunca pensou naquela alegria como algo irreal, embora ele a tenha experimentado em sonho. Só que, por mais que tenha sido real *lá*, não conseguiu repeti-la, nem por força do desejo, nem por ato de vontade. Apenas se lembrou dela ao acordar. Quando tornou a sonhar com o muro, como às vezes lhe aconteceu, os sonhos eram sombrios e sem solução.

Eles tinham extraído a ideia de "prisões" de episódios de *A Vida de Odo*, que todos os que tinham optado por estudar história estavam lendo. O livro tinha muitos pontos obscuros, e não havia ninguém em Campina Vasta que soubesse história para elucidá-los; porém, quando chegaram aos anos de Odo no forte de Drio, o conceito de "prisão" tornara-se óbvio. E quando um professor itinerante de história veio à cidade, esclareceu o assunto, com a relutância de um adulto decente obrigado a explicar obscenidades a crianças. Sim, ele disse, prisão era um lugar onde o Estado punha as pessoas que não obedeciam às suas leis. Mas por que elas simplesmente não iam embora do lugar? Não podiam ir embora, as portas eram trancadas. Trancadas? Como as portas de um caminhão em movimento, para você não cair, burro! Mas o que eles *faziam* dentro de uma única sala o tempo todo? Nada. Não havia nada para fazer. Vocês viram fotos de Odo na cela da prisão em Drio, não viram? A imagem da paciência desafiadora, a cabeça grisalha inclinada, as mãos cerradas, imóvel nas sombras abusivas. Às vezes os prisioneiros eram condenados a trabalhar. Condenados? Bem, isso significa que um juiz, uma pessoa a quem a lei concedia o poder, ordenava que fizessem algum tipo de trabalho braçal. Ordenava? E se eles não quisessem fazer? Bem, eles eram obrigados; se não trabalhassem, apanhavam. Um calafrio de tensão percorreu as crianças que ouviam, todas entre 11 e 12 anos de idade, que nunca tinham apanhado, nem visto alguém apanhar, exceto num acesso de raiva imediato e pessoal.

Tirin fez a pergunta que estava em todas as mentes:

– Quer dizer que um monte de gente batia numa única pessoa?

– Sim.

– Por que as outras não impediam?

– Os guardas tinham armas. Os prisioneiros, não – respondeu o professor. Falava com a contrariedade de alguém forçado a dizer coisas detestáveis, e constrangido por isso.

A simples atração pela perversidade reuniu Tirin, Shevek e três outros garotos. Garotas foram excluídas do grupo, e eles não saberiam dizer por quê. Tirin encontrara a prisão ideal, sob a ala oeste do centro de aprendizagem. Era um lugar onde cabia apenas uma pessoa sentada ou deitada, formado por três paredes das fundações e o teto, que era a parte de baixo do andar acima; como as fundações faziam parte de um contorno de concreto, o piso era uma continuidade das paredes, e uma placa pesada de cimento-espuma na lateral isolaria o lugar por completo. Mas tinham de trancar a porta. Experimentando, descobriram que duas estacas presas entre uma das paredes e a placa lateral fechava o local de modo espantosamente definitivo. Ninguém lá dentro conseguiria abrir a porta.

– E a luz?

– Sem luz – disse Tirin. Falava com autoridade sobre essas coisas, pois sua imaginação o levava direto a elas. Usava todos os fatos que conhecia, mas não foi um fato que lhe concedeu essa certeza. – Eles deixavam os prisioneiros sentados no escuro, no forte de Drio. Durante anos.

– Ar, pelo menos – disse Shevek. – Essa porta se encaixa como uma tampa a vácuo. Temos que fazer um furo nela.

– Vai levar horas para a gente perfurar o cimento-espuma. De todo jeito, quem é que vai ficar tanto tempo nessa caixa a ponto de ficar sem ar?

Coro de voluntários e pretendentes.

Tirin olhou para eles, sarcástico.

– Vocês são todos loucos. Quem vai mesmo querer ser trancado num lugar desses? Pra quê? – Fazer a prisão tinha sido ideia dele, e isso a ele bastava; não se deu conta de que, para algumas pessoas, só imaginação não basta: elas precisam entrar na cela, precisam tentar abrir a porta impossível de abrir.

– Quero ver como é – disse Kadagv, um garoto de 12 anos com peito largo, sério, insolente.

– Use a cabeça! – zombou Tirin, mas os outros apoiaram Kadagv. Shevek pegou uma broca na oficina, e eles fizeram um buraco de dois centímetros na "porta", na altura do nariz. Levou quase uma hora, como Tirin previra.

– Quanto tempo quer ficar lá dentro, Kad? Uma hora?

– Veja – respondeu Kadagv –, se eu sou o prisioneiro, não posso decidir. Não sou livre. Vocês é que têm que decidir quando vão me deixar sair.

– Isso mesmo – disse Shevek, desanimado com essa lógica.

– Você não pode ficar muito tempo, Kad. Também quero a minha vez! – disse o mais jovem do grupo, Gibesh. O prisioneiro não se dignou a responder. Entrou na cela. Ergueram a porta e a colocaram no lugar com um estrondo, e prenderam as estacas, todos os quatro carcereiros martelando com entusiasmo. Amontoaram-se no buraco respiradouro para ver o prisioneiro, mas, como não havia luz dentro da prisão, exceto a que vinha do buraco, não viram nada.

– Não suguem todo o ar desse pobre idiota!

– Sopra um pouco de ar lá dentro pra ele.

– Solta um peido lá dentro pra ele!

– Quanto tempo ele vai ficar?

– Uma hora.

– Três minutos.

– Cinco anos!

– Faltam quatro horas para apagarem a luz. Acho que está bom.

– Mas eu quero a minha vez!

– Tudo bem, a gente deixa você aí dentro a noite inteira.

– Bem, eu quis dizer amanhã.

Quatro horas depois, arrancaram as estacas e soltaram Kadagv. Ele saiu tão dono da situação como quando entrara, disse que estava com fome e que aquilo não era nada; tinha apenas dormido a maior parte do tempo.

– Você faria de novo? – desafiou Tirin.

– Claro.

– Não, o segundo sou eu...

– Cale a boca, Gib. Então, Kad? Você entraria aí de novo, sem saber quando vamos deixá-lo sair?

– Claro.

– Sem comida?

– Eles alimentavam os prisioneiros – disse Shevek. – Isso é o mais esquisito de tudo.

Kadagv deu de ombros. Sua atitude de resistência superior era intolerável.

– Olhem aqui – Shevek disse aos dois garotos mais jovens –, peçam sobras de comida na cozinha. E tragam uma garrafa ou um pote cheio de água também. – Virou-se para Kadagv. – Vamos lhe dar um monte de coisas. Pode ficar o tempo que você quiser.

– O tempo que *vocês* quiserem – Kadagv corrigiu.

– Certo. Entre aí! – A autoconfiança de Kadagv despertou a veia satírica e teatral de Tirin. – Você é um prisioneiro. Não responde. Entendeu? Vire-se. Ponha as mãos na cabeça.

– Pra quê?

– Quer desistir?

Kadagv olhou-o com ar emburrado.

– Você não pode perguntar pra quê. Porque, se perguntar, podemos bater em você, e você vai ter que aceitar, ninguém vai te ajudar. Porque podemos chutar o seu saco e você não pode revidar. Porque você *não é livre*. E então, vai querer continuar até o fim?

– Claro. Podem me bater.

Tirin, Shevek e o prisioneiro ficaram se encarando, um grupo estranho e tenso em volta da lanterna, no escuro, em meio às paredes maciças da fundação do prédio.

Tirin sorriu com arrogância e cinismo.

– Não me diga o que fazer, seu explorador. Cale a boca e entre na cela! – E, quando Kadagv virou-se para obedecer, Tirin o empurrou pelas costas com o braço estendido, fazendo-o cair desajeitado. Ele soltou um grunhido agudo de surpresa ou dor e sentou-se, protegendo um dedo que arranhara ou torcera na parede do fundo da cela. Shevek e Tirin não falaram nada. Ficaram imóveis, sem expressão no rosto, em seus papéis de guardas. Agora não representavam um papel, o papel é que os representava. Os garotos mais jovens voltaram com pão de holum, um melão e uma garrafa de água. Chegaram conversando, mas o estranho silêncio na cela os emudeceu na hora. A comida e a água foram empurradas para dentro, a porta foi erguida e escorada. Kadagv ficou sozinho no escuro. Os outros se reuniram em volta da lanterna. Gibesh sussurrou:

– Onde ele vai mijar?

– Na cama dele – Tirin respondeu, com objetividade sardônica.

– E se ele tiver que cagar? – Gibesh perguntou, e subitamente caiu numa estrepitosa gargalhada.

– Que tanta graça você vê em cagar?

– Eu imaginei... e se ele não conseguir enxergar... no escuro... – Gibesh não conseguiu explicar totalmente sua fantasia cômica. Todos começaram a rir sem explicação, divertindo-se até perder o fôlego. Sabiam que o garoto trancado na cela estava ouvindo as risadas.

Já tinham apagado a luz do dormitório infantil, e muitos adultos já dormiam, embora aqui e ali houvesse luzes acesas nos domicílios. A rua estava deserta. Os garotos a percorriam dobrando-se de rir, berrando entre si, enlouquecidos com o prazer de compartilhar um segredo, de incomodar os outros, de estarem unidos nas maldades. Acordaram a metade das crianças do dormitório com brincadeiras de pega-pega nos corredores e por entre as camas. Nenhum adulto interferiu; o tumulto logo cessou.

Tirin e Shevek ficaram cochichando por um bom tempo, sentados na cama de Tirin. Concluíram que Kadagv tinha pedido aquilo e ficaria preso duas noites inteiras.

O grupo deles se reuniu à tarde na oficina de reciclagem de madeira, e o chefe perguntou por Kadagv. Shevek trocou um olhar de relance com Tirin. Sentiu-se esperto, teve uma sensação de poder em não responder. Porém, quando Tirin respondeu calmamente que Kadagv devia estar em outro grupo naquele dia, Shevek ficou chocado com a mentira. A sensação secreta de poder de repente o deixou desconfortável: suas pernas coçaram, suas orelhas arderam. Quando o chefe lhe dirigiu a palavra, ele pulou de susto, de medo ou algum sentimento parecido, um sentimento que nunca experimentara, algo como vergonha, mas pior: íntimo e vil. Não parava de pensar em Kadagv, enquanto tapava e lixava os buracos das tábuas de três camadas de holum e lixava as tábuas até voltarem a ficar lisas como a seda. Toda vez que inspecionava sua mente, lá estava Kadagv. Era repulsivo.

Gibesh, que estivera de guarda, foi até Tirin e Shevek após o jantar, inquieto.

– Acho que ouvi Kad falando alguma coisa lá dentro. Com a voz meio esquisita.

Houve uma pausa.

– Vamos soltá-lo – disse Shevek.

Tirin virou-se para ele.

– Ora, Shev, não me venha com pieguice. Não seja altruísta! Deixe-o terminar e se respeitar até o fim.

– Que altruísmo, que nada! Quero respeito a mim mesmo – retrucou Shevek, e partiu para o centro de aprendizagem. Tirin o conhecia; não perdeu mais nenhum minuto discutindo com ele e o acompanhou. Os outros dois, de 11 anos, seguiram atrás deles. Engatinharam debaixo do prédio até a cela. Shevek arrancou uma estaca, Tirin, a outra. A porta da prisão caiu para fora com um baque.

Kadagv estava deitado de lado no chão, todo encolhido. Sentou-se, depois levantou-se bem devagar e saiu. Curvou-se mais do que o necessário sob o teto baixo e piscou bastante à luz da lanterna, mas parecia o mesmo de sempre. O fedor que saiu com ele era inacreditável. Por algum motivo, tivera diarreia. A cela estava uma bagunça, e havia manchas de matéria fecal amarela em sua camisa. Quando as viu à luz da lanterna, tentou escondê-las com a mão. Ninguém falou muito.

Quando já tinham engatinhado para fora das fundações do prédio e se dirigiam ao dormitório, Kadagv perguntou:

– Quanto tempo fiquei lá?

– Umas trinta horas, contando as quatro primeiras.

– Bastante tempo – disse Kadagv, sem convicção.

Depois de levá-lo para tomar banho, Shevek correu para o banheiro. Ali, inclinou-se sobre a privada e vomitou. Os espasmos só o deixaram após quinze minutos. Estava trêmulo e exausto quando cessaram. Foi até o salão comum do dormitório, leu um pouco sobre física e foi para a cama cedo. Nenhum dos cinco garotos jamais voltou à prisão debaixo do centro de aprendizagem. Nenhum deles jamais mencionou o episódio, exceto Gibesh, que se gabou para alguns dos garotos e garotas mais velhos; mas eles não entenderam, e ele mudou de assunto.

A lua pairava alta acima do Instituto Regional de Ciências Nobres e Materiais do Poente Norte. Quatro garotos de 15 ou 16 anos estavam sentados no topo de um morro, por entre tufos rústicos de holum rasteira, olhando abaixo para o Instituto Regional e acima para lua.

– Estranho – disse Tirin –, eu nunca tinha pensado antes...

Comentários dos outros três sobre a obviedade dessa observação.

– Nunca tinha pensado – prosseguiu Tirin, inabalado – que existem pessoas sentadas num morro, lá em cima, em Urras, olhando para Anarres, para nós, e dizendo: "Olhe, lá está a lua". Nosso planeta é a lua deles; nossa lua é o planeta deles.

– Onde, então, está a Verdade? – declamou Bedap, e bocejou.

– No topo do morro onde se estiver sentado – respondeu Tirin.

Todos continuaram fitando aquela pedra turquesa brilhante e vaga lá em cima, que não estava totalmente redonda, um dia após ter estado cheia. A calota polar norte faiscava.

– O norte está claro – disse Shevek. – Ensolarado. Aquilo é A-Io, aquela saliência marrom ali.

– Estão todas nuas, deitadas ao sol – disse Kvetur –, com joias no umbigo e sem cabelo.

Houve um silêncio.

Tinham ido ao topo do morro para companhia masculina. A presença de fêmeas lhes era opressiva. A impressão deles era que, ultimamente, o mundo estava cheio de garotas. Para todo lugar que olhavam, dormindo ou acordados, viam garotas. Todos tinham tentado copular com garotas; alguns deles, em desespero, também tinham tentado não copular com garotas. Não fazia diferença. As garotas estavam lá.

Três dias antes, durante uma aula de História do Movimento Odoniano, todos eles haviam assistido à mesma apresentação visual e, desde então, a imagem de joias iridescentes no orifício liso das barrigas bronzeadas e lambuzadas de óleo das mulheres tornara-se recorrente a cada um deles, em privado.

Tinham visto também cadáveres de crianças, cabeludas como eles, empilhados numa praia, como ferro-velho compactado e enferrujado, e um velho derramando gasolina sobre as crianças e ateando fogo. "Uma grande fome na província de Bachfoil, da Nação de Thu", disse o comentarista. "Os corpos das crianças mortas de fome e doença são queimados nas praias. Nas praias de Tuis, a setecentos quilômetros de distância, na Nação de A-Io (e aí apareceram os umbigos enfeitados de joias), mulheres mantidas para uso sexual dos membros machos da *classe de proprietários* (usaram as palavras ióticas, pois não havia equivalente para nenhuma das duas em právico) ficam deitadas na areia o dia todo, até que o jantar lhes seja servido pela *classe dos não proprietários*". Um close-up da hora do jantar: bocas macias mastigando e sorrindo, mãos macias pegando iguarias em calda de vasilhas de prata. Então, um corte rápido de volta ao rosto opaco e embotado de uma criança morta, boca aberta, vazia, preta, seca. "Lado a lado", dissera a voz calma.

No entanto, a imagem que aumentara como uma bolha oleosa e iridescente nas mentes dos garotos era a mesma.

– De quando são aqueles filmes? – perguntou Tirin. – São de antes da Colonização ou são recentes? Eles nunca dizem.

– Que importância tem isso? – respondeu Kvetur. – Eles viviam assim em Urras antes da Revolução Odoniana. Todos os odonianos partiram e vieram para cá, para Anarres. Então, é provável que nada tenha mudado... Eles ainda fazem essas coisas lá. – Apontou para a grande lua azul-esverdeada.

– E como vamos saber?

– O que você quer dizer com isso, Tir? – perguntou Shevek.

– Se aquelas imagens tiverem 150 anos, as coisas podem estar totalmente diferentes agora em Urras. Não estou dizendo que estejam, mas, se estiverem, como vamos saber? Nós não vamos para lá, não falamos com eles, não há comunicação. Na verdade, não fazemos nenhuma ideia de como é a vida em Urras agora.

– O pessoal da CPD sabe. Eles falam com os tripulantes urrastis dos cargueiros que chegam ao Porto de Anarres. Eles se mantêm informados. E têm que se manter, para que possamos continuar o comércio com Urras, e para saber se eles são uma ameaça para nós. – Bedap falou com ponderação, mas a resposta de Tirin foi perspicaz:

– Então talvez a CPD esteja informada, mas nós não.

– Informados! – exclamou Kvetur. – Ouço falar em Urras desde a creche! Não aguento mais ver imagens de cidades imundas urrastis ou de corpos urrastis lambuzados de óleo!

– É isso mesmo! – disse Tirin, com o deleite de quem acompanha um raciocínio. – Todo o material disponível sobre Urras é a mesma coisa. Repugnante, imoral, excrementício. Mas veja: se tudo era tão ruim quando os Colonos partiram, como os urrastis sobreviveram 150 anos? Se eram tão doentes, por que não morreram? Por que a sociedade proprietária deles não entrou em colapso? Do que temos tanto medo?

– Contágio – disse Bedap.

– Somos tão fracos assim que não podemos nos expor um pouco? De qualquer forma, não é possível que *todos* sejam doentes. Não importa como seja a sociedade deles, alguns devem ser decentes. As pessoas variam aqui, não é? Somos todos odonianos perfeitos? Vejam aquele Pesus metido a besta!

– Mas, num organismo doente, mesmo uma célula sadia está condenada – disse Bedap.

– Ah, você consegue provar qualquer coisa usando analogia, e você sabe disso. De qualquer maneira, como sabemos de verdade que a sociedade deles é doente?

Bedap roeu a unha do polegar.

– Está dizendo que a CPD e o sindicato do material escolar estão mentindo para nós?

– Não. Eu disse que só sabemos o que nos dizem. E sabem o que nos dizem? – O rosto de pele escura com nariz arrebitado de Tirin, iluminado pelo luar azulado, virou-se para os outros garotos. – Kvet já disse, um minuto atrás. Ele entendeu a mensagem. Vocês ouviram: detestem Urras, odeiem Urras, tenham medo de Urras.

– Por que não? – Kvetur inquiriu. – Vejam como eles nos trataram, a nós odonianos!

– Mas eles nos deram a lua deles, não deram?

– Sim, para nos impedir de destroçar seus estados exploradores e de estabelecer uma sociedade justa por lá. E, assim que se livraram de nós, aposto que começaram a construir governos e exércitos mais rápido do que nunca, pois não sobrou ninguém para detê-los. Se abríssemos nossos portos para eles, acham que eles viriam como amigos e irmãos? Um bilhão deles contra 20 milhões de nós? Eles iriam nos liquidar, ou nos fazer de... como é que chamam, como é mesmo a palavra? Escravos, para trabalharmos nas minas por eles!

– Tudo bem. Concordo que talvez seja sensato temer Urras. Mas por que odiar? O ódio não é funcional; por que nos ensinam a odiar? Será que é porque se soubéssemos como Urras é de verdade, nós iríamos gostar de lá? De algumas coisas de lá, alguns de nós? Será que a CPD quer não apenas evitar que eles venham para cá mas também que alguns de nós queiram ir para lá?

– Ir para Urras? – disse Shevek, surpreso.

Discutiam porque gostavam de discussões, gostavam do movimento rápido da mente livre pelos caminhos das possibilidades, gostavam de questionar o que não se questionava. Eram inteligentes, suas mentes já estavam disciplinadas para a objetividade da ciência, e tinham 16 anos de idade. Porém, naquele ponto o prazer da discussão cessou para Shevek, assim como cessara antes para Kvetur. Ele ficou perturbado.

– Quem iria querer ir para Urras? – interpelou. – Para quê?

– Para descobrir como é outro mundo. Para ver o que é um "cavalo"!

– Isso é infantilidade – disse Kvetur. – Existe vida em outros sistemas estelares – e fez um gesto com a mão, percorrendo o céu banhado pelo luar –, segundo dizem. E daí? Tivemos a sorte de nascer aqui!

– Se somos melhores do que qualquer outra sociedade humana – disse Tirin –, então deveríamos ajudá-las. Mas somos proibidos.

– Proibidos? Palavra não orgânica. Quem proíbe? Você está exteriorizando a própria função integrativa – disse Shevek, inclinando-se para a frente e falando com veemência. – Ordem não são "ordens". Não saímos de Anarres porque *somos* Anarres. Sendo Tirin, você não pode sair da pele de Tirin. Talvez você queira tentar ser outra pessoa, para ver como é, mas não pode. Mas alguém impede você à força? Somos mantidos aqui à força? Que força? Que leis? As do governo, da polícia? Nada disso. Simplesmente a lei do nosso próprio ser, nossa natureza como odonianos. Está em sua natureza ser Tirin, e em minha natureza ser Shevek, e em nossa natureza comum sermos odonianos, responsáveis uns pelos outros. E essa responsabilidade é a nossa liberdade. Evitá-la seria perder nossa liberdade. Você gostaria mesmo de viver numa sociedade onde não se tem nenhuma responsabilidade, nenhuma liberdade, nenhuma escolha, apenas a falsa opção de obediência à lei, ou desobediência seguida de punição? Gostaria mesmo de ir viver numa prisão?

– Ora, claro que não! Não posso falar? O problema com você, Shev, é que você não fala nada até acumular um caminhão de argumentos pesados como tijolos, que então você descarrega de uma vez, sem nunca olhar o corpo ensanguentado e mutilado debaixo do monte...

Shevek reclinou-se, com ar satisfeito.

Mas Bedap, um rapaz corpulento, de rosto quadrado, continuou a mastigar a unha do polegar e disse:

– Mesmo assim, a ideia de Tir procede. Seria bom saber que sabemos toda a verdade sobre Urras.

– Quem você acha que está mentindo para nós? – Shevek interpelou.

Calmo, Bedap o encarou.

– Quem, irmão? Quem, senão nós mesmos?

O planeta irmão brilhava sobre eles, sereno e luminoso, um belo exemplo da improbabilidade do real.

O reflorestamento do Litoral Tameniano Norte foi uma das grandes realizações da décima quinta décade da Colonização de Anarres, empregando quase 18 mil pessoas por um período de mais de dois anos.

Embora as extensas praias do Sudeste fossem férteis, sustentando muitas comunidades pesqueiras e agrícolas, a área cultivável era uma pequena faixa ao longo do mar. Do interior a oeste até as vastas planícies do Sudoeste, a terra era inabitada, exceto por algumas cidades mineradoras remotas. Era a região chamada Poeira.

Na era geológica anterior, a Poeira tinha sido uma imensa floresta de holuns, gênero de planta ubíquo e dominante de Anarres. O clima atual era mais quente e mais seco. Milênios de seca mataram as árvores e secaram o solo até torná-lo uma poeira fina e cinza que agora levantava ao menor vento, formando morros de linhas tão puras e estéreis quanto as de qualquer duna de areia. Os anarrestis tinham a esperança de restaurar a fertilidade daquela terra inquieta com o replantio da floresta. Isso estava de acordo, pensou Shevek, com o princípio da Reversibilidade Causal, ignorado pela Sequência, escola de física atualmente em voga em Anarres, mas ainda elemento íntimo e tácito do pensamento odoniano. Ele gostaria de escrever um artigo mostrando a relação entre as ideias de Odo e as ideias da Física Temporal e, particularmente, a influência da Reversibilidade Causal no modo como ela lidou com o problema dos meios e dos fins. Mas aos 18 anos Shevek não tinha conhecimento suficiente para escrever esse artigo, e jamais teria, se não voltasse a estudar física logo, longe daquela maldita poeira.

À noite, nos acampamentos do Projeto, todo mundo tossia. Durante o dia, tossiam menos; estavam ocupados demais para tossir. A poeira era a inimiga deles, a coisa fina e seca que obstruía a garganta e os pulmões; era sua inimiga e seu ofício, sua esperança. Outrora aquela poeira jazia rica e escura à sombra das árvores. Após o longo trabalho deles, talvez voltasse a ser assim.

Ela faz brotar a folha verde na pedra,
E a água limpa e corrente do coração da rocha...

Gimar estava sempre murmurando essa canção, mas agora, na noite quente, ao atravessarem a planície de volta ao acampamento, ela cantava a letra em voz alta.

– Quem faz essas coisas? Quem é "ela"? – perguntou Shevek.

Gimar sorriu. Seu rosto largo e sedoso estava manchado e endurecido de poeira, seu cabelo estava cheio de poeira, ela exalava um cheiro forte e agradável de suor.

– Eu cresci no Nascente Sul – ela disse. – Onde estão os mineiros. É uma canção de mineiros.

– Que mineiros?

– Você não sabe? As pessoas que já estavam aqui quando os Colonos chegaram. Alguns ficaram e se uniram à solidariedade. Mineiros de ouro, mineiros de estanho. Eles ainda têm dias de festa e suas próprias canções. O *babai** era mineiro, ele cantava para mim quando eu era criança.

– Tudo bem, mas quem é "ela"?

– Não sei, é apenas a letra da canção. Não é o que estamos fazendo aqui? Fazendo brotar folhas verdes nas pedras?

---

* Papai. Uma criança pequena pode chamar qualquer adulto de mamai e babai. O babai de Gimar pode ter sido seu pai, um tio ou um adulto sem parentesco que demonstrasse responsabilidade e afeição própria dos pais. Ela pode ter chamado várias pessoas de babai e mamai, mas a palavra tem uso mais específico do que ammar (irmão/irmã), que pode ser usada para qualquer pessoa.

– Parece religioso.

– Você e suas palavras livrescas e infundadas. É só uma canção. Ah, como eu queria estar no outro acampamento para poder nadar. Estou fedendo!

– Eu estou fedendo.

– Estamos todos fedendo.

– Em solidariedade...

Mas aquele acampamento ficava a quinze quilômetros das praias do Mar Tameniano, por ali só havia um mar imenso de poeira.

Havia um homem no acampamento cujo nome, quando pronunciado, parecia com o de Shevek: Shevet. Quando chamavam um, o outro respondia. Shevek sentia certa afinidade com o homem, uma relação mais especial do que a fraternidade, por causa dessa semelhança casual. Algumas vezes, viu Shevet olhando para ele. Ainda não tinham se falado.

As primeiras décades de Shevek no projeto de reflorestamento foram passadas com ressentimento silencioso e exaustão. Pessoas que haviam optado por trabalhar em campos essencialmente funcionais como a física não deveriam ser designadas para esses projetos e recrutamentos especiais. Não era imoral realizar um trabalho sem prazer? O trabalho precisava ser feito, mas muitas pessoas não ligavam para que posto seriam enviadas e mudavam de emprego o tempo todo; *essas* pessoas deviam ter se apresentado como voluntários. Qualquer idiota podia fazer aquele trabalho. Na verdade, muitos o fariam melhor do que ele. Ele se orgulhava de sua força física e sempre se voluntariava para os "trabalhos pesados", em rodízios de dez dias; mas ali era dia após dia, oito horas por dia, na poeira e no calor. O dia inteiro ansiava pela noite, quando poderia ficar sozinho e pensar, mas, no instante em que entrava na barraca depois do jantar, sua cabeça caía pesada e ele dormia feito uma pedra até o amanhecer, e nenhum pensamento jamais atravessava a sua mente.

Considerava os colegas de trabalho maçantes e grosseiros, e até mesmo os mais jovens do que ele tratavam-no como uma criança. Ressentido e zombador, seu único prazer era escrever aos amigos Tirin e Rovab num código que tinham elaborado no Instituto, um conjunto de equivalentes verbais dos símbolos da Física Temporal. Escritas, as palavras pareciam fazer sentido como mensagem, mas, na verdade, não queriam dizer nada, a não ser pela equação ou fórmula filosófica que dissimulavam. As fórmulas de Shevek e Rovab eram genuínas. As cartas de Tirin eram muito engraçadas e convenceriam a qualquer um de que se referiam a acontecimentos e emoções reais, mas a física que continham era questionável. Shevek passou a enviar-lhes esses enigmas com frequência, desde que descobriu que podia criá-los em sua mente enquanto cavava buracos na rocha com uma pá cega na tempestade de poeira. Tirin respondeu várias vezes, Rovab apenas uma. Era uma garota fria, ele sabia que ela era fria. Mas ninguém no Instituto sabia de sua desgraça, pois eles estavam desenvolvendo pesquisas independentes e não foram designados a um posto num maldito projeto de plantio de árvores. Estavam trabalhando, fazendo o que queriam fazer. Ele não estava trabalhando. Estava sendo trabalhado, usado.

No entanto, era estranho como dava orgulho trabalhar assim – todos juntos –, que satisfação isso trazia! E alguns dos colegas de trabalho eram pessoas realmente extraordinárias. Gimar, por exemplo. A princípio sua beleza muscular o intimidara, mas agora estava forte o suficiente para desejá-la.

– Venha comigo esta noite, Gimar.

– Ah, não – ela respondeu, e olhou-o com tanta surpresa que ele disse, com dignidade em sua dor:

– Pensei que fôssemos amigos.

– E somos.

– Então...

– Eu tenho um parceiro. Lá onde eu moro.

– Você poderia ter me contado – disse Shevek, corando.

– Bem, não me ocorreu que eu devia ter contado. Desculpe, Shev.

Ela o olhou de modo tão pesaroso que ele teve esperança.

– Será que...

– Não. Não se pode ter uma parceria assim, um pouco para ele e um pouco para outros.

– Na verdade, acho que parceria por toda a vida vai contra a ética odoniana – disse Shevek, num tom rude e pedante.

– Merda – disse Gimar, em sua voz suave. – Ter é errado, compartilhar é certo. O que mais se pode compartilhar do que o seu ser inteiro, sua vida inteira, todas as noites e todos os dias?

Ele estava sentado com as mãos entre os joelhos, a cabeça baixa, um rapaz comprido, magro, abatido, inacabado.

– Não estou preparado para isso – ele disse após alguns momentos.

– Você?

– Nunca conheci alguém de verdade. Veja como eu não consegui entender você. Estou excluído. Não consigo entrar. Nunca vou conseguir. Seria tolo da minha parte pensar em parceria. Esse tipo de coisa é para... seres humanos...

Com timidez, não um acanhamento sexual, mas a reserva do respeito, Gimar pôs a mão no ombro de Shevek. Ela não o consolou. Não disse que ele era como todo mundo. Disse:

– Nunca vou conhecer outra pessoa como você, Shev. Nunca vou esquecê-lo.

De qualquer maneira, uma rejeição é uma rejeição. Apesar de toda a delicadeza de Gimar, ele se afastou dela com a alma derrotada, contrariado.

Fazia muito calor. Só refrescava uma hora antes do amanhecer.

O homem chamado Shevet aproximou-se de Shevek uma noite após o jantar. Era um rapaz forte e bonito, de 30 anos.

– Estou cansado de ser confundido com você. Arranje um nome diferente.

A agressividade ameaçadora teria espantado Shevek algum tempo antes. Agora ele simplesmente respondeu na mesma moeda:

– Mude seu próprio nome, se não gosta dele – disse.

– Você é um desses exploradores que vão estudar para não sujar as mãos – disse o homem. – Sempre quis bater num de vocês.

– Não me chame de explorador! – disse Shevek, mas aquela batalha não era verbal. Shevet golpeou-lhe duas vezes. Recebeu vários socos de volta, pois Shevek tinha braços mais longos e muito mais vigor do que seu oponente esperava; contudo foi derrotado. Várias pessoas paravam para assistir, viam que era uma luta equilibrada, porém nada interessante, e iam embora. Nem se ofendiam nem se atraíam pela simples violência. Shevek não pediu ajuda, por isso aquilo não era da conta de ninguém, apenas dele. Quando voltou a si, estava deitado de costas no chão escuro entre duas barracas.

Ficou com um zumbido no ouvido direito por uns dois dias e um lábio fendido que demorou a sarar por causa da poeira, que irritava todos os ferimentos. Ele e Shevet nunca mais se falaram. Via o homem a distância, em outras refeições em volta de fogueiras, sem animosidade. Shevet lhe dera o que tinha de dar, e ele aceitara o presente, embora, por um longo tempo, jamais tenha ponderado ou refletido sobre a natureza da oferta. Quando finalmente o fez, não havia diferença entre aquele e outro presente, uma outra etapa de seu amadurecimento. Uma garota que acabara de se unir a seu grupo de trabalho aproximara-se dele do mesmo modo que Shevet, na escuridão, quando ele se afastava da fogueira, e seu lábio não estava curado ainda... Nunca conseguiu lembrar o que ela disse; ela o provocara; de novo, ele simplesmente reagira. Foram para a planície no meio da noite, e lá ela lhe deu a liberdade da carne. Foi este o presente dela, e ele aceitou. Como todas as crianças de Anarres, ele tivera experiências sexuais voluntárias tanto com garotas quanto com garotos, mas tanto ele quanto os outros eram crianças; jamais tinha ido além do que presumia ser todo o prazer do sexo. Beshun, perita em deleite, levou-o ao âmago da sexualidade, um lugar onde não há rancor nem inépcia, onde dois corpos esforçando-se para se unirem aniquilam o momento em seu esforço e transcendem a si mesmos, transcendem o tempo.

Foi tudo mais fácil ali, tão fácil e agradável, naquela poeira quente, à luz das estrelas. E os dias eram longos, quentes e luminosos, e a poeira tinha o cheiro do corpo de Beshun. Ele trabalhava agora numa equipe de plantio. Os caminhões tinham vindo do Nordeste cheios de pequenas árvores, milhares de mudas cultivadas nas Montanhas Verdes, onde chovia até 100 mm por ano, o cinturão pluvial. Plantaram as pequenas árvores na poeira.

Quando terminaram, as cinquenta equipes que tinham trabalhado durante o segundo ano do projeto partiram nos caminhões-plataforma, e olharam para trás enquanto partiam. Viram o que tinham feito. Havia uma névoa verde, muito tênue, nas curvas e nos terraços pálidos do deserto. Sobre a terra morta jazia, muito leve, um véu de vida. Eles comemoraram, cantaram e gritaram de um caminhão a outro. Os olhos de Shevek se encheram de lágrimas. Pensou: *"Ela faz brotar a folha verde na pedra..."*. Gimar tinha sido designada de volta ao Poente Sul havia muito tempo.

– Por que está fazendo caretas? – Beshun lhe perguntou, espremida ao seu lado enquanto o caminhão sacolejava, e passando a mão de cima a baixo no braço dele, firme e branco de poeira.

– Mulheres – disse Vokep, na garagem de caminhões em Tin Ore, no Sudoeste. – As mulheres pensam que nos possuem. Nenhuma mulher pode ser odoniana de verdade.

– E a própria Odo...?

– Teoria. E ela não teve mais vida sexual após Asieo ser morto, certo? De qualquer modo, sempre há exceções. Mas, para a maioria das mulheres, a única relação que elas têm com o homem é de *posse*. Ou possuindo ou sendo possuída.

– Você acha então que elas são diferentes dos homens nesse ponto?

– Tenho certeza. O que os homens querem é liberdade. O que as mulheres querem é propriedade. Elas só o libertam se conseguirem trocá-lo por outra coisa. Todas as mulheres são proprietárias.

– Essa é uma afirmação e tanto a respeito de metade da raça humana – disse Shevek, perguntando-se se o homem tinha razão. Beshun tinha chorado até ficar doente quando ele foi designado de volta ao Noroeste. Ficou furiosa, chorosa e tentou fazê-lo dizer que não poderia viver sem ela, insistiu que não poderia viver sem ele e que eles deveriam ser parceiros. Parceiros, como se ela conseguisse ficar com qualquer homem por mais de meio ano!

A língua que Shevek falava, a única que conhecia, não possuía termos que expressassem a propriedade para o ato sexual. Em právico, não fazia sentido algum um homem dizer que "possuía" uma mulher. A palavra que mais se aproximava de "transar" – e tinha um uso secundário como insulto – era específica: significava estuprar. O verbo usual, utilizado apenas com o sujeito no plural, só pode ser traduzido por uma palavra neutra como copular. Significava algo que duas pessoas faziam, não algo feito ou possuído por uma pessoa só. Essa estrutura vocabular, como qualquer outra, não podia conter a totalidade das experiências, e Shevek estava ciente da área excluída, embora não tivesse certeza absoluta do que se tratava. Certamente sentira que possuía Beshun, em algumas daquelas noites estreladas na Poeira. E ela pensara que o possuía. Mas ambos estavam enganados; e Beshun, apesar de todo o sentimentalismo, sabia disso; despedira-se dele com um beijo, finalmente sorrindo, e o deixara partir. Ela não o possuíra. Seu próprio corpo, na primeira explosão de paixão sexual adulta, é que o possuíra de fato – e a ela. Mas tudo isso tinha terminado. Tinha acontecido. Não aconteceria de novo (pensou ele aos 18 anos de idade, sentado com um conhecido de viagem na garagem de caminhões de Tin Ore, à meia-noite, bebendo um copo de suco de fruta doce e viscoso, esperando para pegar uma carona num comboio que ia para o norte), não poderia acontecer nunca mais. Ele passaria por muita coisa ainda, mas não seria pego desprevenido uma segunda vez, derrubado, derrotado. Ser derrotado e rendido teve seus encantos. Mas a própria Beshun talvez nunca quisesse nenhuma alegria além disso. E por que deveria? Foi ela, em sua liberdade, que o libertara.

– Sabe, não concordo – disse a Vokep, um químico agrícola de rosto comprido que viajava para Abbenay. – Acho que a maioria dos homens precisa aprender a ser anarquista. As mulheres não precisam aprender.

Vokep balançou a cabeça severamente.

– São as crianças – disse. – Ter bebês. Isso as torna proprietárias. Não largam os homens. – Suspirou. – Toque e vá embora, irmão. Essa é a regra. Nunca se deixe possuir.

Shevek sorriu e bebeu o suco de fruta.

– Não deixarei – ele disse.

Foi uma alegria para ele retornar ao Instituto Regional, ver os morros baixos salpicados de holum rasteira com folhas cor de bronze, os jardins da cozinha, domicílios, dormitórios, oficinas, salas de aula, laboratórios, lugares onde vivia desde os 13 anos de idade. Sempre seria alguém para quem o retorno era tão importante quanto a viagem. Ir não era suficiente para ele, apenas metade suficiente; tinha de retornar. Talvez essa tendência já prenunciasse a natureza da imensa exploração que iria empreender aos extremos do compreensível. Provavelmente não teria embarcado naquela empreitada de anos de duração se não tivesse a profunda segurança de que o retorno era possível, mesmo que ele próprio talvez não retornasse; de que, de fato, a verdadeira natureza da viagem, como a circunavegação do globo, implicava retorno. Não se pode descer o mesmo rio duas vezes, nem voltar para casa. Isso ele sabia; na verdade, era a base de sua visão de mundo. No entanto, a partir dessa aceitação da transitoriedade, desenvolveu sua vasta teoria, segundo a qual aquilo que é mais mutável demonstra ser a eternidade em seu grau mais elevado, e a relação de alguém com o rio, e a relação do rio com alguém e com ele mesmo torna-se logo mais complexa e mais segura do que a mera falta de identidade. *Pode-se* voltar para casa, afirma a Teoria Temporal Geral, desde que se compreenda que casa é um lugar onde nunca se esteve.

Portanto, estava alegre por voltar para o que mais próximo ele tinha ou queria ter de um lar. Mas achou seus amigos ali muito imaturos. Ele tinha amadurecido bastante no último ano. Algumas garotas tinham amadurecido tanto quanto ele, ou até mais; tinham se tornado mulheres. Entretanto, evitou qualquer contato, exceto casuais, com as garotas, pois ainda não queria mais uma farra de sexo; tinha outras coisas a fazer. Percebeu que as garotas mais inteligentes, como Rovab, eram cautelosas como ele; nos laboratórios e nas equipes de trabalho, ou nas áreas comuns dos dormitórios, comportavam-se como boas companheiras e nada mais. As garotas queriam concluir o treinamento e iniciar sua pesquisa ou encontrar um posto que lhes agradasse antes de terem um filho. Mas não se satisfaziam mais com a experimentação sexual da adolescência. Queriam uma relação madura, não uma estéril; mas não naquele momento, não ainda.

Essas garotas eram boa companhia, simpáticas e independentes. Os garotos da idade de Shevek pareciam presos ao final de uma infantilidade que estava se tornando superficial e enfadonha. Eles eram intelectualizados demais. Pareciam não querer se comprometer nem com o trabalho, nem com o sexo. Quem ouvisse Tirin falar pensaria que ele havia inventado a cópula, mas seus casos eram com meninas de 15 ou 16 anos; esquivava-se das garotas de sua idade. Bedap, que nunca tinha sido vigoroso no sexo, aceitou a deferência de um rapaz mais jovem que nutria por ele uma paixão homossexual idealista e deixou que isso lhe bastasse. Parecia não levar nada a sério; tornara-se irônico e reticente. Shevek sentiu-se excluído de sua amizade. Nenhuma amizade perdurou; até Tirin estava muito egocêntrico e, nos últimos tempos, emocionalmente instável para reatar os antigos laços – se Shevek o quisesse. Na verdade, não queria. Acolheu o isolamento de todo o coração. Nunca lhe ocorreu que o distanciamento que encontrou em Bedap e Tirin pudesse ser uma reação; que seu caráter gentil, mas já impiedosamente hermético, pudesse criar sua própria ambiência, que somente uma grande força, uma grande devoção poderia suportar. Tudo o que percebeu, na verdade, foi que, finalmente, tinha tempo de sobra para o trabalho.

Lá no Sudeste, depois de ter se acostumado ao trabalho braçal regular e ter parado de desperdiçar o cérebro com mensagens codificadas e o sêmen em poluções noturnas, começou a ter algumas ideias. Agora estava livre para desenvolver essas ideias, para ver se tinham fundamento.

A física mais graduada do Instituto chamava-se Mitis. Não estava, no momento, coordenando a grade curricular de física, pois havia um rodízio anual de todos os postos administrativos entre os vinte postos permanentes, mas ela trabalhava ali havia trinta anos e era a mais inteligente dentre todos. Havia sempre uma espécie de espaço livre psicológico em volta de Mitis, como a inexistência de multidões em volta do pico de uma montanha. A ausência de intensificações ou imposições de autoridade deixava a autoridade real evidente. Existem pessoas com autoridade inerente; alguns imperadores têm, na verdade, roupa nova.

– Mandei aquele estudo que você escreveu sobre Frequência Relativa para Sabul, em Abbenay – ela disse a Shevek, com seu jeito abrupto e sociável. – Quer ver a resposta?

Empurrou até o outro lado da mesa um pedaço de papel amarrotado, obviamente uma ponta rasgada de uma folha maior. Nele havia uma equação rabiscada em letras miúdas:

$$\frac{ts}{2}(R) = 0$$

Shevek pôs seu peso nas mãos sobre a mesa e baixou os olhos para o pedacinho de papel, contemplando-o com serenidade. Seus olhos eram claros, e a claridade da janela os preencheu, tornando-os límpidos como a água. Ele tinha 19 anos, Mitis, 55. Ela o observou com compaixão e admiração.

– É isso que está faltando – ele disse. Sua mão tinha encontrado um lápis sobre a mesa. Começou a rabiscar no fragmento de papel. Enquanto escrevia, seu rosto pálido, prateado por uma leve penugem, ruborizou, e as orelhas avermelharam-se.

Mitis moveu-se discretamente atrás da mesa, sentando-se. Tinha problema de circulação nas pernas e precisava sentar-se. Seu movimento, entretanto, perturbou Shevek. Ele lançou-lhe um olhar fixo e frio.

– Posso terminar isso em um dia ou dois – ele disse.

– Sabul quer ver os resultados quando você terminar.

Houve uma pausa. A cor de Shevek voltou ao normal, e ele teve consciência de novo da presença de Mitis, a quem amava.

– Por que a senhora mandou o estudo para Sabul? – ele perguntou. – Com aquele furo enorme! – Sorriu; o prazer de remendar o furo em seu pensamento o deixou radiante.

– Achei que ele talvez conseguisse ver onde você errou. Eu não consegui. Também queria que ele visse a sua pesquisa... Ele vai querer que você vá para lá, para Abbenay, você sabe.

O jovem não respondeu.

– Você quer ir?

– Ainda não.

– Foi o que pensei. Mas você deve ir. Pelos livros, e pelas mentes que vai encontrar lá. Você não vai desperdiçar sua mente no deserto! – Mitis falou com súbito entusiasmo. – É seu dever buscar o melhor, Shevek. Jamais se deixe enganar pelo falso igualitarismo. Você vai trabalhar com Sabul. Ele é competente, vai fazê-lo trabalhar muito. Mas você deve ser livre para encontrar a linha que vai querer seguir. Fique aqui mais um bimestre e depois vá. E tome cuidado em Abbenay. Permaneça livre. O poder está sempre vinculado a um centro. Você vai para o centro. Não conheço bem Sabul; não sei de nada contra ele; mas tenha isso em mente: você será o homem dele.

A forma singular dos pronomes possessivos em právico era utilizada principalmente para dar ênfase; o idioma a evitava. Criancinhas podiam dizer "minha mãe", mas logo aprendiam a dizer "a mãe". Em vez de dizer "minha mão está doendo", dizia-se "a mão me dói", e assim por diante; para expressar "isto é meu e aquilo é seu" em právico, dizia-se "eu uso isto e você usa aquilo". A afirmação de Mitis "você será *o homem dele*" soou estranha. Shevek olhou-a sem entender.

– Você tem trabalho a fazer – disse Mitis. Ela tinha olhos escuros, e eles brilharam como se estivessem com raiva. – Faça-o! – E então saiu, pois um grupo a aguardava no laboratório. Confuso, Shevek baixou os olhos para o pedaço de papel rabiscado. Pensou que Mitis lhe tivesse dito para se apressar e corrigir as equações. Só muito mais tarde compreendeu o que ela estava lhe dizendo.

Na noite anterior à sua partida para Abbenay, seus colegas estudantes lhe ofereceram uma festa de despedida. Festas eram frequentes, ao menor pretexto, mas Shevek surpreendeu-se com a energia gasta naquela em particular e imaginou por que ela tinha sido tão boa. Como não era influenciado por ninguém, nunca soube que ele os influenciava; não tinha ideia do quanto gostavam dele.

Muitos dos seus colegas devem ter economizado várias cotas diárias para fazer a festa. Havia uma quantidade incrível de comida. A encomenda de iguarias foi tão grande que o padeiro do refeitório soltou a imaginação e produziu delícias até então desconhecidas: folhados condimentados, canapés apimentados para acompanhar o peixe defumado, bolos doces fritos e suculentamente gordurosos. Havia coquetéis de frutas, frutas em conserva da região do Mar Keran, pequenos camarões salgados, pilhas de batatas fritas crocantes. A comida farta e saborosa era inebriante. Todos ficaram meio embriagados, e alguns passaram mal.

Houve esquetes e espetáculos, ensaiados e improvisados. Tirin vestiu-se com uma coleção de farrapos da lixeira e perambulou pela festa como o Pobre Urrasti, o Mendigo – uma das palavras ióticas que todo mundo aprendera nas aulas de história.

– Me dá *dinheiro* – ele suplicava, balançando a mão debaixo dos narizes dos outros. – *Dinheiro! Dinheiro!* Por que não me dão *dinheiro?* Vocês não têm? Mentirosos! Proprietários imundos! Exploradores! Olhem toda essa comida, como conseguiram, se não têm *dinheiro?* – Então se colocou à venda: – Me *cumprem*, me *cumprem*, só por um pouquinho de *dinheiro* – adulou.

– Não é *cumprem*, é *comprem* – corrigiu Rovab.

– Me cumprem, me comprem, quem se importa? Vejam que lindo corpo eu tenho, não querem? – cantarolou, requebrando os quadris magros e piscando os olhos. Por fim, foi executado publicamente com uma faca de peixe e reapareceu vestido com um roupa normal. Havia harpistas e cantores talentosos entre eles, e houve muita música e dança, porém mais conversa. Todos conversavam como se fossem ficar mudos no dia seguinte.

Quando a noite avançou, jovens amantes começaram a sair para copular, procurando os quartos individuais; outros ficaram com sono e se retiraram para os dormitórios. No fim, sobrou um pequeno grupo em meio aos copos vazios, às espinhas de peixe e às migalhas de petiscos, que eles teriam de limpar antes de amanhecer. Mas ainda faltavam horas para o amanhecer. Conversavam. Mordiscavam isso e aquilo enquanto conversavam. Bedap, Tirin e Shevek estavam ali, mais dois rapazes e três garotas. Conversavam sobre a representação espacial do tempo como ritmos e sobre a relação entre as antigas teorias das Harmonias Numéricas e a Física Temporal Moderna. Conversavam sobre a melhor braçada para o nado de longa distância. Conversavam sobre suas infâncias, se tinham sido felizes. Conversavam sobre o que era a felicidade.

– O sofrimento é um engano – disse Shevek, inclinando-se para a frente, os olhos muito abertos e claros. Ele ainda era magricela, com mãos grandes, orelhas salientes e juntas ossudas, mas, na perfeita saúde e vigor do início da virilidade, era lindo. O cabelo castanho, como o dos outros, era fino e liso, muito comprido e preso com uma fita para não cair na testa. Só um deles usava o cabelo de um modo diferente, uma moça de bochechas elevadas e nariz chato. Ela cortara o cabelo escuro e brilhante no formato de uma touca arredondada. Observava Shevek com um olhar sério e firme. Os lábios estavam lambuzados de comer bolo frito, e tinha uma migalha grudada no queixo.

– O sofrimento existe – disse Shevek, abrindo as mãos. – É real. Posso considerá-lo um engano, mas não posso fingir que não existe ou que um dia deixará de existir. O sofrimento é a condição em que vivemos. E, quando ele chega, nós o reconhecemos. Reconhecemos como a verdade. Claro que é certo curar doenças, evitar a fome e a injustiça, como faz o organismo social. Mas nenhuma sociedade pode mudar a natureza da existência. Não podemos evitar o sofrimento. Uma ou outra dor, sim, mas não a Dor. Uma sociedade só pode aliviar o sofrimento social, o sofrimento desnecessário. O resto permanece. A raiz, a realidade. Todos nós aqui conheceremos o sofrimento; se vivermos cinquenta anos, conheceremos a dor por cinquenta anos. E, no fim, morreremos. Esta é a condição em que nascemos. Tenho medo da vida! Às vezes eu... fico aterrorizado. Qualquer felicidade parece trivial. E, no entanto, me pergunto se tudo não passa de um engano... essa busca da felicidade, esse medo da dor... Se, em vez de temer a dor e fugir dela, se pudesse... atravessá-la, ir além dela. Há algo além da dor. É o ser que sofre, e há um lugar onde o ser... acaba. Não sei como expressar. Mas acredito que a realidade... a verdade que eu reconheço no sofrimento, mas não reconheço no conforto e na felicidade... que a realidade da dor não é dor. Se for possível atravessá-la. Se for possível suportá-la até o fim.

– A realidade de nossa vida está no amor, na solidariedade – disse uma garota alta, de olhos benevolentes. – O amor é a verdadeira condição da vida humana.

Bedap balançou a cabeça.

– Não, Shev está certo – ele disse. – O amor é apenas um dos caminhos, e pode dar errado, pode falhar. A dor nunca falha. Mas, por essa razão, não temos muita escolha sobre suportá-la! Suportaremos, queiramos ou não.

A garota de cabelo curto balançou a cabeça com veemência.

– Mas não suportaremos! Um em cada cem, um em cada mil atravessa todo o caminho, atravessa até o fim. O restante de nós continua fingindo que é feliz, ou senão fica entorpecido. Sofremos, mas não o suficiente. Assim, sofremos por nada.

– O que devemos fazer – perguntou Tirin –, dar marteladas nas nossas cabeças por uma hora todos os dias, para termos certeza de que sofremos o suficiente?

– Vocês estão fazendo um culto à dor – disse outro. – A meta de um odoniano é positiva, não negativa. Sofrer é disfuncional, exceto como um aviso do corpo contra o perigo. Psicológica e socialmente, é apenas destrutivo.

– O que motivou Odo senão uma sensibilidade excepcional ao sofrimento, dela e alheio? – retorquiu Bedap.

– Mas todo o princípio de ajuda mútua foi desenvolvido para *evitar* o sofrimento!

Shevek estava sentado na mesa, as longas pernas pendentes, o rosto intenso e calmo.

– Vocês já viram alguém morrer? – ele perguntou aos outros. A maioria já tinha, num domicílio ou no trabalho voluntário num hospital. Todos, exceto um, já tinham ajudado uma ou duas vezes a enterrar os mortos.

– Houve o caso de um homem quando eu estava no acampamento no Sudeste – Shevek continuou. – Foi a primeira vez que vi uma coisa assim. O motor do carro aéreo estava com algum defeito, ele despencou na decolagem e pegou fogo. O homem foi retirado com o corpo todo queimado. Viveu cerca de duas horas. Não poderia ter sido salvo; não havia motivo para ele viver tanto tempo, nenhuma justificativa para aquelas duas horas. Estávamos esperando que trouxessem anestésicos do litoral. Eu fiquei com ele, junto com duas garotas. Tínhamos abastecido a aeronave. Não havia um médico. Não era possível fazer nada por ele, a não ser ficar ali, ao seu lado. Ele estava em choque, mas consciente. Sentia uma dor terrível, principalmente nas mãos. Acho que ele não sabia que o resto do corpo estava todo carbonizado. Não se podia tocar nele para confortá-lo, a pele e a carne se desprenderiam ao toque, e ele gritaria. Não se podia fazer nada por ele. Não havia ajuda a oferecer. Talvez soubesse que estávamos ali, não sei. Nossa companhia não fez nenhum bem a ele. Não se podia fazer nada por ele. Então eu compreendi... sabem... eu compreendi que não se pode fazer nada por ninguém. Não podemos salvar uns aos outros. Nem a nós mesmos.

– Então o que sobra? Isolamento e desespero! Você está negando a fraternidade, Shevek! – exclamou a garota alta.

– Não... não estou. Estou tentando dizer o que a fraternidade significa realmente. Começa... começa com a dor compartilhada.

– Então onde ela termina?

– Não sei. Não sei ainda.

3

ooooo

Quando Shevek acordou, após dormir o tempo todo durante sua primeira manhã em Urras, seu nariz estava entupido, a garganta doía e ele tossia muito. Pensou estar resfriado – nem mesmo a higiene odoniana tinha superado o resfriado comum –, mas o médico que aguardava para examiná-lo, um homem idoso e distinto, achou mais provável que fosse uma febre do feno generalizada, uma reação alérgica à poeira e ao pólen alienígenas de Urras. Prescreveu comprimidos e uma injeção, que Shevek aceitou com paciência, e uma bandeja de almoço, que Shevek aceitou com fome. O médico pediu-lhe que permanecesse em seu apartamento e foi embora. Assim que terminou de comer, começou sua exploração de Urras, cômodo por cômodo.

A cama, uma cama imensa de quatro pés, com um colchão muito mais macio do que o do beliche na nave *Atento*, e roupas de cama complexas, algumas sedosas, outras quentes e grossas, e um monte de travesseiros que pareciam nuvens cúmulos, tinha um cômodo só para ela. O piso era coberto com um tapete macio; havia uma cômoda de madeira lindamente entalhada e polida, e um armário com espaço para as roupas de um dormitório de dez homens. Havia também o grande salão comum com lareira, que ele tinha visto na noite anterior; e um terceiro cômodo, que continha uma banheira, um lavatório e uma privada elaborada. Era evidente que este cômodo servia para seu uso pessoal exclusivo, pois a porta dava para o quarto e ele continha apenas um de cada tipo de instalação, embora cada uma delas fosse de um luxo sensual que ultrapassava em muito o mero erotismo e fazia parte, na visão de Shevek, de um tipo de suprema apoteose excrementícia. Ele passou quase uma hora nesse terceiro cômodo, explorando uma instalação por vez, ficando muito limpo nesse processo. A distribuição da água era maravilhosa. As torneiras permaneciam abertas até serem fechadas; a banheira devia comportar sessenta litros, e a privada utilizava pelo menos cinco litros na descarga. Na verdade, isso não surpreendia. A superfície de Urras continha cinco sextos de água. Até os desertos eram desertos de gelo, nos polos. Não havia necessidade de economia; não havia seca... Mas o que acontecia com as fezes? Ficou remoendo o assunto, ajoelhado ao lado da privada, após examinar o seu mecanismo. Deviam filtrar as fezes da água em uma usina de adubos. Havia comunidades litorâneas em Anarres que utilizavam esse sistema de aproveitamento de resíduos. Ele pretendia perguntar sobre isso, mas nunca teve oportunidade. Havia muitas perguntas que nunca chegou a fazer em Urras.

Apesar da cabeça constipada, sentia-se bem, e inquieto. Os cômodos eram tão quentes que ele protelou o ato de vestir-se, andando nu de lá para cá, com altivez. Foi até as janelas do salão e ficou olhando para fora. O salão era alto. Assustou-se, a princípio, e recuou, não acostumado a edifícios de mais de um andar; era como estar olhando para baixo num dirigível; sentia-se separado do solo, dominante, indiferente. As janelas davam para um bosque que ia até um edifício branco com uma graciosa torre quadrada. Além desse edifício, o campo descia num extenso vale. O vale era todo cultivado, pois as inúmeras manchas de verde que o coloriam eram retangulares. Até onde o verde desaparecia no azul distante, ainda se viam as linhas escuras de alamedas, cercas-vivas ou árvores, uma rede tão delicada como a do sistema nervoso de um corpo vivo. Por fim, colinas elevavam-se bordejando o vale, ondulação azul atrás de ondulação azul, suaves e escuras sob o cinza pálido e uniforme do céu.

Era a vista mais linda que Shevek já vira. A leveza e vitalidade das cores, a mistura do desenho retilíneo humano e dos potentes e fecundos contornos naturais, a variedade e harmonia dos elementos davam a impressão de uma plenitude complexa que ele jamais vira, exceto, talvez, prenunciada numa pequena escala em alguns rostos humanos serenos e pensativos.

Comparado àquilo, qualquer paisagem oferecida por Anarres, mesmo a Planície de Abbenay e as gargantas das Montanhas Ne Theras, era pobre: estéril, árida e incompleta. Os desertos do Sudoeste tinham uma beleza vasta, mas eram hostis e imemoriais. Até mesmo onde os homens cultivavam a terra de Anarres com mais rigor, a paisagem era como um esboço grosseiro em giz amarelo, comparada àquela plena magnificência de vida, rica de passado e de estações por vir, inesgotável.

Era assim que o mundo devia ser, pensou Shevek.

E em algum lugar, lá fora naquele esplendor azul e verde, algo cantava: uma voz fraca, no alto, começando e parando, incrivelmente meiga e agradável. O que seria? Uma vozinha meiga, silvestre, uma música no ar.

Ficou escutando, e sua respiração prendeu-se na garganta.

Alguém bateu na porta.

– Entre! – disse Shevek.

Um homem entrou, carregando pacotes. Parou no meio da porta. Shevek atravessou a sala, dizendo o próprio nome, no estilo anarresti, e, no estilo urrasti, estendendo a mão.

O homem, de uns 50 anos, de rosto enrugado e cansado, não estendeu a mão, e disse algo do qual Shevek não entendeu uma palavra. Talvez os pacotes o impedissem, mas ele não fez esforço algum para colocá-los em outro lugar e deixar as mãos livres. Seu rosto estava extremamente sério. Era possível que estivesse constrangido.

Shevek, que pensava ter dominado pelo menos os costumes de saudação urrastis, ficou embaraçado.

– Entre – repetiu, e acrescentou, já que os urrastis usavam títulos honoríficos o tempo todo –, senhor!

O homem disparou mais um discurso ininteligível, enquanto movia-se de lado em direção ao quarto. Shevek pegou várias palavras ióticas desta vez, mas não compreendeu o resto. Deu passagem ao camarada, já que ele parecia querer entrar ali. Seria, talvez, um companheiro de quarto? Mas havia apenas uma cama. Shevek desistiu dele e voltou à janela, e o homem entrou a passos rápidos e ficou andando e fazendo ruídos lá dentro por alguns minutos. Exatamente no momento em que Shevek concluíra que o homem trabalhava à noite e usava o aposento durante o dia, um arranjo que se fazia em domicílios temporariamente lotados, ele saiu de novo. Disse algo como "Pronto, senhor" – talvez? – e inclinou a cabeça de um jeito curioso, como se achasse que Shevek, a cinco metros de distância, estivesse prestes a lhe desferir um tapa na cara. O homem foi embora. Shevek ficou parado ao lado das janelas, lentamente se dando conta de que, pela primeira vez na vida, alguém se curvara diante dele.

Entrou no quarto e descobriu que a cama tinha sido arrumada.

Pensativo, ele se vestiu devagar. Estava calçando os sapatos quando ouviu uma nova batida na porta.

Um grupo entrou, de maneira diferente; de maneira normal, pareceu a Shevek, como se tivessem o direito de estar ali, ou em qualquer lugar que quisessem. O homem com os pacotes hesitara, entrara quase de maneira furtiva. No entanto, seu rosto, suas mãos e sua roupa se aproximaram mais da noção que Shevek tinha da aparência de um ser humano normal do que a dos novos visitantes. O homem furtivo se comportara de modo estranho, mas parecia um anarresti. Aqueles quatro se comportavam como anarrestis, mas pareciam, com seus rostos barbeados e belos trajes, criaturas de uma espécie alienígena.

Shevek conseguiu identificar um deles, Pae, e os outros como homens que lhe tinham feito companhia na noite anterior. Ele explicou que não se lembrava do nome deles, e eles se apresentaram de novo: dr. Chifoilisk, dr. Oiie e dr. Atro.

– Ah, caramba! – disse Shevek. – Atro! Prazer em conhecê-lo! – Colocou as mãos nos ombros do idoso e beijou-lhe a bochecha, sem pensar se aquele cumprimento fraterno, comum em Anarres, pudesse ser inaceitável ali.

Atro, entretanto, retribuiu-lhe com um abraço caloroso e ergueu para ele os olhos cinzentos e embaciados. Shevek percebeu que o homem estava quase cego.

– Meu caro Shevek – ele disse. – Bem-vindo a A-Io... Bem-vindo a Urras... Bem-vindo ao lar!

– Há tantos anos nos escrevemos e destruímos as teorias um do outro!

– Você sempre destruiu melhor. Espere, tenho uma coisa para você aqui. – O idoso apalpou os bolsos. Sob o jaleco de veludo da universidade ele usava um paletó; sob este, um colete, sob este, uma camisa e, sob esta, provavelmente mais uma camada. Todos esses trajes, e as calças, continham bolsos. Shevek observava fascinado, enquanto Atro verificava seis ou sete bolsos, todos contendo pertences, antes de encontrar um pequeno cubo de metal amarelo encaixado num pedaço de madeira polida. – Aí está – ele disse, olhando o objeto com dificuldade. – Sua recompensa. O prêmio Seo Oen, você sabe. O dinheiro está na sua conta. Aqui. Com nove anos de atraso, mas antes tarde do que nunca. – Suas mãos tremiam enquanto entregava a coisa para Shevek.

Era pesado; o cubo amarelo era de ouro maciço. Shevek ficou parado, imóvel, segurando-o.

– Não sei você, meu jovem – disse Atro –, mas eu vou me sentar. – Todos se sentaram nas poltronas macias, que Shevek já examinara, intrigado com o material que as revestia, uma coisa marrom não tecida que parecia pele humana. – Quantos anos você tinha nove anos atrás, Shevek?

Atro era o mais eminente físico vivo de Urras. Havia nele não apenas a dignidade de muitas décadas vividas mas também a segurança brusca de alguém acostumado ao respeito. Nada disso era novo para Shevek. Atro tinha o único tipo exato de autoridade que Shevek reconhecia. Também sentiu prazer ao ser enfim tratado simplesmente pelo nome.

– Eu tinha 29 anos quando terminei o *Princípios*, Atro.

– Vinte e nove? Meu Deus! Isso o torna o mais jovem a receber o prêmio Seo Oen em mais ou menos um século. Eu só consegui receber o meu depois dos 60... Então, quantos anos você tinha quando me escreveu pela primeira vez?

– Uns 20.

Atro bufou.

– Na época achei que você fosse um homem de 40 anos!

– E Sabul? – Oiie perguntou. Oiie era ainda mais baixo em relação à maioria dos urrastis, que a Shevek pareciam todos baixos; tinha um rosto achatado e afável, e os olhos ovais muito pretos. – Houve um período de seis ou oito anos em que o senhor nunca escreveu, e Sabul manteve contato conosco; mas ele nunca usou o mesmo *link* de rádio que o senhor. Já nos perguntamos que tipo de relação vocês teriam.

– Sabul é o membro mais graduado do Instituto de Física de Abbenay – disse Shevek. – Eu trabalhava com ele.

– Um rival mais velho; ciumento; mexia nos seus livros; já está claro o suficiente. Nem precisamos de uma explicação, Oiie – disse o quarto homem, Chifoilisk, num tom áspero. Era um homem de meia-idade, atarracado e de pele escura, com as mãos finas de um trabalhador de gabinete. Era o único entre eles cujo rosto não era totalmente barbeado: tinha deixado alguns pelos eriçados no queixo para combinar com o cabelo curto e cinza. – Não precisa fingir que todos os irmãos odonianos são cheios de amor fraterno – ele disse. – Natureza humana é natureza humana.

Uma saraivada de espirros de Shevek evitou que sua falta de reação parecesse significativa.

– Não tenho lenço – desculpou-se, enxugando os olhos.

– Pegue o meu – disse Atro, tirando um lenço branquíssimo de um dos inúmeros bolsos. Enquanto Shevek pegava o lenço, uma lembrança inoportuna apertou seu coração. Pensou em sua filha Sadik, uma garotinha de olhos escuros, dizendo: "Pode compartilhar o lenço que eu uso". Essa lembrança, que lhe era tão cara, foi insuportavelmente dolorosa naquele momento. Tentando fugir dela, sorriu ao acaso e disse:

– Sou alérgico ao planeta de vocês. É o que diz o médico.

– Meu Deus, você não vai ficar espirrando assim o tempo todo, vai? – perguntou o velho Atro, examinando seu rosto.

– O seu homem não veio ainda? – perguntou Pae.

– Meu homem?

– O criado. Era para ele ter lhe trazido algumas coisas. Inclusive lenços. Apenas o suficiente para supri-lo enquanto você não puder fazer as próprias compras. Nada selecionado... Receio que haja poucas opções de roupas prontas para um homem da sua altura!

Após Shevek ter compreendido tudo (Pae tinha uma fala arrastada que combinava com seus traços bonitos e delicados), disse:

– É muita gentileza de vocês. Eu me sinto... – Olhou para Atro. – Eu sou, vocês sabem, o Mendigo – disse ao velho, como tinha dito ao dr. Kimoe na nave *Atento*. – Não pude trazer dinheiro. Não o utilizamos. Não pude trazer presentes, não usamos nada que falte a vocês. Então, venho como um verdadeiro odoniano, "de mãos vazias".

Atro e Pae lhe asseguraram que ele era um hóspede, não precisava pagar nada, o privilégio era deles.

– Além do mais – disse Chifoilisk, num tom irônico –, é o governo iota que está bancando tudo.

Pae lançou-lhe um olhar severo, mas Chifoilisk não o retribuiu. Em vez disso, olhou Shevek direto nos olhos. Havia em seu rosto de pele escura uma expressão que ele não fez esforço para esconder, mas que Shevek não conseguiu interpretar: advertência ou cumplicidade?

– Falou o thuviano incorrigível – disse Atro, bufando. – Mas quer dizer, Shevek, que você não trouxe absolutamente nada, nenhum estudo, nenhum trabalho novo? Eu estava ansioso por um livro. Mais uma revolução na física. Para ver esses jovens arrogantes ficarem abismados, como eu fiquei com os *Princípios*. No que você tem trabalhado?

– Bem, tenho lido Pae... O estudo do dr. Pae sobre o universo homogêneo, sobre o Paradoxo e a Relatividade.

– Tudo muito bem. Saio é a nossa grande estrela atual, sem dúvida. E quem menos duvida é você próprio, hein, Saio? Mas o que isso tem a ver com nosso assunto? Onde está a sua Teoria Temporal Geral?

– Na minha cabeça – disse Shevek, com um sorriso largo e simpático. Houve uma breve pausa.

Oiie perguntou-lhe se ele tinha visto o trabalho sobre a Teoria da Relatividade de um físico alienígena, Ainsetain, do planeta Terran. Shevek disse que não. Eles estavam intensamente interessados nesse trabalho, exceto Atro, que já ultrapassara a intensidade. Pae correu até seu quarto e pegou uma cópia da tradução para Shevek.

– O trabalho tem centenas de anos, mas há algumas ideias novas nele para nós – ele disse.

– Talvez – disse Atro –, mas nenhum desses fora-do-mundo consegue acompanhar a *nossa* física. Os hainianos a chamam de materialismo, e os terranos a chamam de misticismo, e ambos acabam desistindo. Não deixe essa euforia passageira por tudo o que é estrangeiro desviá-lo do rumo, Shevek. Eles não têm nada a nos oferecer. Plante suas próprias sementes, como dizia meu pai. – Deu sua bufada senil e levantou-se, alavancando-se para fora da poltrona. – Venha comigo, vamos lá fora dar uma volta no bosque. Não é à toa que você está constipado, engaiolado desse jeito aqui.

– O médico disse para eu ficar aqui dentro do quarto por três dias. Posso ser... infectado? Infeccioso?

– Nunca dê atenção ao que os médicos dizem, meu caro amigo.

– Mas talvez, neste caso, ele deva, dr. Atro – sugeriu Pae, em seu tom calmo e conciliador.

– Afinal, o médico é do governo, não é? – observou Chifoilisk, com evidente malícia.

– O melhor homem que puderam encontrar, tenho certeza – Atro disse, sem achar graça, e foi embora sem insistir mais com Shevek.

Chifoilisk o acompanhou. Os dois homens mais jovens permaneceram ali, conversando sobre física, por um longo tempo.

Com imenso prazer, e com aquela mesma sensação de reconhecimento, de encontrar algo do jeito que deveria ser, Shevek descobriu pela primeira vez na vida a conversa entre iguais.

Mitis, embora fosse uma professora esplêndida, jamais conseguira acompanhá-lo nas novas áreas de teoria que ele, incentivado por ela, tinha começado a explorar. Gvarab foi a única pessoa que encontrara com conhecimento e capacidade comparáveis aos dele, mas ele e Gvarab se conheceram tarde demais, quando ela já estava no fim da vida. Desde aqueles tempos, Shevek trabalhara com muitas pessoas de talento, mas, por nunca ter sido membro efetivo do Instituto de Abbenay, não conseguiu levá-las longe o bastante; permaneceram atoladas nos velhos problemas, na clássica Física Sequência. Ele não tivera iguais. Ali, no reino da iniquidade, enfim os encontrara.

Foi uma revelação, uma liberação. Físicos, matemáticos, astrônomos, lógicos, biólogos, estavam todos ali na universidade e vinham até ele, ou ele ia até eles, e conversavam, e novos mundos nasciam de suas conversas. É da natureza da ideia ser comunicada: escrita, falada, realizada. A ideia é como a grama. Anseia pela luz, gosta de multidões, prolifera por cruzamento, cresce melhor para ser pisada.

Mesmo naquela primeira tarde na universidade, com Oiie e Pae, sabia que encontrara algo que desejara desde que, ainda garotos e num nível infantil, ele, Tirin e Bedap passavam metade da noite conversando, provocando e desafiando uns aos outros em voos mentais cada vez mais audaciosos. Recordava-se vividamente de uma dessas noites. Ele viu Tirin dizendo: "Se soubéssemos como Urras é de verdade, talvez alguns de nós quiséssemos ir até lá". E ele ficara tão chocado com a ideia que pulara em cima de Tirin, e Tir logo recuara, pobre alma condenada, e estivera certo o tempo todo.

A conversa cessara. Pae e Oiie estavam calados.

– Desculpem – ele disse. – A cabeça está pesada.

– Como está a gravidade? – Pae perguntou, com o sorriso charmoso de um homem que, como uma criança esperta, conta com o próprio charme.

– Não percebo – respondeu Shevek. – Só nos... o que é isso?

– Joelhos... articulações dos joelhos.

– Sim, joelhos. A função está prejudicada. Mas vou me acostumar. – Olhou para Pae e depois para Oiie. – Tenho uma pergunta. Mas não quero ser ofensivo.

– Nunca tenha receio disso, senhor! – disse Pae.

– Não tenho certeza se o senhor saberia como nos ofender – disse Oiie. Ele não era um camarada simpático, como Pae. Mesmo conversando sobre física, tinha um estilo evasivo e reservado. No entanto, Shevek sentiu que, sob esse estilo, havia algo para confiar; enquanto que, sob o charme de Pae, o que havia? Bem, não importava. Ele tinha de confiar em todos, e confiaria.

– Onde estão as mulheres?

Pae riu. Oiie sorriu e perguntou:

– Em que sentido?

– Todos os sentidos. Conheci mulheres na festa ontem à noite... cinco, dez... e centenas de homens. Nenhuma delas era cientista, eu acho. Quem eram elas?

– Esposas. Na verdade, uma delas era a minha esposa – disse Oiie, com seu sorriso reservado.

– Onde estão as outras mulheres?

– Ah, não há dificuldade nenhuma quanto a isso, senhor – disse Pae, prontamente. – Só nos diga quais são as suas preferências, e nada seria mais fácil de providenciar.

– Ouvem-se muitas especulações pitorescas sobre os costumes anarrestis, mas acho que conseguimos encontrar qualquer coisa que o senhor tenha em mente – disse Oiie.

Shevek não fazia ideia do que eles estavam falando. Coçou a cabeça:

– Então todos os cientistas daqui são homens?

– *Cientistas?* – perguntou Oiie, incrédulo.

– Cientistas. – Pae tossiu. – Ah, sim, certo, são todos homens. Existem algumas professoras nas escolas femininas, claro. Mas nunca ultrapassam o nível do Certificado.

– Por que não?

– Não conseguem entender matemática; não têm cabeça para pensamento abstrato; não pertencem ao meio científico. Sabe como é, o que as mulheres chamam de pensamento é feito com o útero! É claro que sempre existem algumas exceções, mulheres inteligentes e detestáveis, com atrofia vaginal.

– Vocês odonianos deixam as mulheres estudarem ciência? – indagou Oiie.

– Bem, elas estão nas ciências, sim.

– Não muitas, espero.

– Bem, cerca da metade.

– Eu sempre digo – disse Pae – que as moças técnicas devidamente orientadas poderiam aliviar boa parte da carga dos homens nos laboratórios. Na verdade, elas são até mais hábeis e rápidas do que os homens em tarefas repetitivas, e mais dóceis... se entediam com menos facilidade. Poderíamos liberar os homens para o trabalho criativo muito mais cedo se utilizássemos mulheres.

– No meu laboratório, não – disse Oiie. – Deixem que fiquem no lugar delas.

– O senhor encontrou mulheres capazes de trabalho intelectual criativo, dr. Shevek?

– Bem, na verdade foram elas que me encontraram. Mitis, no Poente Norte, era minha professora. Gvarab também; acho que já ouviram falar nela.

– Gvarab era mulher? – perguntou Pae, com surpresa genuína, e riu.

Oiie pareceu não convencido e ofendido.

– Não dá para saber pelos nomes de vocês, é claro – disse friamente.

– Vocês fazem questão, suponho, de não fazer distinção entre os sexos.

– Odo era mulher – disse Shevek calmamente.

– Pois é – disse Oiie. Ele não deu de ombros, mas por um triz não deu de ombros. Pae pareceu respeitoso e assentiu com um movimento da cabeça, do mesmo modo que fazia quando o velho Atro balbuciava.

Shevek percebeu que tocara numa animosidade impessoal muito profunda dentro daqueles homens. Aparentemente havia neles, como nas mesas da espaçonave, uma mulher, uma mulher reprimida, silenciada, bestializada, uma fúria enjaulada. Ele não tinha o direito de provocá-los. Eles só conheciam as relações de posse. Estavam possuídos.

– Uma mulher linda e virtuosa – disse Pae – é uma inspiração para nós... a coisa mais preciosa do mundo.

Shevek sentiu-se extremamente desconfortável. Levantou-se e foi até as janelas.

– Seu mundo é muito bonito – ele disse. – Gostaria de poder conhecer mais. Enquanto eu tiver que ficar aqui dentro, vocês podem me trazer livros?

– Claro, senhor! Que tipo de livro?

– História, fotos, contos, qualquer coisa. Talvez livros infantis. Vocês entendem, eu sei muito pouco. Estudamos sobre Urras, mas principalmente sobre a época de Odo. Antes disso são 8 500 anos de história! E depois, desde a Colonização de Anarres, já se passaram cento e cinquenta anos; desde que a última nave trouxe os últimos Colonos... ignorância. Nós os ignoramos; vocês nos ignoram. Vocês são nossa história. Nós somos talvez seu futuro. Quero aprender, não ignorar. Foi por isso que vim. Devemos nos conhecer. Não somos homens primitivos. Nossa moralidade não é mais tribal, não pode ser. Essa ignorância é errada, da qual surgirão erros. Por isso vim aprender.

Ele falou com muita honestidade. Pae assentiu com entusiasmo.

– Exatamente, senhor! Todos nós estamos de pleno acordo com seus objetivos!

Oiie olhou para ele com aqueles olhos pretos, opacos, ovais, e disse:

– Então o senhor vem, basicamente, como um emissário de sua sociedade?

Shevek voltou a sentar-se no banco de mármore ao lado da lareira, que ele já considerava o seu banco, seu território. Ele queria um território. Sentiu a necessidade de cautela. Mas sentia com mais força a necessidade que o fizera atravessar o abismo seco do seu planeta até ali, a necessidade de comunicação, o desejo de derrubar muros.

– Venho – ele disse, com cautela – como representante do Sindicato da Iniciativa, o grupo que tem conversado com Urras pelo rádio nos últimos dois anos. Mas não sou embaixador de nenhuma autoridade, nenhuma instituição. Espero que não tenham me convidado como tal.

– Não – disse Oiie. – Nós convidamos o senhor... Shevek, o físico. Com a aprovação do nosso governo e do Conselho dos Governos Mundiais, é claro. Mas o senhor está aqui como convidado particular da Universidade de Ieu Eun.

– Ótimo.

– Mas não temos certeza se o senhor veio ou não com a aprovação do... – ele hesitou.

Shevek deu um meio sorriso.

– Do meu governo?

– Sabemos que, nominalmente, não existe governo em Anarres. Entretanto, é óbvio que existe uma administração. E supomos que o grupo que o enviou, seu Sindicato, seja uma espécie de facção; talvez uma facção revolucionária.

– Todo mundo em Anarres é revolucionário, Oiie... A rede de administração e gerenciamento chama-se CPD, Coordenação de Produção e Distribuição. Eles são um sistema de coordenação de todos os sindicatos, federações e indivíduos que realizam trabalho produtivo. Eles não governam as pessoas; administram produção. Não têm nenhuma autoridade sobre mim, para me apoiar ou me impedir. Só podem nos dizer a opinião pública sobre nós... onde nos situamos na consciência social.

É isso o que vocês querem saber? Bem, meus amigos e eu somos muito desaprovados. A maioria das pessoas de Anarres não quer aprender sobre Urras. Eles temem o seu mundo e não querem nenhum contato com os proprietários. Desculpe se estou sendo mal-educado! Acontece o mesmo aqui, com algumas pessoas, não é? O desprezo, o medo, o tribalismo. Bem, então eu vim para começar a mudar isso.

– Inteiramente por sua própria iniciativa – disse Oiie.

– É a única iniciativa que reconheço – disse Shevek, sorrindo com absoluta honestidade.

Passou os dois dias seguintes conversando com os cientistas que vieram vê-lo, lendo os livros que Pae lhe trouxera e às vezes apenas em pé, parado ao lado das janelas de arco duplo, para contemplar a chegada do verão no grande vale e para ouvir as breves e delicadas conversas soltas no ar lá fora. Pássaros: sabia o nome dos cantores agora e conhecia sua aparência pelas fotografias nos livros, mas sempre que ouvia o canto ou percebia o bater de asas de uma árvore a outra, ficava maravilhado como uma criança.

Tinha esperado sentir-se tão estranho, ali em Urras, tão perdido, alienígena e confuso – e não sentia nada disso. É claro que havia infinitas coisas que não compreendia. Só agora começava a vislumbrar quantas eram essas coisas: aquela sociedade incrivelmente complexa com todas as suas nações, classes, castas, cultos, costumes e sua história magnífica, estarrecedora, interminável. E cada indivíduo que conhecia era um enigma, cheio de surpresas. Mas não eram os egoístas grosseiros e frios que esperava encontrar; eram tão complexos e diversificados quanto a sua cultura, quanto a sua paisagem; e eram inteligentes; e eram gentis. Tratavam-no como um irmão, faziam tudo o que podiam para que ele não se sentisse perdido, não se sentisse um alienígena, para que se sentisse em casa. E, de fato, ele se sentia em casa. Não podia evitá-lo. O planeta inteiro, a suavidade do ar, a luz do sol nas colinas, até mesmo o puxão da gravidade mais pesado em seu corpo lhe asseguravam que ali era, na verdade, a sua casa, o planeta de sua raça; e toda a beleza daquele mundo era sua por herança.

O silêncio, o absoluto silêncio de Anarres: pensava nele à noite. Nenhum pássaro cantava lá. Não havia outras vozes senão vozes humanas. Silêncio, e as terras áridas.

No terceiro dia o velho Atro lhe trouxe uma pilha de jornais. Pae, companhia frequente de Shevek, não disse nada a Atro, mas, quando o velho saiu, disse a Shevek:

— Esses jornais são um lixo, senhor. Divertidos, mas não acredite em nada do que ler neles.

Shevek pegou o primeiro jornal da pilha. Era mal impresso, num papel áspero – o primeiro artefato malfeito que manuseava em Urras. Na verdade, parecia os boletins e relatórios regionais da CPD que serviam de jornais em Anarres, mas o estilo era bem diferente daquelas publicações borradas, práticas e factuais. Era cheio de pontos de exclamação e fotos. Havia uma foto de Shevek em frente à espaçonave, com Pae segurando seu braço e parecendo zangado. PRIMEIRO HOMEM DA LUA!, diziam as letras enormes acima da foto. Fascinado, Shevek continuou a ler.

Seu primeiro passo em Urras! Primeiro visitante da Colônia de Anarres em cento e setenta anos, o dr. Shevek foi fotografado ontem durante a sua chegada a bordo do cargueiro lunar regular que opera no Porto Espacial Peier. O ilustre cientista, ganhador do Prêmio Seo Oen por seus serviços a todas as nações através da ciência, aceitou uma cátedra na Universidade de Ieu Eun, uma honra jamais concedida antes a um fora-do-mundo. Indagado sobre como se sentiu ao ver Urras pela primeira vez, o ilustre cientista respondeu: "É uma grande honra ser convidado a visitar seu lindo planeta. Espero que uma nova era de amizade de todos os cetianos esteja começando agora, em que os planetas gêmeos seguirão juntos em fraternidade".

– Mas eu nunca disse nada! – Shevek protestou para Pae.

– Claro que não. Não deixamos essa gente chegar perto do senhor. Mas isso não restringe a imaginação de um jornalista alpiste! Eles escrevem que alguém disse o que eles querem que se diga, não importa se aquilo foi dito ou não.

Shevek ficou pensativo.

– Bem – ele disse, enfim –, se eu tivesse dito alguma coisa, teria sido aquilo mesmo. Mas o que significa cetianos?

– Os terranos nos chamam de cetianos. Creio que seja por causa do nome que eles dão ao nosso sol. A imprensa popular tem usado o termo ultimamente, essa palavra está meio que na moda.

– Então, todos os cetianos significa Urras e Anarres juntos?

– Suponho que sim – disse Pae, com nítido desinteresse.

Shevek continuou a ler os jornais. Leu que ele era um homem gigantesco, que não estava barbeado e possuía uma "juba", seja lá o que isso fosse, de cabelo grisalho, que tinha 37 anos, 43 e 56; que escrevera um excelente trabalho chamado (a grafia dependia do jornal) *Principais da Simultaneidade* ou *Princípios da Simutanidade*, que era um embaixador benevolente do governo odoniano, que era vegetariano e que, como todo anarresti, não bebia. Neste ponto caiu na gargalhada e riu até lhe doerem as costelas.

– Caramba! Eles realmente têm imaginação! Acham que vivemos de vapor d'água, como o musgo de rocha?

– Eles querem dizer que o senhor não bebe bebida alcoólica – disse Pae, também rindo. – Se há uma coisa que todo mundo sabe sobre os odonianos, suponho, é que vocês não bebem álcool. Aliás, isso é verdade?

– Algumas pessoas destilam álcool de raiz de holum fermentada para beber. Dizem que libera o inconsciente, como no treinamento das ondas cerebrais. A maioria prefere o treinamento. É muito fácil e não causa a doença. Isso é comum aqui?

– Beber, sim. Não sei essa doença. Como se chama?

– Alcoolismo, eu acho.

– Ah, sei... Mas o que os trabalhadores fazem em Anarres para terem um pouco de diversão, para escaparem juntos das aflições do mundo por uma noite?

Shevek ficou confuso.

– Bem, nós... Não sei. Talvez nossas aflições sejam inescapáveis?

– Excêntrico – disse Oiie, dando um sorriso afável.

Shevek prosseguiu a leitura. Um dos jornais estava numa língua que ele não conhecia, e outro num alfabeto totalmente diferente. Um era de Thu, explicou Pae, e o outro de Benbili, uma nação do hemisfério ocidental. O jornal de Thu era bem impresso e sóbrio no formato; Pae explicou que era uma publicação governamental.

– Aqui em A-Io, sabe, as pessoas cultas obtêm as notícias no telefax, no rádio, na televisão e nos semanários. Esses jornais são lidos quase exclusivamente pelas classes inferiores... e são escritos por semiletrados, como o senhor pode ver. Temos total liberdade de imprensa em A-Io, o que significa, inevitavelmente, que temos muito lixo. O jornal thuviano é muito mais bem escrito, mas relata apenas os fatos que o Comitê Central Thuviano quer ver relatados. A censura é absoluta em Thu. O Estado é tudo, e tudo é pelo Estado. Dificilmente o lugar para um odoniano, hein, senhor.

– E este jornal?

– Não faço a menor ideia. Benbili é um país do tipo retrógrado. Sempre tendo revoluções.

– Um grupo de pessoas de Benbili nos enviou uma mensagem pelo comprimento de onda do Sindicato, pouco antes de eu partir de Abbenay. Chamavam a si mesmos de odonianos. Existem esses grupos aqui em A-Io?

– Não, nunca ouvi falar, dr. Shevek.

O muro. Shevek, àquela altura, reconhecia o muro quando deparava com ele. O muro era o charme, a cortesia e a indiferença daquele jovem.

– Acho que você tem medo de mim, Pae – ele disse, de modo abrupto, mas cordial.

– Medo do senhor?

– Porque sou, pela minha própria existência, uma contestação da necessidade do Estado. Mas o que há para temer? Não vou lhe fazer mal, Saio Pae, você sabe. Sou totalmente inofensivo... Escute, não sou doutor. Não usamos títulos. Eu me chamo Shevek.

– Eu sei, desculpe, senhor. Em nossos termos parece desrespeitoso, entende? Não parece certo. – Ele se desculpou de maneira cativante, esperando perdão.

– Você não consegue me reconhecer como um igual? – Shevek perguntou, observando-o sem perdão nem raiva.

Pae, pela primeira vez, ficou constrangido.

– Mas o senhor é, realmente, o senhor sabe, um homem importante...

– Não há motivos para você mudar seus hábitos por minha causa – disse Shevek. – Não importa. Achei que você ficaria contente em se livrar do desnecessário, apenas isso.

Três dias de confinamento deixaram Shevek carregado de energia excedente, e quando foi liberado exauriu seus acompanhantes com a ânsia em ver tudo de uma vez. Levaram-no à universidade, uma cidade em si, 16 mil estudantes e o corpo docente. Com seus dormitórios, refeitórios, teatros, salas de reunião e por aí afora, não era muito diferente da comunidade odoniana, exceto por ser muito antiga, ser exclusivamente masculina, ser incrivelmente luxuosa e por não ter uma organização federativa, mas hierárquica, de cima para baixo. Mesmo assim, pensou Shevek, *tinha a atmosfera* de uma comunidade. Ele tinha de lembrar a si mesmo das diferenças.

Levaram-no a um passeio no campo em carros alugados, máquinas esplêndidas de uma elegância bizarra. Não havia muitos deles nas estradas: o aluguel era caro, e poucas pessoas possuíam carros particulares, pois os impostos eram pesados. Todos esses luxos, que, se permitidos livremente ao público tenderiam a drenar recursos naturais insubstituíveis ou sujar o ambiente com refugos, eram rigorosamente controlados por regulação ou taxação. Seus guias alongaram-se no assunto, com certo orgulho. A-Io guiara o mundo por séculos, disseram, em matéria de controle ecológico e economia de recursos naturais. Os excessos do Nono Milênio havia muito eram uma página virada da história, e seu único efeito duradouro era a escassez de certos metais, que, felizmente, podiam ser importados da Lua.

Viajando de carro ou de trem, ele viu aldeias, fazendas, cidades; fortalezas dos dias feudais; ruínas das torres da antiga capital de um império de 4.400 anos. Viu as terras cultivadas, os lagos e as colinas da Província de Avan, o coração de A-Io, e no horizonte setentrional os picos da Cordilheira Meitei, brancos, gigantescos. A beleza da terra e o bem-estar do povo permaneciam uma eterna maravilha para ele. Os guias estavam certos: os urrastis sabiam usar o planeta. Quando criança, ensinaram-no que Urras era uma massa podre de desigualdade, iniquidade e desperdício. Mas todas as pessoas que conhecia, todas as pessoas que via, mesmo na menor aldeia do interior, estavam bem-vestidas, bem alimentadas e, contrariando suas expectativas, eram trabalhadoras. Não ficavam à toa, aguardando ordens para fazer as coisas. Assim como os anarrestis, estavam simplesmente ocupadas fazendo as coisas. Isso o espantou. Tinha presumido que, se se retirasse o incentivo natural do ser humano de trabalhar – sua iniciativa, sua energia criativa espontânea – e se substituísse por motivação e coerção externas, ele se tornaria um trabalhador preguiçoso e negligente. Mas nenhum trabalhador negligente manteria aquelas agradáveis terras cultivadas, ou fabricaria os soberbos carros e os confortáveis trens. A atração e a compulsão pelo *lucro* era, evidentemente, um substituto muito mais efetivo à iniciativa natural do que o tinham levado a crer.

Teria gostado de conversar com algumas daquelas pessoas de aparência robusta e respeitável que viu nas pequenas cidades, para lhes perguntar, por exemplo, se elas se consideravam pobres; pois, se aqueles fossem os pobres, ele teria de revisar seu conceito da palavra. Mas nunca parecia haver tempo, com tudo o que os guias queriam que ele visse.

As outras grandes cidades de A-Io eram muito distantes para se visitar em apenas um dia de passeio, mas levaram-no com frequência a Nio Esseia, a cinquenta quilômetros da universidade. Uma série de recepções foi realizada ali em sua homenagem. Ele não as apreciava muito, pois de modo algum correspondiam à concepção que ele fazia de uma festa. Todos eram muito educados e conversavam bastante, mas sobre nada interessante; e sorriam tanto que pareciam ansiosos. Mas suas roupas eram lindas; de fato, pareciam colocar a frivolidade que faltava às suas maneiras em suas roupas, sua comida, em todas as coisas diferentes que bebiam, e nos opulentos móveis e ornamentos pelos salões dos palácios onde se realizavam as recepções.

Mostraram-lhe os marcos de Nio Esseia: uma cidade de 5 milhões de habitantes – um quarto da população inteira de Anarres. Levaram-no à Praça do Capitólio e mostraram-lhe as altas portas de bronze do Diretório, sede do governo de A-Io; permitiram-lhe acompanhar um debate no Senado e uma reunião de um Comitê dos Diretores. Levaram-no ao zoológico, ao Museu Nacional, ao Museu da Ciência e da Indústria. Levaram-no a uma escola, onde crianças graciosas de uniformes azuis e brancos cantaram o hino nacional de A-Io para ele. Levaram-no para visitar uma fábrica de componentes eletrônicos, uma usina siderúrgica totalmente automatizada e uma usina de fusão nuclear, para que ele visse a eficiência com que a economia proprietária operava o suprimento de energia e manufatura. Levaram-no a um novo conjunto habitacional feito pelo governo, para que ele visse como o Estado cuidava do povo. Levaram-no a um passeio de barco pelo Estuário de Sua, lotado de navios oriundos de todas as partes do planeta. Levaram-no às Supremas Cortes de Justiça, e ele passou um dia inteiro ouvindo casos civis e criminais sendo julgados, uma experiência que o deixou desnorteado e estarrecido; mas insistiram que ele deveria ver o que havia para ser visto e ser levado aonde quer que desejasse ir. Quando ele perguntou, com certo retraimento, se poderia ver o lugar onde Odo estava enterrada, eles o conduziram direto para o antigo cemitério no bairro Trans-Sua. Até autorizaram que os jornalistas dos jornais infames o fotografassem lá, parado à sombra dos grandes e antigos salgueiros, olhando o túmulo simples e bem cuidado:

Laia Asieo Odo
698-769
Ser todo é ser parte;
a verdadeira viagem é o retorno.

Levaram-no a Rodarred, sede do Conselho dos Governos Mundiais, para discursar ao plenário daquela instituição. Esperava conhecer ou pelo menos ver alienígenas ali, os embaixadores de Terran ou de Hain, mas o planejamento rígido da agenda de eventos não lhe permitiu. Preparara meticulosamente seu discurso, um apelo à livre comunicação e reconhecimento mútuo entre o Novo e o Velho Mundo. O discurso foi recebido com uma ovação de dez minutos. Os semanários respeitáveis comentaram-no com aprovação, chamando-o de "um desinteressado gesto moral de fraternidade por um grande cientista", mas não citaram nenhuma passagem dele, nem os jornais populares. Na verdade, apesar da ovação, Shevek teve a sensação esquisita de que ninguém o escutara.

Concederam-lhe muitos privilégios e acessos livres: aos Laboratórios de Pesquisa da Luz, aos Arquivos Nacionais, aos Laboratórios de Tecnologia Nuclear, à Biblioteca Nacional em Nio, ao Acelerador em Meafed, à Fundação de Pesquisa Espacial em Drio. Embora tudo o que visse em Urras o fizesse querer ver mais, ainda assim, várias semanas de turismo bastavam: era tudo tão fascinante, surpreendente e maravilhoso que, no fim, tornou-se opressivo. Queria estabilizar-se na universidade, trabalhar e refletir sobre tudo por um tempo. Mas, como último dia de passeio, pediu para visitar a Fundação de Pesquisa Espacial. Pae ficou muito satisfeito quando ele fez esse pedido.

Muito do que vira recentemente causou-lhe assombro por ser muito antigo, ter séculos de idade, até milênios. A Fundação, ao contrário, era nova: construída nos últimos dez anos, no estilo opulento e elegante da época. A arquitetura era dramática. Grandes massas de cor foram utilizadas. Alturas e distâncias eram exageradas. Os laboratórios eram espaçosos e arejados, as fábricas anexas e as oficinas mecânicas ficavam protegidas atrás de esplêndidos pórticos de arcos e colunas em estilo neossaetano. Os hangares eram imensas cúpulas multicoloridas, translúcidas e fantásticas. Os homens que trabalhavam ali, em contraste, eram muito calmos e sérios. Afastaram Shevek de seus acompanhantes e mostraram-lhe toda a Fundação, inclusive cada estágio do sistema de propulsão estelar experimental em que estavam trabalhando, desde os computadores e as pranchetas de desenho até uma nave semiacabada, enorme e surreal à luz laranja, violeta e amarela dentro do vasto hangar geodésico.

– Vocês têm tanta coisa – Shevek disse ao engenheiro que se encarregara dele, um homem chamado Oegeo. – Têm tanto em que trabalhar e trabalham tão bem. Isso é magnífico... a coordenação, a cooperação, a grandiosidade da empreitada.

– Vocês não poderiam tocar nenhum projeto nessa escala de onde o senhor vem, não é? – disse o engenheiro, com um meio sorriso.

– Naves espaciais? Nossa frota espacial são as naves que levaram os Colonos de Urras... construídas aqui em Urras... há quase dois séculos. A construção de um simples navio para transporte de grãos, de uma barcaça, exige um ano de planejamento e um grande esforço de nossa economia.

Oegeo assentiu com um movimento da cabeça.

– Bem, é verdade que temos os produtos. Mas, sabe, o senhor é quem pode nos dizer quando descartar esse trabalho todo... jogá-lo fora.

– Jogá-lo fora? Como assim?

– Viagem mais rápida que a luz – disse Oegeo. – Salto temporal. A velha física diz que não é possível. Os terranos dizem que não é possível. Mas os hainianos, que afinal de contas inventaram a propulsão que utilizamos hoje, dizem que é possível, só que não sabem como fazer, pois estão aprendendo Física Temporal conosco. É evidente que, se a solução está no bolso de alguém nos mundos conhecidos, dr. Shevek, é no seu.

Shevek olhou para ele com distanciamento, os olhos claros, firmes e luminosos.

— Sou um teórico, Oegeo, não projetista.

— Se o senhor nos fornecer a teoria, a unificação da Sequência e da Simultaneidade num campo geral de Teoria Temporal, nós projetaremos as naves. E chegaremos a Terran, ou Hain, ou a outra galáxia no mesmo instante em que partirmos de Urras! Aquele tubo – e direcionou os olhos para o assombroso esqueleto da nave semiconstruída sob os feixes de luz violeta e laranja do hangar – será tão ultrapassado quanto um carro de boi.

— Vocês sonham como constroem: de modo soberbo – disse Shevek, ainda retraído e austero. Havia muito mais coisas que Oegeo e os outros queriam lhe mostrar e discutir com ele, mas ele não demorou a dizer, com a simplicidade que excluía qualquer intenção de ironia: – Acho que é melhor vocês me levarem de volta aos meus protetores.

Assim fizeram; despediram-se com mútua cordialidade. Shevek entrou no carro, mas logo saiu de novo.

— Eu estava esquecendo – disse. – Temos tempo de ver mais uma coisa em Drio?

— Não há mais nada em Drio – disse Pae, educado como sempre e tentando ocultar o aborrecimento por conta da escapada de cinco horas de Shevek entre os engenheiros.

— Gostaria de ver o forte.

— Que forte, senhor?

— Um antigo castelo da época dos reis. Foi usado depois como prisão.

— Qualquer coisa assim teria sido demolida. A Fundação reconstruiu a cidade inteira.

Quando estavam dentro do carro e o motorista estava fechando a porta, Chifoilisk (outra provável causa do mau humor de Pae) perguntou:

– Por que queria ver mais um castelo, Shevek? Pensei que já tivesse visto velhas ruínas o suficiente por um bom tempo.

– O forte em Drio foi onde Odo passou nove anos – respondeu Shevek. Seu rosto estava severo, como estivera desde que conversou com Oegeo. – Após a Insurreição de 747. Foi lá que ela escreveu as *Cartas do Cárcere* e a *Analogia*.

– Receio que tenha sido demolido – Pae disse, solidário. – Drio era uma espécie de cidade moribunda, e a Fundação simplesmente limpou tudo e começou do nada.

Shevek assentiu com um movimento da cabeça. Mas, enquanto o carro percorria uma estrada à beira de um rio em direção à saída para Ieu Eun, passou por um penhasco na curva do rio Seisse, e sobre o penhasco havia uma construção, pesada, em ruínas, implacável, com torres quebradas de pedra preta. Nada poderia ser menos semelhante às belas e alegres construções da Fundação de Pesquisa Espacial, as cúpulas espetaculares, as fábricas iluminadas, os gramados e caminhos bem cuidados. Nada poderia ter feito tudo isso parecer tanto pedaços de papel colorido.

– Acredito que aquilo seja o forte – comentou Chifoilisk, com a habitual satisfação em fazer comentários sem tato quando são menos desejados.

– Totalmente em ruínas – disse Pae. – Deve estar vazio.

– Quer parar e dar uma olhada, Shevek? – perguntou Chifoilisk, pronto para bater no vidro do motorista.

– Não – respondeu Shevek.

Tinha visto o que queria ver. Ainda havia um forte em Drio. Não precisava entrar nele e procurar pelos corredores em ruínas a cela onde Odo passara nove anos. Sabia como era uma cela de prisão.

Ergueu os olhos, o rosto ainda severo e impassível, para as paredes escuras e pesadas que agora avultavam quase acima do carro. Estou aqui há muito tempo, dizia o forte, e ainda estou aqui.

Quando voltou aos seus aposentos, após o jantar no Refeitório dos Decanos, sentou-se sozinho ao lado da lareira apagada. Era verão em A-Io, o dia mais longo do ano se aproximava, e, embora passasse das oito horas, ainda não escurecera. O céu além dos arcos das janelas ainda mostrava um tom de cor de luz do dia, um azul puro e delicado. O ar estava ameno, com cheiro de grama cortada e terra molhada. Havia uma luz na capela, do outro lado do bosque, e um leve som de música naquele ar de brisa leve. Não de pássaros cantando, mas música humana. Shevek escutou. Alguém estava praticando as Harmonias Numéricas no harmônio da capela. As harmonias eram tão familiares a Shevek quanto a qualquer urrasti. Odo não tentara renovar as relações básicas da música quando renovou as relações dos homens. Ela sempre respeitara o necessário. Os Colonos de Anarres deixaram as leis do homem para trás, mas levaram consigo as leis da harmonia.

O salão calmo estava sombrio e silencioso, escurecendo. Shevek olhou à sua volta, os arcos duplos perfeitos das janelas, os cantos levemente cintilantes do assoalho, a curva firme e obscura da chaminé de pedra, as paredes almofadadas, admiráveis em sua proporção. Era uma sala linda e humana. Era uma sala muito antiga. Disseram-lhe que aquela Casa dos Decanos fora construída no ano 540, havia 400 anos, 230 anos antes da Colonização de Anarres. Gerações de estudiosos moraram, trabalharam, conversaram, pensaram, dormiram e morreram naquele cômodo antes mesmo do nascimento de Odo. As Harmonias Numéricas havia séculos flutuavam pelo gramado, através das folhas escuras do bosque. Estou aqui há muito tempo, a sala dizia a Shevek, e ainda estou aqui. O que você está fazendo aqui?

Ele não tinha resposta. Não tinha nenhum direito a toda a graça e abundância daquele mundo, conquistadas e mantidas pelo trabalho, pela devoção e pela fidelidade de seu povo. O Paraíso é para os que constroem o Paraíso. Ele não fazia parte daquilo. Era um desviado, de uma raça que renegara o seu passado, a sua história. Os Colonos de Anarres deram as costas ao Velho Mundo e seu passado, optando apenas pelo futuro. Mas, tão certo quanto o futuro se torna passado, o passado se torna futuro. Renegar é não realizar. Os odonianos que deixaram Urras erraram; erraram, em sua coragem desesperada, ao renegar sua história, ao renunciar à possibilidade de retorno. O explorador que não retorna ou não manda de volta suas naves para contar o que viu não é explorador, é só um aventureiro; e seus filhos nascem no exílio.

Ele passara a amar Urras, mas de que adiantava esse amor ardente? Ele não fazia parte daquele mundo, nem do mundo em que nascera.

A solidão, a certeza do isolamento que sentira na primeira hora a bordo da nave *Atento,* ressurgiu nele e afirmou-se como sua verdadeira condição, ignorada, reprimida, mas absoluta.

Estava sozinho ali porque viera de uma sociedade autoexilada. Sempre estivera sozinho em seu próprio mundo porque se exilara de sua sociedade. Os Colonos tinham dado um passo para fora. Ele dera dois. Estava sozinho porque assumira o risco metafísico.

E tinha sido tolo o bastante para achar que seria capaz de unir dois mundos aos quais não pertencia.

O azul do céu noturno do lado de fora das janelas atraiu seus olhos. Além da vaga escuridão da folhagem e da torre da capela, acima da linha escura das colinas, que à noite sempre pareciam menores e mais remotas, uma luz crescia, uma luminosidade ampla e suave. A lua está subindo, pensou ele, com uma grata sensação de familiaridade. Não há ruptura na totalidade do tempo. Tinha visto a lua subir quando era bebê, da janela do domicílio na Campina Vasta, com Palat; sobre as colinas de sua infância; sobre a planície seca da Poeira; sobre os telhados de Abbenay, com Takver a contemplá-la ao seu lado.

Mas não tinha sido essa lua.

As sombras o envolveram, e ele permaneceu sentado, imóvel, enquanto Anarres surgia acima das colinas alienígenas, uma lua cheia, salpicada de cor parda e branca-azulada, bruxuleante. A luz de seu planeta encheu suas mãos vazias.

4

ooooo

O sol poente brilhando no rosto de Shevek o acordou, enquanto o dirigível, transpondo os últimos picos das Montanhas Ne Theras, virava para o sul. Ele dormira a maior parte do dia, o terceiro de sua longa jornada. A noite de sua festa de despedida estava a meio mundo para trás. Bocejou, esfregou os olhos e sacudiu a cabeça, tentando livrar os ouvidos do ronco intenso do motor do dirigível; já completamente acordado, percebeu que a jornada estava quase no fim, que se aproximavam de Abbenay. Pressionou o rosto na janela empoeirada e, de fato, lá embaixo, entre os dois cumes baixos e desbotados, havia um grande campo murado, o Porto. Ficou olhando ansioso, tentando ver se havia alguma nave na plataforma. Apesar de desprezível, Urras era outro planeta; ele queria ver a nave de outro planeta, uma viajante do terrível abismo seco, uma coisa feita por mãos alienígenas. Mas não havia nenhuma nave no Porto.

Os cargueiros de Urras só vinham oito vezes por ano e permaneciam ali apenas o tempo suficiente para carregar e descarregar. Não eram visitantes bem-vindos. Na verdade, eram, para alguns anarrestis, uma humilhação perpetuamente renovada.

Traziam óleos fósseis e derivados de petróleo, certas peças delicadas de máquinas e componentes eletrônicos que a manufatura anarresti não estava aparelhada para fornecer, e com frequência uma nova variedade de árvore frutífera ou semente para testes. Levavam para Urras um grande carregamento de mercúrio, cobre, alumínio, urânio, estanho e ouro. Para eles, era um bom negócio. A distribuição das cargas oito vezes por ano era a função mais prestigiada do Conselho dos Governos Mundiais urrasti e o principal evento do mercado de ações mundial de Urras. Na realidade, o Mundo Livre de Anarres era uma colônia mineradora de Urras.

Esse fato provocava rancor. A cada geração, todos os anos, nos debates da CPD em Abbenay, havia protestos veementes: "Por que continuamos a fazer transações de negócios exploradores com esses proprietários que promovem guerras?" E cabeças mais calmas sempre davam a mesma resposta: "Custaria mais caro aos urrastis extrair eles próprios o minério; por isso não nos invadem. Mas, se rompêssemos o acordo comercial, usariam a força". Era difícil, entretanto, para um povo que nunca pagava nada em dinheiro, entender a psicologia do custo, o argumento do mercado. Sete gerações de paz não haviam trazido confiança.

Portanto, o posto de trabalho chamado Defesa nunca precisava chamar voluntários. O trabalho era tão monótono que não se chamava trabalho em právico, que usava a mesma palavra para trabalho e diversão, mas *kleggich*, labuta. Trabalhadores da Defesa tripulavam as doze velhas naves interplanetárias, efetuando reparos e mantendo-as em órbita como uma rede de proteção; esquadrinhavam lugares remotos com radar e radiotelescópios; realizavam tarefas enfadonhas no Porto. E, mesmo assim, sempre havia uma fila de espera de voluntários. Por mais pragmática que fosse a moralidade absorvida por um jovem anarresti, a vida transbordava nele, exigindo altruísmo, sacrifício pessoal e espaço para o gesto absoluto. Solidão, vigilância, perigo, naves espaciais: tudo isso oferecia a sedução do romantismo. Era puro romantismo o que mantinha Shevek achatando o nariz contra a janela até o Porto vazio ficar para trás do dirigível, e isso o decepcionou, pois não vira um cargueiro encardido de minério na plataforma de lançamento.

Bocejou de novo, se espreguiçou e olhou para fora, para a frente, para ver o que devia ser visto. O dirigível estava transpondo o último pico baixo das Ne Theras. Diante dele, para o sul a partir dos braços das montanhas, brilhando ao sol da tarde, estendia-se em declive uma grande baía verde.

Ele olhou-a maravilhado, do mesmo modo que seus antepassados a tinham olhado, seis mil anos antes.

No Terceiro Milênio em Urras, os sacerdotes astrônomos de Serdonou e Dhun observaram as estações mudarem o brilho castanho do Outro Mundo e deram nomes místicos às planícies, às cordilheiras e aos mares que refletiam o sol. Uma determinada região que verdejava antes de todas as outras no ano novo lunar recebeu o nome de Ans Hos, o Jardim da Mente: o Éden de Anarres.

Nos milênios seguintes, telescópios comprovaram que os antigos astrônomos estavam certos; e a primeira nave tripulada à Lua pousou ali naquele lugar verde entre as montanhas e o mar.

Mas o Éden de Anarres revelou-se árido, frio e ventoso, e o restante do planeta era pior. A vida ali não evoluíra além de peixes e plantas sem flores. O ar era rarefeito, como o ar de Urras em grandes altitudes. O sol queimava, o vento congelava, a poeira sufocava. Durante duzentos anos após o primeiro pouso, Anarres foi explorado, mapeado, examinado, mas não colonizado. Por que partir para um deserto uivante quando havia espaço de sobra nos vales graciosos de Urras?

Mas suas minas foram exploradas. As eras de autodevastação no Nono e início do Décimo Milênio esvaziaram os veios de Urras; e, à medida que se aperfeiçoaram os foguetes, tornou-se mais barato explorar a Lua do que extrair os metais necessários em áreas profundas ou na água do mar. No ano urrasti de IX-738, fundou-se uma colônia ao pé das Montanhas Ne Theras, onde se extraía mercúrio no velho Ans Hos. Chamavam o lugar de Cidade de Anarres. Não era uma cidade, não havia mulheres. Os homens se alistavam para o trabalho de dois ou três anos como mineiros ou técnicos e depois voltavam para o mundo real.

A Lua e seus mineiros estavam sob a jurisdição do Conselho dos Governos Mundiais, mas, do outro lado da Lua, no hemisfério oriental, a nação Thu ocultava um pequeno segredo: uma base de foguetes e uma colônia de mineiros de ouro, com suas esposas e filhos. Eles realmente viviam na Lua, mas ninguém sabia, exceto o governo de Thu. Foi o colapso desse governo no ano de 771 que levou à proposta, no Conselho dos Governos Mundiais, de doar a Lua à Sociedade Internacional de Odonianos – comprando-os com um mundo antes que eles fatalmente minassem a autoridade da lei e a soberania nacional de Urras. A Cidade de Anarres foi evacuada e, em meio ao tumulto em Thu, os dois últimos foguetes foram enviados às pressas para retirar os mineiros de ouro. Nem todos quiseram voltar. Alguns gostavam do deserto uivante.

Por mais de vinte anos, as doze naves concedidas aos Colonos Odonianos pelo Conselho dos Governos Mundiais iam e vinham entre os dois mundos, até que os milhões de almas que escolheram a nova vida tivessem atravessado o abismo seco. Então o porto foi fechado para imigração, ficando aberto apenas para cargueiros espaciais do Acordo Comercial. Àquela altura, a Cidade de Anarres possuía 100 mil habitantes e recebera um novo nome, Abbenay, que significava, na nova língua da nova sociedade, Mente.

A descentralização fora um elemento essencial nos planos de Odo para a sociedade que ela não viveu para ver fundada. Ela não tinha nenhuma intenção de tentar desurbanizar a civilização. Apesar de sugerir que o limite natural ao tamanho de uma comunidade fosse a dependência de sua própria região imediata para o abastecimento de alimentação básica e energia, ela pretendia que todas as comunidades se conectassem através de redes de comunicação e transporte, para que produtos e ideias chegassem aonde fossem necessários, e a administração das coisas pudesse funcionar com rapidez e facilidade. Nenhuma comunidade deveria ser excluída do câmbio e do intercâmbio. Mas as redes não deveriam ser operadas de cima para baixo. Não haveria um controle central, uma capital, um estabelecimento para perpetuar a engrenagem da burocracia e o impulso de dominação de indivíduos ávidos por se tornarem comandantes, patrões, chefes de Estado.

Seus planos, entretanto, eram baseados no solo generoso de Urras. No árido planeta Anarres, as comunidades tiveram de se espalhar amplamente em busca de recursos, e poucas puderam se tornar autossustentáveis, por mais que reduzissem suas noções do que era necessário para seu sustento. De fato, reduziram drasticamente, mas havia um limite mínimo que se recusaram a ultrapassar; não regressariam ao tribalismo pré-urbano, pré-tecnológico. Sabiam que seu anarquismo era produto de uma civilização altamente evoluída, de uma cultura complexa e diversificada, de uma economia estável e de uma tecnologia altamente industrializada, que poderia manter a alta produção e a rápida distribuição de mercadorias. Por maiores que fossem as distâncias que as separavam, as Colônias permaneceram fiéis ao ideal de organicismo complexo. Primeiro construíram as estradas, depois as casas. Os recursos e produtos especiais de cada região eram permutados continuamente com os de outras, num intricado processo de equilíbrio: o equilíbrio da diversidade característico da vida, da ecologia natural e social.

Mas, como diziam no modo analógico, não se pode ter um sistema nervoso sem pelo menos um gânglio e, de preferência, um cérebro. Era preciso haver um centro. Os computadores que coordenavam a administração das coisas, a divisão de trabalho, a distribuição de mercadorias e as federações centrais da maioria dos sindicatos trabalhistas ficavam em Abbenay, desde o início. E, desde o início, os Colonos estavam cientes de que essa inevitável centralização trazia uma ameaça permanente, a ser combatida pela vigilância permanente.

Ó, criança Anarquia, promessa infinita
infinita cautela
escuto, escuto na noite
junto ao berço, profundo como a noite
se está tudo bem com a criança

Pio Atean, que adotou o nome právico de Tober, escreveu esses versos no ano 14 da Colonização. Os primeiros esforços dos odonianos em expressar sua nova língua e seu novo mundo por meio da poesia foram formais, canhestros, comoventes.

Abbenay, a mente e o centro de Anarres, estava ali, agora, diante do dirigível, na grande planície verde.

Aquele verde brilhante e intenso dos campos era inconfundível: a cor não era nativa de Anarres. Somente ali e nos litorais quentes do Mar Keran floresciam as sementes do Velho Mundo. Nos outros lugares, as plantações básicas eram de holum rasteira e mene-capim pálido.

Quando Shevek tinha 9 anos, seu trabalho escolar vespertino fora, por vários meses, cuidar de plantas ornamentais da comunidade da Campina Vasta – espécies exóticas e delicadas que precisavam de alimento e banhos de sol, como os bebês. Ele auxiliara um velhinho na tarefa tranquila e minuciosa, gostara dele, gostara das plantas, da terra e do trabalho. Quando viu a cor da Planície de Abbenay, lembrou-se do velhinho, do cheiro do adubo de óleo de peixe e da cor dos primeiros brotos nos pequenos galhos despidos, aquele verde claro e vigoroso.

Viu ao longe, entre os campos vívidos, uma longa mancha branca, como sal espalhado, que se dividiu em cubos quando o dirigível se aproximou.

Um grupo de clarões ofuscantes no extremo leste da cidade o fez piscar e ver pontos pretos por um instante: os grandes espelhos parabólicos que forneciam energia solar para as refinarias de Abbenay.

O dirigível pousou num depósito de cargas no extremo sul da cidade, e Shevek saiu pelas ruas da maior cidade do mundo.

Eram ruas largas e limpas. Não havia sombras, pois Abbenay ficava a menos de trinta graus ao norte do equador, e todos os edifícios eram baixos, exceto as torres esparsas e potentes das turbinas eólicas. O sol brilhava num céu firme, escuro, azul-violeta. O ar era claro e limpo, sem fumaça ou umidade. Havia uma vivacidade nas coisas, uma firmeza de formas e ângulos, uma limpidez. Tudo se distinguia em separado, por si mesmo.

Os elementos que constituíam Abbenay eram os mesmos de qualquer outra comunidade odoniana, repetidos muitas vezes: oficinas, fábricas, domicílios, dormitórios, centros de aprendizagem, auditórios, distribuidores, depósitos, refeitórios. Os edifícios maiores eram quase sempre agrupados em volta de praças abertas, conferindo à cidade uma textura celular básica: era uma subcomunidade ou um bairro após o outro. Indústria pesada e fábricas de processamento de alimentos tendiam a se agrupar nos subúrbios da cidade, e o padrão celular se repetia, visto que indústrias similares quase sempre ficavam lado a lado em determinada rua ou praça. O primeiro desses lugares por onde Shevek caminhou tinha uma série de praças, o bairro têxtil, repleto de fábricas processadoras de fibra de holum, tecelagens, fábrica de tinturas, distribuidores de tecidos e roupas; no centro de cada praça havia uma pequena floresta de mastros amarrados de cima a baixo com bandeiras e flâmulas de todas as cores da arte dos tintureiros, orgulhosamente proclamando a indústria local. Os prédios da cidade eram muito parecidos, simples, integralmente feitos de pedra ou de cimento-espuma moldado. Alguns pareceram muito grandes aos olhos de Shevek, mas quase todos tinham apenas um andar, devido à frequência dos terremotos. Pelo mesmo motivo as janelas eram pequenas, feitas de um silício plástico rígido que não estilhaçava. Eram pequenas, mas eram muitas, pois não se fornecia luz artificial desde uma hora antes do amanhecer até uma hora após o pôr do sol. Tampouco se provinha aquecimento quando a temperatura externa ultrapassava doze graus Celsius. Não que faltasse energia em Abbenay, com suas turbinas eólicas e geradores diferenciais de temperatura terrestre utilizados no aquecimento, mas o princípio da economia orgânica era tão essencial ao funcionamento da sociedade que afetava profundamente a ética e a estética. "Excesso é excremento", escreveu Odo na *Analogia*. "Excremento retido no corpo é veneno."

Abbenay era livre de veneno: uma cidade simples, luminosa, de cores claras e firmes, de ar puro. Era tranquila. Podia ser vista por inteiro, tão evidente quanto sal espalhado.

Nada se escondia.

As praças, as ruas austeras, os edifícios baixos, as áreas de trabalho sem muros estavam carregados de vitalidade e atividade. Enquanto caminhava, Shevek tinha a constante percepção das outras pessoas andando, trabalhando, falando, rostos passando, vozes chamando, tagarelando, cantando, pessoas vivas, pessoas fazendo coisas, pessoas em ação. Oficinas e fábricas eram voltadas para as praças ou para pátios abertos, e as portas ficaram abertas. Ele passou por uma vidraria, e o operário pegou com uma concha uma grande bolha de vidro derretido com a facilidade de um cozinheiro que serve uma sopa. Ao lado da vidraria havia um pátio movimentado onde moldavam cimento-espuma para construção. A chefe da equipe, uma mulher corpulenta com o avental branco de pó, supervisionava o despejamento do cimento no molde com uma sonora e admirável torrente de palavras. Em seguida, havia uma pequena fábrica de arame, uma lavanderia do bairro, um luthier que fazia e consertava instrumentos musicais, o distribuidor de pequenos produtos do bairro, um teatro, uma cerâmica. As atividades exercidas em cada lugar eram fascinantes, a maioria feita em espaço aberto, à vista de todos. Havia crianças em volta, algumas envolvidas no trabalho com os adultos, algumas no chão fazendo brinquedos de barro, outras brincando na rua, uma empoleirada no telhado do centro de aprendizagem com o nariz afundado num livro. O fabricante de arame tinha decorado a fachada da oficina com desenhos de trepadeiras feitos em arame pintado, alegres e enfeitados. O jato de vapor e de vozes saindo pelas portas escancaradas da lavanderia era impressionante. Nenhuma porta estava trancada, poucas fechadas. Não havia disfarces nem propaganda. Estava tudo ali, todo o trabalho, toda a vida da cidade, aberta aos olhos e às mãos. E de vez em quando, pela Rua do Depósito, vinha uma coisa em desabalada carreira, tocando um sino, um veículo abarrotado de gente, com gente pendurada por todo o lado de fora, velhinhas xingando com entusiasmo quando ele não diminuía a velocidade para que elas pudessem descer em seus pontos, um garotinho num triciclo caseiro perseguia o veículo loucamente, faíscas elétricas chuviscavam azuis dos fios acima, nos cruzamentos: como se aquela vitalidade tranquila e intensa das ruas de vez em quando atingisse o ponto de descarga e soltasse um estampido, um estalo azul e o cheiro de ozônio. Eram os ônibus de Abbenay e, quando passavam, dava vontade de aplaudir e aclamar.

A Rua do Depósito terminava num lugar amplo e arejado, onde cinco outras ruas desembocavam, formando um parque triangular de grama e árvores. A maioria dos parques em Anarres eram playgrounds de terra e areia, com um punhado de árvores e arbustos de holuns. Aquele era diferente. Shevek atravessou o asfalto sem tráfego e entrou no parque, atraído por ele, pois já o tinha visto várias vezes em fotografias, e porque queria ver de perto árvores alienígenas, árvores urrastis, para experimentar o verde daquelas folhas numerosas. O sol estava se pondo, o céu estava aberto e claro, escurecendo a cor púrpura do zênite, e o escuro do espaço se revelava através da fina atmosfera. Ele entrou, sob as árvores, com cautela e cuidado. Tantas folhas não seriam um desperdício? A árvore holum lidava muito bem com seus espinhos e folhas, e não havia excesso deles. Aquela folhagem extravagante não seria mero excesso, excremento? Tais árvores não conseguiriam florescer sem um solo rico, água constante e muito tratamento. Ele desaprovava aquela abundância, aquele desperdício. Caminhou por baixo, por entre as folhas. Sentiu a maciez da grama alienígena sob os pés. Era como andar sobre carne viva. Voltou para o caminho, assustado. Os membros escuros das árvores se estendiam sobre sua cabeça, apertando as mãos largas e verdes acima dele. Ele foi tomado por um assombro. Sabia que estava sendo abençoado, embora não tivesse pedido a bênção.

Um pouco adiante, no caminho que escurecia, uma pessoa lia sentada num banco de pedra.

Shevek prosseguiu lentamente. Aproximou-se do banco e ficou em pé olhando a figura sentada com a cabeça inclinada sobre o livro, no verde-dourado do lusco-fusco sob as árvores. Era uma mulher de 50 ou 60 anos, vestida de modo estranho, o cabelo preso para trás. A mão esquerda no queixo quase escondia a boca austera, a mão direita segurava os papéis sobre os joelhos. Eram pesados, aqueles papéis; a mão fria sobre eles era pesada. A luz morria rápido, mas ela não ergueu os olhos nenhuma vez. Continuava a ler as provas de *O Organismo Social*.

Shevek olhou para Odo por um instante e sentou-se ao lado dela no banco.

Ele desconhecia totalmente o conceito de status, e havia lugar de sobra no banco. Foi movido por simples impulso de companheirismo.

Olhou para o perfil forte e triste, para as mãos, as mãos de uma mulher idosa. Ergueu os olhos para os galhos ensombreados. Pela primeira vez na vida compreendeu que Odo, cujo rosto ele conhecia desde a infância, cujas ideias eram centrais e constantes em sua mente e na de todos que ele conhecia, que Odo jamais tinha posto os pés em Anarres: que ela tinha vivido e morrido, e estava enterrada, à sombra de árvores de folhas verdes, em cidades inimagináveis, entre pessoas falando línguas desconhecidas, num outro mundo. Odo era uma alienígena: uma exilada.

O jovem sentou-se ao lado da estátua no crepúsculo, ele quase tão quieto quanto ela.

Por fim, percebendo que escurecia, ele se levantou e voltou para as ruas, pedindo informações de como chegar ao Instituto Central de Ciências.

Não era longe; chegou lá não muito depois de as luzes se acenderem. Uma secretária ou vigilante estava na entrada, lendo. Teve de bater na porta aberta para chamar a atenção dela.

– Shevek – ele disse. Era costume iniciar a conversa com um estranho oferecendo o nome, como uma espécie de alça para o outro segurar. Não havia muitas outras alças a oferecer. Não havia nenhuma hierarquia, nenhum termo hierárquico, nenhuma forma respeitosa convencional de discurso.

– Kokvan – a mulher respondeu. – Não era para você ter chegado ontem?

– Mudaram a agenda do dirigível-cargueiro. Há alguma cama vaga nos dormitórios?

– O número 46 está vago. Depois do pátio, o prédio à esquerda. Há um bilhete de Sabul aqui. Diz para você ligar para ele de manhã no gabinete de física.

– Obrigado! – disse Shevek, e cruzou a passos largos o amplo pátio pavimentado, balançando na mão a bagagem: um casaco de inverno e um par de botas sobressalente. As luzes estavam acesas nos cômodos em toda a volta do quadrilátero. Havia um murmúrio, uma presença de pessoas na tranquilidade. Algo movia o ar claro e penetrante da noite na cidade, uma sensação de drama, de promessa.

O horário do jantar ainda não terminara, e ele fez um pequeno desvio para o refeitório do Instituto para ver se havia comida sobrando para um recém-chegado. Descobriu que seu nome já estava na lista regular e achou a comida excelente. Havia até sobremesa, fruta cozida em conserva. Shevek adorava doces e, como foi um dos últimos a jantar e havia frutas de sobra, repetiu a sobremesa. Comia sozinho a uma pequena mesa. Às mesas maiores perto dele, grupos de jovens conversavam diante de pratos vazios; entreouviu conversas sobre a reação do argônio em baixas temperaturas, a reação de um professor de química num colóquio, as supostas curvaturas do tempo. Alguns o olharam de relance, não foram falar com ele, como pessoas de uma pequena comunidade o fariam; o olhar deles não era hostil, talvez um pouco desafiador.

Encontrou o Quarto 46 num longo corredor de portas fechadas no domicílio. Evidentemente, eram todos quartos individuais, e ele se perguntou por que a secretária o enviara para lá. Desde os 2 anos de idade, sempre tinha morado em dormitórios, quartos com quatro a dez camas. Bateu na porta do 46. Silêncio. Abriu a porta. O cômodo era um pequeno quarto individual, vazio, vagamente iluminado pela luz do corredor. Acendeu a lâmpada. Duas cadeiras, uma mesa, uma régua de cálculo bastante usada, alguns livros e, cuidadosamente dobrado sobre a cama, um cobertor cor de laranja tecido à mão. Alguém morava ali, a secretária tinha cometido um erro. Fechou a porta. Abriu-a novamente e apagou a lâmpada. Na mesa sob a lâmpada havia um bilhete rabiscado num pedaço de papel rasgado: "Shevek, Dep. Física. Manhã 2-4-1-154. Sabul".

Pôs o casaco numa das cadeiras, as botas no chão. Ficou parado um instante e leu os títulos dos livros, referências habituais de física e matemática, encadernados em verde, o Círculo da Vida estampado nas capas. Puxou a cortina do armário com cuidado. Atravessou o quarto até a porta: quatro passos. Ficou ali parado, hesitante, por mais um minuto, e então, pela primeira vez na vida, fechou a porta de seu próprio quarto.

Sabul era um homem de 40 anos, pequeno, atarracado e desleixado. Seu pelo facial era mais escuro e mais áspero que o normal e engrossava numa barba regular concentrada no queixo. Usava uma pesada túnica de inverno que, pela aparência, parecia estar sendo usada desde o inverno passado; os punhos estavam pretos de sujeira. Ele tinha modos bruscos e de má vontade.

– Você vai ter que aprender iótico – resmungou para Shevek.

– Aprender iótico?

– Eu disse aprender iótico.

– Para quê?

– Para poder ler os físicos urrastis! Atro, To, Baisk, esses homens. Ninguém os traduziu para právico, e é provável que ninguém traduza. Seis pessoas, talvez, em Anarres são capazes de entendê-los. Em qualquer língua.

– Como posso aprender iótico?

– Com uma gramática e um dicionário!

Shevek manteve-se firme.

– Onde posso encontrá-los?

– Aqui – resmungou Sabul. Revirou as prateleiras desarrumadas entre os livrinhos de capa verde. Seus movimentos eram bruscos e impacientes. Localizou dois volumes grossos e sem capa numa prateleira mais baixa e os jogou na mesa. – Me avise quando tiver competência para ler Atro em iótico. Não há nada que eu possa fazer com você até lá.

– Que tipo de matemática os urrastis usam?

– Nada que você não consiga entender.

– Alguém aqui está trabalhando em cronotopologia?

– Sim, Turet. Pode consultá-lo. Não precisa frequentar as aulas dele.

– Estava planejando assistir às aulas de Gvarab.

– Para quê?

– Pelo trabalho dela sobre frequência e ciclo...

Sabul sentou-se e tornou a se levantar. Estava insuportavelmente inquieto, inquieto, mas rígido, como lima desgastando madeira.

– Não perca tempo. Você está muito à frente daquela velha em Teoria Sequencial, e as outras ideias que ela apregoa são lixo.

– Estou interessado nos princípios da Simultaneidade.

– Simultaneidade! Que tipo de porcaria exploradora a Mitis andou metendo na sua cabeça? – O físico olhou-o com fúria, as veias das têmporas saltando sob o cabelo curto e grosso.

– Eu mesmo organizei um grupo para o curso.

– Cresça. Cresça. Já é hora de crescer. Você está aqui agora. Trabalhamos com física aqui, não religião. Esqueça o misticismo e cresça. Em quanto tempo pode aprender iótico?

– Levei vários anos para aprender právico – respondeu Shevek. A ironia sutil passou completamente despercebida a Sabul.

– Eu aprendi em dez décadas. O suficiente para ler a *Introdução* de To. Ora, que diabos, você precisa de um texto para estudar. Pode ser esse mesmo. Aqui. Espere. – Remexeu uma gaveta abarrotada até encontrar um livro, um livro de aparência esquisita, encadernado em azul, sem o Círculo da Vida na capa. O título estava estampado em letras douradas e parecia dizer *Poilea Afio-ite*, que não fazia nenhum sentido, e o formato de algumas letras era desconhecido. Shevek olhou o livro, apanhou-o da mão de Sabul, mas não o abriu. Estava segurando algo que desejara ver, o artefato alienígena, a mensagem de outro mundo.

Lembrou-se do livro que Palat lhe mostrara, o livro dos números.

– Volte quando conseguir ler isso – resmungou Sabul.

Shevek virou-se para ir embora. Sabul elevou o tom do resmungo:

– Guarde esses livros com você! Eles não são para consumo geral.

O jovem parou, virou-se e disse após um instante, em sua voz calma, modesta:

– Não compreendo.

– Não deixe mais ninguém ler!

Shevek não respondeu.

Sabul tornou a se levantar e se aproximou dele.

– Escute, agora você é membro do Instituto Central de Ciências, um síndico do Departamento de Física, trabalhando comigo, Sabul. Está entendendo? Privilégio é responsabilidade. Correto?

– Vou adquirir conhecimento que não devo compartilhar – Shevek disse após uma breve pausa, dizendo a frase como se fosse uma proposição em lógica.

– Se encontrasse um pacote de cápsulas explosivas na rua, iria "compartilhá-las" com todas as crianças que passassem? Esses livros são explosivos. Agora está me entendendo?

– Sim.

– Muito bem – Sabul afastou-se, resmungando com o que parecia ser uma raiva endêmica, não específica. Shevek saiu, carregando a dinamite com cuidado, com ávida curiosidade e repulsa.

Começou a aprender iótico. Trabalhava sozinho no Quarto 46, por causa do aviso de Sabul, e porque lhe era natural trabalhar sozinho.

Desde muito jovem sabia que, em certos aspectos, ele era diferente de todos que conhecia. Para uma criança, a consciência dessa diferença é muito dolorosa porque, não tendo realizado nada ainda e sendo incapaz de realizar alguma coisa, não sabe justificá-la. A presença confiável e afetuosa de adultos que também são, de sua própria maneira, diferentes, é o único conforto que uma criança assim pode ter; e Shevek não a tivera. Seu pai de fato tinha sido totalmente confiável e afetuoso. O que Shevek fosse ou fizesse, Palat aprovava e era leal. Mas Palat não tivera essa maldição da diferença. Ele era como os outros, como todos os outros que aceitavam a comunidade de bom grado. Amava Shevek, mas não podia lhe mostrar o significado da liberdade, aquele reconhecimento da solidão de cada pessoa que, em si, já transcende a solidão.

Shevek estava, portanto, acostumado ao isolamento interior, atenuado por todos os contatos e diálogos cotidianos e fortuitos da vida comunitária e pela companhia de alguns amigos. Ali em Abbenay ele não tinha nenhum amigo e, como não tinha sido jogado num dormitório, não fez nenhuma amizade. Aos 20 anos, tinha consciência demais de sua mente e caráter para ser sociável; era introvertido e reservado; e seus colegas estudantes, percebendo que esse afastamento era real, não tentavam se aproximar dele com frequência.

A privacidade do quarto tornou-se preciosa para ele. Saboreava sua total independência. Só saía do quarto para o café da manhã e o jantar no refeitório, e para uma rápida caminhada diária pelas ruas da cidade, para satisfazer os músculos que sempre estiveram acostumados ao exercício; depois, voltava ao Quarto 46 e à gramática de iótico. A cada uma ou duas décadas, era chamado para o revezamento da "dezena" de trabalho comunitário, mas as pessoas com quem trabalhava eram desconhecidas, não colegas próximos como era comum acontecer em comunidades pequenas; assim, nesses dez dias de trabalho braçal não havia interrupção de seu isolamento psicológico, nem do seu progresso em iótico.

A gramática em si, por ser complexa, ilógica e padronizada, dava-lhe prazer. O aprendizado foi rápido depois que ele construiu o vocabulário básico, pois conhecia o que estava lendo; conhecia a área e os termos e, mesmo quando emperrava, a intuição ou uma equação matemática lhe mostravam aonde ir. Nem sempre eram lugares em que estivera. A *Introdução à Física Temporal* de To não era nenhum manual para iniciantes. Quando enfim conseguiu chegar à metade do livro, Shevek não estava mais lendo iótico, estava lendo física; e entendeu por que Sabul o fez ler os físicos urrastis antes de qualquer outra coisa. Eles estavam muito à frente de tudo o que se fizera em Anarres por vinte ou trinta anos. As ideias mais brilhantes nos próprios trabalhos de Sabul sobre Sequência eram, na verdade, traduções inconfessas do iótico.

Mergulhou nos outros livros que Sabul lhe concedia, os principais trabalhos dos físicos urrastis contemporâneos. Sua vida tornava-se cada vez mais reclusa. Não era ativo no sindicato estudantil e não frequentava as reuniões de nenhum outro sindicato ou federação, exceto a letárgica Federação de Física. As reuniões desses grupos, veículos tanto da ação social quanto da sociabilidade, eram a estrutura da vida em pequenas comunidades, mas ali na cidade pareciam muito menos importantes. Uma pessoa só não era indispensável a eles; havia sempre outros prontos a administrar as coisas, e de modo satisfatório. Com exceção dos serviços da dezena e das habituais tarefas de zeladoria nos laboratórios e em seu domicílio, Shevek passava o tempo todo sozinho. Muitas vezes deixava de fazer exercícios e, de vez em quando, refeições. Entretanto, nunca perdia o único curso que fazia, as palestras de Gvarab sobre Frequência e Ciclo.

Gvarab já era velha e com frequência divagava e balbuciava. O comparecimento às suas aulas era reduzido e irregular. Ela logo percebeu que o rapaz magro de orelhas grandes era seu único ouvinte assíduo. Começou a dar aula para ele. Os olhos claros, firmes e inteligentes encontravam os dela, estabilizando-a, despertando-a, e ela reluzia, recobrava a visão perdida. Voava alto, e os outros alunos a olhavam confusos ou perplexos, até assustados, se tivessem imaginação suficiente para ficarem assustados. Gvarab via um universo muito mais amplo do que a maioria das pessoas era capaz de ver, e isso as fazia pestanejar. O rapaz de olhos claros a olhava com firmeza. No rosto dele, via a sua alegria. O que ela oferecia, o que oferecera a vida inteira, o que ninguém jamais compartilhara com ela, ele aceitava, ele compartilhava. Ele era seu irmão, separado pelo abismo de cinquenta anos, e sua redenção.

Quando se encontravam nos gabinetes de física ou no refeitório, às vezes começavam imediatamente a falar de física, mas noutras vezes a energia de Gvarab era insuficiente para isso, e então pouco se falavam, pois a mulher idosa era tão tímida quanto o jovem.

– Você come pouco – ela dizia.

Ele sorria, e suas orelhas coravam. Nenhum dos dois sabia o que falar.

Após meio ano no Instituto, Shevek entregou a Sabul um estudo de três páginas intitulado "Uma Crítica à Hipótese de Sequência Infinita de Atro". Sabul devolveu-lhe o estudo após uma década, resmungando:

– Traduza para iótico.

– Em princípio, escrevi quase tudo em iótico – respondeu Shevek –, já que usei a terminologia de Atro. Vou copiar o original. Traduzir para quê?

– Para quê? Para que aquele maldito explorador do Atro possa ler! Vai chegar uma nave no quinto dia da próxima década.

– Uma nave?

– Um cargueiro de Urras!

Assim, Shevek descobriu que os dois mundos separados não trocavam apenas petróleo e mercúrio, e nem apenas livros, como os que estivera lendo, mas também cartas. Cartas! Cartas para proprietários, para súditos de governos fundados na iniquidade do poder, para indivíduos inevitavelmente explorados por alguém ou exploradores de outrem, pois tinham consentido em ser elementos do Estado-Máquina.

Essas pessoas realmente trocavam ideias com gente livre de maneira pacífica e voluntária? Poderiam mesmo admitir a igualdade e participar de uma solidariedade intelectual, ou estavam apenas tentando possuir, dominar, afirmar seu poder? A ideia de trocar cartas com proprietários o alarmava, mas seria interessante descobrir...

Tantas descobertas como essa lhe tinham sido impostas durante seu primeiro meio ano em Abbenay que ele teve de reconhecer que tinha sido – e é possível que ainda fosse – muito ingênuo: uma admissão nada fácil para um jovem inteligente.

A primeira, e ainda a menos aceitável, dessas descobertas foi a de que ele tinha de aprender iótico, mas guardar o conhecimento para si: uma situação tão nova e moralmente tão confusa que ainda não conseguira assimilar. É claro que ele não prejudicava ninguém ao não compartilhar seu conhecimento com outras pessoas. Por outro lado, que mal poderia haver se soubessem que ele sabia iótico e que poderiam aprender também? Com certeza a liberdade baseia-se mais na transparência do que no sigilo, e a liberdade sempre vale o risco. Mas ele não conseguia entender qual era o risco. Ocorreu-lhe uma vez que Sabul queria manter a nova física urrasti *particular* – possuí-la, como uma propriedade, uma fonte de poder sobre seus colegas de Anarres. Mas essa ideia era tão contrária aos hábitos mentais de Shevek que ele teve dificuldade de esclarecê-la em sua mente, e, quando conseguiu, repudiou-a de imediato, com desprezo, como uma ideia repulsiva.

Depois foi a vez do quarto individual, mais um tormento moral. Quando criança, se uma delas dormisse sozinha num quarto assim significava que tinha aborrecido tanto os outros do dormitório que não a toleravam mais; ela tinha egoizado. Solidão era sinônimo de desgraça. Em termos adultos, a principal referência para quartos individuais era sexual. Todo domicílio tinha alguns quartos individuais, e um casal que quisesse copular usava um deles por uma noite, uma década ou por quanto tempo desejasse. Um casal em parceria ocupava um quarto de casal; numa cidade pequena onde não houvesse quartos de casal disponíveis, muitas vezes construíam um na extremidade de um domicílio; desse modo, edifícios compridos, baixos e irregulares poderiam ser construídos quarto a quarto e eram chamados de "vagão dos parceiros". Além da união sexual, não havia motivo para não se dormir num dormitório. Podia-se escolher um pequeno ou um grande e, quando não se gostava dos colegas, mudava-se para outro dormitório. Todos tinham oficina, laboratório, estúdio, celeiro ou escritório de que precisavam para desenvolver seu trabalho; os banheiros podiam ser privados ou públicos; a privacidade sexual era livremente acessível e socialmente esperada; além disso, a privacidade não era funcional. Era excesso, desperdício. A economia de Anarres não suportaria a construção, a manutenção, o aquecimento e a iluminação de casas e apartamentos individuais. Uma pessoa cuja natureza fosse genuinamente não sociável tinha de se afastar da sociedade e cuidar-se sozinha. Tinha total liberdade para isso. Podia construir uma casa onde quisesse (mas se estragasse uma bela paisagem ou um pedaço de terra fértil, poderia sofrer forte pressão dos vizinhos para se mudar). Havia um bom número de solitários e eremitas nos limites das comunidades anarrestis mais antigas, fingindo não serem membros de uma espécie social. Mas para aqueles que aceitavam o privilégio e a obrigação da solidariedade humana, privacidade era um valor apenas onde servisse a uma função.

A primeira reação de Shevek ao ser colocado num quarto particular, portanto, foi um misto de desaprovação e vergonha. Por que o enfiaram ali? Logo descobriu por quê. Era o tipo de lugar ideal para o seu tipo de trabalho. Se ideias surgissem à meia-noite, podia ligar a luz e anotá-las; se surgissem na alvorada, não eram expulsas de sua cabeça pela conversa e agitação de quatro ou cinco colegas de quarto se levantando; se não surgisse absolutamente nenhuma ideia, podia ficar dias inteiros sentado à mesa, olhando pela janela, sem ninguém ali para perguntar por que ele estava ficando negligente. A privacidade, na verdade, era tão desejável para a física quanto para o sexo. Mas, ainda assim, era necessária?

Sempre havia sobremesa no refeitório do Instituto, no jantar. Shevek gostava muito e, quando sobrava, ele repetia. E sua consciência, sua consciência orgânico-social, tinha indigestão. Pois todo mundo, em todos os refeitórios, de Abbenay a Confins, não recebia a mesma coisa, as partilhas não eram iguais? Sempre lhe disseram isso, e ele sempre acreditou. Claro que havia variações locais: especialidades regionais, desabastecimento, excedentes, produtos substitutos em situações como os Acampamentos de Projetos, maus cozinheiros, bons cozinheiros – de fato, variações intermináveis dentro de uma estrutura imutável. Mas nenhum cozinheiro era tão talentoso a ponto de preparar sobremesas sem os ingredientes necessários. A maioria dos refeitórios servia sobremesa uma ou duas vezes por década. Ali serviam todos os dias. Por quê? Seriam os membros do Instituto Central de Ciências melhores do que as outras pessoas?

Shevek não fazia essas perguntas a mais ninguém.

A consciência social, a opinião alheia era a força moral mais poderosa a motivar o comportamento da maioria dos anarrestis, mas era um pouco menos poderosa nele do que na maioria. Seus problemas costumavam tanto ser de um tipo que os outros não entendiam que ele se habituou a desvendá-los sozinho, em silêncio. Assim, fazia o mesmo em relação a esses problemas específicos, que eram muito mais difíceis para ele, em certos aspectos, do que os de Física Temporal. Não pediu a opinião de ninguém. Parou de comer a sobremesa no refeitório.

Entretanto, não se mudou para um dormitório. Pôs na balança o desconforto moral e as vantagens práticas, e estas tinham mais peso. Trabalhava melhor no quarto individual. O trabalho valia a pena, e ele o fazia bem. Era um trabalho crucialmente funcional para a sua sociedade. A responsabilidade justificava o privilégio.

Então, trabalhou.

Perdeu peso; caminhava leve pela terra. Falta de trabalho braçal, falta de variedade de ocupações, falta de relações sociais e sexuais, nada disso lhe parecia falta, mas liberdade. Era um homem livre; podia fazer o que quisesse, quando quisesse e por quanto tempo quisesse. E fazia. Trabalhava. Trabalhava/se divertia.

Rascunhava anotações para uma série de hipóteses que levavam a uma teoria coerente da Simultaneidade. Mas isso começou a parecer um objetivo menor; havia um muito maior a alcançar, uma teoria unificada do Tempo, se ele conseguisse atingi-lo. Sentia-se num quarto trancado no meio de um campo aberto: estava tudo à sua volta, se conseguisse encontrar a saída, o caminho livre. A intuição tornou-se uma obsessão. Durante aquele outono e inverno, foi perdendo cada vez mais o hábito de dormir. Duas horas de sono à noite e duas durante o dia lhe bastavam, e esses cochilos não eram o tipo de sono profundo que sempre tivera, mas quase um despertar em outro nível, tão cheio de sonhos. Eram sonhos vívidos e faziam parte de seu trabalho. Viu o tempo recuar para si mesmo, um rio fluindo para cima, de volta à nascente. Segurou a contemporaneidade de dois momentos em suas mãos esquerda e direita; ao separá-las, sorriu ao perceber que os momentos se separavam como bolhas de sabão que se dividem. Levantou-se e rabiscou, sem de fato acordar, a fórmula matemática que lhe vinha escapando havia dias. Viu o espaço encolher diante dele como as paredes de uma esfera caindo sobre um vácuo central, se fechando, se fechando, e ele acordou com um grito de socorro preso na garganta, lutando em silêncio para fugir da consciência de seu próprio vazio exterior.

Numa tarde fria de inverno, quando ia da biblioteca ao seu quarto, passou pelo gabinete de física para ver se havia alguma carta na caixa de correspondência. Não tinha motivo para esperar uma, já que nunca escrevera aos seus amigos do Instituto Regional do Poente Norte; mas não se sentia bem havia dois dias; tinha refutado algumas de suas próprias hipóteses mais belas, regredindo, após meio ano de trabalho árduo, ao mesmo ponto onde começara, o modelo fásico era simplesmente vago demais para ser útil, a garganta lhe doía, ele desejava que houvesse uma carta de alguém conhecido, ou talvez alguém do gabinete de física a quem dizer olá, pelo menos. Mas não havia ninguém, exceto Sabul.

– Olhe isso aqui, Shevek.

Olhou para o livro que o homem mais velho segurava: um livro fino, encadernado em verde, o Círculo da Vida na capa. Pegou-o e leu o título: "Uma Crítica à Hipótese de Sequência Infinita de Atro". Era seu estudo, a admissão e defesa de Atro, e sua réplica. Tudo tinha sido traduzido ou retraduzido para právico e impresso pelas gráficas da CPD em Abbenay. Havia dois nomes de autores: Sabul, Shevek.

Sabul esticou o pescoço sobre o exemplar que Shevek segurava, com um olhar de satisfação perversa. Seu resmungo tornou-se um cacarejo gutural.

– Acabamos com Atro! Acabamos com ele, aquele maldito explorador! Agora vamos ver se eles vão falar em "imprecisão pueril"! – Sabul havia nutrido um ressentimento de dez anos contra a Revista de Física da Universidade de Ieu Eun, que se referira ao seu trabalho teórico como "mutilado pelo provincianismo e pela imprecisão pueril com que o dogma odoniano infesta todas as áreas do pensamento". – Eles vão ver quem é provinciano agora! – ele disse, com um meio sorriso. Conhecendo-o havia quase um ano, Shevek não se lembrava de tê-lo visto sorrir.

Shevek sentou-se do outro lado da sala, para isso tendo de afastar uma pilha de papéis de um banco; é claro que o gabinete de física era comunitário, mas Sabul mantinha a sala abarrotada de material que estava usando, e por isso parecia nunca haver espaço para mais ninguém. Shevek baixou os olhos para o livro que ainda segurava, depois olhou pela janela. Sentia-se e parecia muito doente. Também parecia tenso; mas com Sabul ele nunca fora tímido ou desajeitado, como costumava ser com pessoas que teria gostado de conhecer.

– Não sabia que você estava traduzindo isso – disse.

– Traduzi e editei. Poli alguns pontos mais ásperos, preenchi transições que você tinha omitido, e por aí. Duas décades de trabalho. Você deveria se orgulhar, suas ideias formam, em grande parte, os princípios fundamentais de um livro acabado.

O livro consistia inteiramente das ideias de Shevek e Atro.

– Sim – disse Shevek. Baixou os olhos para as próprias mãos. Em seguida, acrescentou: – Gostaria de publicar o artigo que escrevi este trimestre sobre Reversibilidade. Deve ser enviado a Atro. Iria interessá-lo. Ele ainda está obcecado com a causalidade.

– Publicar? Onde?

– Em iótico, quero dizer... em Urras. Envie-o para Atro, como este último, e ele vai publicá-lo numa das revistas de lá.

– Você não pode lhes enviar um trabalho que não foi publicado aqui.

– Mas é o que fizemos com este. Tudo, exceto minha réplica, saiu na *Revista de Ieu Eun* antes de sair aqui.

– Não pude evitar isso, mas por que você acha que corri para imprimir este livro? Você não pensa que todo mundo na CPD aprova nossa troca de ideias com Urras, pensa? A Defesa insiste para que cada palavra que sai daqui naqueles cargueiros passe antes por um perito aprovado pela CPD. Além do mais, você acha que todos os físicos provincianos que não têm acesso a esse canal com Urras não se ressentem conosco? Acha que não ficam com inveja? Há pessoas só esperando, esperando que a gente dê um passo em falso. E, se um dia nos pegarem, perderemos o malote nos cargueiros urrastis. Está entendendo a situação agora?

– Como o Instituto conseguiu aquele malote, afinal?

– Com a eleição de Pegvur para a CPD, dez anos atrás. – Pegvur tinha sido um físico de razoável importância. – Tenho pisado em ovos para mantê-lo desde então. Entende?

Shevek assentiu com um movimento da cabeça.

– De todo modo, Atro não vai querer ler aquela coisa que você escreveu. Dei uma lida naquele artigo e lhe devolvi décadas atrás.

Quando você vai parar de perder tempo com essas teorias reacionárias às quais Gvarab se agarra? Você não vê que ela perdeu a vida inteira nelas? Se você insistir nisso, vai se expor ao ridículo. O que, é claro, é seu direito inalienável. Mas não vai expor *a mim* ao ridículo.

– E se eu submeter o artigo para publicação aqui, em právico, então?

– Perda de tempo.

Shevek engoliu isso com uma leve inclinação da cabeça. Levantou-se, magricela e anguloso, e ficou em pé por um instante, absorto em seus pensamentos. A luz do inverno pousou destoante em seu cabelo, que ele trazia preso para trás numa trança, e em seu rosto sereno. Foi até a mesa e pegou um exemplar da pilha de livros novos.

– Gostaria de enviar um para Mitis – disse.

– Pegue quantos quiser. Escute. Se você acha que sabe mais o que está fazendo do que eu, submeta aquele artigo à Editora. Você não precisa de permissão! Isto aqui não é nenhuma hierarquia, você sabe! Não posso impedi-lo. Tudo o que posso fazer é aconselhá-lo.

– Você é o consultor do Sindicato da Editora para os manuscritos de física – disse Shevek. – Pensei que pouparia o tempo de todo mundo pedindo a você agora.

Sua delicadeza era intransigente; por não competir pela dominância, ele era indômito.

– Poupar tempo, o que quer dizer com isso? – Sabul resmungou, mas Sabul era também odoniano: contorceu-se como se atormentado fisicamente pela própria hipocrisia, afastou-se de Shevek, aproximou-se de novo e disse, com malevolência, a voz grossa de raiva: – Vá em frente! Submeta a maldita coisa! Vou me declarar incompetente para apreciá-la. Vou falar para eles consultarem Gvarab. Ela é a perita em Simultaneidade, não eu. Aquela mística gagá. O universo como uma gigantesca corda de harpa, oscilando dentro e fora da existência! Aliás, que nota ela toca? Passagens das Harmonias Numéricas, suponho? O fato é que não tenho competência, isto é, não tenho vontade de dar meu parecer à CPD ou à Editora sobre esse excremento intelectual!

– O trabalho que fiz para você – disse Shevek – faz parte do trabalho que fiz seguindo as ideias de Gvarab sobre Simultaneidade. Se quiser um, vai ter de apoiar o outro. A semente cresce melhor na merda, como se diz no Poente Norte.

Ficou parado por um instante e, sem obter uma resposta verbal de Sabul, despediu-se e saiu.

Sabia que vencera uma batalha, e fácil, sem violência aparente. Mas houve violência.

Como Mitis previra, ele era "o homem de Sabul". Há anos Sabul deixara de ser um físico atuante; sua grande reputação foi construída sobre expropriações de ideias alheias. O papel de Shevek era pensar para Sabul receber os créditos.

Uma situação eticamente intolerável, é óbvio, que Shevek iria denunciar e abandonar. Só que ele não o fez. Precisava de Sabul. Queria publicar o que escreveu e enviar aos homens que poderiam entendê-lo, os físicos urrastis; precisava das ideias deles, de suas críticas, de suas colaborações.

Assim tinham negociado, ele e Sabul, negociado como exploradores. Não fora uma batalha, mas uma venda. Eu lhe dou isto e você me dá aquilo. Recuse-me e eu o recusarei. Vendido? Vendido! A carreira de Shevek, como a existência de sua sociedade, dependia da continuidade de um fundamental e não admitido contrato de exploração. Não uma relação de ajuda mútua e solidariedade, mas uma relação exploratória; não orgânica, mas mecânica. Poderia a função verdadeira surgir de uma base disfuncional?

Porém, tudo o que quero é terminar um trabalho, Shevek alegava em sua mente, enquanto atravessava a alameda em direção ao quadrilátero de domicílios na tarde cinza e ventosa. É meu dever, é minha alegria, é o objetivo de toda a minha vida. O homem com quem tenho de trabalhar é competitivo e dominador, um explorador, mas não posso mudar isso; se eu quiser trabalhar, vou ter de trabalhar com ele.

Pensou no aviso de Mitis. Pensou no Instituto do Poente Norte e na festa da noite anterior à sua partida. Tudo parecia tão distante agora, e de uma tranquilidade e segurança tão infantis que ele quase chorou de saudade. Quando passou sob o pórtico do Prédio das Ciências da Vida, uma moça que caminhava por ali olhou de viés para ele, e ele achou que ela se parecia com aquela moça – qual era o nome dela? –, aquela de cabelo curto, que tinha comido todos aqueles bolos fritos na noite da festa. Parou e se virou, mas a moça dobrou a esquina e sumiu. De qualquer forma, esta tinha cabelo comprido. Sumiu, sumiu, tudo estava sumindo. Saiu da proteção do pórtico e foi para o vento. Havia uma chuva fina no vento, esparsa. A chuva era esparsa nas poucas vezes em que caía. Era um mundo árido. Árido, pálido, hostil. "Hostil", Shevek disse em voz alta, em iótico. Nunca tinha ouvido o som daquela língua; soava muito estranha. A chuva picava seu rosto como cascalho atirado. Era uma chuva hostil. À dor de garganta uniu-se uma terrível dor de cabeça, da qual acabara de se dar conta. Chegou ao Quarto 46 e deitou-se na cama, que pareceu estar muito mais baixa do que de costume. Ele tremia, não conseguia parar de tremer. Enrolou-se no cobertor cor de laranja e se agasalhou, tentando dormir, mas não conseguia parar de tremer, pois estava sob constante bombardeio atômico vindo de todos os lados, aumentando conforme a temperatura aumentava.

Nunca tinha ficado doente e nunca conhecera nenhum desconforto físico pior do que o cansaço. Como não fazia ideia de como era febre alta, pensou durante os intervalos lúcidos daquela longa noite que estava ficando louco. O medo da insanidade levou-o a procurar ajuda quando amanheceu o dia. Estava por demais assustado consigo mesmo para pedir ajuda aos vizinhos do corredor: tinha ouvido seus próprios delírios noturnos. Arrastou-se à clínica local, a oito quarteirões de distância, as ruas frias brilhantes com o nascer do sol que rodopiava solenemente à sua volta. Na clínica, diagnosticaram sua insanidade como uma pneumonia branda e disseram-lhe para ocupar um leito na Ala Dois. Ele protestou. A enfermeira o acusou de estar egoizando e explicou que, se ele fosse para casa, um médico iria ter o trabalho de atendê-lo lá e providenciar tratamento particular para ele. Ele foi para o leito da Ala Dois. Todas as outras pessoas da ala eram velhas. Veio uma enfermeira e lhe ofereceu um copo d'água e um comprimido.

– O que é isso? – Shevek perguntou, com suspeita. Seus dentes batiam de novo.

– Antipirético.

– O que é isso?

– Para baixar a febre.

– Não preciso disso.

A enfermeira encolheu os ombros.

– Tudo bem – ela falou, e prosseguiu.

A maioria dos jovens anarrestis sentia vergonha de ficar doente: resultado da profilaxia muito bem-sucedida de sua sociedade e também, talvez, de uma confusão surgida do uso analógico das palavras "saudável" e "doente". Consideravam a doença um crime, mesmo quando involuntária. Ceder ao impulso criminoso, entregar-se a ele tomando analgésicos era imoral. Evitavam comprimidos e injeções. Quando atingiam a meia-idade e a velhice, a maioria mudava de opinião. A dor superava a vergonha. A enfermeira deu os remédios dos velhos na Ala Dois, e eles brincaram com ela. Shevek observava com incompreensão inerte.

Mais tarde chegou um médico com uma seringa.

– Não quero – disse Shevek.

– Pare de egoizar – disse o médico. – Vire-se. – Shevek obedeceu.

Mais tarde veio uma mulher segurando um copo d'água para ele, mas ele tremia tanto que derramou a água, molhando o cobertor.

– Me deixe em paz – ele disse.

– Quem é você? – ela respondeu, mas ele não entendeu. Ele a mandou embora, sentia-se muito bem. Então explicou a ela por que a hipótese cíclica, embora improdutiva em si, era essencial à sua abordagem de uma possível teoria da Simultaneidade, uma pedra fundamental. Falou parte disso na própria língua, parte em iótico, e escreveu as fórmulas e equações numa lousa com um pedaço de giz, para que ela e o restante do grupo entendessem, e temia que eles se equivocassem sobre a pedra fundamental. Ela tocou no rosto dele e prendeu-lhe o cabelo. As mãos dela eram frias. Ele nunca sentira algo mais prazeroso em toda a sua vida do que o toque daquelas mãos. Tentou segurá-las. Mas a mulher não estava mais ali, tinha sumido.

Muito tempo depois, ele acordou. Conseguia respirar. Estava perfeitamente bem. Estava tudo bem. Não se sentiu inclinado a mover-se. Mover-se perturbaria o momento perfeito, estável, o equilíbrio do mundo. A luz de inverno no teto era de uma beleza indizível. Ficou deitado, apreciando-a. Os velhos da ala riam juntos gargalhadas velhas e roucas, um belo som. A mulher chegou e sentou-se ao lado de sua maca. Olhou para ela e sorriu.

– Como se sente?

– Renascido. Quem é você?

Ela também sorriu.

– A mãe.

– Renascimento. Mas eu deveria ganhar um corpo novo, não o mesmo corpo antigo.

– Do que você está falando?

– De Urras. O renascimento faz parte da religião deles.

– Você ainda está confuso. – Ela tocou a testa dele. – Sem febre. – A voz dela dizendo aquelas duas palavras atingiu algo muito profundo no ser de Shevek, um lugar escuro, um lugar murado, que reverberou de volta no escuro. Olhou para a mulher e disse, com terror:

– Você é Rulag.

– Eu lhe disse isso. Várias vezes!

Ela manteve uma expressão despreocupada, até mesmo bem-humorada. Shevek não tinha condições de manter nada. Não tinha força para se mover, mas encolheu-se, afastando-se dela com visível medo, como se ela não fosse sua mãe, mas a morte. Se ela percebeu esse fraco movimento, não o demonstrou.

Era uma mulher bonita, de pele escura, traços finos e bem proporcionados, sem rugas, embora devesse ter mais de 40 anos. Tudo nela era harmonioso e controlado. Tinha a voz baixa, de um timbre agradável.

– Não sabia que você estava em Abbenay – ela disse –, ou onde você estava... ou mesmo se estava vivo. Eu estava no depósito da Editora dando uma olhada nas novas publicações, escolhendo coisas para a biblioteca de engenharia e vi um livro escrito por Sabul e Shevek. Sabul eu conhecia, claro. Mas quem era Shevek? Por que esse nome soa tão familiar? Só me dei conta um ou dois minutos depois. Estranho, não é? Mas não fazia sentido. O Shevek que eu conhecia teria apenas 20 anos e era pouco provável que estivesse assinando a coautoria de tratados sobre metacosmologia com Sabul. Mas qualquer outro Shevek teria menos de 20 anos!... Então vim conferir. Um rapaz no domicílio me informou que você estava aqui... É chocante a falta de pessoal nesta clínica. Não entendo por que os síndicos não solicitam mais postos à Federação Médica, ou então por que não reduzem o número de internações; alguns desses médicos e enfermeiras trabalham oito horas por dia! Claro que existem pessoas nas artes médicas que de fato querem isso: o impulso do autossacrifício. Infelizmente, isso não leva à máxima eficiência... Foi estranho encontrar você. Jamais o teria reconhecido... Você e Palat mantêm contato? Como ele está?

– Ele morreu.

– Ah. – Não havia sinal de choque ou sofrimento na voz de Rulag, apenas uma espécie de aceitação melancólica, uma nota triste. Shevek ficou emocionado, capaz de vê-la, por um instante, como uma pessoa.

– Há quanto tempo ele morreu?

– Oito anos.

– Não devia ter mais de 35 anos.

– Houve um terremoto em Campina Vasta. Vivíamos lá há uns cinco anos, ele era engenheiro civil na comunidade. O tremor danificou o centro de aprendizagem. Ele e outras pessoas estavam tentando retirar algumas das crianças que ficaram presas lá dentro. Houve um segundo tremor, e o prédio todo ruiu. Morreram 32 pessoas.

– Você estava lá?

– Eu tinha ido iniciar meu treinamento no Instituto Regional uns dez dias antes do terremoto.

– Pobre Palat. – Ela refletiu, o rosto sereno e imóvel. – De certo modo, foi típico dele... morrer com os outros, uma estatística, 1 de 32...

– As estatísticas teriam sido maiores se ele não tivesse entrado no prédio – disse Shevek.

Ela então olhou para ele. Seu olhar não demonstrava que emoções sentia ou não sentia. O que disse pode ter sido espontâneo ou deliberado, não havia como saber.

– Você gostava de Palat.

Ele não respondeu.

– Você não se parece com ele. Na verdade, você se parece comigo, exceto na cor. Achei que você fosse ficar parecido com Palat. Foi o que pressupus. Estranho como a imaginação faz essas suposições. Ele ficou com você, então?

Shevek confirmou com a cabeça.

– Ele teve sorte. – Ela não suspirou, mas havia um suspiro reprimido em sua voz.

– Eu também.

Houve uma pausa. Ela deu um leve sorriso.

– Sim, eu poderia ter mantido contato com você. Você se ressente comigo por eu não ter feito isso?

– Ressentido com você? Eu nunca a conheci.

– Conheceu. Palat e eu o mantivemos no domicílio, mesmo depois que você desmamou. Nós dois quisemos. Os primeiros anos de contato são essenciais para o indivíduo; os psicólogos comprovaram isso de maneira conclusiva. A socialização plena só pode se desenvolver a partir desse início afetuoso... Eu tinha vontade de continuar a parceria. Tentei encontrar um posto para Palat aqui em Abbenay. Nunca tinha vaga na linha de trabalho dele, e ele se recusava a vir sem um posto. Era teimoso... No começo me escrevia para me contar como você estava, depois parou de escrever.

– Não tem importância – respondeu o jovem. Seu rosto, abatido pela doença, estava coberto de gotas de suor muito finas, o que dava às suas bochechas e à sua testa uma aparência lustrosa, como que untadas.

Houve novo silêncio, e Rulag disse em sua voz agradável e controlada:

– Ah, sim, teve importância, e ainda tem. Mas era Palat que devia ficar com você e acompanhá-lo nos seus anos de integração. Ele lhe dava apoio, era paterno, e eu não. Para mim, o trabalho vem em primeiro lugar. Mesmo assim, estou contente por você estar aqui agora, Shevek. Talvez eu lhe possa ser de alguma utilidade neste momento. Sei que Abbenay é um lugar ameaçador, no começo. A gente se sente perdido, isolado, carente da solidariedade simples das cidades pequenas. Conheço pessoas interessantes que talvez você queira conhecer. E pessoas que podem lhe ser úteis. Conheço Sabul; faço alguma ideia do que você deve ter passado com ele, com o Instituto inteiro. Eles fazem jogo de dominação lá. É preciso ter experiência para saber ganhar deles. De todo modo, estou contente por você estar aqui. Isso me dá um prazer que eu nunca procurei... uma espécie de júbilo... Li o seu livro. É seu, não é? Por que outro motivo Sabul publicaria em coautoria com um estudante de 20 anos? O assunto está além da minha compreensão, sou apenas uma engenheira. Confesso que estou orgulhosa de você. É estranho, não é? Insensato. Proprietário, até. Como se você fosse algo que me pertencesse! Mas, quando se envelhece, a gente necessita de algumas certezas que nem sempre são totalmente sensatas. Para poder seguir adiante.

Ele viu a solidão dela. Viu sua dor, e ressentiu-se. A dor o ameaçava. Ameaçava a lealdade de seu pai, aquele amor puro e constante ao qual sua vida se arraigara. Que direito ela tinha, ela que deixara Palat carente, de vir com suas próprias carências procurar o filho de Palat? Ele não tinha nada, nada para oferecer a ela, nem a mais ninguém.

– Teria sido melhor – ele disse – se você tivesse continuado a pensar em mim como uma estatística também.

– Ah – ela disse, a resposta suave, habitual e desolada. Desviou o olhar dele.

Os velhos nos fundos da enfermaria a admiravam, cutucando-se.

– Suponho – ela disse – que eu estava tentando recuperar você. Mas pensei que você também pudesse me recuperar. Se você quisesse.

Ele não disse nada.

– A não ser biologicamente, não somos mãe e filho, é claro. – Ela recobrou o leve sorriso. – Você não se lembra de mim, e o bebê de que me lembro não é esse homem de 20 anos. Tudo aquilo é passado, é irrelevante. Mas somos irmãos, aqui e agora. Que é o que importa, não é?

– Não sei.

Ela ficou sentada por um minuto, sem falar, então se levantou.

– Você precisa descansar. Estava bem doente da primeira vez que vim. Eles dizem que agora você vai ficar bom. Não creio que eu vá voltar.

Ele não falou.

– Adeus, Shevek – ela disse, e virou-se enquanto falava. Ele teve um vislumbre, ou um pesadelo da imaginação, do rosto dela mudando drasticamente enquanto falava, decompondo-se, despedaçando-se. Deve ter sido imaginação. Ela saiu da enfermaria com o andar gracioso e cadenciado de uma bela mulher, e ele a viu parar e falar, sorrindo, com a enfermeira no corredor.

Sucumbiu ao medo que viera com ela, à sensação de promessas quebradas, à incoerência do tempo. Desmoronou. Começou a chorar, tentando esconder o rosto no abrigo dos braços, pois não encontrou forças para se virar. Um dos velhos doentes aproximou-se, sentou-se na maca e deu-lhe uns tapinhas no ombro.

– Está tudo bem, irmão. Vai ficar tudo bem, irmãozinho – ele murmurou. Shevek o ouviu e sentiu seu toque, mas não sentiu nenhum reconforto. Mesmo vindo de um irmão, não existe conforto naquele momento doloroso, no escuro, ao pé do muro.

5

○○○○○

Shevek terminou sua carreira de turista com alívio. O novo período letivo estava começando em Ieu Eun; agora ele poderia se instalar para viver, e trabalhar, no Paraíso, em vez de simplesmente olhá-lo de fora.

Assumiu dois seminários e um curso livre. Não o tinham requisitado como professor, mas ele pediu para dar aulas, e os administradores lhe providenciaram os seminários. As aulas livres não foram ideia dele nem dos administradores. Uma delegação de alunos veio até ele e lhe pediu para dar o curso. Concordou na hora. Era assim que os cursos eram organizados nos centros de aprendizagem anarrestis: pela demanda dos estudantes, ou pela iniciativa do professor, ou do professor e dos alunos juntos. Quando soube que os administradores ficaram preocupados, ele riu.

– Eles esperam que os estudantes não sejam anarquistas? – perguntou. – O que mais os jovens podem ser? Quando se está embaixo, deve-se organizar as coisas de baixo para cima!

Ele não tinha a menor intenção de deixar os administradores lhe tirarem o curso – já tinha enfrentado esse tipo de batalha – e, como comunicou sua firmeza aos alunos, os alunos também foram firmes. Para evitar publicidade desagradável, os reitores da universidade cederam, e Shevek iniciou o curso com uma plateia de 2 mil pessoas no primeiro dia. Esse número logo baixou. Ele só falava de física, jamais se desviando para assuntos pessoais ou de política, e era física num nível bem avançado. Mas várias centenas de estudantes continuaram a comparecer. Alguns vinham por mera curiosidade, para verem o homem da Lua; outros eram atraídos pela personalidade de Shevek, pelos vislumbres do homem e do libertário que podiam captar em suas palavras, mesmo quando não conseguiam acompanhar sua matemática. E um número surpreendente deles era capaz de acompanhar tanto a filosofia quanto a matemática.

Aqueles estudantes tinham um preparo soberbo. Suas mentes eram refinadas, perspicazes, lúcidas. Quando não estavam trabalhando, descansavam. Não eram embotadas ou distraídas por uma dúzia de outras obrigações. Nunca dormiam de cansaço nas aulas por terem trabalhado no rodízio no dia anterior. Sua sociedade os mantinha completamente livres de carências, distrações e preocupações.

O que estavam livres para fazer, entretanto, era outra questão. Parecia a Shevek que a liberdade de obrigações era exatamente proporcional à sua falta de liberdade de iniciativa.

Shevek ficou estarrecido com o sistema de avaliação, quando lhe explicaram; não conseguia imaginar impedimento maior ao desejo natural de aprender do que aquele modelo de se empanturrar de informações e vomitá-las por exigência. No início, recusou-se a aplicar quaisquer exames ou notas, mas isso desagradou tanto aos administradores que, por não desejar ser descortês com seus anfitriões, cedeu. Pediu aos alunos que escrevessem um artigo sobre qualquer problema de física que lhes interessasse e disse que daria a nota máxima a todos, para que os burocratas tivessem algo a escrever em suas listas e formulários. Para sua surpresa, muitos alunos foram reclamar com ele. Queriam que ele definisse os problemas, que fizesse as perguntas certas; não queriam pensar em perguntas, mas escrever as respostas que tinham aprendido. E alguns fizeram veemente objeção ao fato de ele dar a todos a mesma nota. Como os alunos diligentes poderiam se distinguir dos negligentes? Qual a vantagem de ter tanto trabalho? Se não haveria distinções competitivas, era melhor não fazer nada.

– Bem, é claro – disse Shevek, perturbado. – Se não querem fazer o trabalho, não devem fazê-lo.

Eles foram embora insatisfeitos, mas respeitosos. Eram rapazes agradáveis, de modos francos e civilizados. As leituras de Shevek sobre a história urrasti levaram-no a concluir que eles eram, na verdade, embora a palavra raramente fosse usada, aristocratas. Nos tempos feudais, a aristocracia enviara seus filhos à universidade, conferindo superioridade à instituição. Agora ocorria o contrário: a universidade conferia superioridade ao homem. Eles contaram a Shevek, com orgulho, que a competição por bolsas de estudo em Ieu Eun tornava-se mais acirrada a cada ano, provando a democracia essencial do instituto.

– Vocês colocam mais uma tranca na porta e chamam isso de democracia – ele disse.

Shevek gostava dos seus alunos educados e inteligentes, mas não sentia grande afeto por nenhum deles. Planejavam carreiras de acadêmicos ou cientistas industriais e, para eles, o que aprendiam com Shevek era um meio para um fim: sucesso em suas carreiras. Ou tinham isso, ou negavam a importância de qualquer outra coisa que ele lhes oferecesse.

Shevek viu-se, portanto, sem nenhuma outra obrigação além da preparação de seus três cursos; o restante do tempo era todo seu. Não estivera numa situação assim desde os 20 e poucos anos, em seus primeiros tempos no Instituto de Abbenay. Desde então, sua vida social e pessoal ficara cada vez mais complicada e exigente. Ele se tornara não apenas físico mas também parceiro, pai, odoniano e, por fim, um reformador social. Como tal, não estivera a salvo, e não esperara estar a salvo, de quaisquer preocupações e responsabilidades que surgissem. Não estivera livre para nada: só estivera livre para fazer alguma coisa. Ali, ocorria o inverso. Como todos os alunos e professores, ele não tinha nada a fazer, exceto seu trabalho intelectual, literalmente nada. Arrumavam a cama para eles, varriam o chão para eles, administravam a rotina da faculdade para eles, liberavam o caminho para eles. E nada de esposas nem famílias. Absolutamente nenhuma mulher. Os alunos da universidade não tinham permissão de se casar. Professores casados geralmente moravam, durante cinco dos sete dias da semana, em aposentos de solteiro no *campus*, indo para casa somente nos fins de semana. Nada os distraía. Total tempo livre para trabalhar; todos os materiais à mão; estímulo intelectual, discussões, conversas sempre que quisessem; nenhuma pressão. De fato, o Paraíso! Mas ele parecia incapaz de se dedicar ao trabalho.

Faltava algo – nele, pensou, não no lugar. Ele não estava à altura. Não era forte o suficiente para aceitar o que lhe era oferecido com tanta generosidade. Sentia-se seco, árido, como uma planta do deserto, naquele lindo oásis. A vida em Anarres o fechara, trancara sua alma; as águas da vida jorravam à sua volta e, no entanto, ele não conseguia beber.

Forçou-se a trabalhar, mas mesmo aí não encontrava segurança. Parecia ter perdido a intuição que, no conceito que fazia de si mesmo, considerava sua principal vantagem sobre a maior parte dos outros físicos, a habilidade de sentir onde estava o problema realmente importante, o indício que o guiava ao centro. Ali, parecia não ter o senso de direção. Durante o verão e o outono, trabalhava nos Laboratórios de Pesquisa da Luz, lia bastante e escreveu três artigos: um meio ano produtivo, pelos padrões normais. Mas sabia que, na verdade, não tinha feito nada de real.

De fato, quanto mais tempo vivia em Urras, menos real aquele lugar lhe parecia. Era como se tudo lhe escapasse – todo aquele mundo magnífico, inesgotável e cheio de vida que ele vira através das janelas do quarto, em seu primeiro dia no planeta. Tudo escorregava de suas mãos desajeitadas e alienígenas, tudo se esquivava dele e, quando tornava a olhar, estava segurando algo completamente diferente, algo que ele não queria de jeito nenhum, uma espécie de papel usado, de embalagem, de lixo.

Ganhou dinheiro com os artigos que escreveu. Já tinha em sua conta, no Banco Nacional, 10 mil Unidades Monetárias Internacionais, do prêmio Seo Oen, e 5 mil de doação do Governo Iota. Esta soma agora aumentava com seu salário como professor e o dinheiro pago a ele pela Editora Universitária pelas três monografias. No início, achou tudo isso engraçado; depois, ficou preocupado. Não deveria descartar como ridículo algo que, afinal de contas, era de tremenda importância para os urrastis. Tentou ler um texto elementar sobre economia, mas a leitura o entediou além do suportável; era como ouvir a narração interminável de um sonho longo e idiota. Não conseguia se forçar a entender como os bancos funcionavam e por aí afora, pois todas as operações do capitalismo eram-lhe tão sem sentido quanto os ritos de uma religião primitiva, tão bárbara, tão elaborada e tão desnecessária. No sacrifício humano a uma divindade talvez houvesse ao menos uma beleza equivocada e terrível; nos ritos dos cambistas, onde se presumia que a cobiça, a preguiça e a inveja movem as ações humanas, até mesmo o terrível tornava-se banal. Shevek olhava essa mesquinhez monstruosa com desprezo e sem interesse. Ele não admitia, e não podia admitir, que, na verdade, ela o amedrontava.

Saio Pae o levara às "compras" durante sua segunda semana em A-Io. Embora não tivesse intenção de cortar o cabelo – o cabelo, afinal, fazia parte dele –, queria algumas roupas e um par de sapatos no estilo urrasti. Desejava que sua aparência fosse alienígena somente naquilo que não pudesse evitar. A simplicidade de seu velho terno chamava muito a atenção, e as botas grosseiras do deserto eram realmente muito estranhas em meio aos luxuosos calçados dos iotas. Assim, a seu pedido, Pae o levara à Panomara Saemtenevia, a elegante rua de compras de Nio Esseia, para que um alfaiate e um sapateiro tirassem as suas medidas.

A experiência toda tinha sido tão perturbadora que ele a tirou da cabeça o mais rápido possível, mas sonhou com ela durante meses, teve pesadelos. A Panomara Saemtenevia tinha três quilômetros de extensão e era uma massa sólida de pessoas, tráfego e coisas; coisas para comprar, coisas à venda. Casacos, vestidos, túnicas, mantos, calções, camisas, blusas, chapéus, sapatos, meias, cachecóis, xales, coletes, capas, guarda-chuvas, roupas de dormir, de nadar, de praticar esportes, de festas à tarde, de festas à noite, de festas no campo, de viagem, de teatro, de cavalgada, de jardinagem, de recepção de convidados, de passeios de barco, de jantar, de caça – todas diferentes, todas em centenas de diferentes cortes, estilos, cores, texturas, materiais. Perfumes, relógios, luminárias, estátuas, cosméticos, velas, quadros, câmeras, jogos, vasos, sofás, chaleiras, quebra-cabeças, travesseiros, bonecas, escorredores de macarrão, pufes, joias, tapetes, palitos de dente, calendários, mordedores de bebês de platina com alças de cristal, uma máquina elétrica para apontar lápis, um relógio de pulso com números em diamante; bibelôs, suvenires, bugigangas, lembrancinhas, quinquilharias, bricabraques. Tudo inútil, para começo de conversa, ou enfeitado para disfarçar sua utilidade; quilômetros de luxo, quilômetros de excremento. No primeiro quarteirão, Shevek tinha parado para olhar um casaco todo felpudo e manchado, exibido no centro de uma resplandecente vitrine de roupas e joias.

– O casaco custa 8.400 unidades? – perguntou, incrédulo, pois recentemente tinha lido no jornal que o "salário mínimo" era cerca de 2.000 unidades por ano.

– Ah, sim, isso é pele legítima, muito rara, agora que os animais estão protegidos – disse Pae. – Bonito, não é? As mulheres adoram peles. – E eles continuaram. Depois de outro quarteirão, Shevek sentia-se completamente exausto. Não conseguia olhar mais nada. Queria esconder os olhos.

E o mais estranho daquela rua do pesadelo é que nenhuma daquelas milhões de coisas à venda era feita lá. Eram apenas vendidas lá. Onde estavam as oficinas, as fábricas, onde estavam os fazendeiros, os artesãos, os mineiros, os tecelões, os químicos, os entalhadores, os tintureiros, os desenhistas, os maquinistas, onde estavam as mãos, as pessoas que faziam tudo? Longe da vista, em algum outro lugar. Atrás de paredes. Todas as pessoas nas lojas eram compradoras ou vendedoras. Não tinham relação alguma com as coisas, exceto a de posse.

Descobriu que, depois que tirassem suas medidas, ele poderia encomendar qualquer coisa que precisasse pelo telefone, e decidiu jamais voltar à rua do pesadelo.

As roupas e os sapatos foram entregues em uma semana. Experimentou-os e olhou-se no espelho de corpo inteiro que havia no quarto. O paletó-túnica cinza bem ajustado, a camisa branca, os calções pretos, as meias e os sapatos caíam bem em sua figura comprida e magra e nos pés estreitos. Tocou com cuidado a superfície de um dos sapatos. Era feito da mesma coisa que revestia as cadeiras do outro aposento, do material que parecia pele; há pouco tempo perguntara a alguém o que era aquilo, e responderam que *era* pele – pele de animal, que chamavam de couro. Franziu a testa ao toque, ergueu-se e afastou-se do espelho, mas não antes de ser forçado a ver que, vestido assim, a semelhança com sua mãe Rulag era maior do que nunca.

Houve um longo intervalo entre os períodos letivos, no meio do outono. A maioria dos alunos foi para casa, de férias. Shevek partiu para alguns dias de passeio a pé nas montanhas, em Meiteis, na companhia de um grupo de alunos e pesquisadores do Laboratório de Pesquisa da Luz, depois voltou para solicitar algumas horas no grande computador, que era mantido muito ocupado durante o período de aulas. Mas, cansado do trabalho que não levava a lugar nenhum, não trabalhou muito. Dormiu mais do que o habitual, caminhou, leu e disse a si mesmo que o problema é que ele simplesmente se apressara demais; não se pode apreender todo um mundo novo em poucos meses. Os gramados e bosques da universidade estavam lindos e desalinhados, folhas douradas brilhando e voando ao vento chuvoso, sob um céu suave e cinza. Shevek pesquisou as obras dos grandes poetas iotas e as leu; agora os compreendia quando falavam de flores, de pássaros voando e as cores da floresta no outono. Essa compreensão lhe trouxe grande prazer. Ao anoitecer, era agradável retornar aos seus aposentos, cuja beleza calma e harmônica nunca deixou de satisfazê-lo. Estava acostumado ao conforto gracioso agora, tinha se tornado algo familiar – assim como a comida, em toda a sua variedade e quantidade, que a princípio o surpreendera. O homem que atendia a mesa conhecia seus gostos e o servia como se ele mesmo estivesse se servindo. Ainda não comia carne; tentara comer, por educação e para provar a si mesmo que não tinha preconceitos irracionais, mas seu estômago tinha motivos que a própria razão desconhece e se rebelou. Após algumas tentativas quase desastrosas, desistira e permanecera vegetariano, embora de bom apetite. Gostava muito do jantar. Engordara três ou quatro quilos desde que viera para Urras; estava com muito boa aparência agora, bronzeado de seu passeio nas montanhas, descansado pelas férias. Era uma figura impressionante quando se levantou da mesa no grande salão de jantar com teto de vigas escondidas na sombra lá no alto, paredes almofadadas com retratos pendurados e mesas com porcelana e prataria brilhando à luz de velas. Cumprimentou alguém da outra mesa e se retirou, com uma expressão de tranquilo distanciamento. Do outro lado do salão, Chifoilisk o viu e o seguiu, alcançando-o à porta.

– Tem alguns minutos, Shevek?

– Sim. Nos meus aposentos? – A essa altura, já se acostumara ao uso constante do pronome possessivo e o utilizava sem constrangimento.

Chifoilisk pareceu hesitar.

– Que tal na biblioteca? Fica no seu caminho, e eu quero pegar um livro lá.

Começaram a atravessar o quadrilátero em direção à Biblioteca da Ciência Nobre – o antigo termo para a física, que até em Anarres foi preservado em certos usos –, caminhando lado a lado no escuro chuvoso. Chifoilisk abriu um guarda-chuva, mas Shevek andava na chuva como os iotas andavam ao sol, com alegria.

– Você está ficando ensopado – Chifoilisk resmungou. – Você não tinha um problema nos pulmões? Melhor tomar cuidado.

– Estou me sentindo muito bem – respondeu Shevek, enquanto caminhava a passos largos na chuva fina e fresca. – Sabe aquele médico do governo em Anarres? Ele me prescreveu algumas inalações. Funcionou. Não estou tossindo mais. Pedi para o médico descrever o procedimento e os remédios, pelo rádio, ao Sindicato da Iniciativa, em Abbenay. Ele fez isso. Ficou feliz em fazê-lo. Foi tudo muito simples; deve aliviar muito o sofrimento da tosse provocada pela poeira. Por quê, por que não antes? Por que não trabalhamos juntos, Chifoilisk?

O thuviano soltou um leve resmungo sardônico. Entraram na sala de leitura da biblioteca. Corredores de livros antigos, sob delicados arcos duplos de mármore, repousavam em serenidade sombria; as luminárias das longas mesas de leitura eram globos simples de alabastro. Não havia mais ninguém ali, mas um atendente logo surgiu atrás deles para acender a lareira de mármore e verificar se não precisavam de mais nada antes que ele se retirasse de novo. Chifoilisk parou diante da lareira, observando a lenha começando a arder. Suas sobrancelhas estavam eriçadas acima dos olhos pequenos; seu rosto grosseiro, intelectual e de pele escura parecia mais velho que de hábito.

– Vou ser desagradável, Shevek – disse, em sua voz áspera. E acrescentou: – Até aí, nenhuma surpresa, suponho... – Humildade que Shevek não esperava dele.

– Qual o problema?

– Quero saber se você sabe o que está fazendo aqui.

Após uma pausa, Shevek disse:

– Acho que sei.

– Tem consciência, então, de que foi comprado?

– Comprado?

– Cooptado, se prefere. Ouça. Por mais que um homem seja inteligente, ele não pode ver o que não sabe ver. Como pode entender sua situação aqui, numa economia capitalista, num Estado plutocrático e oligárquico? Como pode entender, vindo da sua pequena comuna de idealistas famintos, lá no céu?

– Chifoilisk, não sobraram muitos idealistas em Anarres, posso lhe assegurar. Os Colonos foram idealistas, sim, ao trocar este planeta pelos nossos desertos. Mas isso foi há sete gerações! Nossa sociedade é prática. Talvez prática demais, preocupada demais só com a sobrevivência. O que há de idealismo na cooperação social e na ajuda mútua, se isso é apenas um meio de continuar vivo?

– Não posso discutir os valores odonianos com você. Não que eu não tenha tido vontade! Conheço bem o assunto, sabe. Estamos mais próximos desses valores, no meu país, do que estas pessoas aqui. Somos produtos do mesmo movimento revolucionário do oitavo século... somos socialistas, como você.

– Mas vocês são hierarquistas. O Estado de Thu é ainda mais centralizado do que o Estado de A-Io. Uma única estrutura de poder controla tudo: governo, administração, polícia, exército, educação, leis, comércio, manufaturas. E vocês têm a economia baseada em moeda.

– Uma economia baseada no princípio de que cada trabalhador é pago pelo que merece, pelo valor do seu trabalho... não por capitalistas a quem ele é obrigado a servir, mas pelo Estado, do qual ele é membro!

– É o trabalhador que estabelece o valor de seu próprio trabalho?

– Por que você não vai a Thu para ver como funciona o socialismo real?

– Eu sei como funciona o socialismo real – respondeu Shevek. – Eu poderia falar sobre isso para vocês, mas o seu governo me deixaria explicar, em Thu?

Chifoilisk atiçou com o pé uma lenha que ainda não começara a pegar fogo. Sua expressão, enquanto olhava a lareira, era amarga, as linhas entre o nariz e os cantos da boca, muito profundas. Não respondeu à pergunta de Shevek. Por fim, disse:

– Não vou tentar enganá-lo. Não adianta; de qualquer modo, não o farei. O que tenho a lhe perguntar é o seguinte: você estaria disposto a ir a Thu?

– Não neste momento, Chifoilisk.

– Mas o que você pode realizar... aqui?

– Meu trabalho. Além disso, aqui estou perto da sede do Conselho dos Governos Mundiais...

– O CGM? Eles são controlados por A-Io há trinta anos. Não conte com eles para salvá-lo.

Uma pausa.

– Então eu corro perigo?

– Nem isso você percebeu?

Mais uma pausa.

– Contra quem você está me alertando? – perguntou Shevek.

– Contra Pae, em primeiro lugar.

– Ah, sim, Pae. – Shevek apoiou as mãos na lareira adornada com ouro incrustado. – Pae é um físico muito bom. E muito solícito. Mas não confio nele.

– Por que não?

– Bem... ele é evasivo.

– Sim, uma avaliação psicológica perspicaz. Mas Pae não é perigoso para você por ser uma pessoa esquiva, Shevek. Ele é perigoso para você porque é um agente ambicioso e leal do governo iota. Ele faz relatórios sobre você, e sobre mim, regularmente ao Departamento de Segurança Nacional... a polícia secreta. Deus sabe que não o subestimo, Shevek, mas você não compreende que seu hábito de se aproximar de todo mundo como uma pessoa, um indivíduo, não vale aqui, não funciona. Você tem de entender as forças que estão por trás dos indivíduos.

Enquanto Chifoilisk falava, a postura descontraída de Shevek tornara-se tensa; agora estava ereto, como Chifoilisk, olhando a lareira.

– Como sabe essas coisas sobre Pae? – perguntou.

– Do mesmo jeito que sei que o seu quarto contém um microfone escondido, assim como o meu. Porque saber essas coisas faz parte do meu trabalho.

– Você também é agente do seu governo?

O rosto de Chifoilisk se fechou; então virou-se subitamente para Shevek, falando com suavidade e ódio.

– Sim – ele disse –, é claro que sou. Se não fosse, eu não estaria aqui. Todo mundo sabe disso. Meu governo manda para fora do país somente homens em quem confia. E eles podem confiar em mim! Porque não fui comprado, como todos esses malditos professores iotas ricos. Acredito no meu governo, no meu país. Tenho fé neles. – As palavras saíram à força, numa espécie de tormento. – Você tem de olhar à sua volta, Shevek! Você é uma criança entre ladrões. Eles são bons para você, lhe oferecem um belo quarto, palestras, alunos, dinheiro, passeios em castelos, passeios por fábricas modernas, visitas a belas aldeias. Tudo do melhor. Tudo ótimo, maravilhoso! Mas por quê? Por que o trazem aqui da Lua, o elogiam, publicam seus livros e o mantêm seguro e confortável nas salas de aula, laboratórios e bibliotecas? Você acha que fazem isso com desinteresse científico, por amor fraternal? Esta é uma economia de lucro, Shevek!

– Eu sei. Vim negociar com ela.

– Negociar... o quê? Para quê?

O rosto de Shevek assumira a mesma expressão fria e severa de quando visitou o forte em Drio.

– Você sabe o que eu quero, Chifoilisk. Quero que meu povo saia do exílio. Vim para cá porque acho que vocês não querem isso, em Thu. Vocês têm medo de nós, lá. Temem que possamos trazer de volta a revolução, a antiga, a real, a revolução por justiça que vocês começaram e depois abandonaram no meio do caminho. Aqui em A-Io eles me temem menos, pois se esqueceram da revolução. Não acreditam mais nela. Acham que se as pessoas conseguirem possuir coisas o suficiente ficarão satisfeitas em viver na prisão. Mas eu não acredito nisso, quero derrubar os muros. Quero solidariedade, solidariedade humana. Quero trocas livres entre Urras e Anarres. Trabalhei nisso o quanto pude em Anarres, agora trabalho nisso o quanto posso em Urras. Lá eu agi; aqui eu negocio.

– Com o quê?

– Ah, você sabe, Chifoilisk – Shevek disse numa voz baixa, desconfiado. – Você sabe o que eles querem de mim.

– Sim, eu sei, mas não sabia que você sabia – o thuviano disse, também falando baixo; sua voz áspera tornou-se um murmúrio mais áspero, ofegante e fricativo. – Então você tem mesmo... a Teoria Temporal Geral?

Shevek olhou para ele, talvez com um toque de ironia.

Chifoilisk insistiu:

– Ela já existe por escrito?

Shevek continuou a olhar para ele por um minuto e então respondeu diretamente:

– Não.

– Ótimo!

– Por quê?

– Porque, se existisse por escrito, eles já a teriam.

– O que quer dizer?

– Só isso. Escute, não foi Odo quem disse que onde há propriedade, há roubo?

– "Para fazer um ladrão, faça um proprietário; para criar o crime, crie leis." *O Organismo Social.*

– Pois bem. Onde há papéis em salas trancadas, há pessoas com as chaves das salas!

Shevek estremeceu.

– Sim – ele disse, no mesmo instante –, isso é muito desagradável.

– Para você, não para mim. Não tenho os seus escrúpulos morais individualistas, você sabe. Eu sabia que você não tinha a teoria por escrito. Se eu achasse que tivesse, teria feito todo o esforço para obtê-la, fosse pela persuasão, pelo roubo ou pela força, caso conseguíssemos sequestrar você sem provocar uma guerra com A-Io. Qualquer coisa para que eu pudesse levá-la para longe destes porcos capitalistas iotas e entregá-la nas mãos do Comitê Central do meu país. Porque a maior causa a que posso servir é a força e a riqueza do meu país.

– Você está mentindo – Shevek disse, pacificamente. – Acho que você é um patriota, sim. Mas você põe o respeito à verdade acima do patriotismo, a verdade científica, e talvez também sua lealdade a indivíduos. Você não me trairia.

– Trairia, se pudesse – disse Chifoilisk, furiosamente. Ia continuar a falar, parou e por fim disse, com raivosa resignação: – Pense o que quiser. Não posso abrir seus olhos por você. Mas lembre-se: nós o queremos. Se você finalmente perceber o que está acontecendo aqui, então vá para Thu. Você escolheu as pessoas erradas para serem seus irmãos! E se... não cabe a mim dizer isso, mas não importa. Se você resolver não compartilhá-la conosco, pelo menos não dê sua Teoria aos iotas. Não dê nada aos usurários! Saia daqui. Volte para casa. Dê ao seu próprio povo o que você tem a oferecer!

– Eles não querem – Shevek disse, sem nenhuma expressão no rosto. – Acha que eu não tentei?

Quatro ou cinco dias depois, Shevek, ao perguntar por Chifoilisk, foi informado de que ele retornara a Thu.

– Para ficar? Ele não me disse que estava de partida.

– Um thuviano nunca sabe quando vai receber uma ordem de seu Comitê – disse Pae, pois é claro que Shevek fora informado por Pae. – Ele apenas sabe que, quando a ordem vem, é melhor ir embora. E sem parar no caminho para despedidas. Coitado do Chif! O que será que ele fez de errado?

Shevek visitava Atro uma ou duas vezes por semana na casa pequena e agradável na extremidade do campus, onde morava com dois criados tão velhos quanto ele. Aos quase 80 anos, era, como ele próprio se definia, um monumento à física de primeira classe. Embora não tivesse visto o trabalho de toda uma vida passar sem reconhecimento, como Gvarab, a mera idade o levara a adquirir um pouco do mesmo desinteresse dela. Seu interesse em Shevek, pelo menos, parecia ser inteiramente pessoal – uma camaradagem. Tinha sido o primeiro físico de Sequência a se converter à abordagem de Shevek para a compreensão do tempo. Tinha lutado, com as armas de Shevek, pelas teorias de Shevek, contra todo o establishment da respeitabilidade científica, e a batalha se arrastou por vários anos antes da publicação da versão integral, sem cortes, dos *Princípios da Simultaneidade* e da pronta e subsequente vitória dos simultaneístas. Essa batalha tinha sido o ponto alto da vida de Atro. Ele não teria lutado por nada menos do que a verdade, mas foi a luta que ele adorou, mais do que a verdade.

Atro conseguiu reconstituir sua árvore genealógica até onze séculos, passando por generais, príncipes, grandes proprietários de terras. A família ainda possuía uma propriedade de 7 mil acres e 14 aldeias na Província de Sie, a região mais rural de A-Io. Ele usava expressões provincianas em suas falas, arcaísmos aos quais se agarrava com orgulho. A riqueza em absoluto o impressionava, e ele se referia ao governo inteiro de seu país como "demagogos e políticos rasteiros". Ninguém iria comprar o seu respeito. No entanto, ele o dava de graça a qualquer tolo que, segundo ele, tivesse "o nome certo". Em certos aspectos, ele era totalmente incompreensível para Shevek – um enigma: o aristocrata. E, no entanto, seu desprezo genuíno tanto pelo dinheiro quanto pelo poder levou Shevek a se sentir mais próximo dele do que de qualquer outra pessoa que ele conhecera em Urras.

Certa vez, quando estavam sentados juntos na varanda envidraçada onde ele cultivava todo tipo de flores raras e fora da estação, ele por acaso usou a frase "nós, cetianos". Shevek o pegou na hora:

– "Cetianos"... não é uma palavra alpiste? – "Alpiste" era uma gíria para a imprensa popular, jornais, programas de rádio e conteúdos de ficção feitos para o consumo do trabalhador urbano.

– Alpiste! – repetiu Atro. – Meu caro amigo, onde diabos você aprende esses vulgarismos? O que quero dizer com "cetianos" é exatamente o que os escritores de jornais diários e seus leitores papagaios entendem pelo termo: Urras e Anarres!

– Fiquei surpreso ao ouvi-lo usar uma palavra estrangeira... uma palavra não cetiana, na verdade.

– Definição por exclusão – defendeu-se o velho, de forma divertida. – Há cem anos, não precisávamos dessa palavra. "Humanidade" servia. Mas sessenta e tantos anos atrás isso mudou. Eu tinha 17 anos, era um belo dia ensolarado no início do verão, lembro vividamente. Eu estava exercitando o meu cavalo, e minha irmã gritou da janela: "Estão falando com alguém do Espaço Sideral no rádio!". Minha pobre querida mãe achou que estávamos todos perdidos; demônios de outro mundo, você sabe. Mas eram só os hainianos, anunciando a paz e a fraternidade. Bem, hoje "humanidade" é um pouco inclusivo demais. O que define a fraternidade senão a não fraternidade? Definição por exclusão, meu caro! Você e eu somos parentes. Seu povo provavelmente pastoreava cabras nas montanhas, enquanto o meu oprimia servos em Sie, alguns séculos atrás; mas somos membros da mesma família. Para reconhecer isso, deve-se conhecer um alienígena, ou ouvir falar dele. Um ser de outro sistema solar. Um homem, por assim dizer, que não tem nada em comum conosco, exceto o esquema prático de duas pernas, dois braços e uma cabeça com algum tipo de cérebro dentro!

– Mas os hainianos não provaram que somos...?

– Todos de origem alienígena, descendentes de Colonos Hainianos interestelares, meio milhão de anos atrás, sim, eu sei. Provaram! Pelo amor do Número Primal, Shevek, você fala como um seminarista de primeiro ano! Como pode falar seriamente em prova histórica, num espaço de tempo tão longo? Esses hainianos brincam com milênios para lá e para cá como se fossem bolas, mas são só malabarismos. Provaram, pois sim! A religião dos meus antepassados me informa, com igual autoridade, que eu descendo de Pinra Od, que Deus expulsou do Jardim porque ele teve a audácia de contar os dedos das mãos e dos pés, chegar à soma de vinte, soltando assim o Tempo no universo. Prefiro essa história à dos alienígenas, se devo escolher!

Shevek riu; o humor de Atro lhe dava prazer. Mas o velho falava sério. Bateu de leve no braço de Shevek e, franzindo as sobrancelhas e mascando com os lábios, como fazia quando estava emocionado, disse:

– Espero que sinta o mesmo, meu caro. Espero sinceramente. Há muita coisa admirável na sua sociedade, tenho certeza, mas ela não lhe ensina a discriminar... o que, afinal, é a melhor coisa que a civilização ensina. Não quero aqueles malditos alienígenas cooptando você por meio das suas noções de fraternidade, mutualismo e tudo isso. Eles verterão sobre você rios inteiros de "humanidade comum", "liga dos mundos" e por aí afora, e eu detestaria vê-lo engolir essa conversa. A lei da existência é a luta... a competição... eliminação dos fracos... uma guerra implacável pela sobrevivência. E quero ver os melhores sobreviverem. O tipo de humanidade que eu conheço. Os cetianos. Você e eu. Urras e Anarres. Estamos à frente deles agora, de todos aqueles hainianos e terranos e seja lá como eles se chamam, e temos de continuar à frente deles. Eles nos trouxeram o propulsor interestelar, mas agora nós estamos fazendo naves melhores do que as deles. Quando você publicar sua Teoria, eu sinceramente espero que você pense no seu dever para com o seu povo, sua própria espécie. No que significa lealdade e a quem ela é devida.

As lágrimas fáceis da idade avançada brotaram nos olhos semicegos de Atro. Shevek pôs as mãos no braço do velho, para tranquilizá-lo, mas não disse nada. Atro continuou:

– Eles vão obtê-la, naturalmente. Com o tempo. E devem. A verdade científica se revelará, não se pode esconder o sol debaixo de uma pedra. Mas antes de obtê-la, quero que eles paguem por ela! Quero que ocupemos o lugar que nos é de direito. Quero respeito; e é isso que você pode conquistar para nós. Transiliência... se dominarmos a transiliência, o propulsor interestelar deles não vai valer mais nada. Não é dinheiro que eu quero, você sabe. Quero que reconheçam a superioridade da ciência cetiana. Se deve haver uma civilização interestelar, então, por Deus, não quero que meu povo seja membro de uma casta inferior! Devemos entrar como nobres, com uma grande dádiva em nossas mãos... É assim que deve ser. Ora, ora, às vezes eu me altero com esse assunto. A propósito, como vai indo o seu livro?

– Estou trabalhando na hipótese gravitacional de Skask. Tenho a impressão de que ele está errado em usar apenas as equações diferenciais parciais.

– Mas seu último artigo foi sobre gravidade. Quando você vai chegar à coisa real?

– Você deveria saber que os meios são o fim para nós, odonianos – Shevek disse, em tom de brincadeira. – Além disso, não posso apresentar uma teoria do tempo que omita a gravidade, não é?

– Quer dizer que você vai nos dar a sua Teoria aos pouquinhos? – perguntou Atro, com suspeita. – Isso não tinha me ocorrido. É melhor eu dar mais uma olhada naquele último artigo. Parte dele não fez sentido para mim. Meus olhos têm se cansado tanto nos últimos tempos. Acho que tem alguma coisa errada com aquela maldita coisa-projetora-lupa que eu tenho de usar para ler. Parece que não projeta mais as palavras com clareza.

Shevek olhou o homem com remorso e afeto, mas não lhe disse mais nada sobre o andamento de sua teoria.

Convites para recepções, inaugurações, estreias e por aí afora eram entregues a Shevek todos os dias. Comparecia a alguns desses eventos, pois viera a Urras numa missão e precisava tentar cumpri-la: precisava estimular a ideia de fraternidade, precisava representar, em sua própria pessoa, uma solidariedade de dois mundos. Ele falava, as pessoas o escutavam e diziam "é verdade".

Perguntava-se por que o governo não o impedia de falar. Com seus próprios objetivos em mente, Chifoilisk deve ter exagerado a extensão do controle e da censura que podiam exercer. Ele falava em puro anarquismo, e não o impediam. Mas precisavam impedi-lo? Parecia que ele falava com as mesmas pessoas toda vez: bem-vestidas, bem alimentadas, de boas maneiras, sorridentes. Será que eram o único tipo de gente em Urras?

– É a dor que une os homens – dizia Shevek em pé diante delas, e elas concordavam com a cabeça e diziam: – É verdade.

Ele começou a odiá-las e, percebendo isso, abruptamente deixou de aceitar seus convites.

Mas fazer isso era aceitar o fracasso e aumentar seu isolamento. Não estava fazendo o que tinha vindo fazer ali. Não eram os outros que tinham rompido relações com ele, dizia a si mesmo; ele é que tinha – como sempre – rompido relações com os outros. Estava sozinho, uma solidão sufocante, em meio às pessoas que via todos os dias. O problema é que ele não estava *em contato*. Sentia que não havia feito contato com nada, com ninguém em Urras, durante todos aqueles meses.

Uma noite, sentado à mesa no Refeitório dos Decanos, ele disse:

– Sabe, não sei como vocês vivem aqui. Vejo as casas particulares por fora. Mas por dentro só conheço a sua vida não particular: sala de reuniões, refeitórios, laboratórios...

No dia seguinte, Oiie, com certa formalidade, perguntou se Shevek não gostaria de jantar e passar a noite em sua casa, no fim de semana seguinte.

Ficava em Amoeno, um vilarejo a alguns quilômetros de distância de Ieu Eun, e era, pelos padrões urrastis, uma casa modesta, mais antiga do que a maioria, talvez. Fora construída de pedra, cerca de trezentos anos antes, e os cômodos tinham paredes de madeira almofadadas. O característico arco duplo iota fora usado nas janelas e nas portas de entrada. Uma relativa ausência de mobília agradou os olhos de Shevek de imediato: os cômodos eram austeros, espaçosos, com amplos pisos fortemente polidos. Sempre se sentira perturbado em meio às decorações e confortos extravagantes dos edifícios públicos nos quais se realizavam as recepções, inaugurações e por aí afora. Os urrastis tinham bom gosto, o qual, entretanto, muitas vezes parecia estar em conflito com um impulso ao exibicionismo – ao gasto ostensivo. A origem natural e estética do desejo de possuir coisas era dissimulada e pervertida por compulsões competitivas e econômicas que, por sua vez, prejudicavam a qualidade das coisas: tudo o que alcançavam era uma espécie de prodigalidade mecânica. Ali naquela casa, ao contrário, havia graça, alcançada pela sobriedade.

Um criado os ajudou a tirar os casacos, à entrada. A esposa de Oiie subiu da cozinha no subsolo, onde estivera instruindo a cozinheira, e veio cumprimentar Shevek.

Enquanto conversavam antes do jantar, Shevek viu-se falando quase exclusivamente com ela, com simpatia, com desejo de que ela gostasse dele, e isso o surpreendeu. Mas era tão bom conversar com uma mulher de novo! Não era à toa que tinha a sensação de levar uma existência isolada, artificial, entre homens, sempre homens, faltando a tensão e a atração da diferença sexual. E Sewa Oiie era atraente. Olhando as delicadas linhas de sua nuca e de suas têmporas, ele perdeu as objeções que fazia à moda urrasti de raspar a cabeça das mulheres. Ela era reticente, bem tímida; tentou fazê-la sentir-se à vontade com ele e ficou satisfeito quando pareceu estar conseguindo.

Entraram para jantar e duas crianças se uniram a eles à mesa. Sewa Oiie desculpou-se:

– Simplesmente não se encontra mais uma babá decente nesta parte do país – ela disse. Shevek assentiu, sem saber o que era uma babá. Observava os garotinhos com o mesmo alívio, o mesmo deleite. Mal tinha visto uma criança desde que partira de Anarres.

Os garotos eram crianças muito asseadas e tranquilas, que só falavam quando lhe dirigiam a palavra, vestidos em casacos e calções de veludo azul. Olhavam Shevek com assombro, como uma criatura do espaço sideral. O de 9 anos era severo com o de 7 anos, murmurava para ele não ficar olhando e o beliscava com força quando ele desobedecia. O pequeno beliscava de volta e tentava chutá-lo por baixo da mesa. O Princípio da Superioridade parecia não estar bem introduzido em sua mente ainda.

Oiie era um homem mudado em casa. O olhar reservado sumiu de seu rosto, e ele não falava arrastado. Sua família o tratava com respeito, mas o respeito era mútuo. Shevek ouvira muitas opiniões de Oiie sobre as mulheres e surpreendeu-se ao ver que ele tratava sua esposa com cortesia, até delicadeza. "Isso é cavalheirismo", pensou Shevek, por ter aprendido a palavra recentemente, mas logo concluiu que se tratava de algo melhor. Oiie gostava de sua esposa e confiava nela. Ele se comportava com ela e com as crianças como um anarresti poderia se comportar. Na verdade, em casa, ele de repente parecia um homem simples e fraternal, um homem livre.

Shevek considerou essa liberdade muito limitada, uma família muito reduzida, mas sentiu-se tão à vontade, tão mais livre ele próprio, que não se sentiu disposto a criticar.

Numa pausa após a conversa, o garoto mais novo disse com sua vozinha límpida:

– O sr. Shevek não tem muito boas maneiras.

– Por que não? – Shevek perguntou antes que a esposa de Oiie repreendesse a criança. – O que foi que eu fiz?

– O senhor não disse obrigado.

– Quando?

– Quando eu passei o prato de picles.

– Ini! Fique quieto!

Sadik! Não egoíze! O tom era exatamente o mesmo.

– Pensei que você estivesse compartilhando comigo. Era um presente? No meu país, só dizemos obrigado quando ganhamos presentes. As outras coisas nós compartilhamos, sem falar nelas, entende? Gostaria que eu lhe devolvesse os picles?

– Não, eu não gosto de picles – a criança disse, olhando o rosto de Shevek com seus olhos muito escuros e límpidos.

– Isso torna o compartilhamento bem mais fácil – disse Shevek. O garoto mais velho se contorcia pelo desejo reprimido de beliscar Ini, mas Ini riu, mostrando os dentinhos brancos. Após uns instantes, numa outra pausa, ele disse em voz baixa, inclinando-se para Shevek:

– O senhor gostaria de ver minha lontra?

– Sim.

– Ela está no quintal. Minha mãe pôs para fora porque achou que ela ia incomodar o senhor. Alguns adultos não gostam de animais.

– Eu gosto de vê-los. Não temos animais no meu país.

– Não? – perguntou o garoto mais velho, encarando-o. – Pai, o sr. Shevek está dizendo que eles não têm nenhum animal!

Ini também o encarou.

– Mas o que vocês têm?

– Outras pessoas. Peixes. Minhocas. E pés de holum.

– O que é holum?

A conversa prosseguiu por meia hora. Foi a primeira vez que pediram a Shevek, em Urras, para descrever Anarres. As crianças faziam as perguntas, mas os pais ouviam com interesse. Shevek deixou o modo ético de lado com algum escrúpulo; não estava ali para doutrinar os filhos de seu anfitrião. Apenas contou como era a poeira, como era Abbenay, que roupas usavam, o que as pessoas faziam quando queriam roupas novas, o que as crianças faziam na escola. Este último item virou propaganda, apesar de suas intenções. Ini e Aevi ficaram extasiados com a descrição do currículo, que incluía cultivo, carpintaria, tratamento de esgoto, impressão, encanamento, recuperação de estradas, dramaturgia e todas as outras ocupações da comunidade adulta, e com a informação de que ninguém jamais era punido por nada.

– Porém, às vezes – disse – eles mandam você ficar sozinho por um tempo.

– Mas o que – perguntou Oiie abruptamente, como se a pergunta, engasgada havia longos minutos, explodisse dele sob pressão –, o que mantém as pessoas em ordem? Por que não roubam e não se matam uns aos outros?

– Ninguém possui nada para ser roubado. Se você quiser algo, é só pegar nos depósitos. Quanto à violência, bem, não sei, Oiie; você me mataria, via de regra? E se tivesse vontade, alguma lei o impediria? A coerção é o meio menos eficaz de se obter ordem.

– Tudo bem, mas como vocês conseguem que as pessoas façam o trabalho sujo?

– Que trabalho sujo? – perguntou a esposa de Oiie, sem entender.

– Coleta de lixo, abertura de covas – respondeu Oiie; Shevek acrescentou:

– Mineração – e quase disse "processamento de merda", mas lembrou-se do tabu iota com relação a palavras escatológicas. Percebera, logo no início de sua estada em Urras que os urrastis viviam em meio a montanhas de excremento, mas nunca mencionavam a palavra merda.

– Bem, todos nós fazemos esses serviços. Mas ninguém os faz por muito tempo, a menos que se goste do trabalho. Uma vez por década, o comitê de gerenciamento da comunidade, ou o comitê do quarteirão, ou qualquer um que precise pode pedir que você entre para o trabalho, eles fazem listas de rodízio. E os postos de trabalho desagradáveis ou perigosos, como nas minas de mercúrio e usinas, normalmente são executados somente por meio ano.

– Mas então toda equipe deve consistir de pessoas que estão apenas aprendendo o serviço.

– Sim, não é eficiente, mas o que mais se pode fazer? Não se pode obrigar um homem a ficar num trabalho que vai mutilá-lo ou matá-lo em poucos anos. Por que ele faria isso?

– Ele pode recusar a ordem?

– Não é uma ordem, Oiie. Ele vai à Divlab, o escritório da Divisão Laboral, e diz "eu quero fazer tal e tal trabalho, o que vocês têm?". E eles dizem onde existem postos.

– Mas então por que as pessoas escolhem fazer o serviço sujo? Por que aceitam fazer o trabalho dos rodízios da década?

– Porque fazem juntas... E há outros motivos. Você sabe que a vida em Anarres não é tão rica quanto a daqui. Nas pequenas comunidades não há muita diversão, e há muito trabalho a fazer. Então, se você trabalha a maior parte do tempo num tear, a cada dez dias é agradável sair e instalar um cano, ou arar um campo, com um grupo diferente de pessoas... E também há o desafio. Aqui vocês acham que o incentivo para trabalhar é financeiro, necessidade de dinheiro ou desejo por lucro, mas onde não existe dinheiro as motivações reais ficam mais claras, talvez. As pessoas gostam de fazer as coisas. Gostam de fazer bem. As pessoas escolhem os serviços perigosos e difíceis porque se orgulham de fazê-los, elas podem... egoizar, como dizemos... se gabar?... aos mais fracos. Ei, vejam, meninos, como sou forte! Sabe como é? A pessoa gosta de fazer aquilo em que tem talento... Mas, na verdade, é uma questão de meios e fins. Afinal, o trabalho é feito só pelo trabalho em si. É o prazer duradouro da vida. A consciência particular sabe disso. E também a consciência social, a opinião do vizinho. Não há nenhuma outra recompensa, em Anarres, nenhuma outra lei. Só o próprio prazer e o respeito dos companheiros. Quando é assim, dá para entender que a opinião dos vizinhos torna-se uma força muito poderosa.

– Ninguém nunca a desafia?

– Talvez não com bastante frequência – disse Shevek.

– Então todo mundo trabalha muito? – perguntou a esposa de Oiie. – O que acontece com um homem que simplesmente se recusa a cooperar?

– Bem, ele vai embora. Os outros se cansam dele, sabe. Zombam, tratam mal, batem nele; numa comunidade pequena, podem concordar em tirar o nome dele das listas de refeições, para que ele cozinhe e coma sozinho; isso é humilhante. Então ele fica em outro lugar por algum tempo e depois pode se mudar outra vez. Alguns fazem isso a vida inteira. São chamados de *nuchnibi*. Eu sou meio nuchnib. Estou aqui, fugindo do meu próprio posto. Mudei-me para mais longe que a maioria – falou Shevek, com tranquilidade; se havia amargura em sua voz, não era discernível às crianças, nem explicável aos adultos. Mas um pequeno silêncio se seguiu às suas palavras.

– Não sei quem faz o serviço sujo aqui – ele disse. – Nunca o vejo sendo feito. É estranho. Quem faz? Por que fazem? Eles ganham mais?

– Para o trabalho perigoso, às vezes. Para tarefas meramente servis, não. Ganham menos.

– Por que fazem, então?

– Porque ganhar pouco é melhor do que não ganhar nada – disse Oiie, e a amargura em sua voz era muito clara. Sua esposa começou a falar de modo nervoso para mudar de assunto, mas ele continuou. – Meu avô era zelador. Esfregou o chão e trocou os lençóis sujos num hotel por cinquenta anos. Dez horas por dia, seis dias por semana. Ele fazia isso para a família poder comer. – Oiie parou abruptamente e olhou de relance para Shevek com seu velho olhar reservado e desconfiado, e depois, quase com desafio, para a sua esposa. Ela não olhou nos olhos dele. Sorriu e falou numa voz infantil e nervosa:

– O pai de Demaere foi um homem muito bem-sucedido. Era dono de quatro empresas quando morreu. – Seu sorriso era o de uma pessoa que sofria, e suas mãos delgadas e escuras pressionavam-se firmemente uma sobre a outra.

– Suponho que não haja homens bem-sucedidos em Anarres – disse Oiie, com pesado sarcasmo. Então a cozinheira entrou para trocar os pratos, e ele parou de falar na mesma hora. O garoto Ini, como se soubesse que a conversa séria não seria retomada enquanto a criada estivesse ali, disse:

– Mãe, o sr. Shevek pode ver minha lontra quando acabar o jantar?

Quando retornaram à sala de estar, Ini recebeu permissão de trazer o animal de estimação para dentro: uma lontra terrestre pequena, animal comum em Urras. Tinham sido domesticadas, explicou Oiie, desde os tempos pré-históricos, primeiro usadas como apanhadores de peixes, depois como animais de estimação. A criatura tinha pernas curtas, um lombo arqueado e flexível, pelo marrom-escuro brilhante. Era o primeiro animal solto que Shevek via de perto, e o bicho teve menos medo dele do que ele do bicho. Os dentes brancos e afiados eram impressionantes. Estendeu a mão com cautela para acariciá-lo, e Ini insistiu que o fizesse. A lontra sentou-se sobre os quadris e olhou para ele. Os olhos do animal eram escuros, raiados de dourado, inteligentes, curiosos, inocentes.

– *Ammar* – Shevek sussurrou, capturado por aquele olhar que atravessava o golfo da existência –, irmão.

A lontra grunhiu, ficou de quatro e examinou os sapatos de Shevek com interesse.

– Ele gosta do senhor – Ini disse.

– E eu gosto dele – Shevek respondeu, com certa tristeza. Sempre que via um animal, o voo dos pássaros, o esplendor das árvores de outono, vinha-lhe aquela tristeza que dava um gosto amargo ao deleite. Ele não pensava conscientemente em Takver nesses momentos, não pensava em sua ausência. De certa forma, era como se ela estivesse lá, embora ele não estivesse pensando nela. Era como se a beleza e a estranheza dos animais e das plantas de Urras tivessem sido carregadas com uma mensagem de Takver, que jamais os veria, cujos ancestrais de sete gerações jamais tocaram o pelo morno de um animal, nem viram o bater de asas nas sombras das árvores.

Ele passou a noite num quarto no sótão, sob os beirais. O quarto era frio, algo bem-vindo depois do eterno e excessivo aquecimento dos cômodos da universidade, e muito simples: a cama, estantes de livros, uma cômoda e uma mesa de madeira pintada. Era como estar em casa, pensou, ignorando a altura da cabeceira da cama e a maciez do colchão, os delicados cobertores de lã e os lençóis de seda, os bibelôs de marfim sobre a cômoda, a encadernação de couro dos livros e o fato de que o quarto, e tudo o que havia nele, e a casa em que estava, e o terreno que a casa ocupava eram propriedade privada, a propriedade de Demaere Oiie, embora ele não a tivesse construído e não esfregasse o seu chão. Shevek pôs de lado essas discriminações tão cansativas. Era um ótimo quarto e não muito diferente de um quarto de solteiro num domicílio.

Dormindo naquele quarto, sonhou com Takver. Sonhou que ela estava com ele na cama, seus braços entrelaçados nele, o corpo junto ao seu... mas qual quarto, em que quarto estavam? Onde estavam? Estavam juntos na Lua, fazia frio, e eles caminhavam juntos. Era um lugar plano, a Lua, todo coberto de neve branca-azulada, embora a neve fosse fina e fácil de afastar com um pontapé, revelando o luminoso solo branco. Era morto, um lugar morto. "Não é bem assim", ele disse a Takver, sabendo que ela estava com medo. Caminhavam na direção de algo, uma linha longínqua de algo que parecia frágil e brilhante, como plástico, uma barreira remota, quase invisível, do outro lado da planície de neve. Em seu coração, Shevek tinha medo de se aproximar, mas disse a Takver: "Logo chegaremos". Ela não respondeu.

6

ooooo

Quando Shevek recebeu alta após uma década no hospital, seu vizinho do Quarto 45 veio visitá-lo. Era um matemático, muito alto e magro. Tinha um olho estrábico não corrigido e, assim, nunca se tinha certeza se ele estava olhando para a pessoa e/ou a pessoa estava olhando para ele. Shevek e ele tinham uma convivência amigável, lado a lado no domicílio do Instituto, havia um ano, sem nunca terem trocado uma frase inteira.

Então Desar entrou e encarou Shevek, ou o que estava ao lado dele.

— Alguma coisa? — perguntou.

— Eu estou bem, obrigado.

— Que tal jantar do refeitório?

— Com o seu? — perguntou Shevek, influenciado pelo estilo telegráfico de Desar.

— Tudo bem.

Desar trouxe dois jantares numa bandeja do refeitório do Instituto, e eles comeram juntos no quarto de Shevek. Ele fez a mesma coisa de manhã e à noite por três dias, até Shevek sentir-se em condições de sair de novo. Era difícil entender por que Desar fazia isso. Ele não era simpático, e as expectativas de fraternidade pareciam não significar muito para ele. Um dos motivos que o levavam a se afastar das pessoas era esconder sua desonestidade; ou era espantosamente preguiçoso ou francamente proprietário, pois o Quarto 45 estava cheio de coisas que ele não tinha direito, nem motivo, de guardar: pratos do refeitório, livros das bibliotecas, um conjunto de ferramentas talhadeiras do depósito de suprimentos de artes e ofícios, um microscópio de algum laboratório, oito cobertores diferentes, um armário cheio de roupas, algumas das quais claramente não serviam nem nunca tinham servido em Desar, outras que ele devia ter usado quando tinha 8 ou 10 anos. Era como se ele fosse a depósitos e armazéns e pegasse tudo o que pudesse carregar, precisasse desses objetos ou não.

– Por que você guarda essa tralha toda? – Shevek perguntou quando esteve no quarto do vizinho pela primeira vez.

Desar olhou para algum ponto entre ele e Shevek:

– Fui acumulando – ele respondeu de modo vago.

O campo da matemática escolhido por Desar era tão esotérico que ninguém no Instituto ou na Federação de Matemática conseguia de fato verificar o seu desempenho. Era precisamente por isso que ele o escolhera. Presumiu que a motivação de Shevek fosse a mesma.

– Que diabos – ele disse –, trabalho? Bom posto aqui. Sequência, Simultaneidade, merda. – Às vezes Shevek gostava de Desar, e às vezes o detestava, pelas mesmas qualidades. Apegou-se a ele, entretanto, deliberadamente, como parte de sua resolução para mudar de vida.

Sua doença o fizera perceber que, se tentasse continuar sozinho, iria desmoronar de uma vez. Via isso em termos morais e julgou a si próprio de maneira implacável. Vinha se guardando para si mesmo, contra o imperativo ético da fraternidade. Aos 21 anos, Shevek não era exatamente um pedante, devido à sua moralidade apaixonada e drástica; ainda assim, essa moralidade se ajustava a um modelo rígido, o Odonismo simplista ensinado às crianças por adultos medíocres, um sermão incorporado.

Estivera agindo errado. Tinha de agir certo. E agiu.

Proibiu-se de estudar física em cinco noites a cada dez. Voluntariou-se para o trabalho de comitê na gerência de domicílios do Instituto. Frequentava as reuniões da Federação de Física e do Sindicato dos Membros do Instituto. Matriculou-se num grupo que praticava exercícios de *biofeedback* e treinamento de ondas cerebrais. No refeitório, forçava-se a sentar às mesas grandes, em vez da pequena, com um livro à sua frente.

Era surpreendente: as pessoas pareciam estar à sua espera. Elas o incluíram, o acolheram, o convidaram como companheiro e colega. Levaram-no a todo lugar com eles e, em três décades, aprendeu mais sobre Abbenay do que tinha aprendido em um ano. Acompanhava animados grupos de jovens a campos de atletismo, centros de artes e ofícios, piscinas, festivais, museus, teatros, concertos.

Os concertos! Foram uma revelação, um choque de alegria, em parte porque ele pensava na música como algo para se fazer, não para se ouvir. Quando criança, sempre cantava ou tocava um instrumento ou outro, em corais e grupos locais; tinha gostado muito da experiência, mas não demonstrara muito talento. E isto era tudo o que conhecia de música.

Os centros de aprendizagem ensinavam todas as habilidades à prática da arte: treinamento em canto, métrica, dança, uso do pincel, do cinzel, da faca, do torno mecânico e assim por diante. Era tudo pragmático: as crianças aprendiam a ver, falar, ouvir, a se mexer, a manusear. Não havia distinção entre as artes e os ofícios; não se considerava a arte como tendo um lugar na vida, mas como sendo uma técnica básica da vida, como a fala. Desse modo, a arquitetura tinha desenvolvido, desde cedo e livremente, um estilo consistente, puro e simples, sutil em proporção. A pintura e a escultura serviam, em grande parte, como elementos da arquitetura e do planejamento urbano. Quanto às artes das palavras, a poesia e a narrativa tendiam a ser efêmeras, a ser ligadas à música e à dança; apenas o teatro se sustentava totalmente sozinho, e apenas o teatro era chamado de "a Arte" – algo completo em si mesmo. Havia muitas trupes regionais e itinerantes de atores e dançarinos, companhias de repertório, muitas vezes com o próprio dramaturgo. Encenavam tragédias, comédias semi-improvisadas, mímicas. As trupes eram bem-vindas como chuva nas cidades solitárias do deserto, eram a glória do ano aonde quer que fossem. O drama, fruto e encarnação do isolamento e do espírito comunitário anarresti, alcançara força e brilho extraordinários.

Shevek, entretanto, não era muito sensível à arte dramática. Gostava do esplendor verbal, mas a ideia toda de atuação não combinava com ele. Foi somente no segundo ano em Abbenay que ele finalmente descobriu a sua *Arte*: a arte feita do tempo. Alguém o levou a um concerto no Sindicato de Música. Ele voltou no dia seguinte. Foi a todos os concertos, com os novos conhecidos, se fosse possível, e sozinho, se necessário. A música era uma necessidade mais urgente, uma satisfação mais profunda do que o companheirismo.

Seus esforços para romper sua reclusão essencial foram, na verdade, um fracasso, e ele sabia disso. Não fez nenhum amigo íntimo. Copulou com algumas moças, mas a cópula não era o júbilo que deveria ser. Era mero alívio de uma necessidade, como evacuar, e ele sentia vergonha depois, pois envolvia outra pessoa como objeto. Era preferível a masturbação, uma conduta adequada a um homem como ele. Solidão era a sua sina; estava preso em sua hereditariedade. Ela havia dito: "O trabalho vem primeiro". Rulag dissera isso calmamente, afirmando um fato, impotente para mudá-lo, para escapar de sua célula fria. E era assim também com ele. Seu coração ansiava por elas, pelas almas jovens e amáveis que o chamavam de irmão, mas ele não conseguia alcançá-las, nem elas a ele. Ele nascera para ser só, um maldito intelectual frio, um egoísta.

O trabalho vinha em primeiro lugar, mas não ia a lugar algum. Como o sexo, deveria ter sido um prazer, mas não era. Ele ficava remoendo os mesmos problemas, não se aproximando sequer um passo da solução do Paradoxo Temporal de To, muito menos da Teoria da Simultaneidade, que, no ano anterior, pensara estar quase ao seu alcance. Essa segurança agora lhe parecia inacreditável. Ele realmente se achara capaz, aos 20 anos, de desenvolver uma teoria que iria mudar as fundações da Física Cosmológica? Evidentemente, estivera fora de si muito antes da febre. Matriculou-se em dois grupos de trabalho em Matemática Filosófica, convencendo-se de que precisava deles e recusando-se a admitir que poderia conduzi-los tão bem quanto os instrutores. Evitava Sabul o máximo possível.

Na primeira explosão de novas resoluções, decidiu conhecer Gvarab melhor. Ela correspondeu da melhor maneira que pôde, mas o inverno tinha sido severo com ela; estava doente, surda e velha. Começou a ministrar um curso de primavera, mas desistiu. Estava errática, ora mal reconhecendo Shevek, ora arrastando-o até seu domicílio para uma noite inteira de conversa. Ele, de certa forma, já ultrapassara as ideias de Gvarab e achava penosas aquelas longas conversas. Ou deixava Gvarab aborrecê-lo por horas, repetindo o que ele já sabia ou havia em parte refutado, ou teria de magoá-la e confundi-la tentando corrigir-lhe o raciocínio. Isso estava além da paciência ou tato de qualquer pessoa da idade dele, e ele acabou por evitar Gvarab sempre que podia, e sempre com a consciência pesada.

Não havia mais ninguém com quem conversar sobre trabalho. Ninguém no Instituto sabia o suficiente sobre Física Temporal pura para acompanhá-lo. Ele teria gostado de ensinar a matéria, mas ainda não lhe haviam oferecido um posto de professor ou uma sala de aula no Instituto; o Sindicato dos Membros do corpo docente e discente recusou seu pedido. Não queriam entrar em atrito com Sabul.

No decorrer do ano, dedicou boa parte do tempo escrevendo cartas para Atro e outros físicos e matemáticos de Urras. Poucas dessas cartas foram enviadas. Algumas escrevia e depois simplesmente rasgava. Descobriu que o matemático Loai Na, a quem escrevera uma dissertação de seis páginas sobre a Reversibilidade do Tempo, já estava morto havia vinte anos; negligenciara a leitura do prefácio biográfico de *Geometrias do Tempo*, assinado por An. Outras cartas, que tentou enviar pelas naves cargueiras de Urras, foram interceptadas pelos administradores do Porto de Abbenay. O Porto estava sob o controle direto da CPD, já que sua operação envolvia a coordenação de muitos sindicatos, e alguns dos coordenadores tinham de saber iótico. Esses administradores do Porto, com seu conhecimento especial e posição importante, tendiam a adquirir a mentalidade burocrática: diziam "não" automaticamente. Desconfiavam das cartas a matemáticos, pois pareciam códigos, e não havia ninguém para lhes garantir que não eram códigos. Cartas a físicos passavam se Sabul, seu consultor, as aprovasse. Ele não aprovava as que tratavam de assuntos fora de sua própria área de Física Sequencial. "Está fora da minha competência", resmungava, pondo a carta de lado. Ainda assim, Shevek a enviava aos administradores do Porto, e a carta era devolvida com o carimbo "Não aprovada para exportação".

Levou a questão à Federação de Física, que Sabul raramente se dava ao trabalho de frequentar. Ninguém ali dava importância ao tema da livre comunicação com o inimigo ideológico. Alguns repreendiam Shevek por trabalhar num campo tão hermético que não havia, como ele próprio admitia, mais ninguém em seu próprio planeta com competência para entendê-lo.

– Mas é porque é um campo novo – dizia, o que não adiantava nada.

– Se é novo, compartilhe conosco, não com os proprietários!

– Já faz um ano que eu tento oferecer um curso todo trimestre. Vocês sempre dizem que não há demanda suficiente para o curso. Vocês estão com medo por ser algo novo?

Isso não o fez ganhar nenhum amigo. Ele os deixou furiosos.

Continuou a escrever cartas para Urras, mesmo quando não enviava nenhuma. O fato de escrever para alguém que talvez o entendesse – que talvez o tivesse entendido – tornava-lhe possível escrever, pensar. Senão, não seria possível.

As décadas se passaram, e os trimestres. Duas ou três vezes por ano a recompensa chegava: uma carta de Atro ou de outro físico de A-Io ou Thu, uma longa carta, escrita no mesmo nível, argumentada no mesmo nível, da saudação à assinatura, toda com intensa e complexa Física Temporal Metamatemático-Ético-Cosmológica, escrita numa língua que ele não falava, por homens que ele não conhecia e que tentavam intensamente combater e destruir suas teorias, inimigos de sua terra natal, rivais, estranhos, irmãos.

Por vários dias após receber uma carta, ele ficava irascível e alegre, trabalhava dia e noite, jorrando ideias como uma fonte. Então, lentamente, debatia-se em esguichos curtos e desesperados e voltava à terra, ao solo árido, e secava.

Estava terminando o terceiro ano no Instituto quando Gvarab morreu. Ele pediu para falar no velório, que foi realizado, como era o costume, no local onde o falecido trabalhara: neste caso, uma das salas de aula no prédio do laboratório de física. Ele foi o único orador. Nenhum aluno compareceu; Gvarab não dava aulas havia dois anos. Alguns membros idosos do Instituto vieram, e o filho de meia-idade de Gvarab, um químico agrícola do Nordeste, estava lá. Shevek ficou em pé onde a idosa costumava ficar quando dava aulas. Disse àquelas pessoas, numa voz rouca pelo seu agora costumeiro resfriado de inverno, que Gvarab lançara as bases da ciência do tempo e era a maior cosmóloga que já trabalhara no Instituto.

— Nós da física temos nossa Odo agora – ele disse. – Nós a temos, mas não soubemos honrá-la. – Depois, uma idosa lhe agradeceu, com lágrimas nos olhos.

— Nós sempre fazíamos o serviço da dezena juntas, ela e eu, como zeladoras do nosso quarteirão, e passamos momentos tão bons, conversando – ela disse, estremecendo no vento gelado quando do saíram do prédio. O químico agrícola murmurou cortesias e apressou-se para pegar uma carona de volta ao Nordeste. Num súbito acesso de sofrimento, impaciência e sensação de inutilidade, Shevek saiu caminhando a passos largos pela cidade.

Três anos ali, e ele tinha realizado o quê? Um livro, de que Sabul se apropriara; cinco ou seis estudos não publicados; e um discurso de velório por uma vida desperdiçada.

Nada do que fazia era compreendido. Para ser mais honesto, nada do que fazia tinha significado. Ele não estava exercendo nenhuma função necessária, pessoal ou social. Na verdade – e esse não era um fenômeno incomum em sua área –, estava esgotado aos 20 anos. Não realizaria mais nada. Tinha deparado com o muro para sempre.

Parou diante do auditório do Sindicato de Música para ler os programas da década. Não havia nenhum concerto aquela noite. Afastou-se do cartaz e deu de cara com Bedap.

Bedap, sempre defensivo e bastante míope, não deu sinal de reconhecê-lo. Shevek pegou-lhe no braço.

– Shevek! Caramba, é você! – Abraçaram-se, beijaram-se, apartaram-se, voltaram a se abraçar. Shevek foi inundado de amor. Por quê? Ele nem gostava muito de Bedap naquele último ano no Instituto Regional. Nunca se corresponderam nos últimos três anos. A amizade deles era de infância, do passado. No entanto, o amor estava ali: flamejava como brasa atiçada.

Caminharam, conversaram, nenhum dos dois percebendo aonde iam. Abanavam os braços e se interrompiam. As ruas largas de Abbenay estavam calmas na noite de inverno. A cada cruzamento, a luz turva do poste de iluminação formava uma poça prateada, através da qual a neve seca se agitava como um cardume de peixinhos perseguindo a própria sombra. Lábios dormentes e dentes tiritando começaram a interferir na conversa. Pegaram o ônibus das dez, o último, para o Instituto; o domicílio de Bedap ficava no extremo leste da cidade, uma caminhada longa no frio.

Bedap olhou o Quarto 46 com admiração irônica.

– Shev, você vive como um urrasti explorador podre.

– Sem essa, não é tão mau assim. Mostre qualquer coisa excrementícia aqui! – De fato, o quarto continha praticamente as mesmas coisas de quando Shevek entrou ali pela primeira vez. Bedap apontou:

– Esse cobertor.

– Já estava aqui quando cheguei. Alguém fez à mão e deixou aí quando se mudou. Um cobertor é excessivo numa noite fria como esta?

– Mas a cor é definitivamente excrementícia – disse Bedap. – Como analista de funções, devo observar que não há necessidade da cor laranja. Essa cor não exerce nenhuma função vital no organismo social, no nível celular ou orgânico, e muito menos no nível ético mais central e holorgânico; e nesse caso a tolerância é uma opção pior do que a excreção. Mande tingi-lo de verde-sujo, irmão! E o que é tudo isso aqui?

– Anotações.

– Em código? – perguntou Bedap, folheando um caderno com a frieza que Shevek lembrava ser-lhe característica. Ele tinha ainda menos senso de privacidade (de propriedade privada) do que a maioria dos anarrestis. Bedap jamais tivera um lápis favorito que levasse para todo lugar, ou uma velha camisa à qual se afeiçoara, detestando ter de jogá-la no cesto de reciclagem, e se ganhasse um presente tentava mantê-lo em consideração ao doador, mas sempre o perdia. Tinha consciência dessa peculiaridade, e, segundo dizia, isso demonstrava que ele era menos primitivo do que a maioria das pessoas, um exemplo precoce do Homem Prometido, o verdadeiro e nato odoniano. Mas ele tinha, sim, um senso de privacidade. Começava na cabeça, dele ou de outrem, e dali em diante era completo. Jamais se metia na vida alheia. Disse agora: – Lembra aquelas cartas bobas que escrevíamos em código quando você estava no projeto de reflorestamento?

– Isso não é código, é iótico.

– Você aprendeu iótico? Por que escreve nessa língua?

– Porque ninguém neste planeta entende o que eu falo. Nem quer entender. A única pessoa que entendia morreu há três dias.

– O Sabul morreu?

– Não, Gvarab. Sabul não morreu. Sem chance!

– Qual o problema?

– O problema com Sabul? Em parte inveja e em parte incompetência.

– Pensei que o livro dele sobre causalidade fosse de primeira linha. Você mesmo disse.

– Eu pensava que sim, até ler as fontes. São todas ideias urrastis. E nem são novas. Ele não tem uma ideia própria há vinte anos. E há vinte anos não toma banho.

– E como vão as suas ideias? – perguntou Bedap, pondo a mão nos cadernos e olhando para Shevek com a testa franzida. Bedap tinha olhos pequenos e meio vesgos, um rosto forte, um corpo atarracado. Roía as unhas, e anos desse hábito reduziram-nas a meras tiras nas pontas de seus dedos grossos e sensíveis.

– Nada bem – disse Shevek, sentando-se na cama. – Estou no campo errado.

– Você? – Bedap deu um sorriso irônico.

– Acho que no fim do trimestre vou pedir uma remoção.

– Para onde?

– Pouco importa. Ensino, engenharia. Tenho que sair da física.

Bedap sentou-se na cadeira da escrivaninha, mordeu uma unha e disse:

– Isso é muito estranho.

– Reconheci minhas limitações.

– Não sabia que você tinha limitações. Em física, quero dizer. Você tinha todo tipo de defeitos e limitações. Mas não em física. Não sou nenhum temporalista, eu sei, mas não preciso saber nadar para conhecer um peixe, não preciso brilhar para reconhecer uma estrela...

Shevek olhou para seu amigo e deixou escapar o que nunca tinha conseguido dizer claramente a si mesmo:

– Pensei em suicídio. Pensei muito. Este ano. Parece a melhor solução.

– Dificilmente essa é a melhor solução para alcançar o outro lado do sofrimento.

– Você ainda se lembra disso? – Shevek deu um sorriso rígido.

– Vividamente. Foi uma conversa muito importante para mim. E para Takver e Tirin também, creio eu.

– Foi? – Shevek levantou-se. Só havia espaço para quatro passos no quarto, mas ele não conseguia ficar parado. – Foi importante para mim, na época – ele disse, em pé junto à janela. – Mas aqui eu mudei. Há algo errado aqui. Não sei o que é.

– Eu sei – disse Bedap. – O muro. Você se deparou com o muro.

Shevek virou-se com um olhar assustado.

– O muro?

– No seu caso, o muro parece ser Sabul, e os que o apoiam no Sindicato de Ciências, e a CPD. Quanto ao mim, estou em Abbenay há quatro décades. Quarenta dias. Tempo suficiente para ver que aqui, em quarenta anos, não vou realizar nada, absolutamente nada, do que quero fazer, o aperfeiçoamento do ensino de ciência nos centros de aprendizagem. A não ser que as coisas mudem. Ou a não ser que eu me junte aos inimigos.

– Inimigos?

– Os homenzinhos. Amigos de Sabul! As pessoas que estão no poder.

– Do que está falando, Dap? Não temos estrutura de poder.

– Não? Então por que Sabul é tão forte?

– Não uma estrutura de poder, um governo. Aqui não é Urras, afinal!

– Não. Não temos governo, nem leis, muito bem. Mas, pelo que eu saiba, *ideias* nunca foram controladas por leis e governos, mesmo em Urras. Se tivessem sido, como a Odo poderia ter desenvolvido as dela? Como o Odonismo teria se tornado um movimento mundial? Os hierarquistas tentaram esmagá-lo à força, mas fracassaram. Não se pode destruir ideias reprimindo-as. Só se pode destruí-las ignorando-as. Recusando-se a pensar, recusando-se a mudar. E é exatamente isso o que nossa sociedade está fazendo! Sabul usa você onde ele pode, e onde não pode ele o impede de publicar, de ensinar e até de trabalhar. Certo? Em outras palavras, ele tem poder sobre você. E de onde ele tira esse poder? Não de uma autoridade investida, pois ela não existe. Ele tira o poder da covardia inata da mente humana média. Opinião pública! Essa é a estrutura de poder da qual ele faz parte e sabe usar. O não admitido e inadmissível governo que controla a sociedade odoniana pela repressão da mente individual.

Shevek apoiou as mãos no peitoril da janela, olhando através dos reflexos embaçados na vidraça para a escuridão lá fora. Por fim, disse:

– Que conversa maluca, Dap.

– Não, irmão, estou lúcido. O que enlouquece as pessoas é tentar viver fora da realidade. A realidade é terrível. Ela pode matá-lo. Com o tempo, é certeza de que irá matá-lo. A realidade é dor... Você disse isso! Mas são as mentiras, as fugas da realidade que o enlouquecem. São as mentiras que o fazem querer se matar.

Shevek virou-se para encará-lo.

– Mas você não pode estar falando sério sobre a existência de um governo aqui!

– Das *Definições*, de Tomar: "Governo: o uso legal do poder para manter e estender o poder". Substitua "legal" por "habitual" e teremos Sabul, o Sindicato de Instrução e a CPD.

– A CPD!

– A CPD, a esta altura, é basicamente uma burocracia hierárquica.

Após um momento, Shevek riu, não com muita naturalidade, e disse:

– Ora, vamos, Dap, isso é divertido, mas um pouco doentio, não acha?

– Shevek, já lhe ocorreu que aquilo que o modo analógico chama de "doença", desafeição social, descontentamento, alienação, pode ser analogicamente chamado de... dor, e foi o que você quis dizer quando falou sobre a dor e o sofrimento? E que, como a dor, ela tem uma função no organismo?

– Não! – respondeu Shevek, impetuosamente. – Eu estava falando em termos pessoais e espirituais.

– Mas você falou em sofrimento físico, de um homem morrendo com queimaduras. E eu falo de sofrimento espiritual! De pessoas vendo seu talento, seu trabalho, suas vidas serem desperdiçadas. De mentes inteligentes se submetendo a mentes burras. De força e coragem estranguladas pela inveja, pela cobiça por poder, pelo medo da mudança. Mudança é liberdade, mudança é vida... Existe alguma coisa mais básica ao pensamento odoniano do que isso? Mas não existe mais mudança! Nossa sociedade está doente. Você sabe disso. Você está sofrendo dessa doença. Dessa doença suicida!

– Chega, Dap. Pare com isso.

Bedap não disse mais nada. Começou a roer a unha do polegar metodicamente, pensativo.

Shevek tornou a sentar-se na cama e pôs a cabeça nas mãos. Houve um longo silêncio. A neve cessara. Um vento seco e escuro batia na vidraça. O quarto estava frio; nenhum dos dois jovens tirara o casaco.

– Escute, irmão – disse Shevek, enfim. – Não é a nossa sociedade que frustra a criatividade individual. É a pobreza de Anarres. Este planeta não é adequado à civilização. Se decepcionarmos uns aos outros, se não renunciarmos a nossos desejos pessoais pelo bem comum, nada, nada neste planeta árido pode nos salvar. A solidariedade humana é nosso único recurso.

– Sim, solidariedade! Até em Urras, onde a comida dá em árvores, até lá Odo disse que a solidariedade é a nossa esperança. Mas nós traímos essa esperança. Deixamos a cooperação virar obediência. Em Urras eles têm o governo da minoria. Aqui temos o governo da maioria. Mas é governo! A consciência social não é mais uma coisa viva, mas uma máquina, uma máquina de poder, controlada por burocratas!

– Você ou eu poderíamos nos voluntariar e sermos sorteados para um posto na CPD em algumas décadas. Isso nos tornaria burocratas, patrões?

– Não são os indivíduos em postos na CPD, Shev. A maioria é como nós. Como nós até demais. Bem-intencionados, ingênuos. E não é só a CPD. É qualquer lugar em Anarres. Centros de aprendizagem, institutos, minas, usinas, indústria da pesca, de enlatados, estações de pesquisa e desenvolvimento agrícola, fábricas, comunidades de um só produto... qualquer lugar em que a função exija perícia e uma instituição estável. Mas essa estabilidade dá margem ao impulso autoritário. Nos primórdios da Colonização, tínhamos consciência disso, do cuidado que devíamos ter com isso. Naquela época, as pessoas faziam uma distinção meticulosa entre administrar coisas e governar pessoas. Fizeram isso tão bem a ponto de esquecermos que a vontade de dominar é tão crucial nos seres humanos quanto o impulso à ajuda mútua e que também deve ser treinada em cada indivíduo, em cada geração. Ninguém nasce odoniano, assim como ninguém nasce civilizado! Mas esquecemos isso. Não educamos para a liberdade. A educação, a atividade mais importante do organismo social, tornou-se rígida, moralista, autoritária. As crianças aprendem a papaguear as palavras de Odo como se fossem *leis...* a suprema blasfêmia!

Shevek hesitou. Tinha experimentado muito esse tipo de ensino quando criança, e até ali no Instituto, para ser capaz de negar a acusação de Bedap.

Bedap aproveitou sua vantagem de maneira implacável.

– É sempre mais fácil não pensar por si mesmo. É só encontrar uma bela e confortável hierarquia e se acomodar. Não faça mudanças, não corra o risco de ser desaprovado, não aborreça seus síndicos. É sempre mais fácil deixar-se governar.

– Mas não é governo, Dap! Os peritos e os mais experientes sempre vão dirigir qualquer equipe ou sindicato; eles conhecem melhor o trabalho. O trabalho tem de ser feito, afinal de contas! Quanto à CPD, sim, ela poderia se tornar uma hierarquia, uma estrutura de poder, se não fosse organizada de modo a evitar exatamente isso. Veja como é constituída! Voluntários, escolhidos por sorteio; um ano de treinamento; depois, quatro anos como Alistado; depois, fora. Ninguém consegue conquistar poder, no sentido hierárquico, num sistema como esse, com apenas quatro anos dentro dela.

– Alguns ficam mais de quatro anos.

– Conselheiros? Eles não mantêm o voto.

– Votos não são importantes. Há pessoas nos bastidores...

– Ora! Isso é pura paranoia! Bastidores... como? Que bastidores? Qualquer um pode acompanhar qualquer reunião da CPD e, se for um síndico interessado, pode debater e votar! Você está tentando insinuar que temos *políticos* aqui? – Shevek estava furioso com Bedap; suas orelhas salientes ficaram vermelhas, sua voz se elevou. Era tarde, nenhuma luz acesa no quadrilátero. Desar, no Quarto 45, bateu na parede, pedindo silêncio.

– Estou dizendo o que você já sabe – respondeu Bedap, baixando a voz. – Que são pessoas como Sabul que de fato mandam na CPD, e mandam ano após ano.

– Se você sabe disso – Shevek acusou, num sussurro áspero –, então por que não tornou isso tudo público? Por que não convocou uma sessão crítica no seu sindicato, se existem fatos? Se suas ideias não resistem ao julgamento público, não quero ouvi-las em sussurros à meia-noite.

Os olhos de Bedap tinham ficado muito pequenos, como contas de aço.

– Irmão – ele disse –, você se acha moralmente superior. Sempre se achou. Olhe para fora de sua maldita consciência limpa pelo menos uma vez! Venho até você e sussurro porque sei que posso confiar em você, caramba! Com quem mais posso conversar? Você quer acabar como Tirin?

– Como Tirin? – Shevek assustou-se a ponto de erguer a voz. Bedap o silenciou com um gesto em direção à parede. – O que houve com Tirin? Onde ele está?

– No Manicômio da Ilha Segvina.

– No Manicômio?

Bedap sentou-se de lado na cadeira, levantou os joelhos até o queixo e os envolveu em seus braços. Falou calmamente agora, com relutância.

– Tirin escreveu uma peça e a encenou, no ano em que você foi embora. Era engraçada... louca... você conhece o jeito dele. – Bedap passou a mão pelo cabelo áspero e ruivo, soltando o rabo de cavalo. – A peça poderia parecer antiodoniana a pessoas estúpidas. Há muita gente estúpida. Houve uma confusão. Ele foi repreendido. Repreensão pública. Nunca tinha visto uma. Todos vão à reunião do seu sindicato e o advertem. Era assim que reprimiam um chefe de equipe ou um administrador mandão. Agora usam a reprimenda pública para ordenar a um indivíduo que pare de pensar por si mesmo. Foi difícil. Tirin não aguentou. Acho que afetou um pouco mesmo a mente dele. Achou que todo mundo estava contra ele. Passou a falar demais... uma conversa amarga. Não irracional, mas sempre crítica, sempre amarga. E ele falava daquele jeito com todo mundo. Bem, ele terminou o Instituto, qualificou-se como instrutor de matemática e solicitou um posto. Conseguiu um. Na equipe de manutenção de estradas no Poente Sul. Ele protestou, alegando que havia algum engano, mas os computadores da Divlab repetiram a indicação. Então ele foi.

– Tirin nunca trabalhou ao ar livre no tempo todo em que o conheci – interrompeu Shevek. – Desde que tinha 10 anos. Ele sempre arranjava serviço em escritórios. A Divlab estava sendo justa.

Bedap não prestou atenção.

– Não sei o que realmente se passou lá no Poente Sul. Ele me escreveu várias vezes, e a cada vez tinha sido removido para um posto novo. Sempre trabalho braçal, em pequenas comunidades afastadas. Escreveu dizendo que ia abandonar o posto e voltar para o Poente Norte para me ver. Mas não veio. Parou de escrever. Finalmente, consegui localizá-lo através dos Arquivos Laborais de Abbenay. Enviaram-me a cópia do cartão dele, e a última entrada era apenas "Terapia. Ilha de Segvina". Terapia! Tirin matou alguém? Violentou alguém? Por que motivo mandam gente para o Manicômio, além desses?

– Ninguém manda ninguém para um manicômio. Você é que solicita um posto lá.

– Não me venha com essa merda – Bedap disse, com fúria repentina. – Ele nunca pediu para ser mandado para lá! Eles o enlouqueceram e depois o mandaram para lá. É do Tirin que estou falando, Tirin, você se lembra dele?

– Eu o conheci antes de você. O que você acha que é o Manicômio... uma prisão? É um refúgio. Se lá existem assassinos e desertores inveterados do trabalho é porque eles pediram para ir para lá, onde não ficam sob pressão e estão a salvo de retaliações. Mas quem são essas pessoas de quem você não para de falar... "eles"? "Eles" o enlouqueceram e tal? Está insinuando que todo o sistema social é mau, que na verdade "eles", os perseguidores de Tirin, seus inimigos, "eles" somos nós... o organismo social?

— Se você consegue descartar Tirin da sua consciência como um desertor do trabalho, acho que não tenho mais nada a lhe dizer – respondeu Bedap, encolhido na cadeira. Havia um pesar tão simples e sincero em sua voz que a ira virtuosa de Shevek cessou de repente.

Nenhum dos dois falou por um momento.

— É melhor eu ir para casa – disse Bedap, desdobrando as pernas rígidas e pondo-se de pé.

— É uma hora a pé daqui. Não seja estúpido.

— Bem, eu achei... já que...

— Não seja estúpido.

— Tudo bem. Onde é o banheiro?

— À esquerda, terceira porta.

Quando voltou, Bedap propôs dormir no chão, mas como não havia tapete e apenas um cobertor quente, essa ideia foi, como Shevek observou monotonamente, estúpida. Ambos estavam chateados e irritados; doloridos, como se tivessem trocado socos, mas sem pôr toda a raiva para fora. Shevek desenrolou a roupa de cama, e eles se deitaram. Quando a luz foi apagada, uma escuridão prateada entrou no quarto, a semiescuridão de uma noite na cidade quando há neve no chão e a luz reflete debilmente para cima a partir do solo. Estava frio. Cada um deles recebeu com agrado o calor do corpo do outro.

— Retiro o que eu disse sobre o cobertor.

— Escute, Dap, eu não quis...

— Ah, vamos conversar de manhã.

— Certo.

Chegaram mais perto um do outro. Shevek virou-se de bruços e dormiu em dois minutos. Bedap lutou para manter a consciência, entregou-se ao calor mais profundo, à vulnerabilidade, à confiança do sono, e dormiu. No meio da noite um deles gritou, sonhando. O outro estendeu o braço, sonolento, e murmurou algo tranquilizador, e o peso quente daquele toque suplantou todo o medo.

Tornaram a se encontrar na noite seguinte e discutiram se deviam ou não ser pares por um tempo, como tinham sido na adolescência. O assunto precisava ser discutido, pois Shevek era definitivamente heterossexual e Bedap era definitivamente homossexual; o prazer seria sobretudo para Bedap. Shevek estava disposto, contudo, a reconfirmar a velha amizade; e quando percebeu que o elemento sexual significava bastante a Bedap, uma verdadeira consumação, tomou a iniciativa e, com muito carinho e obstinação, assegurou-se de que Bedap passaria a noite com ele outra vez. Foram a um quarto individual num domicílio no centro da cidade e moraram ali por uma década; depois se separaram de novo, Bedap para seu dormitório e Shevek para o Quarto 46. Não havia um forte desejo sexual em nenhum dos dois para que a ligação durasse. Eles simplesmente reafirmaram a confiança.

No entanto, Shevek às vezes se perguntava, enquanto ia se encontrar com Bedap quase todos os dias, do que é que gostava em seu amigo e por que confiava nele. Considerava as atuais opiniões de Bedap detestáveis, e sua insistência em conversar sobre elas, cansativa. Tinham discussões calorosas em quase todos os encontros. Magoavam-se bastante. Ao deixar Bedap, Shevek com frequência acusava a si mesmo de estar apenas se apoiando numa lealdade ultrapassada e, exasperado, jurava que não tornaria a vê-lo.

Mas o fato é que ele gostava mais de Bedap agora, como adulto, do que jamais gostara na adolescência. Inepto, insistente, dogmático, destrutivo: Bedap podia ser tudo isso, mas atingira a liberdade de pensamento que Shevek almejava, embora odiasse a expressão dessa liberdade. Ele mudara a vida de Shevek, e Shevek sabia disso, sabia que enfim seguiria em frente e que foi Bedap quem lhe possibilitara seguir em frente. Brigava com Bedap a cada passo do caminho, mas não deixava de ir vê-lo, para discutir, para magoar e ser magoado, para encontrar – sob raiva, negação e rejeição – o que procurava. Não sabia o que procurava, mas sabia onde procurar.

Foi, conscientemente, um período tão infeliz para ele como fora o ano anterior. Ainda não avançava em seu trabalho; na verdade, abandonara de vez a Física Temporal e retrocedera ao humilde trabalho de laboratório, realizando diversas experiências de radiação, estudando velocidades subatômicas junto com um técnico hábil e silencioso. Era um campo muito explorado, e seu ingresso atrasado na área foi considerado por seus colegas como um reconhecimento de que ele finalmente tinha parado de tentar ser original. O Sindicato dos Membros do Instituto deu-lhe um curso para lecionar, Física Matemática para alunos iniciantes. Ele não teve nenhuma sensação de triunfo por finalmente terem lhe dado um curso, pois não passava disto: tinham lhe dado o curso, tinham lhe permitido. Não encontrava muito conforto em coisa alguma. O fato de os muros de sua consciência inflexível e puritana estarem se ampliando imensamente trazia-lhe tudo menos conforto. Sentia-se frio e perdido. Mas não tinha nenhum lugar para se refugiar, nenhum abrigo, então saía cada vez mais para o frio, ficando cada vez mais perdido.

Bedap fizera muitos amigos, um grupo errático e descontente, e alguns deles gostaram do homem tímido. Não se sentia mais próximo deles do que das pessoas mais convencionais do Instituto, embora a sua independência de pensamento fosse mais interessante. Preservavam a autonomia de consciência mesmo à custa de se tornarem excêntricos. Alguns eram nuchnibi intelectuais que havia anos não trabalhavam num posto regular. Shevek os desaprovava com severidade quando não estava com eles.

Um desses amigos era um compositor chamado Salas. Salas e Shevek queriam aprender um com o outro. Salas sabia pouco de matemática, mas, quando Shevek conseguia explicar física nos modos analógico ou experimental, ele era um ouvinte ávido e inteligente. Do mesmo modo, Shevek ouvia qualquer coisa que Salas lhe dissesse sobre teoria musical e qualquer coisa que Salas tocasse no gravador ou em seu instrumento, o portátil. Mas achava algumas das coisas que Salas lhe dizia extremamente perturbadoras. Salas aceitara um posto na equipe de escavação de um canal nas Planícies de Temae, a leste de Abbenay. Ele vinha à cidade nos seus três dias de folga a cada década e ficava com uma ou outra moça. Shevek presumiu que ele aceitara o posto porque queria um pouco de trabalho ao ar livre para variar; mas então descobriu que Salas nunca tivera um posto em música, ou em qualquer coisa a não ser trabalho não qualificado.

— Em que lista você está na Divlab? — Shevek perguntou, perplexo.

— Grupo de Serviços Gerais.

— Mas você é qualificado! Estudou seis ou oito anos no conservatório do Sindicato de Música, não foi? Por que não lhe dão um posto como professor de música?

— Eles me deram. Recusei. Só vou estar pronto para ensinar daqui a dez anos. Lembre que sou compositor, não intérprete.

— Mas deve haver postos para compositores.

— Onde?

— No Sindicato de Música, suponho.

— Mas os síndicos da Música não gostam das minhas composições. Quase ninguém gosta, ainda. Não posso formar um sindicato sozinho, posso?

Salas era um homenzinho ossudo, já calvo na fronte e no crânio; mantinha curto o cabelo que lhe restava, numa franja bege e sedosa em volta da nuca e no queixo. Tinha um sorriso doce que lhe enrugava o rosto expressivo.

— Eu não componho do modo como aprendi a compor no conservatório. Componho música disfuncional. — Deu um sorriso mais doce do que nunca. — Eles querem corais. Eu detesto corais. Querem peças de grande harmonia, como as que Sessur compôs. Eu odeio a música de Sessur. Estou escrevendo uma peça de câmara. Pensei em chamá-la de *O Princípio da Simultaneidade*. Cinco instrumentos, cada um tocando um tema cíclico independente; nenhuma causalidade melódica; todo o andamento na relação entre as partes. Daria uma harmonia adorável. Mas eles não a ouvem. Eles se recusam a ouvi-la. Não conseguem!

Shevek refletiu por um instante.

— Se você a chamasse de *As Alegrias da Solidariedade*, eles a ouviriam? – perguntou.

— Caramba! – exclamou Bedap, que estava ouvindo a conversa. – É a primeira coisa cínica que você disse na vida, Shev. Bem-vindo à equipe de trabalho!

Salas riu.

— Eles a ouviriam, mas a recusariam para gravação ou apresentação regional. Não é o Estilo Orgânico.

— Não é à toa que eu nunca ouvi nenhuma música profissional quando morei no Poente Norte. Mas como podem justificar esse tipo de censura? Você escreve música! Música é uma arte cooperativa, orgânica por definição, social. Talvez seja a forma mais nobre de comportamento social de que somos capazes. Seguramente é um dos trabalhos mais nobres que um indivíduo pode empreender. E por sua natureza, pela natureza de qualquer arte, é um compartilhamento. O artista compartilha, é a essência de seu ato. Não importa o que digam os seus síndicos, como a Divlab pode justificar não lhe darem um posto em seu próprio campo?

— Eles não querem compartilhar minha música – Salas disse, alegremente. – Ela os assusta.

Bedap falou com mais seriedade:

— Podem justificar porque a música não é útil. Escavar um canal é importante, você sabe; música é mera decoração. O círculo deu a volta ao tipo mais vil de utilitarismo explorador. A complexidade, a vitalidade, a liberdade de invenção e iniciativa, que eram o centro do ideal odoniano, jogamos fora. Retornamos à barbárie. Se é novo, fuja; se não pode comer, jogue fora!

Shevek pensou no próprio trabalho e não teve nada a dizer. No entanto, não podia se unir à crítica de Bedap. Bedap o forçara a perceber que ele era, na verdade, um revolucionário; mas sentia profundamente que o era *somente* por causa de sua criação e educação como um odoniano anarresti. Não podia se rebelar contra sua sociedade, pois sua sociedade, propriamente concebida, era uma revolução, uma revolução permanente, um processo contínuo. Para reafirmar sua validade e força, pensava ele, era preciso apenas agir, sem medo de punição e sem a esperança de recompensa; agir com o centro da alma.

Bedap e alguns de seus amigos iam tirar uma década de folga juntos, numa excursão a pé pelas Ne Theras. Ele persuadira Shevek a ir também. Shevek gostava da perspectiva de dez dias nas montanhas, mas não da perspectiva de dez dias de opiniões de Bedap. A conversa de Bedap parecia demais uma Sessão de Crítica, a atividade comunitária de que ele sempre menos gostara, em que todos ficavam de pé e reclamavam dos defeitos no funcionamento da comunidade e, geralmente, dos defeitos no caráter de seus vizinhos. Quanto mais perto chegavam as férias, menos queria ir. Mas enfiou um caderno no bolso, para que pudesse se afastar dos outros e fingir que estava trabalhando, e foi.

Encontraram-se de manhã cedo atrás do depósito de mercadorias para transporte rodoviário Ponta Oriental, três mulheres e três homens. Shevek não conhecia nenhuma das mulheres, e Bedap o apresentou a apenas duas delas. Quando partiram na estrada rumo às montanhas, ele marchou ao lado da terceira mulher.

– Shevek – apresentou-se.

– Eu sei – ela disse.

Ele deu-se conta de que devia tê-la encontrado antes em algum lugar e deveria saber o nome dela. Suas orelhas ficaram vermelhas.

– Você está brincando? – Bedap perguntou, movendo-se para a esquerda. – Takver estava no Instituto do Poente Norte conosco. Ela mora em Abbenay há dois anos. Vocês não tinham se visto aqui até agora?

– Eu o vi umas duas vezes – disse a moça, e riu dele. Sua risada era de alguém que gostava de comer bem, um riso aberto e infantil. Era alta e um tanto magra, com braços arredondados e quadris largos. Não era muito bonita; tinha o rosto de pele escura, inteligente e animado. Em seus olhos havia uma escuridão, não a opacidade de olhos escuros e vivos, mas certa profundidade, quase como o negrume profundo de cinzas finas, muito suaves. Encontrando o olhar de Takver, Shevek sabia que havia cometido uma falta imperdoável ao esquecê-la e, no mesmo instante dessa percepção, compreendeu também que tinha sido perdoado. Que estava com sorte. Que a sorte havia mudado.

Começaram a subir as montanhas.

Na noite fria do quarto dia da excursão, ele e Takver sentaram-se na escarpa árida acima de um desfiladeiro. Quarenta metros abaixo deles, uma torrente ruidosa precipitava-se pelo barranco em meio às rochas molhadas pelos borrifos d'água. Havia pouca água corrente em Anarres; o lençol aquífero era baixo na maioria dos lugares, os rios eram curtos. Somente nas montanhas havia correntezas. O barulho da água gritando, chapinhando e cantando era novo para eles.

Os dois tinham passado o dia subindo e descendo desfiladeiros como aquele no platô e estavam com as pernas exaustas. O restante do grupo permaneceu no Abrigo do Caminho, um alojamento de pedra feito por e para excursionistas, e muito bem cuidado; a federação das Ne Theras era o mais ativo dos grupos de voluntários que administravam e protegiam as limitadas "paisagens deslumbrantes" de Anarres. Um guarda-florestal que vivia lá no verão estava ajudando Bedap e os outros a preparar o jantar com os ingredientes da despensa bem abastecida. Takver e Shevek tinham saído, nessa ordem, separadamente, sem dizer aonde iam e, na verdade, sem saber aonde iam.

Ele a encontrou na escarpa, sentada por entre os arbustos delicados de espinhos-da-lua que cresciam como laços de renda nas vertentes das montanhas, com seus ramos rígidos e frágeis prateados à luz do crepúsculo. Numa abertura entre os picos a leste, uma luminosidade descolorida do céu anunciava o luar. A correnteza fazia barulho no silêncio das colinas altas e áridas. Não havia nenhum vento, nenhuma nuvem. O ar acima das montanhas era como a ametista: duro, claro, profundo.

Estavam ali sentados havia algum tempo sem falar.

– Nunca me senti tão atraído por uma mulher na minha vida como me senti por você. Desde que começamos a excursão. – O tom de voz de Shevek era frio, quase ressentido.

– Não tinha a intenção de estragar as suas férias – ela disse, com uma risada aberta e infantil, alta demais para o crepúsculo.

– Não estragou!

– Que bom. Pensei que você estava querendo dizer que isso o perturbou.

– Perturbou! Foi como um terremoto.

– Obrigada.

– Não é você – ele disse num tom áspero. – Sou eu.

– Isso é o que você pensa – ela retrucou.

Houve uma pausa um tanto longa.

– Se quer copular, por que não me pediu? – ela perguntou.

– Porque não tenho certeza se é isso o que realmente quero.

– Nem eu. – O sorriso dela sumiu. – Escute – ela disse, com a voz suave, sem muito timbre; tinha a mesma característica felpuda dos olhos. – Preciso lhe dizer. – Mas o que ela precisava lhe dizer permaneceu não dito por um longo instante. Por fim ele a olhou com apreensão tão aflita que ela se apressou a falar, e disse de uma vez: – Bem, o que eu quero dizer é que não quero copular com você agora. Nem com ninguém.

– Você jurou não fazer mais sexo?

– Não! – ela respondeu com indignação, mas sem se explicar.

– Era melhor eu ter jurado – ele disse, jogando uma pedrinha na correnteza. – Ou então sou mesmo impotente. Já faz meio ano, e fiz apenas com o Dap. Quase um ano, na verdade. Cada vez menos satisfatório, até que eu desisti de tentar. Não valia a pena. Não valia o trabalho. Mesmo assim, eu... Eu me lembro... Sei o que *deveria* ser.

– Bem, é isso – disse Takver. – Eu me divertia muito copulando, até os meus 18 ou 19 anos. Era excitante, interessante, prazeroso. Mas aí... Não sei. Como você disse, ficou insatisfatório. Eu não queria prazer. Quer dizer, não só prazer.

– Quer ter filhos?

– Sim, quando chegar a hora.

Ele arremessou outro pedregulho na correnteza, que estava desaparecendo nas sombras do barranco, deixando apenas o barulho para trás, uma harmonia incessante composta de desarmonias.

– Eu quero realizar um trabalho – ele disse.

– Ser celibatário ajuda?

– Existe uma relação. Mas não sei qual é, não é causal. Mais ou menos na mesma época em que o sexo começou a ficar desagradável para mim, o trabalho também ficou. Cada vez mais. Três anos sem chegar a nada. Esterilidade. Esterilidade de todos os lados. Até onde a vista alcança, o deserto infértil se estende sob a luz impiedosa do sol inclemente, um descampado sem vida, sem caminho, sem energia, sem sexo, coberto de ossos dos caminhantes sem sorte...

Takver não riu; deu uma risadinha chorosa, como se doesse. Ele tentou claramente interpretar a expressão no rosto da moça. Atrás da cabeça escura de Takver o céu estava sólido e claro.

– O que há de errado com o prazer, Takver? Por que você não o quer?

– Não há nada de errado. E eu o quero. Só que não preciso dele. E se eu aceitar o que não necessito, nunca vou conseguir o que realmente necessito.

– E o que é que você necessita?

Ela baixou os olhos para o chão, arranhando a superfície de um afloramento rochoso com a unha. Não disse nada. Curvou-se para pegar um ramo de espinho-da-lua, mas não arrancou, apenas o tocou, sentiu o caule felpudo e a folha frágil. Shevek viu na tensão em seus movimentos que ela tentava com todas as forças conter ou reprimir uma torrente de emoções, para que conseguisse falar. Quando falou, sua voz era baixa e um pouco rouca.

– Preciso de uma ligação – ela disse. – Uma ligação real. Corpo e mente, por todos os anos da vida. Nada mais. Nada menos.

Lançou um olhar de desafio para ele, poderia ter sido de raiva.

Uma alegria surgiu misteriosamente dentro dele, como o som e o cheiro da água corrente subindo através da escuridão. Teve uma sensação de infinitude, de limpidez, total limpidez, como se tivesse sido libertado. Atrás da cabeça de Takver o céu brilhava com a lua nascente; os picos distantes flutuavam claros e prateados.

– Sim, é isso – ele disse, sem constrangimento, sem nenhum senso de estar conversando com outra pessoa; falou, pensativo, o que lhe veio à cabeça. – Eu nunca compreendi.

Ainda havia certo ressentimento na voz de Takver.

– Você nunca precisou compreender.

– Por que não?

– Porque nunca viu a possibilidade de ter uma ligação, suponho.

– Como assim, a possibilidade?

– A pessoa!

Ele refletiu sobre isso. Estavam sentados a cerca de um metro um do outro, abraçando os próprios joelhos, pois começava a esfriar. O ar entrava pela garganta como água gelada. Viam a respiração um do outro, um vapor fraco ao luar cada vez mais firme.

– A noite em que eu vi essa possibilidade – disse Takver – foi a noite antes de você deixar o Instituto do Poente Norte. Houve uma festa, você lembra. Nós ficamos sentados, conversando a noite toda. Mas isso foi há quatro anos. E você nem sabia o meu nome. – Não havia mais rancor em sua voz; ela parecia querer desculpá-lo.

– Você viu em mim, naquela época, o que eu vi em você nestes quatro últimos dias?

– Não sei. Não sei dizer. Não foi só sexual. Já tinha reparado em você assim. Mas aquilo foi diferente; eu *vi* você. Mas não sei o que você vê em mim agora. E eu na verdade não sei o que vi em você na época. Não sabia absolutamente nada sobre você. Só que, quando você falou, parece que eu vi claramente o seu interior, o seu centro. Mas você poderia ser bem diferente do que eu achei que era. Não seria culpa sua, afinal – ela acrescentou. – Eu apenas percebi que o que eu vi em você era o que eu precisava. Não apenas o que eu queria!

– E você está em Abbenay há dois anos e não...

– Não o quê? Era só do meu lado, na minha cabeça, você nem sequer sabia o meu nome. Afinal, uma pessoa só não pode formar uma ligação!

– E você teve medo de vir até mim e eu talvez não querer essa ligação.

– Não foi medo. Eu sabia que você era o tipo de pessoa que... que se recusa a ser forçado... Bem, sim, eu estava com medo. Estava com medo de você. Não de cometer um engano. Eu sabia que não estava enganada. Mas você é... você mesmo. Você não é como a maioria das pessoas, você sabe. Eu tinha medo de você porque sabia que éramos iguais! – Seu tom de voz quando terminou era veemente, mas logo falou com muita delicadeza, com bondade. – Sabe, Shevek, isso realmente não tem importância.

Era a primeira que ele a ouvia dizer seu nome. Virou-se para ela e disse balbuciando, quase engasgando:

– Não tem importância? Primeiro você me mostra... me mostra o que importa, o que realmente importa, o que eu necessitei toda a minha vida... e depois diz que não tem importância!

Estavam cara a cara agora, mas não se tocaram.

– É disso que você precisa, então?

– Sim. A ligação. A chance.

– Agora... e por toda a vida?

– Agora e por toda a vida.

“Vida”, disse a torrente de água, caindo pelas rochas no frio escuro.

Quando Shevek e Takver desceram as montanhas, mudaram-se para um quarto de casal. Não havia nenhum quarto vago nos quarteirões próximos ao Instituto, mas Takver conhecia um não muito longe, num velho domicílio no extremo norte da cidade. A fim de conseguirem o quarto, foram falar com a administradora habitacional do quarteirão – Abbenay dividia-se em cerca de duzentas regiões administrativas locais, chamadas quarteirões –, uma esmeriladora de lentes que trabalhava em casa e mantinha os três filhos em casa com ela. Guardava, portanto, os arquivos numa prateleira alta do armário para que as crianças não os alcançassem. Verificou na papelada que o quarto estava registrado como vago; Shevek e Takver registraram-no como ocupado assinando seus nomes.

A mudança também não foi complicada; Shevek trouxe uma caixa de papéis, as botas de inverno e o cobertor laranja. Takver teve de fazer três viagens. Uma delas foi ao depósito de roupas do bairro para obter uma muda de roupa nova para os dois, um gesto que ela sentiu, de modo obscuro, mas intenso, ser essencial ao início da parceria. Depois foi ao seu antigo dormitório, uma vez para pegar roupas e papéis, e outra vez, com Shevek, para trazer alguns objetos curiosos: formas concêntricas complexas feitas de arame, que se moviam e mudavam devagar para o centro quando penduradas no teto. Ela tinha feito aquilo com restos de arame e ferramentas do depósito de suprimentos de artesanato e os chamava de Ocupações do Espaço Inabitado. Uma das cadeiras do quarto estava decrépita, então a levaram a uma oficina de consertos, onde a trocaram por uma em perfeito estado. Assim, a mobília ficou completa. O novo quarto tinha o teto alto, o que o tornava arejado e dava espaço de sobra para as Ocupações. O domicílio fora construído numa das colinas baixas de Abbenay, e o quarto tinha uma janela de canto que pegava o sol da tarde e oferecia uma vista da cidade: as ruas e praças, os telhados, os parques verdes, as planícies além.

A intimidade após longa solidão, a brusquidão do contentamento puseram à prova a estabilidade tanto de Shevek quanto de Takver. Nas primeiras décades, ele teve oscilações frenéticas entre euforia e ansiedade; ela teve acessos de mau humor. Ambos eram hipersensíveis e inexperientes. A tensão não durou, pois se tornaram peritos um no outro. O apetite sexual persistia como deleite apaixonado, o desejo por comunhão se renovava dia a dia, pois dia a dia era satisfeito.

Agora estava claro para Shevek, e ela acharia tolice pensar de outra forma, que os anos imprestáveis que ele passara naquela cidade tinham sido parte de sua grande felicidade atual, pois o conduziram a ela, o prepararam para ela. Tudo o que lhe acontecera fazia parte do que lhe acontecia agora. Takver não entendia esses obscuros encadeamentos de causa/efeito/causa, mas ela não era física temporal. Ingenuamente, via o tempo como um caminho traçado. Caminhava-se nele e chegava-se a algum lugar. Se houvesse sorte, chegava-se a algum lugar que valia a pena.

Mas quando Shevek pegou essa metáfora e a reformulou em seus próprios termos, explicando que, se o passado e o futuro não fizessem parte do presente como memória e intenção, não haveria, em termos humanos, caminho algum e nenhum lugar aonde ir, ela concordou com a cabeça antes que ele concluísse.

– Exatamente – ela disse. – Era o que eu estava fazendo nos últimos quatro anos. Nem *tudo* é sorte. Só em parte.

Ela tinha 23 anos, meio ano mais nova que Shevek. Crescera numa comunidade agrícola, Vale Redondo, no Nordeste. Era um lugar isolado e, antes de vir para o Instituto do Poente Norte, Takver tinha trabalhado muito mais que a maioria dos jovens anarrestis. Mal havia a quantidade de gente necessária no Vale Redondo para realizar os serviços essenciais, mas a comunidade não era grande o suficiente, ou produtiva o suficiente na economia geral, para obter prioridade dos computadores da Divlab. Tinha de se cuidar sozinha. Aos 8 anos, Takver trabalhara três horas por dias nas usinas, tirando palha e pedra dos grãos de holum, depois de passar três horas de escola. Pouco de seu treinamento prático quando criança destinara-se ao aprimoramento pessoal: fizera parte da luta da comunidade para sobreviver. Nas estações de plantio e colheita, todos acima de 10 e abaixo de 60 anos trabalhavam nos campos o dia todo. Aos 15 anos, ela fora encarregada de coordenar as escalas de trabalho nos quatrocentos lotes agrícolas cultivados pela comunidade do Vale Redondo e auxiliara a nutricionista no planejamento do refeitório da cidade. Não havia nada incomum em tudo isso, e Takver não pensava muito no assunto, mas é claro que a experiência formou certos elementos de seu caráter e de suas opiniões. Shevek alegrava-se de ter feito sua parte no kleggich, pois Takver desprezava as pessoas que fugiam do trabalho braçal.

– Veja o Tinan – ela dizia –, choramingando e lamuriando só porque pegou um posto de quatro décades no grupo de colheita de raiz de holum. Ele é tão delicado que parece ovo de peixe! Nunca mexeu com terra? – Takver não era particularmente caridosa, e era temperamental.

Estudara biologia no Instituto Regional do Poente Norte, com distinção suficiente para decidir aprofundar os estudos no Instituto Central. Após um ano foi convidada a entrar em um novo sindicato que estava instalando um laboratório para estudar técnicas de aumento e melhoria das reservas de peixes comestíveis nos três oceanos de Anarres. Quando perguntavam o que fazia, ela respondia: "Sou geneticista de peixe". Gostava do trabalho; ele reunia duas coisas de que ela gostava: pesquisa precisa, factual, e um objetivo específico de aumento ou aperfeiçoamento. Sem um trabalho assim, ela não estaria satisfeita. Mas só o trabalho não lhe bastava. A maior parte do que se passava na mente e no espírito de Takver pouco tinha a ver com genética de peixe.

Seu interesse em paisagens e criaturas vivas era passional. Esse interesse, debilmente chamado de "amor à natureza", parecia a Shevek algo muito mais amplo do que amor. Existem almas, pensava ele, cujo cordão umbilical nunca foi cortado. Nunca foram desmamadas do universo. Não encaram a morte como inimiga; não veem a hora de apodrecer e virar húmus. Era estranho ver Takver pegar uma folha na mão, ou mesmo uma pedra. Ela se tornava uma extensão delas, e elas de Takver.

Mostrou a Shevek os tanques de água do mar no laboratório de pesquisa, mais de cinquenta espécies de peixe, grandes e pequenos, simples ou vistosos, elegantes e grotescos. Ele ficou fascinado e um pouco amedrontado.

Os três oceanos de Anarres eram repletos de vida animal, ao contrário da superfície terrestre, em que não havia nenhuma. Por vários milhões de anos, os mares estiveram separados, por isso as formas de vida seguiram cursos isolados de evolução. A variedade era desconcertante. Nunca ocorrera a Shevek que a vida poderia proliferar de maneira tão desenfreada e tão exuberante, que a exuberância talvez fosse uma característica essencial da vida.

Na terra, as plantas se desenvolveram bem, a seu modo esparso e espinhoso, mas quase todos os animais que tentaram respirar o ar desistiram do intento quando o clima do planeta entrou numa era milenar de poeira e estiagem. As bactérias sobreviveram, muitas delas litófagas, assim como algumas centenas de espécies de vermes e crustáceos.

O homem se inseriu com cuidado e risco nessa ecologia limitada. Se pescasse, mas não com muita avidez, e se cultivasse, utilizando detritos orgânicos como adubo principal, ele poderia se inserir. Mas não poderia inserir mais ninguém. Não havia pasto para herbívoros. Não havia herbívoros para carnívoros. Não havia insetos para fecundar plantas com flores; as árvores frutíferas importadas eram todas fertilizadas à mão. Não introduziram nenhum animal de Urras, para não ameaçar o delicado equilíbrio da vida. Só vieram os Colonos, e tão bem lavados interna e externamente que trouxeram um mínimo de sua fauna e flora pessoais. Nem uma pulga chegou a Anarres.

– Gosto de biologia marinha – Takver disse a Shevek, em frente aos tanques de peixes – porque é tão complexa, uma verdadeira teia. Esse peixe come aquele peixe que come aquele peixinho que come ciliados que comem bactérias, e o ciclo recomeça. Na terra só existem três filos, todos invertebrados... se você não contar o homem. É uma situação esquisita, biologicamente falando. Nós, anarrestis, somos isolados de forma artificial. No Velho Mundo há dezoito filos de animais terrestres; existem classes, como a dos insetos, com tantas espécies que nunca foi possível contá-las, e algumas dessas espécies têm populações de bilhões. Imagine: para todo lugar que você olhasse, animais, outras criaturas, partilhando a terra e o ar com você. Você se sentiria muito mais uma *parte*. – Seu olhar acompanhou a trajetória curva de um peixinho azul pelo tanque turvo. Shevek, atento, seguiu a trajetória do peixinho e a trajetória do raciocínio dela. Ele perambulou em meio aos tanques por um longo tempo e voltou com ela muitas vezes ao laboratório e aos aquários, submetendo sua arrogância de físico àquelas estranhas pequenas formas de vida, à existência de seres para quem o presente é eterno, seres que não explicam a si mesmos e jamais precisam justificar seu modo de ser ao homem.

A maioria dos anarrestis trabalhava de cinco a sete horas por dia, com dois a quatro dias de folga a cada década. Detalhes sobre regularidade, pontualidade, quais os dias de folga e assim por diante eram resolvidos entre os indivíduos e sua equipe ou grupo de trabalho, sindicato ou federação, qualquer nível em que a cooperação e a eficiência atingisse melhor resultado. Takver dirigia seus próprios projetos de pesquisa, mas o trabalho e os peixes tinham as próprias exigências imperativas; ela passava de duas a dez horas por dia no laboratório, sem folga. Shevek tinha dois postos de professor agora, um curso de matemática avançada num centro de aprendizagem e outro no Instituto. Ambos os cursos eram de manhã, e ele voltava ao quarto ao meio-dia. Geralmente Takver ainda não havia chegado. O prédio era bem silencioso. A luz do sol ainda não tinha dado a volta até a janela dupla que dava para o sul e oeste da cidade, e para as planícies; o quarto ficava frio e sombreado. Os delicados móbiles concêntricos pendendo em alturas diferentes sobre a cabeça moviam-se com precisão introvertida, silêncio, mistério dos órgãos do corpo ou dos processos mentais em raciocínio. Shevek sentava-se à mesa sob as janelas e começava a trabalhar, lendo, fazendo anotações ou calculando. Aos poucos a luz do sol entrava, passava pelos papéis, por suas mãos sobre os papéis e enchia o quarto de esplendor. E ele trabalhava. Os falsos começos e futilidades dos anos anteriores revelaram-se como base, alicerces, assentados no escuro, mas bem assentados. Sobre esses alicerces, metódica e cuidadosamente – mas com uma habilidade e uma certeza que não pareciam vir de si próprio, mas de um conhecimento que operava através dele, usando-o como veículo –, ele construiu a bela e firme estrutura dos Princípios da Simultaneidade.

Para Takver, como para qualquer homem ou mulher que se compromete a acompanhar um espírito criador, nem sempre era fácil. Embora a existência de Takver fosse necessária a Shevek, sua presença física poderia perturbá-lo. Ela não gostava de chegar em casa muito cedo, pois ele quase sempre parava de trabalhar quando ela chegava, e ela sentia que isso era errado. Mais tarde, quando eles fossem de meia-idade e enfadonhos, ele iria poder ignorá-la, mas aos 24 anos, não podia. Portanto, ela organizou suas tarefas no laboratório de modo a chegar em casa no meio da tarde. Esse esquema também não era perfeito, pois Shevek precisava de cuidados. Nos dias em que ele não dava aulas, quando ela chegava ele poderia estar sentado à mesa há seis ou oito horas seguidas. Quando ele se levantava, cambaleava de fadiga, suas mãos tremiam e ele mal concatenava as ideias. O uso que o espírito criador faz de seus eleitos é rude, ele os esgota, os descarta e arranja um modelo novo. Mas para Takver não havia substitutos, e quando via o modo fatigante como Shevek era usado, ela protestava. Ela gritava como o marido de Odo, Asieo, já gritara certa vez: "Pelo amor de Deus, garota, você não pode servir à Verdade *um pouco por vez*?". Só que *ela* era a garota e não tinha familiaridade com Deus.

Eles conversavam, saíam para uma caminhada ou para os banhos, depois jantavam no refeitório do Instituto. Após o jantar havia reuniões, ou um concerto, ou eles viam seus amigos, Bedap, Salas e seu círculo, Desar e outros do Instituto, os colegas e amigos de Takver. Mas as reuniões e os amigos eram periféricos a eles. A participação social ou sociável não lhes era necessária; sua parceria bastava, e eles não conseguiam esconder esse fato. Isso parecia não ofender os outros. Muito pelo contrário, Bedap, Salas, Desar e os demais vinham até eles como pessoas sedentas vão a uma fonte. Os outros lhes eram periféricos: mas eles eram centrais para os outros. Os dois não faziam nada de mais; não eram mais benevolentes que outras pessoas, nem interlocutores mais brilhantes; no entanto, seus amigos os adoravam, dependiam deles e não paravam de lhes trazer presentes – as pequenas ofertas que circulavam entre essas pessoas que não possuíam nada e tudo: um cachecol tricotado à mão, um pedaço de granito cravejado de granadas escarlates, um vaso moldado à mão na oficina da Federação de Cerâmica, um poema sobre o amor, um conjunto de botões de madeira entalhada, uma concha espiral do Mar Sorruba. Davam o presente a Takver, dizendo: "Tome, talvez Shev queira usar isto como peso de papel"; ou a Shevek, dizendo: "Tome, talvez Tak goste dessa cor". Ao darem, buscavam partilhar o que Shevek e Takver partilhavam, e celebrar, e enaltecê-los.

Foi um longo verão, quente e luminoso, o verão do ano 160 da Colonização de Anarres. As chuvas copiosas da primavera tinham deixado verdes as Planícies de Abbenay e assentado a poeira, de modo que o ar estava excepcionalmente claro; o sol era quente durante o dia, e à noite as estrelas brilhavam densas. Quando a Lua estava no céu, podia-se discernir claramente os contornos das costas de seus continentes, sob as deslumbrantes espirais brancas de suas nuvens.

– Por que a Lua é tão linda? – perguntou Takver, deitada ao lado de Shevek debaixo do cobertor laranja, as luzes apagadas. Acima deles pendiam as Ocupações do Espaço Inabitado, obscuras; do lado de fora da janela pendia a lua cheia, brilhante. – Mesmo sabendo que ela é um planeta como o nosso, só que com um clima melhor e gente pior... mesmo sabendo que são todos proprietários, que fazem guerras, fazem leis e comem enquanto outros passam fome, e de qualquer modo estão todos envelhecendo, tendo azar, reumatismo no joelho e calos nos pés como as pessoas daqui... mesmo sabendo de tudo isso, por que a Lua ainda parece tão feliz... como se a vida lá fosse tão feliz? Não consigo olhar para a luminosidade e imaginar um homenzinho horrendo como Sabul, com as mangas lambuzadas e uma mente atrofiada, vivendo lá; simplesmente não consigo.

Seus braços e torsos desnudos eram luar. A luz delicada e desmaiada no rosto de Takver formava uma auréola indefinida sobre seus traços; o cabelo e as sombras estavam escuros. Shevek tocou no braço prateado de Takver com sua mão prateada, maravilhando-se com o calor do toque naquela luz fria.

– Quando se vê uma coisa por inteiro, a distância – ele disse –, ela sempre parece bonita. Planetas, vidas... Mas, de perto, um mundo é feito todo de terra e pedras. E, dia após dia, a vida é um trabalho árduo, você se cansa, perde a perspectiva. Você precisa da distância, do intervalo. O jeito de ver como a terra é bela é vê-la como a lua. O jeito de ver como a vida é bela é vê-la da perspectiva da morte.

– Isso vale para Urras. Deixe-o lá, sendo a lua... não quero aquele lugar! Mas não vou subir num túmulo, olhar para a vida e dizer "Ó, que linda!". Quero ver a vida por inteiro bem no meio dela, aqui, agora. Não dou a mínima para a eternidade.

– Não tem nada a ver com a eternidade – disse Shevek com um meio sorriso, um homem magro e descabelado, feito de prata e sombra. – Tudo o que você precisa fazer para ver a vida como um todo é vê-la como mortal. Eu vou morrer, você vai morrer; como podemos nos amar de outro modo? O sol vai se extinguir, e o que o mantém brilhando?

– Ah, sua conversa, sua maldita filosofia!

– Conversa? Não é conversa, não é raciocínio. É o toque da mão. Eu toco a totalidade, eu a seguro. O que é o luar e o que é Takver? Como vou temer a morte? Quando a seguro, quando seguro a luz em minhas...

– Não seja proprietário – murmurou Takver.

– Querida, não chore.

– Não estou chorando, é você que está. Essas lágrimas são suas.

– Estou com frio, o luar é frio.

– Deite-se.

Um grande arrepio percorreu o corpo de Shevek quando ela o tomou em seus braços.

– Estou com medo, Takver – ele sussurrou.

– Irmão, querido, calma, não diga mais nada.

Dormiram abraçados naquela noite, muitas noites.

7

ooooo

Shevek achou uma carta no bolso do casaco novo forrado de lã que encomendara para o inverno na rua do pesadelo. Não fazia ideia de como a carta tinha ido parar ali. Seguramente não estava na correspondência que lhe entregavam três vezes por dia e que consistia inteiramente de manuscritos e cópias de físicos de toda parte de Urras, convites para recepções e mensagens ingênuas de alunos da escola primária. Aquele era um pedaço de papel frágil enfiado ali, sem envelope; não trazia nenhum selo ou carimbo de nenhuma das três empresas de correios concorrentes.

Ele a abriu, vagamente apreensivo, e leu: "Se você é anarquista, por que trabalha com o sistema de poder, traindo seu Mundo e a Esperança Odoniana? Ou você está aqui para nos trazer essa Esperança? Sofrendo injustiça e repressão, procuramos na Lua Irmã a luz da liberdade no escuro da noite. Junte-se a nós, seus irmãos!" Não havia nenhuma assinatura, nenhum endereço.

A carta abalou Shevek, moral e intelectualmente, fazendo-o estremecer, não de surpresa, mas com uma espécie de pânico. Sabia que eles estavam ali, mas onde? Não tinha conhecido nenhum, não tinha visto nenhum, não tinha conhecido nenhum homem pobre ainda. Tinha deixado erguerem um muro à sua volta e nunca percebera. Aceitara o abrigo, como um proprietário. Tinha sido cooptado – exatamente como Chifoilisk dissera.

Mas não sabia como derrubar o muro. E, se o derrubasse, aonde poderia ir? O pânico se apoderou dele. A quem poderia recorrer? Estava cercado por todos os lados pelos sorrisos dos ricos.

– Gostaria de conversar com você, Efor.

– Sim, senhor. Com licença, senhor. Pôr bandeja aqui.

O criado manipulou a bandeja pesada com habilidade, retirou com destreza as tampas dos pratos, serviu o chocolate amargo de modo a formar uma espuma na borda da xícara, sem derramar ou espirrar. Era evidente que ele gostava do ritual do café da manhã e de seu papel nele, bem como era evidente que não queria interrupções incomuns durante o ritual. Em geral falava um iótico bem claro, mas agora, assim que Shevek disse que queria conversar, Efor passara para o *staccato* do dialeto urbano. Shevek conseguia entendê-lo um pouco; uma vez aprendida, a mudança dos valores sonoros tornava-se coerente, mas as apócopes deixavam Shevek desorientado. Metade das palavras era omitida. Era como um código, pensou ele: como se os "nioti", como chamavam a si mesmos, não quisessem ser entendidos pelos de fora.

O criado aguardou em pé as ordens de Shevek. Sabia – aprendera as idiossincrasias de Shevek na primeira semana – que Shevek não queria que ele segurasse a cadeira ou lhe servisse enquanto comia. A postura atenta e ereta do criado bastava para murchar qualquer esperança de informalidade.

– Sente-se, Efor.

– Se assim deseja, senhor – respondeu o homem. Moveu uma cadeira um centímetro, mas não se sentou nela.

– É sobre isso que quero conversar. Você sabe que não gosto de lhe dar ordens.

– Tento fazer as coisas como o senhor gosta sem precisar de ordens.

– Você... Não é isso que quero dizer. Sabe, no meu país ninguém dá ordens.

– Já ouvi falar, senhor.

– Bem, quero conhecê-lo como meu igual, meu irmão. Você é o único que conheço aqui que não é rico... que não é um dos donos. Quero muito conversar com você, quero saber da sua vida...

Parou em desespero, vendo o desprezo no rosto enrugado de Efor. Tinha cometido todos os erros possíveis. Efor o tomou por um tolo paternalista e intrometido.

Soltou as mãos sobre a mesa num gesto de desalento e disse:

– Ah, que diabos, desculpe, Efor! Não consigo dizer o que quero. Por favor, ignore.

– Como queira, senhor. – Efor retirou-se.

E parou por aí. As "classes não proprietárias" permaneciam-lhe tão distantes como na época em que lera sobre elas nos livros de história do Instituto Regional do Poente Norte.

Nesse ínterim, prometera passar uma semana com os Oiies, entre os períodos letivos do inverno e da primavera.

Oiie o convidara para jantar várias vezes desde sua primeira visita, sempre com certa formalidade, como se cumprisse um dever de hospitalidade, ou talvez uma ordem do governo. Em sua própria casa, porém, embora nunca inteiramente à vontade com Shevek, ele era genuinamente simpático. Na segunda visita, seus dois filhos decidiram que Shevek era um velho amigo, e a confiança deles na reciprocidade de Shevek surpreendeu o pai dos garotos, deixou-o perturbado; não conseguia aprová-la com facilidade; mas não podia dizer que não era justificada. Shevek comportava-se com eles como um velho amigo, como um irmão mais velho. Eles o admiravam, e o mais novo, Ini, passou a adorá-lo com fervor. Shevek era gentil, sério, honesto e contava boas histórias sobre a Lua; mas não era só isso. Ele representava algo a Ini que o garoto não podia descrever. Mesmo anos mais tarde em sua vida, que foi profunda e obscuramente influenciada por aquele fascínio infantil, Ini não encontrava palavras para aquilo, apenas palavras que continham um eco desse sentimento: a palavra *viajante*, a palavra *exílio*.

A única neve pesada do inverno caiu naquela semana. Shevek jamais vira uma queda de neve acima de uns três centímetros. Ficou extasiado com a extravagância, com a mera quantidade da tempestade. Deleitou-se com aquele excesso. Era branca demais, fria demais, silenciosa e imparcial demais para ser chamada de excrementícia pelo mais sincero odoniano; vê-la como outra coisa senão uma magnificência inocente seria mesquinhez de alma. Assim que o céu clareou, ele saiu com os garotos, que apreciavam a neve tanto quanto ele. Correram pelo grande quintal da casa de Oiie, jogaram bolas de neve, construíram túneis, castelos e fortalezas de neve.

Sewa Oiie ficou à janela com sua cunhada Vea, observando as crianças, o homem e a pequena lontra brincarem. A lontra tinha feito um escorregador para ela numa parede do castelo e, animada, descia de barriga por ele sem parar. As bochechas dos garotos estavam pegando fogo. O homem, com seu cabelo longo, revolto, castanho-acinzentado amarrado com um pedaço de cordão e suas orelhas vermelhas de frio, executava escavações de túneis com energia.

– Aqui não! Cavem *ali*! Cadê a pá? Gelo no meu bolso! – as vozes agudas dos garotos ressoavam continuamente.

– Eis nosso alienígena – Sewa disse sorrindo.

– O maior físico vivo – disse a cunhada. – Que engraçado!

Quando ele entrou ofegante, batendo os pés para tirar a neve e exalando o vigor e o bem-estar frios e frescos que só as pessoas recém-chegadas da neve possuem, foi apresentado à cunhada. Estendeu a mão grande, dura e gelada e olhou Vea com olhos simpáticos.

– Você é irmã de Demaere? – perguntou. – Você se parece com ele. – E esta observação, que, vinda de qualquer outra pessoa teria soado insípida a Vea, agradou-a imensamente. "Ele é um homem", ela não parava de pensar naquela tarde, "um homem real. O que ele tem de especial?"

Vea Doem Oiie era seu nome, no modo iota; seu marido Doem era o chefe de um grande monopólio industrial e viajava bastante, passando metade de cada ano no exterior como representante do governo. Explicaram isso a Shevek enquanto ele a observava. Nela, a magreza, a cor pálida e os olhos escuros ovais de Demaere tinham se transformado em beleza. Os seios, os ombros e os braços eram redondos, macios e muito brancos. Shevek sentou-se ao lado dela durante o jantar. Não parava de olhar aqueles seios desnudos, levantados pelo corpete rijo. A ideia de sair assim seminua num clima gélido era extravagante, tão extravagante quanto a neve, e os pequenos seios também tinham uma brancura inocente, como a neve. A curva do pescoço subia suavemente até a curva da cabeça altiva, raspada e delicada.

Ela realmente é muito atraente, Shevek informou a si mesmo. Ela é macia como as camas daquele lugar. Afetada, no entanto. Por que ela mede as palavras desse jeito?

Ele agarrou-se àquela voz um tanto fina e àqueles modos afetados como a uma jangada em águas profundas e nunca percebeu, nunca percebeu que estava se afogando. Ela iria voltar para Nio Esseia no trem após o jantar, tinha vindo apenas passar o dia, e ele jamais a veria de novo.

Oiie estava resfriado, Sewa estava ocupada com as crianças.

— Shevek, você poderia acompanhar Vea até a estação?

— Santo Deus, Demaere! Não obrigue o pobre homem a me proteger! Você não acha que há lobos no caminho, não é? Ou que algum bando selvagem de *mingrads* ataque a cidade e me rapte para o harém deles? Serei encontrada na porta do chefe da estação amanhã de manhã, com uma lágrima congelada no meu olho e as mãozinhas duras apertando um ramalhete de flores murchas? Oh, eu até que gosto da ideia! — A risada de Vea cobriu aquelas frases matraqueadas e tilintantes como uma onda, uma onda sombria, agradável e potente que lavou tudo, deixando a areia vazia. Ela não riu consigo mesma, mas de si mesma, a risada sombria do corpo, que apaga as palavras.

Shevek vestiu o casaco no corredor e a esperou na porta.

Caminharam em silêncio por meio quarteirão. A neve se esmigalhava e rangia sob seus pés.

— Você é educado demais para um...

— Para quê?

— Para um anarquista — ela disse, em sua voz fina e afetadamente arrastada (era a mesma entonação usada por Pae e por Oiie, quando ele estava na universidade). – Estou decepcionada. Achei que você fosse ser perigoso e esquisito.

– E sou.

Vea o olhou de soslaio. Um xale escarlate cobria-lhe a cabeça; os olhos estavam muito escuros e vivos em contraste com aquela cor vívida e a brancura da neve à sua volta.

– Mas aí está você, me acompanhando mansamente até a estação, dr. Shevek.

– Shevek – ele disse brandamente. – Sem "doutor".

– Esse é seu nome completo... nome e sobrenome?

Ele concordou com a cabeça, sorrindo. Sentia-se bem e vigoroso, satisfeito com o ar límpido, com o calor do casaco bem-feito que usava, com a beleza da mulher a seu lado. Nada o preocupava e nenhum pensamento lhe pesava naquele dia.

– É verdade que o nome de vocês é escolhido pelo computador?

– Sim.

– Que medonho, ter o nome escolhido por um computador!

– Por que medonho?

– É tão mecânico, tão impessoal.

– Mas o que é mais pessoal do que um nome que nenhuma outra pessoa viva tem?

– Ninguém mais? Você é o único Shevek?

– Enquanto eu estiver vivo. Houve outros, antes de mim.

– Quer dizer, parentes?

– Não levamos parentes muito em conta; somos todos parentes, entende? Não sei quem eram os meus, a não ser uma mulher, nos primeiros anos da Colonização. Ela projetou um tipo de suporte que usam em máquinas pesadas; esse suporte ainda é chamado de "shevek". – Ele sorriu de novo, um sorriso mais aberto. – Eis aí uma boa imortalidade!

Vea balançou a cabeça.

– Santo Deus! Como vocês distinguem homens de mulheres?

– Bem, descobrimos alguns métodos...

196

Após um instante, Vea soltou sua risada agradável e intensa. Enxugou os olhos molhados pelo ar frio.

– É, talvez vocês sejam esquisitos mesmo!... Então, todos eles receberam nomes inventados e aprenderam uma língua inventada... tudo novo?

– Os Colonos de Anarres? Sim. Eram pessoas românticas, suponho.

– E vocês não são?

– Não. Somos muito pragmáticos.

– É possível ser as duas coisas – ela disse.

Ele não esperava que ela tivesse qualquer sutileza mental.

– Sim, isso é verdade – ele disse.

– O que é mais romântico do que você vir aqui para Urras, sozinho, sem um tostão no bolso, para defender o seu povo?

– E para ser mimado com luxos enquanto estou aqui.

– Luxos? Em quartos na universidade? Santo Deus! Meu pobre querido! Não o levaram a nenhum lugar decente?

– Muitos lugares, mas todos iguais. Gostaria de conhecer melhor Nio Esseia. Só conheci o exterior da cidade, o embrulho do pacote. – Usou a frase porque ficara fascinado desde o início pelo hábito urrasti de embrulhar tudo em papel limpo e caprichado, ou plástico, ou papelão. Roupas lavadas, livros, verduras e legumes, roupas, remédios, tudo vinha dentro de camadas e camadas de embrulhos. Até pacotes de papel vinham embrulhados em várias camadas de papel. Nada podia tocar em mais nada. Começara a sentir que ele também tinha sido empacotado.

– Eu sei. Eles o fizeram ir ao Museu Histórico, visitar o Monumento Dobunnae e ouvir um discurso no Senado! – Ele riu, pois aquele tinha sido exatamente o itinerário de um dia no verão. – Eu sei, eles são tão previsíveis com estrangeiros. Vou providenciar para que você conheça a verdadeira Nio!

– Eu iria gostar disso.

– Conheço todo tipo de gente maravilhosa. Eu coleciono gente. Aqui você está preso em meio a todos esses professores e políticos enfadonhos... – Ela continuou a matraquear. Ele apreciava a conversa inconsequente de Vea do mesmo modo que apreciava o brilho do sol e a neve.

Chegaram à pequena estação de Amoeno. Ela já tinha o bilhete de volta; o trem chegaria a qualquer momento.

– Não precisa esperar, você vai congelar.

Ele não respondeu, mas apenas ficou ali em pé, corpulento no casaco de lã, olhando-a com amabilidade.

Ela baixou os olhos para o punho do próprio casaco e removeu um pontinho de neve do bordado.

– Você tem esposa, Shevek?

– Não.

– Nenhuma família?

– Ah... sim. Uma parceira; nossos filhos. Desculpe, eu estava pensando em outra coisa. Uma "esposa", entende, eu penso como algo que só existe em Urras.

– O que é uma parceira? – ela ergueu os olhos de relance, maliciosamente, para o rosto dele.

– Acho que é o que vocês chamariam de esposa ou marido.

– Por que ela não veio com você?

– Ela não quis; e nosso filho mais novo só tem 1 ano... não, 2 agora. E também... – Ele hesitou.

– Por que ela não quis vir?

– Bem, lá ela tem um trabalho a fazer, aqui não. Se eu soubesse que haveria tanta coisa aqui de que ela iria gostar, eu a teria chamado para vir. Mas não chamei. Havia a questão da segurança, entende?

– Segurança aqui em Urras?

Ele hesitou outra vez. Por fim, disse:

– E também quando eu voltar para casa.

– O que vai acontecer com você? – perguntou Vea, com os olhos arregalados. O trem freava na colina próxima à cidade.

– Oh, provavelmente nada. Mas alguns me consideram um traidor. Porque tento fazer amizade com Urras, entende? Talvez eles criem problema quando eu voltar. Não quero isso para ela e as crianças. Tivemos um pouco disso antes de eu sair de lá. Chega.

– Quer dizer que você estará correndo perigo real? – Ele inclinou-se para ouvi-la, pois o trem entrava na estação, freando com o barulho de rodas e vagões.

– Não sei – ele disse sorrindo. – Sabia que nossos trens são bem parecidos com esse? Um bom desenho não precisa mudar. – Foi com ela até o vagão da primeira classe. Como ela não abriu a porta, ele abriu. Enfiou a cabeça no vagão depois que ela entrou e deu uma olhada no compartimento. – Mas por dentro não são parecidos! Tudo isso aqui é privado... só para você?

– Oh, sim. Detesto a segunda classe. Homens mascando goma de maera e cuspindo. Eles mascam maera em Anarres? Não, claro que não. Oh, há tanta coisa que eu adoraria saber sobre você e sua terra!

– Eu adoro falar da minha terra, mas ninguém pergunta.

– Então, vamos nos encontrar de novo e conversar a respeito! Quando você voltar para Nio, ligue para mim. Promete?

– Prometo – ele respondeu, afável.

– Ótimo! Sei que você não quebra promessas. Ainda não sei nada a seu respeito, exceto isso. Posso *ver* isso. Até logo, Shevek. – Ela colocou a mão enluvada sobre a dele por um momento, enquanto ele segurava a porta. O trem deu seu apito de duas notas; ele fechou a porta e viu o trem partir, o rosto de Vea uma imagem trêmula, branca e escarlate na janela.

Caminhou de volta à casa dos Oiies num estado de espírito muito animado e brincou de batalha de bolas de neve com Ini até escurecer.

REVOLUÇÃO EM BENBILI! DITADOR FOGE!
LÍDERES REBELDES TOMAM CAPITAL!
SESSÃO EMERGÊNCIA NO CGM
POSSIBILIDADE A-IO POSSA INTERVIR

O jornal alpiste alardeou a notícia em letras garrafais. Ortografia e gramática ficaram de lado; o texto parecia Efor falando: "Ontem noite rebeldes tomam todo oeste Meskti e batendo duro no exército..." Era o modo verbal dos niotas, passado e futuro comprimiam-se num tempo presente instável e altamente carregado.

Shevek leu os jornais e consultou uma descrição de Benbili na Enciclopédia do CGM. A nação era uma forma de democracia parlamentarista, na verdade uma ditadura militar governada por generais. Era um país grande no hemisfério ocidental, com montanhas e savanas áridas, subpovoado, pobre. "Eu devia ter ido para Benbili", pensou Shevek, pois essa ideia o atraía; imaginou planícies pálidas, o vento soprando. A notícia o deixara estranhamente perturbado. Escutava os boletins no rádio, que ele raramente ligava após descobrir que sua função básica era anunciar coisas à venda. As notícias, assim como as do telefax oficial nos lugares públicos, eram curtas e secas; um estranho contraste com os jornais populares, que gritavam Revolução! em todas as páginas.

O general Havevert, o presidente, fugiu ileso em seu famoso avião blindado, mas alguns generais menos importantes foram capturados e emasculados, um castigo que, tradicionalmente, os benbili preferiam à execução. O exército bateu em retirada, incendiando no caminho campos e cidades de seu próprio povo. Os partidários da guerrilha rechaçavam o exército. Os revolucionários em Meskti, a capital, abriram as prisões, anistiando todos os presos. Ao ler isto, o coração de Shevek disparou. Havia esperança, ainda havia esperança... Acompanhou as notícias da revolução distante com intensidade crescente. No quarto dia, ao assistir a uma transmissão no telefax de um debate no Conselho dos Governos Mundiais, viu o embaixador iota no CGM anunciar que A-Io, em apoio ao governo democrático de Benbili, estava enviando reforços ao general presidente Havevert.

Os revolucionários de Benbili, em sua maioria, nem sequer estavam armados. As tropas iotas chegariam com fuzis, carros blindados, aviões, bombas. Shevek leu no jornal a descrição dos equipamentos e ficou enojado.

Sentiu nojo e fúria, e não havia ninguém com quem conversar. Pae estava fora de cogitação. Atro era um militarista fervoroso. Oiie era um homem ético, mas suas inseguranças pessoais e suas ansiedades como proprietário faziam-no agarrar-se a ideias rígidas de lei e ordem. Só conseguia lidar com sua simpatia por Shevek porque se recusava a admitir que Shevek era anarquista. A sociedade odoniana chamava a si mesma de anarquista, dizia ele, mas era, de fato, composta de meros populistas primitivos cuja ordem social funcionava sem um governo aparente porque a população era muito reduzida e porque não havia países vizinhos. Se a sua propriedade fosse ameaçada por um rival agressivo, teriam de acordar para a realidade ou seriam aniquilados. Os rebeldes benbilis estavam acordando para a realidade agora: estavam descobrindo que não adianta ter liberdade se não se tem armas para defendê-la. Ele explicou isso a Shevek na única discussão que tiveram sobre o assunto. Pouco importava quem governava ou pensava que governava os benbilis: a política da realidade afetava a disputa pelo poder entre A-Io e Thu.

– Política da realidade – Shevek repetiu. Olhou para Oiie e disse: – É uma frase curiosa dita por um físico.

– Em absoluto. Tanto o político quanto o físico lidam com as coisas como elas são, com forças reais, as leis básicas do mundo.

– Você está comparando suas "leis" mesquinhas e desprezíveis que protegem a riqueza e suas "forças" de armas e bombas com a lei da entropia e a força da gravidade? Eu esperava mais de sua inteligência, Demaere!

Oiie recuou diante daquela trovoada de desprezo. Não disse mais nada, e Shevek não disse mais nada, mas Oiie nunca se esqueceu do comentário. Ficou gravado em sua mente desde então como o momento mais vergonhoso de sua vida. Pois se Shevek, o utopista iludido e simplório, o calara com tanta facilidade, isso era vergonhoso; mas se Shevek, o físico e o homem que ele apreciava e admirava tanto a ponto de ansiar por seu respeito, como se, de algum modo, fosse um grau mais refinado de respeito do que qualquer outro então disponível – se esse Shevek o desprezava, então a vergonha era intolerável e ele deveria ocultá-la, trancá-la pelo resto da vida no cômodo mais escuro de sua alma.

O assunto da revolução benbili aguçara alguns problemas para Shevek também: em particular, o problema de seu próprio silêncio.

Era difícil para ele desconfiar das pessoas com quem convivia. Tinha sido criado numa cultura que confiava deliberada e constantemente na solidariedade humana e ajuda mútua. Por mais alienado que fosse, em certos aspectos, daquela cultura, e por mais alienígena que fosse nesta, ainda assim o hábito de uma vida inteira permanecia: contava com a ajuda das pessoas. Confiava nelas.

Mas os avisos de Chifoilisk, que ele tentara ignorar, não paravam de voltar à sua lembrança. Suas próprias percepções e instintos os reforçavam. Gostasse ou não, precisava aprender a desconfiar. Precisava se calar; precisava manter sua propriedade; precisava manter seu poder de barganha.

Falou pouco naqueles dias e escreveu bem menos. Sua mesa era um amontoado de papéis insignificantes; trazia as poucas anotações de trabalho junto ao corpo, num dos inúmeros bolsos urrastis. Nunca saía da frente de seu computador de mesa sem apagar os dados.

Sabia que estava próximo de concluir a Teoria Temporal que os iotas tanto queriam para seus voos espaciais e seu prestígio. Sabia também que ainda não a concluíra e talvez jamais o fizesse. Jamais admitira nenhum dos dois fatos claramente a ninguém.

Antes de sair de Anarres, pensava que a coisa estava ao alcance da mão. Tinha as equações. Sabul sabia que ele as tinha e lhe oferecera reconciliação e reconhecimento, em troca da oportunidade de publicá-las e conquistar a glória. Ele recusara a oferta de Sabul, mas não fora um gesto de grandeza moral. O gesto moral, afinal, teria sido entregá-las à sua própria imprensa no Sindicato da Iniciativa, e ele tampouco fizera isso. Não tinha certeza se estava pronto para publicar as equações. Havia algo que não estava bem certo, algo que precisava de refinamento. Como estivera trabalhando dez anos na teoria, não custava nada demorar mais um pouco, para lhe dar mais um polimento e deixá-la perfeitamente lisa.

A coisinha que não estava bem certa parecia cada vez mais errada. Uma pequena falha no raciocínio. Uma grande falha. Uma rachadura por todo o alicerce... Na noite anterior à sua partida de Anarres, queimara todos os papéis que tinha sobre a Teoria Geral. Chegara a Urras sem nada. Por meio ano estivera, nos termos deles, blefando com os urrastis.

Ou estaria blefando consigo mesmo?

Era bem possível que uma teoria geral da temporalidade fosse um objetivo ilusório. Era também possível que, embora a Sequência e a Simultaneidade pudessem um dia ser unificadas numa teoria geral, ele não fosse o homem indicado para realizar a tarefa. Havia dez anos vinha tentando, sem êxito. Matemáticos e físicos, atletas do intelecto, fazem seu trabalho ainda jovens. Era mais que possível – era provável – que ele estivesse esgotado, acabado.

Estava perfeitamente ciente de que tivera o mesmo desânimo e a mesma sensação de fracasso nos períodos que antecederam os momentos de maior criatividade. Descobriu-se tentando animar-se com esse fato e ficou furioso com a própria ingenuidade. Interpretar ordem temporal como ordem casual era uma coisa muito estúpida da parte de um cronosofista. Será que já estava senil? Era melhor simplesmente trabalhar na tarefa pequena, mas prática, de refinar o conceito de intervalo. Poderia ser útil a outra pessoa.

Mas mesmo nisso, mesmo conversando com outros físicos a respeito, sentia que estava escondendo algo. E eles sabiam que ele estava escondendo.

Estava cansado de esconder, cansado de não conversar, não conversar sobre a revolução, não conversar sobre física, não conversar sobre nada.

Atravessou o campus a caminho de uma palestra. Os pássaros cantavam nas árvores de folhagem nova. Não os ouvira cantar durante todo o inverno, mas agora ali estavam eles, vertendo as doces melodias. *Piu-Piu*, cantavam, *piu-piu, esta é a minha propriedade, piu-piu, este é o meu território, piu-piu, ele me pertence, piu-piu.*

Shevek ficou imóvel por um minuto debaixo das árvores, ouvindo.

Então saiu da alameda, atravessou o campus numa direção diferente, rumo à estação, e pegou um trem matutino para Nio Esseia. Deveria haver uma porta aberta em algum lugar naquele maldito planeta!

Pensou, enquanto se sentava no trem, em tentar sair de A-Io: em ir para Benbili, talvez. Mas não levou a ideia a sério. Teria de ir de navio ou avião, seria localizado e impedido. O único lugar onde poderia ficar longe da vista de seus anfitriões benevolentes e protetores era em sua própria grande cidade, debaixo de seus narizes.

Não era uma fuga. Mesmo se saísse do país, ainda estaria preso, preso em Urras. Não se podia chamar a isso de fuga, seja qual nome lhe deem os hierarquistas, com suas místicas fronteiras nacionais. Mas de repente sentiu-se animado, como não se sentia havia dias, quando imaginou que seus anfitriões benevolentes e protetores poderiam pensar, por um momento, que ele tinha fugido.

Foi o primeiro dia realmente quente da primavera. Os campos estavam verdes e reluziam com água. Nos pastos, cada rês vinha acompanhada de seu filhote. Os carneirinhos eram particularmente graciosos, saltitando como bolas brancas elásticas, os rabinhos girando e girando. Num cercado, sozinho, o macho reprodutor do rebanho, carneiro, touro ou garanhão, de pescoço grosso, parecia potente como uma nuvem de trovoada, carregada de gerações. Gaivotas deslizavam sobre lagos transbordantes, branco sobre azul, e nuvens brancas iluminavam o pálido céu azul. Os galhos das árvores frutíferas inclinavam-se, cheios de vermelho, e alguns botões desabrochavam, rosados e brancos. Observando da janela do trem, Shevek percebeu que seu estado de espírito rebelde e inquieto estava pronto a desafiar até a beleza do dia. Era uma beleza injusta. O que os urrastis tinham feito para merecê-la? Por que lhes era dada com tanta opulência, tanta benevolência, e com tão pouca, muito pouca, para o seu próprio povo?

Estou pensando como um urrasti, disse a si mesmo. Como um maldito proprietário. Como se merecimento significasse alguma coisa. Como se alguém pudesse conquistar a beleza ou a vida! Tentou não pensar em absolutamente nada, em deixar-se levar adiante, observando a luz do sol no céu tranquilo e as ovelhinhas saltitando nos campos da primavera.

Nio Esseia, uma cidade de 5 milhões de almas, erguia suas torres delicadas e reluzentes no outro lado dos pântanos do estuário, como se fossem feitas de névoa e luz solar. Quando o trem entrou oscilando suavemente num longo viaduto, a cidade ficou mais alta, mais brilhante, mais sólida, até de repente envolver o trem na escuridão tonitruante de uma aproximação subterrânea, vinte trilhos juntos, e depois soltá-lo, e aos seus passageiros, nos espaços enormes e brilhantes da Estação Central, sob a cúpula central de marfim e azul-celeste, considerada a maior cúpula já erguida em qualquer planeta pela mão do homem.

Shevek vagou pela estação, atravessando quilômetros de mármore polido sob aquela imensa abóboda etérea, e por fim chegou a uma longa série de portas através das quais multidões iam e vinham constantemente, todas apressadas, todas separadas. Todas lhe pareceram ansiosas. Tinha visto com frequência essa ansiedade nos rostos dos urrastis, e isso o intrigava. Seria porque, por mais dinheiro que tivessem, sempre se preocupavam em ganhar mais, a fim de não morrerem pobres? Seria culpa porque, por menos dinheiro que tivessem, sempre havia alguém mais pobre? Qualquer que fosse a causa, aquela ansiedade conferia aos rostos certa uniformidade, e ele se sentia muito só entre elas. Ao escapar de seus guias e guardas, ele não tinha considerado como seria estar sozinho numa sociedade onde os homens não confiavam uns nos outros, onde o pressuposto moral básico não era ajuda mútua, mas agressão mútua. Ficou um pouco assustado.

Pensara vagamente em perambular pela cidade e começar a conversar com as pessoas, com os membros da classe dos não proprietários, se tal coisa ainda existisse, ou com as classes trabalhadoras, como eram chamadas. Mas todas aquelas pessoas passavam apressadas, fazendo negócios, não querendo nenhuma conversa ociosa, nenhuma perda de seu precioso tempo. A pressa delas o contagiou. Tinha de ir a algum lugar, pensou, quando saiu para a luz do sol e para a imponência abarrotada na Rua Moie. Onde? A Biblioteca Nacional? O Zoológico? Mas ele não queria fazer turismo.

Indeciso, parou em frente a uma loja perto da estação que vendia jornais e bugigangas. A manchete do jornal dizia: THU ENVIA TROPAS PARA AJUDAR REBELDES BENBILIS, mas Shevek não reagiu a isso. Olhou as fotografias coloridas no mostruário, em vez do jornal. Ocorreu-lhe que ele não tinha nenhuma recordação de Urras. Quando se viaja, deve-se comprar um suvenir. Gostou das fotografias, cenas de A-Io: as montanhas que escalara, os arranha-céus de Nio, a capela da universidade (quase a vista de sua janela), uma garota do campo num bonito vestido provinciano, as torres de Rodarred e a que primeiro lhe chamou a atenção, um carneirinho numa relva florida, saltitando e, aparentemente, rindo. O pequeno Pilun iria gostar daquele carneirinho. Selecionou um cartão de cada e os levou ao balcão.

– E cinco dá cinquenta, e mais o carneiro, sessenta; e um mapa, aqui está, senhor, um e quarenta. Finalmente temos um belo dia de primavera, não é, senhor? Tem trocado, senhor? – Shevek apresentara uma nota do banco de vinte unidades. Apalpou os bolsos à procura do troco que recebera quando comprou o bilhete do trem e, após um pequeno estudo das denominações das cédulas e moedas, juntou um e quarenta. – Está certo, senhor. Obrigado e tenha um bom dia!

Será que o dinheiro também comprava a gentileza, além dos postais e do mapa? O atendente da loja teria sido tão educado se Shevek tivesse entrado como um anarresti entra num depósito de mercadorias, pegado o que quisesse, cumprimentado o registrador com um aceno de cabeça e saído?

Não adianta, não adianta pensar assim. Quando na Terra da Propriedade, pense como um proprietário. Vista-se como um, alimente-se como um, aja como um, seja um proprietário.

Não havia nenhum parque no centro de Nio, a terra era muito valiosa para ser desperdiçada com amenidades. Continuou a adentrar cada vez mais fundo naquelas mesmas ruas grandiosas e cintilantes aonde tinha sido levado tantas vezes. Chegou à Rua Saemtenevia a atravessou-a apressado, pois não queria a repetição do pesadelo diurno. Estava agora no distrito comercial. Bancos, edifícios comerciais, edifícios governamentais. Nio Esseia seria toda assim? Imensas caixas brilhantes de pedra e vidro, enormes embrulhos decorados, vazios, vazios.

Passando por uma vitrine no térreo onde se lia Galeria de Arte, ele entrou, imaginando fugir da claustrofobia moral das ruas e encontrar de novo a beleza de Urras num museu. Mas todos os quadros do museu tinham etiquetas com preços em suas molduras. Observou um nu pintado com talento. Na etiqueta lia-se 4.000 UMI.

— Esse é um Fei Feite — disse um homem de pele escura que apareceu silenciosamente ao seu lado. — Tínhamos cinco na semana passada. Não vai demorar muito para se valorizar no mercado da arte. Um Feite é um investimento seguro, senhor.

— Quatro mil unidades é quanto custa manter duas famílias vivas por um ano nesta cidade – disse Shevek.

O homem o olhou de cima a baixo e disse, com a voz arrastada:

— Sim, bem, o senhor entende, acontece que isso é uma obra de arte.

— Arte? O homem faz arte porque ele tem de fazer. Por que esse quadro foi feito?

— O senhor é artista, suponho – disse o homem, agora com indisfarçada insolência.

— Não, sou alguém que sabe quando está vendo merda!

O marchand recuou. Quando estava fora do alcance de Shevek, começou a falar algo sobre a polícia. Shevek fez uma careta e saiu da loja a passos largos. No meio do quarteirão, parou. Não podia continuar por aquele caminho.

Mas aonde poderia ir?

Até alguém... até alguém, outra pessoa. Um ser humano. Alguém que lhe desse ajuda, não vendesse. Quem? Onde?

Pensou nos filhos de Oiie, os garotinhos que gostavam dele e, por algum tempo, não conseguiu pensar em mais ninguém. Então, surgiu uma imagem em sua mente, distante, pequena e clara: a irmã de Oiie. Qual era o nome dela? Prometa que vai me ligar, ela tinha dito, e desde então lhe escrevera duas vezes convidando-o para jantares, numa caligrafia arrojada e infantil, em papel grosso e perfumado. Ele os ignorara, dentre todos os convites de estranhos. Agora se lembrou deles.

Ao mesmo tempo, lembrou-se da outra mensagem, daquela que tinha aparecido inexplicavelmente no bolso de seu casaco: *Junte-se a nós, seus irmãos*. Mas não conseguia achar nenhum irmão em Urras.

Foi à loja mais próxima. Era uma doceria cheia de arabescos dourados e gesso cor-de-rosa, com fileiras de mostruários de vidro repletos de doces e confeitos, rosa, marrom, creme, dourado. Perguntou à mulher atrás dos mostruários se ela poderia ajudá-lo a encontrar um número de telefone. Estava agora mais calmo, depois do acesso de mau humor na galeria de arte, e tão humildemente ignorante e estrangeiro que conquistou a simpatia da mulher. Ela não apenas o ajudou a procurar o nome na pesada lista telefônica como fez a ligação para ele no telefone da loja.

– Alô?

– Shevek – ele disse. Depois parou. Para ele, o telefone era um veículo de necessidades urgentes, notificações de mortes, nascimentos e terremotos. Não fazia ideia do que dizer.

– Quem? Shevek? É mesmo? Que delicadeza a sua de me ligar! Não me importo em absoluto de acordar, se for você.

– Você estava dormindo?

– Sono profundo, e ainda estou na minha cama adorável e quente. E você, onde é que está?

– Na Rua Sekae, eu acho.

– Fazendo o quê? Vamos sair. Que horas são? Santo Deus, quase meio-dia. Já sei, encontro você no meio do caminho. Perto do lago dos barcos nos jardins do Antigo Palácio. Você consegue encontrá-lo? Escute, você tem que ficar, vou dar uma festa absolutamente paradisíaca hoje à noite. – Ela continuou matraqueando por um momento, e ele concordou com tudo o que ela disse. Quando passou pelo balcão para sair, a atendente da loja sorriu para ele.

– Melhor levar uma caixa de doces para ela, não acha, senhor?

Ele parou.

– Será que devo?

– Mal nunca faz, senhor.

Havia algo de impudente e amável em sua voz. O ar da loja era doce e quente, como se todos os perfumes da primavera estivessem concentrados ali. Shevek aguardou de pé em meio aos mostruários de lindos pequenos luxos, alto, pesado, sonhador, como os pesados animais em seus cercados, os carneiros e touros entorpecidos pelo calor ardente da primavera.

– Vou preparar a coisa certa para o senhor – disse a mulher, enchendo uma caixinha de metal, finamente ornada, com folhinhas de chocolate e rosinhas de algodão-doce. Ela embrulhou a lata em papel de seda, pôs o embrulho numa caixa de papelão prateada, embrulhou a caixa num papel grosso rosado e amarrou-a com uma fita de veludo verde. Em todos os seus hábeis movimentos, podia-se sentir uma cumplicidade bem-humorada e solidária, e quando entregou o pacote pronto a Shevek, e ele o pegou murmurando um agradecimento e virando-se para sair, ela o lembrou, sem nenhum rigor na voz:

– São dez e sessenta, senhor. – Ela poderia até tê-lo deixado ir, com pena dele, como as mulheres sentem pena dos fortes; mas ele voltou, obediente, e entregou o dinheiro.

Chegou de metrô aos jardins do Antigo Palácio e foi até o lago dos barcos, onde crianças bem-vestidas velejavam navios de brinquedo, maravilhosos pequenos engenhos com cordames de seda e ornamentos de latão. Viu Vea do outro lado do círculo de água largo e brilhante e deu a volta no lago até ela, apreciando a luz do sol, o vento da primavera e as árvores escuras do parque mostrando suas primeiras e pálidas folhas verdes.

Almoçaram num restaurante do parque, num terraço coberto por uma cúpula de vidro muito alta. Ali, à luz do sol sob a cúpula, as árvores já estavam cheias de folhas, chorões pendentes sobre um lago onde aves brancas e gordas deslizavam, observando com gula indolente as pessoas que comiam, aguardando migalhas. Vea não se incubiu de fazer o pedido, deixando claro que Shevek estava encarregado dela, mas garçons habilidosos o aconselharam com tanta polidez que ele pensou ter conduzido tudo sozinho; e, felizmente, tinha dinheiro de sobra no bolso. A comida era extraordinária. Nunca tinha experimentado tantas sutilezas de sabor. Acostumado a duas refeições por dia, em geral pulava o almoço que os urrastis comiam, mas nesse dia comeu tudo, enquanto Vea delicadamente debicava e mordiscava. Por fim, ele teve de parar, e ela riu do olhar triste dele.

– Comi demais.

– Uma pequena caminhada deve ajudar.

Foi uma caminhada bem curta: um passeio vagaroso de dez minutos pela grama, e então Vea deixou-se cair graciosamente num talude à sombra de altos arbustos, todos radiantes de flores douradas. Ele sentou-se ao seu lado. Uma frase que Takver usava veio-lhe à mente quando olhou os pés delgados de Vea, enfeitados com sapatinhos brancos de saltos muito altos. "Uma exploradora do corpo", Takver chamava as mulheres que usavam a sexualidade como arma na luta de poder com os homens. A julgar por sua aparência, Vea era a maior de todas as exploradoras de corpo. Sapatos, roupas, cosméticos, joias, gestos, tudo nela reafirmava a provocação. Possuía um corpo tão elaborado e ostensivamente feminino que mal parecia um ser humano. Encarnava toda a sexualidade que os iotas reprimiam e transferiam para seus sonhos, seus romances e poemas, seus intermináveis quadros de nus femininos, sua música, sua arquitetura cheia de curvas e cúpulas, seus doces, seus banheiros, seus colchões. Ela era a mulher contida na mesa.

A cabeça, totalmente raspada, tinha sido pulverizada com um talco composto de partículas de pó de mica, de modo que uma leve cintilação obscurecia a nudez dos contornos. Usava um xale ou estola transparente, sob a qual as formas e a textura de seus braços nus se mostravam suavizadas e protegidas. Os seios estavam cobertos: as mulheres iotas não saíam com os seios à mostra, reservando a nudez para seus donos. Os pulsos estavam carregados de pulseiras de ouro, e na cavidade da garganta uma única joia brilhava azul contra a pele macia.

— Como isso fica aí? — ele perguntou.

— O quê? — Como ela própria não conseguia ver a joia, podia fingir que não a percebia, obrigando-o a apontar, talvez erguer a mão por sobre os seios para tocar a joia. Shevek sorriu e tocou-a.

— Está colada?

— Ah, isso. Eu tenho um pequeno ímã implantado aí, e a joia tem um pedacinho de metal atrás, ou é o contrário? De todo modo, ficamos sempre juntas.

— Você tem um ímã sob a pele? — Shevek perguntou, com aversão genuína.

Vea sorriu e tirou a safira para que ele visse que não havia nada além de uma minúscula cicatriz prateada na cavidade.

— Você me desaprova totalmente mesmo... É animador. Sinto que, não importa o que eu diga ou faça, não posso me rebaixar mais em sua opinião, pois já estou no fundo do poço!

— Não é assim — ele protestou. Sabia que ela estava fazendo um jogo, mas ele conhecia poucas regras desse jogo.

– Não, não; reconheço o horror moral quando o vejo. Assim. – Ela fez uma carranca sinistra; os dois riram. – Sou assim tão diferente das mulheres anarrestis?

– Ah, sim, muito.

– São todas terrivelmente fortes, com músculos? Elas usam botas e têm pés grandes e chatos, usam roupas sérias e se depilam uma vez por mês?

– Elas nunca se depilam.

– Nunca? Em nenhuma parte? Ah, meu Deus! Vamos falar de outra coisa.

– De você. – Ele se recostou no talude gramado, perto o bastante de Vea para ser envolvido pelos perfumes naturais e artificiais de seu corpo. – Queria saber se a mulher urrasti se contenta em ser sempre inferior.

– Inferior a quem?

– Aos homens.

– Ah... isso! O que o faz pensar que sou inferior?

– Parece que tudo o que a sua sociedade faz é feito para os homens. Indústria, artes, administração, governo, decisões. E por toda a vida vocês carregam o nome do pai e do marido. Os homens vão para a escola e vocês não; todos os professores, juízes, policiais, governantes são homens, não são? Por que vocês não fazem o que querem?

– Mas nós fazemos. As mulheres fazem exatamente o que querem. E não precisam sujar as mãos, nem usar farda, nem ficar gritando para lá e para cá nas diretorias para fazerem o que querem.

– Mas o que é que vocês fazem?

– Ora, nós conduzimos os homens, é claro! E, sabe, é perfeitamente seguro dizer isso a eles, porque eles nunca acreditam. Eles dizem "Ha, ha, mulherzinhas engraçadas!", passam a mão na sua cabeça e saem pomposos, com suas medalhas tilintando, perfeitamente satisfeitos.

– E você também está satisfeita?

– Decerto que sim.

– Não acredito.

– Porque isso não se encaixa nos seus princípios. Os homens sempre têm teorias, e as coisas sempre têm de se encaixar nelas.

– Não, não por causa de teorias, porque posso ver que você não está satisfeita. Que você é inquieta, insatisfeita, perigosa.

– Perigosa! – Vea deu uma risada radiante. – Que elogio absolutamente maravilhoso! Por que sou perigosa, Shevek?

– Ora, porque você sabe que, aos olhos dos homens, você é uma coisa, uma coisa possuída, comprada, vendida. Então você só pensa em enganar os donos, em se vingar...

Ela pôs a mãozinha deliberadamente na boca de Shevek.

– Quieto – ela disse. – Sei que você não tem a intenção de ser vulgar. Eu o perdoo. Mas já chega.

Ele fez uma carranca colérica diante da hipocrisia, e diante da percepção de que poderia tê-la magoado de fato. Ainda sentia o breve toque da mão dela em seus lábios.

– Desculpe! – ele disse.

– Não, não. Como pode entender, vindo da Lua? E você é só um homem, de qualquer maneira... Mas vou lhe dizer uma coisa. Se você pegasse uma de suas "irmãs" lá da Lua e lhe desse uma oportunidade de tirar as botas, tomar um banho de óleo e fazer uma depilação, pôr umas sandálias bem bonitas, uma joia na barriga e perfume, ela iria adorar! E você também! Ah, como você iria gostar! Mas vocês se recusam a fazer isso, coitadinhos, com suas teorias. Todos irmãos e irmãs e nenhuma diversão!

– Você tem razão – disse Shevek. – Nenhuma diversão. Nunca. O dia inteiro em Anarres nós cavamos chumbo nas entranhas das minas, e quando chega a noite, após a refeição de três grãos de holum cozidos numa colher de água salobra, recitamos em antifonia os Ensinamentos de Odo, até a hora de dormir. O que fazemos todos separadamente e usando botas.

Sua fluência em iota não era suficiente para lhe permitir o voo verbal que teria sido esse gracejo em sua própria língua, uma de suas súbitas fantasias que somente Takver e Sadik tinham ouvido o suficiente para se acostumarem; mas, apesar de imperfeito, o gracejo surtiu efeito em Vea. Soltou sua risada sombria, pesada e espontânea.

– Santo Deus, você é engraçado também! Existe algo que você não seja?

– Não sou vendedor – ele respondeu.

Ela o estudou, sorrindo. Havia algo profissional, de teatral em sua pose. As pessoas em geral não se olham atentamente quando estão tão próximas, a menos que sejam mães com filhos pequenos, ou médicos com pacientes, ou amantes.

Ele se levantou.

– Quero andar mais – disse.

Ela estendeu a mão para ele pegar e ajudá-la a se levantar. O gesto foi indolente e sedutor, mas ela disse com ternura incerta na voz:

– Você é mesmo como um irmão... Pegue a minha mão. Eu vou soltar depois!

Passearam pelos caminhos do grande jardim. Entraram no palácio, preservado como museu dos tempos antigos da realeza, pois Vea disse que adorava ver as joias expostas ali. Retratos de nobres e príncipes arrogantes os fitavam das paredes cobertas de brocados e das lareiras entalhadas. Os cômodos estavam repletos de prata, ouro, cristal, madeiras raras, tapeçarias e joias. Havia guardas a postos atrás de cordões de veludo. Os uniformes pretos e vermelhos dos guardas harmonizavam bem com aquela pompa, as tapeçarias bordadas a ouro, as colchas de plumas, mas seus rostos não combinavam com o ambiente; eram rostos entediados, cansados, cansados de ficarem em pé o dia inteiro no meio de estranhos, realizando uma tarefa inútil. Shevek e Vea foram até um mostruário de vidro onde jazia o manto da Rainha Teaea, feito com as peles bronzeadas de rebeldes esfolados vivos, que aquela mulher terrível e provocadora usara quando se dirigiu ao povo assolado pela peste e rezou a Deus para que acabasse com o flagelo, mil e quatrocentos anos antes.

– Para mim, isso tem a mesma aparência terrível do couro de cabra – disse Vea, examinando o farrapo desbotado pelo tempo no mostruário de vidro. Ergueu os olhos de soslaio para Shevek. – Tudo bem com você?

– Acho que eu gostaria de sair deste lugar.

Já do lado de fora, no jardim, o rosto de Shevek tornou-se menos lívido, mas ele olhou para as paredes do palácio com ódio.

– Por que o seu povo se apega à sua vergonha? – ele perguntou.

– Mas isso tudo é história. Coisas assim não poderiam acontecer hoje em dia!

Ela o levou a uma matinê no teatro, uma comédia sobre jovens casados e suas sogras, cheia de piadas sobre cópula que nunca mencionavam a cópula. Shevek tentava rir quando Vea ria. Depois do teatro foram a um restaurante no centro da cidade, um lugar de incrível opulência. O jantar custou cem unidades. Shevek comeu muito pouco, pois já comera ao meio-dia, mas rendeu-se ao pedido de Vea e bebeu duas ou três taças de vinho, que era mais agradável do que esperara e pareceu não exercer nenhum efeito deletério em seu raciocínio. Ele não tinha dinheiro suficiente para pagar o jantar, mas Vea não se ofereceu para dividir a conta, apenas sugerindo que ele passasse um cheque, o que ele fez. Em seguida tomaram um táxi e foram para o apartamento de Vea; ela também deixou que ele pagasse o motorista. Será, ele se perguntou, que Vea era na verdade uma prostituta, aquela entidade misteriosa? Mas prostitutas, conforme Odo as descreveu, eram mulheres pobres, e Vea certamente não era pobre: "sua" festa, ela lhe disse, estava sendo preparada por "sua" cozinheira, "sua" criada e "seu" fornecedor. Além do mais, os homens da universidade falavam com desprezo de prostitutas como sendo criaturas sujas, enquanto Vea, apesar de suas incessantes provocações, demonstrava tal suscetibilidade em uma conversa franca sobre qualquer coisa sexual que Shevek media as palavras com ela como teria feito, em Anarres, com uma criança tímida de 10 anos. No final das contas, ele não sabia exatamente o que ela era.

Os aposentos de Vea eram grandes e luxuosos, com vistas cintilantes das luzes de Nio e inteiramente decorados em branco, até mesmo o tapete. Mas Shevek estava se tornando insensível ao luxo e, além disso, estava morrendo de sono. Os convidados só chegariam em uma hora. Enquanto Vea trocava de roupa, ele adormeceu numa enorme poltrona branca na sala. A criada fazendo um barulho qualquer sobre a mesa o despertou a tempo de ver Vea voltar, vestindo agora um formal traje noturno iota para mulheres, uma saia longa plissada a partir dos quadris, deixando todo o torso nu. No umbigo brilhava uma pequena joia, exatamente como as fotos que tinha visto com Tirin e Bedap, havia um quarto de século, no Instituto Regional do Poente Norte, exatamente assim... Semiacordado e totalmente excitado, ele a fitou.

Ela retribuiu o olhar, sorrindo um pouco.

Ela se sentou num banquinho baixo e estofado perto dele, para que pudesse olhá-lo na altura do rosto. Arrumou a saia branca sobre os tornozelos e disse:

– Agora me conte o que realmente acontece entre homens e mulheres em Anarres.

Era inacreditável. A criada e o fornecedor estavam na sala; ela sabia que ele tinha uma parceira, e ele sabia que ela também; e nenhuma palavra sobre cópula tinha sido dita entre eles. No entanto, a roupa que ela estava usando, seus movimentos, seu tom de voz – o que era tudo aquilo senão o mais aberto convite?

– Entre um homem e uma mulher existe o que eles quiserem que exista entre eles – ele disse, um tanto ríspido. – Cada um deles, e ambos.

– Então é verdade, vocês realmente não têm moralidade? – ela perguntou, como se chocada, mas encantada.

– Não sei o que quer dizer. Magoar uma pessoa lá é o mesmo que magoar uma pessoa aqui.

– Quer dizer que vocês têm as mesmas velhas regras? Sabe, acredito que moralidade seja apenas mais uma superstição, como a religião. Tinha de ser descartada.

– Mas a minha sociedade – ele disse, em total perplexidade – é uma tentativa de *atingir* a moralidade. Descartar o que for moralista, sim, as regras, as leis, os castigos, para que os homens possam enxergar o bem e o mal e escolher um deles.

– Então vocês descartaram todas as imposições, todos os "faça isso", "não faça aquilo". Mas, sabe, acho que vocês, odonianos, não entenderam nada. Vocês descartaram os padres, os juízes, as leis do divórcio e tudo o mais, mas mantiveram o problema real por trás deles. Vocês só inseriram o problema em suas consciências. Mas ele ainda está lá. Vocês continuam os escravos de sempre! Não são livres de verdade.

– Como você sabe?

– Li um artigo sobre odonismo numa revista – ela disse. – E nós dois passamos o dia juntos. Não sei você, mas eu sei algumas coisas sobre você. Sei que você carrega uma... uma Rainha Teaea aí dentro, bem dentro dessa sua cabeça cabeluda. E ela manda em você tanto quanto a velha tirana mandava em seus servos. Ela diz "faça isso!" e você faz, "não faça isso", e você não faz.

– E aqui é o lugar dela – ele disse, sorrindo. – Dentro da minha cabeça.

– Não. Melhor tê-la num palácio. Aí você poderia se rebelar contra ela. Você teria se rebelado! Seu tataravô se rebelou. Pelo menos ele foi para a Lua para tentar escapar. Mas levou a Rainha Teaea com ele, e você ainda está com ela!

– Pode ser. Mas ela aprendeu, em Anarres, que se ela me mandar machucar outra pessoa, eu machuco a mim mesmo.

– A mesma velha hipocrisia. A vida é uma luta, e o mais forte vence. Tudo o que a civilização faz é esconder o sangue e encobrir o ódio com palavras bonitas!

– A sua civilização, talvez. A nossa não esconde nada. Tudo é manifesto. Lá, a Rainha Teaea veste a própria pele. Seguimos uma lei, apenas uma: a lei da evolução humana.

– A lei da evolução é que o mais forte sobrevive!

– Sim, e os mais fortes, na existência de qualquer espécie social, são aqueles mais sociais. Em termos humanos, mais éticos. Entende, não temos presas ou inimigos em Anarres. Só temos uns aos outros. Não se conquista nenhuma força machucando alguém. Só fraqueza.

– Não me importo em machucar ou não machucar. Não me importo com outras pessoas, e ninguém mais se importa. Só fingem. Não quero fingir. Quero ser livre!

– Mas Vea – ele começou, com ternura, pois o apelo à liberdade o comoveu muito, mas a campainha tocou. Vea levantou-se, ajeitou a saia e avançou sorrindo para receber os convidados.

Durante a hora seguinte, trinta ou quarenta pessoas chegaram. A princípio Shevek sentiu-se irritado, insatisfeito e entediado. Era só mais uma festa em que todos ficavam de pé com um copo na mão, sorrindo e conversando alto. Mas logo se tornou mais divertida. As conversas e discussões continuaram, as pessoas sentaram-se para conversar, começou a parecer uma festa em seu planeta. Delicados salgadinhos e pedacinhos de carne e peixe foram servidos, as taças eram constantemente preenchidas pelo atencioso garçom. Shevek aceitou uma bebida. Vinha observando havia meses a avidez dos urrastis por álcool, e nenhum deles parecera ter caído doente por causa disso. A coisa tinha gosto de remédio, mas alguém explicou que era sobretudo água com gás, o que lhe agradou. Estava com sede, então bebeu tudo de uma vez.

Dois homens estavam determinados a conversar sobre física com ele. Um deles tinha boas maneiras, e Shevek conseguiu despistá-lo por um tempo, pois achava difícil discutir física com não físicos. O outro era arrogante, e não foi possível escapar dele. Mas a irritação, Shevek descobriu, tornava a conversa bem mais fácil. O homem sabia de tudo, aparentemente porque tinha muito dinheiro.

– A meu ver – ele declarou a Shevek –, sua Teoria da Simultaneidade simplesmente nega o fato mais óbvio sobre o tempo, o fato de que o tempo passa.

– Bem, na física tem-se cuidado com o que se chama de "fatos". É diferente dos negócios – disse Shevek de modo brando e agradável, mas havia algo naquela brandura que fez Vea, que estava conversando com outro grupo próximo, virar-se e prestar atenção. – Nos termos estritos da Teoria da Simultaneidade, a sucessão não é considerada um fenômeno fisicamente objetivo, mas subjetivo.

– Agora pare de tentar assustar Dearri e diga o que isso significa em linguagem infantil – disse Vea. Sua perspicácia fez Shevek dar um meio sorriso.

– Bem, pensamos que o tempo "passa", que flui por nós, mas e se formos nós que nos movemos para a frente, do passado para o futuro, sempre descobrindo o novo? Seria um pouco como ler um livro, entende? O livro está todo ali, todo de uma vez, entre as capas. Mas se você quer ler a história e entendê-la, deve começar na primeira página e avançar, sempre na ordem. Então o universo seria um grande livro, e nós, leitores muito pequenos.

– Mas o *fato* – disse Dearri – é que nós vivenciamos o universo como uma sucessão, um fluxo. Nesse caso, de que adianta essa teoria de que num plano mais alto o universo pode ser todo eternamente coexistente? Pode ser divertido para vocês, teóricos, mas não tem nenhuma aplicação prática, nenhuma relevância para a vida real. A menos que isso signifique que podemos construir uma máquina do tempo! – ele acrescentou, numa espécie de jovialidade severa e falsa.

– Mas nós não vivenciamos o universo apenas como uma sucessão – disse Shevek. – O senhor nunca sonha, sr. Dearri? – Sentiu orgulho de si mesmo por ter, pela primeira vez, se lembrado de chamar alguém se "senhor".

– O que isso tem a ver com o assunto?

– Parece que é apenas na consciência que vivenciamos o tempo. Um bebê não tem noção de tempo; ele não consegue se distanciar do passado e compreender como ele se relaciona com o presente, ou planejar como o presente pode se relacionar com o futuro; ele não compreende a morte. A mente inconsciente do adulto ainda é assim. Num sonho não existe tempo, a sucessão é toda alterada, e causa e efeito se misturam. No mito e na lenda não existe tempo. A que passado se refere um conto quando diz "Era uma vez"? Assim, quando o místico reconecta razão e inconsciência, vê tudo se tornar um único ser e compreende o eterno retorno.

— Sim, os místicos — disse com avidez o homem mais tímido. — Tebores, no Oitavo Milênio. Ele escreveu: *A mente inconsciente coexiste com o universo.*

— Mas não somos bebês — interrompeu Dearri —, somos homens racionais. Sua Simultaneidade é algum tipo de regressão mística?

Houve uma pausa, quando Shevek se serviu de um salgadinho que ele não queria e o comeu. Já tinha perdido a calma uma vez nesse dia e feito papel de tolo. Uma vez bastava.

— Talvez você possa compreendê-la — disse — como um esforço para atingir um equilíbrio. A Sequência fornece uma bela explicação para nossa sensação de tempo linear, entende, e a evidência da evolução. Ela inclui a criação e a mortalidade. Mas para por aí. Lida com tudo o que muda, mas não consegue explicar por que as coisas também perduram. Fala somente da flecha do tempo... nunca do círculo do tempo.

— O círculo? — perguntou o inquiridor mais educado, com tão evidente anseio de aprender que Shevek esqueceu Dearri por completo e mergulhou no assunto com entusiasmo, gesticulando as mãos e os braços, como se tentasse mostrar ao ouvinte, materialmente, as flechas, os ciclos, as oscilações de que falava.

— O tempo avança em círculos, bem como em linha reta. Como o movimento de um planeta, entende? Um ciclo, uma órbita em torno do sol, dura um ano, não é? E duas órbitas, dois anos, e assim por diante. Pode-se contar as órbitas indefinidamente... um observador pode. De fato, é com esse sistema que contamos o tempo. Isso equivale ao indicador de tempo, ao *relógio*. Mas dentro do sistema, do ciclo, onde está o tempo? Onde está o começo ou o fim? Repetição infinita é um processo atemporal. Deve ser comparado, deve estar relacionado a algum outro processo cíclico ou não cíclico, para ser visto como temporal. Veja bem, isso é muito esquisito e interessante. Os átomos, você sabe, têm um movimento cíclico. Os compostos estáveis são feitos de elementos que têm um movimento regular e periódico em relação uns aos outros. Na verdade, são os minúsculos ciclos de tempo reversível do átomo que dão à matéria permanência suficiente para tornar possível a evolução. As pequenas atemporalidades somadas compõem o tempo. E depois, em grande escala, o cosmo. Bem, você sabe que achamos que o universo inteiro é um processo cíclico, uma oscilação entre expansão e contração, sem um antes ou um depois. Somente dentro de cada um dos grandes ciclos, onde vivemos, somente aí existe tempo linear, evolução, mudança. Portanto, o tempo tem dois aspectos. Existe a flecha, a correnteza do rio, sem a qual não há nenhuma mudança, nenhum progresso, nem direção, nem criação. E existe o círculo ou ciclo, sem o qual há o caos, há a sucessão de instantes sem sentido, um mundo sem relógios, sem estações, sem promessas.

– Não se pode fazer duas afirmações contraditórias sobre a mesma coisa – disse Dearri, com a calma do conhecimento superior. – Em outras palavras, um desses "aspectos" é real, ou outro é simples ilusão.

– Muitos físicos já disseram isso – Shevek reconheceu.

– Mas o que o senhor diz? – perguntou o que queria saber.

– Bem, acho que é uma saída fácil de uma dificuldade... Pode-se descartar o ser ou o vir a ser como uma ilusão? Vir a ser sem ser não faz sentido. Ser sem vir a ser é um grande tédio... Se a mente é capaz da percepção do tempo dessas duas formas, então uma verdadeira cronosofia deve fornecer um campo em que a relação dos dois aspectos ou processos do tempo poderia ser compreendida.

– Mas para que serve esse tipo de "compreensão" – perguntou Dearri –, se não resulta em aplicações práticas, tecnológicas? É só um jogo de palavras, não é?

– Você faz perguntas como um verdadeiro explorador – disse Shevek, e nenhuma alma ali sabia que ele insultara Dearri com a palavra mais desprezível em seu vocabulário; na verdade, Dearri até assentiu com a cabeça, aceitando o elogio com satisfação. Vea, entretanto, sentiu uma tensão e fez um aparte abrupto:

– Sabe, não entendo uma palavra do que você diz, mas me parece que se eu *realmente* entendi o que você disse sobre o livro... que tudo existe *agora*... então não seríamos capazes de prever o futuro? Se ele já está lá?

– Não, não – disse o homem mais tímido, sem nenhuma timidez. – Não está lá como um sofá ou uma casa. Tempo não é espaço. Não se pode andar nele! – Vea assentiu com um intenso movimento da cabeça, como se estivesse aliviada por ter sido colocada em seu devido lugar. Parecendo ganhar confiança por ter afastado a mulher dos domínios do pensamento superior, o homem tímido virou para Dearri e disse: – Parece-me que a aplicação da Física Temporal está na ética. O senhor concordaria com isso, dr. Shevek?

– Ética? Bem, não sei. Meu trabalho predominante é a matemática, você sabe. Não se pode fazer equações do comportamento ético.

– Por que não? – disse Dearri.

Shevek o ignorou.

– Mas é verdade, a cronosofia realmente envolve a ética. Porque nossa sensação de tempo envolve uma capacidade de separar causa e efeito, meios e fins. De novo, o bebê ou animal não veem a diferença entre o que fazem agora e o que vai acontecer por causa disso. Não podem fazer uma roldana, ou uma promessa. Nós podemos. Vendo a diferença entre o *agora* e o *não agora*, conseguimos fazer a conexão. E é aí que entra a moralidade. Responsabilidade. Dizer que um bom fim será alcançado por um mau meio é como dizer que se eu puxar a corda dessa roldana, ela vai erguer um peso naquela outra. Quebrar uma promessa é negar a realidade do passado; portanto, é negar a esperança de um futuro real. Se o tempo e a razão são funções um do outro, se somos criaturas do tempo, é melhor sabermos disso e tirarmos o melhor proveito. Agir com responsabilidade.

– Mas, olhe aqui – disse Dearri, com inefável satisfação por sua perspicácia –, você acabou de dizer que no seu sistema de Simultaneidade *não há* passado e futuro, só uma espécie de eterno presente. Então como se pode ser responsável pelo livro que já está escrito? Tudo o que se pode fazer é ler o livro. Não sobra nenhuma escolha, nenhuma liberdade de ação.

– Esse é o dilema do determinismo. Você tem toda razão, está implícito no pensamento Simultaneísta. Mas o pensamento da Sequência também tem seu dilema. É mais ou menos assim, fazendo uma pequena comparação ridícula: você está jogando uma pedra numa árvore; se você é Simultaneísta, a pedra já bateu na árvore, mas se você é Sequencista, a pedra nunca vai poder bater na árvore. Então, qual dos dois você escolhe? Talvez você prefira jogar pedras sem pensar no assunto, sem escolher. Eu prefiro dificultar as coisas e escolher os dois.

– Como... como o senhor os concilia? – perguntou o tímido, com sinceridade.

Shevek quase riu de desespero.

– Não sei. Trabalho nisso há muito tempo! No fim, a pedra bate na árvore. Nem a sequência pura nem a unidade pura explicam isso. Não queremos pureza, mas complexidade, a relação entre causa e efeito, meio e fim. Nosso modelo do cosmo deve ser tão inesgotável quanto o cosmo. Uma complexidade que inclua não apenas duração, mas criação, não apenas ser, mas vir a ser, não apenas geometria, mas ética. Não estamos atrás da resposta, mas apenas de como fazer a pergunta...

– Tudo muito bem, mas a indústria precisa de respostas – disse Dearri.

Shevek virou-se devagar, olhou para ele e não disse nada.

Houve um silêncio pesado, no qual Vea se lançou, graciosa e inconsequente, retornando ao tema da previsão do futuro. Outros foram atraídos pelo assunto e todos começaram a narrar suas experiências com cartomantes e videntes.

Shevek decidiu não falar mais nada, qualquer que fosse a pergunta. Estava com mais sede do que nunca; deixou o garçom encher de novo sua taça e bebeu a coisa agradável e espumante. Olhou em volta da sala, tentando dissipar a raiva e a tensão observando as outras pessoas. Mas elas também se comportavam com muita emoção para os padrões iotas – gritando, rindo alto, interrompendo-se umas às outras. Num canto, um casal entregava-se a preliminares sexuais. Shevek desviou o olhar, enojado. Eles egoizavam até o sexo? Acariciar-se e copular na frente de pessoas desacompanhadas era tão vulgar quanto comer na frente de pessoas famintas. Voltou a atenção para o grupo à sua volta. Haviam terminado o assunto das previsões do futuro e agora falavam de política. Estavam todos discutindo sobre a guerra, sobre o que Thu iria fazer, o que A-Io iria fazer, o que o CGM iria fazer.

– Por que vocês só falam em abstrações? – ele perguntou de repente, perguntando-se, enquanto falava, por que estava falando se tinha decidido não falar. – Não são nomes de países, são pessoas se matando. Por que os soldados vão? Por que um homem vai matar estranhos?

– Mas é para *isso* que servem os soldados – disse uma mulher pequena e clara, com uma opala no umbigo. Vários homens começaram a explicar a Shevek o princípio de soberania nacional. Vea interrompeu. – Deixem que ele fale. Como você resolveria o problema, Shevek?

– A solução está bem à vista.

– Onde?

– Anarres!

– Mas o que o seu povo faz na Lua não resolve nossos problemas aqui.

– O problema do homem é sempre o mesmo. Sobrevivência. Da espécie, do grupo, do indivíduo.

– Autodefesa nacional... – alguém gritou.

224

Eles argumentaram, ele argumentou. Ele sabia o que gostaria de dizer e sabia que deveria convencer a todos, pois era claro e verdadeiro, mas, de algum modo, não conseguia dizê-lo adequadamente. Todos gritavam. A mulherzinha clara bateu no braço largo da poltrona em que estava sentada e ele se sentou ali. A cabeça raspada e acetinada da mulher surgiu olhando para ele sob seu braço.

– Olá, Homem da Lua! – Vea unira-se a outro grupo por um tempo, mas tornou a se aproximar dele. O rosto dela estava enrubescido e seus olhos, grandes e líquidos. Ele pensou ter visto Pae do outro lado da sala, mas havia tantos rostos que eles se misturavam e se tornavam indistintos. Coisas aconteciam aos trancos e barrancos, com lacunas no meio, como se o tivessem deixado testemunhar, dos bastidores, o funcionamento do Cosmo Cíclico da hipótese da velha Gvarab.

– O princípio da autoridade legal deve ser mantido, ou vamos degenerar em mera anarquia! – rugiu um homem gordo e carrancudo.

– Sim, sim, degenerem! Nós temos desfrutado essa degeneração há cento e cinquenta anos – retrucou Shevek.

Os dedos dos pés da mulherzinha clara, em sandálias prateadas, surgiram por sob a saia toda bordada com centenas e centenas de pequenas pérolas.

– Mas fale de Anarres... como é, *de verdade*? Lá é tão maravilhoso assim? – Vea disse.

Ele estava sentado no braço da poltrona, e Vea estava encostada na almofada perto dos joelhos dele, ereta e dócil, os seios macios fitando-o com seus olhos cegos, o rosto sorrindo, complacente, enrubescido.

Algo sombrio revolveu-se na mente de Shevek, escurecendo tudo. Sua boca estava seca. Esvaziou a taça cheia que o garçom acabara de lhe servir.

– Não sei – ele disse; sentiu a língua semiparalisada. – Não. Não é maravilhoso. É um mundo feio. Não como este. Anarres só tem poeira e colinas áridas. Tudo escasso, tudo árido. As pessoas não são bonitas. Têm mãos e pés grandes, como eu e o garçom ali. Mas as barrigas não são grandes. Eles se sujam muito e tomam banho juntos, ninguém aqui faz isso. As cidades são muito pequenas e sem graça, são lúgubres. Nenhum palácio. A vida é sem graça, e o trabalho é duro. Não se pode ter sempre tudo o que se quer, ou mesmo o que se necessita, porque não há o suficiente. Vocês, urrastis, têm o suficiente. Ar suficiente, chuva suficiente, grama, oceanos, comida, música, prédios, fábricas, máquinas, livros, história. Vocês são ricos, vocês possuem. Nós somos pobres, somos carentes. Vocês têm, nós não temos. Tudo é lindo aqui. Só os rostos que não. Em Anarres nada é lindo, nada, exceto os rostos. Os outros rostos, dos homens e das mulheres. Aqui se veem joias, lá se veem olhos. E nos olhos se vê o esplendor, o esplendor do espírito humano. Porque nossos homens e mulheres são livres... por não possuírem nada, são livres. E vocês, os possuidores, são possuídos. Vocês estão todos presos. Cada um sozinho, solitário, com o monte de coisas que possui. Vocês vivem na prisão, morrem na prisão. É tudo que consigo ver nos seus olhos... o muro, o muro!

Estavam todos olhando para ele.

Ouviu o som alto da própria voz ainda ressoando no silêncio, sentiu as orelhas ardendo. A escuridão e o vazio revolveram-se outra vez em sua mente.

– Estou tonto – ele disse, e se levantou.

Vea segurou-lhe pelo braço.

– Venha comigo por aqui – ela disse, rindo um pouco e ofegante. Ele a seguiu enquanto ela abria caminho por entre as pessoas. Ele agora sentia o rosto muito pálido, e a tontura não passava; esperava que ela o estivesse levando ao lavatório, ou a uma janela onde pudesse respirar ar fresco. Mas o cômodo em que entraram era grande e parcialmente iluminado por um reflexo. Uma enorme cama branca estava encostada na parede; um espelho cobria a metade da outra parede. Havia uma fragrância densa e doce de cortinas, de roupas de cama, do perfume que Vea usava.

– Você é demais – Vea disse, postando-se na frente de Shevek e erguendo os olhos para o rosto dele, na escuridão parcial, com aquele sorriso ofegante. – Realmente demais... você é impossível... magnífico! – Colocou as mãos nos ombros dele. – Oh, a cara que eles fizeram! Preciso lhe dar um beijo por isso! – E ela se ergueu na ponta dos pés, mostrando-lhe a boca, o pescoço branco e os seios nus.

Ele a agarrou e deu-lhe um beijo na boca, forçando a cabeça dela para trás, e depois beijou o pescoço e os seios. Ela cedeu a princípio, como se não tivesse ossos, depois se contorceu um pouco, rindo e o empurrando de leve, e começou a falar.

– Oh, não, não, comporte-se – ela disse. – Agora vamos, temos que voltar para a festa. Não, Shevek, agora não, sossegue, assim não vai dar! – Ele não deu a menor atenção. Puxou-a com ele para a cama, e ela foi, mas continuou falando. Com uma das mãos, ele tateou as roupas complicadas que estava usando e conseguiu abrir a calça. Depois tateou a roupa de Vea, a saia de cintura baixa, mas apertada, que ele não conseguiu soltar.

– Agora pare – ela disse. – Não, escute, Shevek, não vai dar, não agora. Não tomei anticoncepcional, se eu engravidar vai ser a maior confusão, meu marido volta em duas semanas! Não, me solte! – Mas ele não conseguia soltá-la, seu rosto estava colado à carne macia, suada e perfumada. – Escute, não amasse a minha roupa, as pessoas vão notar, pelo amor de Deus. Espere... espere, podemos combinar, arranjar um lugar para um encontro, tenho que zelar pela minha reputação, não posso confiar na empregada, espere, agora não... Agora não! Agora não! – Por fim, assustada com a urgência cega de Shevek e sua energia, ela o empurrou com todas as suas forças, as mãos no peito dele. Ele deu um passo para trás, confuso com o tom de medo na voz dela e com sua relutância; mas ele não conseguia parar, a resistência dela o excitou ainda mais. Ele a apertou contra si, e seu sêmen jorrou na seda branca do traje de Vea.

– Me solte! Me solte! – ela repetia no mesmo sussurro alto. Ele a soltou. Ficou parado, entorpecido. Tateou sua calça, tentando fechá-la.

– Eu... desculpe... pensei que você quisesse...

– Pelo amor de Deus! – disse Vea, olhando a saia na penumbra, puxando o plissado. – Agora vou ter que mudar de roupa.

Shevek ficou parado, boquiaberto, respirando com dificuldade, os braços caídos; então de repente virou-se e saiu do quarto escuro. De volta à sala iluminada da festa, passou cambaleando pelas pessoas, tropeçou numa perna, viu que o caminho estava impedido por corpos, roupas, joias, seios, olhos, chamas de velas, mobília. Correu para uma mesa. Nela havia uma travessa de prata em que pequenos salgadinhos recheados de carne, creme e ervas formavam círculos concêntricos, como uma imensa flor pálida. Shevek ofegou para respirar, curvou-se e vomitou em cima da travessa inteira.

– Eu o levo para casa – disse Pae.

– Faça isso, pelo amor de Deus – disse Vea. – Você estava procurando por ele, Saio?

– Ah, um pouco. Felizmente Demaere te ligou.

– Com certeza ele vai precisar de você.

– Ele não vai dar trabalho. Desmaiou no corredor. Posso usar seu telefone antes de sair?

– Mande lembrança ao chefe – Vea disse, maliciosamente.

Oiie tinha vindo ao apartamento da irmã com Pae e saiu com ele. Sentaram-se no banco do meio na grande limusine do governo que Pae sempre deixava de sobreaviso, a mesma que trouxera Shevek do porto espacial no verão anterior. Shevek agora estava deitado no banco traseiro, na mesma posição em que o tinham jogado.

– Ele ficou com a sua irmã o dia inteiro, Demaere?

– Parece que desde o meio-dia.

– Graças a Deus!

– Por que você tem tanto medo de que ele entre nos bairros pobres? Qualquer odoniano já está convencido de que somos um monte de escravos assalariados e oprimidos; qual a diferença se ele vir um pouco de confirmação disso?

– Pouco me importa o que ele veja. Não queremos que ele *seja visto*. Você tem lido os jornais alpistes? Ou os cartazes que circularam semana passada pela Cidade Velha, sobre o "Precursor"? O mito... aquele que virá antes do milênio... "um estranho, um pária, um exilado, trazendo nas mãos vazias o tempo vindouro". Eles citaram isso. Essa turba está num daqueles malditos surtos apocalípticos. Procurando um líder simbólico. Um catalisador. Falando em greve geral. Não vão aprender nunca. Mesmo assim, precisam de uma lição. Maldita ralé rebelde, mandem todos eles combaterem em Thu, só assim vão nos servir para alguma coisa.

Nenhum dos dois homens falou mais nada durante o percurso.

O vigia noturno da Casa dos Veteranos da Faculdade os ajudou a subirem com Shevek para o seu quarto. Carregaram-no até a cama. Ele começou a roncar na mesma hora.

Oiie ficou para tirar os sapatos de Shevek e cobri-lo com um cobertor. O bafo do homem embriagado era repugnante; Oiie afastou-se da cama, tomado pelo medo e pelo amor que sentia por Shevek, um sentimento sufocando o outro. Franziu o cenho e murmurou:

– Idiota obsceno. – Apagou a luz com um estalo e voltou ao outro cômodo. Pae estava em pé ao lado da escrivaninha, mexendo nos papéis de Shevek.

– Deixe isso – disse Oiie, e sua expressão de nojo se intensificava. – Vamos. São duas horas da manhã. Estou cansado.

– O que esse canalha tem feito, Demaere? Nada aqui ainda, absolutamente nada. Será que ele é uma completa fraude? Será que fomos enganados por um maldito camponês ingênuo de Utopia? Onde está a teoria dele? Onde está nossa nave espacial instantânea? Onde está nossa vantagem sobre os hainianos? Há nove, dez meses estamos alimentando o canalha, para nada! – No entanto, enfiou no bolso um dos papéis antes de acompanhar Oiie até a porta.

8

ooooo

Estavam nos campos abertos de atletismo do Parque Norte de Abbenay, seis deles, na longa poeira dourada e quente da noite. Estavam todos agradavelmente empanturrados, pois o jantar tinha durado quase a tarde inteira, um festival de rua e banquete feito ao ar livre. Era o feriado do meio do verão, Dia da Insurreição, comemorando o primeiro grande levante em Nio Esseia, no ano urrasti de 740, quase duzentos anos antes. Cozinheiros e trabalhadores do refeitório eram convidados de honra naquele dia, pois o sindicato dos cozinheiros e garçons tinha iniciado a greve que levara à insurreição. Havia muitas tradições e festividades assim em Anarres, algumas instituídas pelos Colonos, e outros, como as casas de colheita e a Festa do Solstício, que tinham surgido espontaneamente dos ritmos da vida no planeta e da necessidade dos que trabalham juntos de celebrarem juntos.

Estavam conversando, todos meio desconexos, exceto Takver. Ela tinha dançado por horas, comido grandes quantidades de pão frito e picles e se sentia muito animada.

— Por que mandaram Kvigot para um posto nos pesqueiros do Mar Keran, onde ele vai ter que começar tudo de novo, enquanto Turib será a encarregada do seu projeto de pesquisa aqui? — ela perguntou.

O sindicato de Takver fora incorporado a um projeto dirigido diretamente pela CPD, e ela se tornara uma forte partidária de algumas das ideias de Bedap.

— Porque Kvigot é um bom biólogo que não concorda com as teorias antiquadas de Simas, e Turib é uma nulidade que esfrega as costas de Simas durante o banho. Espere para ver quem vai assumir a direção do programa quando Simas se aposentar. Aposto que vai ser ela, Turib!

– O que significa "aposto"? – perguntou alguém sem disposição para crítica social.

Bedap, que estava engordando na barriga e levava os exercícios a sério, trotava com empenho em volta do campo de esportes. Os outros estavam sentados num talude empoeirado debaixo das árvores, praticando exercícios verbais.

– É um verbo iota – disse Shevek. – Um jogo urrasti que brinca com as probabilidades. Quem adivinha certo ganha a propriedade do outro. – Havia muito tempo Shevek deixara de observar o banimento de Sabul às menções sobre seus estudos de iótico.

– Como uma das palavras deles entrou no vocabulário právico?

– Os Colonos – respondeu outro. – Tiveram que aprender právico já adultos; devem ter pensado nas línguas antigas por um bom tempo. Eu li em algum lugar que a palavra *maldito* não consta no Dicionário Právico... é iótico também. Farigv não forneceu nenhum palavrão quando inventou a língua, ou, se forneceu, os computadores não entenderam a necessidade.

– O que é *inferno*, então? – perguntou Takver. – Eu achava que era o depósito de fezes da cidade onde eu cresci. "Vá para o inferno!" O pior lugar para ir.

Desar, o matemático, que agora assumira um posto permanente no Instituto e que ainda passava bastante tempo com Shevek, embora raramente conversasse com Takver, disse, em seu estilo criptográfico:

– Inferno é Urras.

– Em Urras, significa o lugar para onde você vai quando é maldito.

– É um posto no Sudoeste no verão – disse Terrus, um ecologista, velho amigo de Takver.

– É o modo religioso, em iótico.

– Eu sei que você tem que ler em iótico, Shev, mas você tem que ler sobre religião?

– Alguns dos antigos livros urrastis sobre física são todos no modo religioso. Aparecem conceitos assim: "*Inferno* significa o lugar do mal absoluto".

– O depósito de esterco no Vale Redondo – disse Takver. – Eu pensava assim.

Bedap chegou estimulado, branco de poeira, com suor escorrendo. Sentou-se pesadamente ao lado de Shevek, ofegando.

– Diga alguma coisa em iótico – pediu Richat, aluna de Shevek. – Como é o som da língua?

– Você sabe: Inferno! Maldito!

– Mas pare de me xingar – disse a moça, com uma risadinha – e fale uma frase inteira.

Shevek, de bom grado, disse uma sentença em iótico.

– Não sei bem como se pronuncia – acrescentou. – Só imagino que seja assim.

– E o que significa?

– *Se a passagem do tempo é uma característica da consciência humana, passado e futuro são funções da mente.* De um pré-sequencista, Keremcho.

– Que esquisito pensar nas pessoas falando e você sem poder entender!

– Nem eles conseguem se entender. Eles falam centenas de línguas diferentes, aqueles loucos hierarquistas da Lua...

– Água, água – disse Bedap, ainda ofegante.

– Não tem água – disse Terrus. – Não chove há dezoito décadas. Cento e oitenta e três dias, para ser exato. A maior seca em Abbenay dos últimos quarenta anos.

– Se continuar assim, vamos ter que reciclar urina, como fizeram no Ano 20. Vai um copo de xixi, Shev?

– Não brinque – disse Terrus. – Estamos na corda bamba. Será que vai chover o suficiente? As safras de folhas no Nascente Sul já estão perdidas. Lá não chove há trinta décades.

Todos olharam para o céu enevoado e dourado. As folhas serrilhadas das árvores sob a qual estavam sentados, grandes árvores exóticas do Velho Mundo, caíam nos bancos, empoeiradas, torcidas pela secura.

– Nunca haverá outra Grande Seca – disse Desar. – Usinas modernas de dessalinização. Vão evitar.

– Talvez ajudem a aliviar a situação – disse Terrus.

Naquele ano o inverno chegou cedo, frio e seco no Hemisfério Norte. Poeira congelada ao vento nas ruas baixas e largas de Abbenay. Água para o banho rigidamente racionada: sede e fome eram mais importantes que limpeza. Comida e roupas para os 20 milhões de pessoas de Anarres vinham das plantas holum: folhas, sementes, fibras, raízes. Havia alguns estoques de têxteis nos armazéns e depósitos, mas nunca existira muita reserva de comida. Á água ia para a terra, para manter as plantas vivas. O céu sobre a cidade não tinha nuvens e estaria límpido, não fosse o amarelado da poeira trazida pelo vento de regiões mais secas para o sul e o oeste. Às vezes, quando o vento soprava do norte, vindo das Ne Theras, a névoa amarela se dissipava, deixando um céu limpo e brilhante, de um azul-escuro que se tornava roxo no zênite.

Takver estava grávida. Na maior parte do tempo, ficava sonolenta e afável.

– Sou um peixe – ela dizia –, um peixe na água. Estou dentro do bebê dentro de mim. – Mas às vezes ficava sobrecarregada de trabalho, ou faminta pela ligeira redução nas rações dos refeitórios. Mulheres grávidas, além de crianças e idosos, podiam receber uma refeição leve extra por dia e almoço às onze horas, mas ela com frequência o perdia por causa do horário rigoroso de seu trabalho. Ela podia perder uma refeição, mas os peixes nos tanques do laboratório, não. Os amigos com frequência lhe traziam alguma coisa guardada do jantar deles ou alguma sobra de seus refeitórios, um pão recheado ou um pedaço de fruta. Ela comia tudo com gratidão, mas continuava a ter desejo por doces, e doces estavam em falta. Quando estava cansada, ficava ansiosa e se aborrecia com facilidade, enfurecendo-se com uma só palavra.

No final do outono, Shevek concluiu o manuscrito dos *Princípios da Simultaneidade*. Entregou-o a Sabul para aprovação e publicação. Sabul o guardou por uma década, duas décades, três décades, e não dizia nada a respeito. Shevek lhe perguntou sobre o manuscrito. Respondeu que ainda não tivera tempo de ler, estava muito ocupado. Shevek aguardou. Estavam no meio do inverno. O vento seco soprava dia após dia; o chão estava congelado. Parecia que tudo tinha parado, uma parada inquieta, esperando a chuva, o nascimento.

O quarto estava escuro. As luzes da cidade acabavam de se acender; pareciam fracas sob o céu alto, cinza-escuro. Takver entrou, acendeu a luz e agachou-se vestida em seu casaco, ao lado do aquecedor.

– Ah, que frio! Horrível. Sinto os pés como se eu tivesse andado numa geleira, quase chorei na volta para casa, de tanto que doíam. Estas botas podres de exploradores! Por que não conseguimos fazer botas decentes? Por que você está sentado no escuro?

– Não sei.

– Você foi ao refeitório? Fiz um lanche do Excedente no caminho para casa. Tive que ficar, os kukuris estavam saindo dos ovos e tivemos que tirar os peixinhos dos tanques antes que os adultos os comessem. Você comeu?

– Não.

– Não fique amuado. Por favor, não fique amuado hoje à noite. Se mais uma coisa der errado, eu vou chorar. Estou cansada de chorar o tempo todo. Malditos hormônios! Queria poder ter filhos como os peixes: botar os ovos, sair nadando e fim. A menos que eu nadasse de volta e os comesse... Não fique aí sentado feito uma estátua! Não suporto isso! – Ela estava parcialmente em lágrimas quando se agachou ao lado do aquecedor, tentando desamarrar as botas com os dedos gelados.

Shevek não disse nada.

– *O que foi?* Você não pode simplesmente ficar aí sentado!

– Sabul me chamou hoje. Ele não vai recomendar a publicação nem a exportação dos *Princípios*.

Takver parou de brigar com o cadarço da bota e sentou-se, imóvel. Olhou para Shevek por sobre o ombro. Enfim, perguntou:

– O que ele disse, exatamente?

– A crítica que ele escreveu está em cima da mesa.

Ela se levantou, foi arrastando os pés até a mesa calçando só uma bota e leu o documento, inclinando-se sobre a mesa, com as mãos nos bolsos do casaco.

– "Que a Física Sequencial é a principal via do pensamento cronosófico da sociedade odoniana é um princípio aceito universalmente desde a Colonização de Anarres. A divagação egoísta deste princípio de solidariedade só pode resultar em rodeios estéreis de hipóteses impraticáveis sem utilidade orgânica social, ou na repetição de especulações supersticiosas/religiosas dos irresponsáveis cientistas contratados dos Estados Exploradores de Urras..." Ah, que explorador! Que homenzinho insignificante, esse invejoso declamador de Odo! Ele vai mandar essa crítica para a Imprensa?

– Já mandou.

Ela ajoelhou para brigar com a outra bota. Olhou de relance para Shevek várias vezes, mas não foi até ele nem tentou tocá-lo e, por um tempo, não disse nada. Quando falou, sua voz não era alta e hostil como antes, mas tinha sua característica natural, rouca e macia.

– O que você vai fazer, Shev?

– Não há nada a fazer.

– Vamos publicar o livro. Formar um sindicato de imprensa, aprender tipografia e publicá-lo.

– O papel está racionado ao mínimo. Nada de publicação não essencial. Só publicações da CPD, até que as plantações de holum estejam a salvo.

– Você não consegue mudar a apresentação de algum modo? Disfarce o que está dizendo. Coloque uns enfeites de Sequência. Para que ele aceite.

– Não dá para disfarçar o preto de branco.

Ela não perguntou se ele poderia se desviar de Sabul ou passar por cima dele. Ninguém em Anarres devia passar por cima de ninguém. Não havia desvios. Quando não se era capaz de trabalhar em solidariedade com seus síndicos, trabalhava-se sozinho.

– E se... – Ela parou. Levantou-se e colocou as botas para secarem perto do aquecedor. Tirou o casaco, pendurou-o e pôs nos ombros um pesado xale feito em tear manual. Sentou-se na cama, gemendo um pouco ao se abaixar os últimos centímetros. Olhou para Shevek, sentado de perfil entre ela e as janelas.

– E se você sugerisse deixá-lo assinar como coautor? Como o primeiro artigo que você escreveu.

– Sabul não vai colocar o nome dele em "especulações supersticiosas/religiosas".

– Tem certeza? Tem certeza de que não é justamente o que ele quer? Ele sabe o que isso significa, o que você fez. Você sempre disse que ele é perspicaz. Ele sabe que, com a publicação do seu trabalho, ele e toda a escola da Sequência vão para a lata de reciclagem. Mas e se ele pudesse compartilhar com você, compartilhar o crédito? O problema dele é o ego. Se ele pudesse dizer que o livro é *dele*...

Shevek disse, com amargura:

– Minha vontade de compartilhar o livro com ele é a mesma de compartilhar você com ele.

– Não encare assim, Shev. É o *livro* que importa... as ideias. Escute. Queremos ficar com este bebê que está para nascer, queremos amá-lo. Mas se, por alguma razão, ele fosse morrer se ficássemos com ele, se ele só pudesse viver num berçário, se jamais pudéssemos vê-lo ou saber seu nome... se tivéssemos que fazer essa escolha, o que faríamos? Ficaríamos com o natimorto? Ou lhe daríamos a vida?

– Não sei – ele respondeu. Pôs a cabeça nas mãos, esfregando a testa penosamente. – Sim, claro. Sim. Mas isto... Mas eu...

– Irmão, meu querido – disse Takver. Apertou as mãos no colo, mas não as estendeu para ele. – Não interessa qual nome estará no livro. As pessoas vão saber. A verdade é o livro.

– Eu sou aquele livro – ele disse. Depois fechou os olhos e ficou sentado, imóvel. Takver então se aproximou, timidamente, tocando-o com a mesma delicadeza com que tocaria uma ferida.

No início do ano 164, a primeira versão dos *Princípios da Simultaneidade*, incompleta e drasticamente editada, foi publicada em Abbenay, com Sabul e Shevek como coautores. A CPD estava publicando apenas registros e diretrizes essenciais, mas Sabul tinha influência na Imprensa e na Divisão de Informação da CPD e os convecera do valor de propaganda do livro no exterior. Urras, ele disse, estava se regozijando com a seca e possível fome em Anarres; o último carregamento de revistas iotas estava repleto de profecias tripudiando sobre o iminente colapso da economia odoniana. Que melhor refutação, observou Sabul, do que a publicação de um importante estudo de pensamento puro, "um monumento da ciência", disse ele em sua crítica revisada, "pairando acima da adversidade material para comprovar a vitalidade inextinguível da Sociedade Odoniana e seu triunfo sobre o proprietarianismo hierarquista em todas as áreas do pensamento humano"?

Assim, o trabalho foi publicado; e 15 dos 300 exemplares embarcaram no cargueiro iota *Atento*. Shevek nunca sequer abriu um exemplar da versão publicada. No pacote exportado, entretanto, ele colocou uma cópia completa do manuscrito original, feita à mão. Uma nota na capa dizia para ser entregue ao dr. Atro, na Faculdade de Ciência Nobre da Universidade de Eun, com os cumprimentos do autor. Certamente Sabul, que deu a aprovação final do pacote, perceberia o acréscimo. Se ele tirou o manuscrito ou o deixou lá, Shevek não sabia. Poderia confiscá-lo por despeito; poderia deixá-lo seguir, sabendo que sua edição mutilada não teria o efeito desejado nos físicos urrastis. Não disse nada a Shevek sobre o manuscrito. Shevek não perguntou nada a respeito.

Shevek falou muito pouco com as pessoas naquela primavera. Assumiu um posto voluntário, serviço de construção numa nova usina de reciclagem de água em Abbenay Sul, e trabalhava fora ou dava aulas a maior parte do dia. Retornou aos seus estudos dos subatômicos, muitas vezes passando as noites no acelerador do Instituto ou nos laboratórios com os especialistas em partículas. Com Takver e seus amigos, estava calado, sóbrio, cortês e frio.

A barriga de Takver cresceu muito, e ela andava como uma pessoa carregando um grande e pesado cesto de roupa suja. Trabalhou com os peixes do laboratório até encontrar e treinar um substituto adequado para ela, então veio para casa e começou o trabalho de parto, mais de uma década após a data prevista. Shevek chegou em casa no meio da tarde.

– É melhor você trazer a parteira – disse Takver. – Diga-lhe que as contrações estão ocorrendo com intervalos de quatro ou cinco minutos, mas não estão acelerando muito, então não precisa se apressar.

Ele se apressou e, quando constatou que a parteira não estava, entrou em pânico. Tanto a parteira quanto o médico do quarteirão estavam fora, e nenhum deles deixou um recado na porta dizendo onde poderiam ser encontrados, como geralmente faziam. O coração de Shevek começou a bater forte em seu peito, e ele subitamente viu as coisas com uma clareza apavorante. Viu que aquela ausência de ajuda era um mau presságio. Ele se afastara de Takver desde o inverno, desde a decisão sobre o livro. Ela estivera cada vez mais calada, passiva, paciente. Agora compreendia essa passividade: era uma preparação para a sua morte. Foi ela que se afastara dele, e ele não tentara segui-la. Ele olhara apenas para a própria amargura do seu coração e nunca para o medo dela, ou sua coragem, e então ela tinha prosseguido, tinha ido longe, longe demais, e iria prosseguir sozinha, para sempre.

Correu para a clínica do quarteirão, chegando lá tão ofegante e com as pernas tão bambas que pensaram que estava tendo um ataque cardíaco. Ele explicou. Mandaram uma mensagem a outra parteira e disseram para ele ir para casa, a parceira estaria querendo companhia. Foi para casa e, a cada passo, o pânico aumentava, o terror, a certeza da perda.

Mas quando chegou não pôde se ajoelhar diante de Takver e pedir-lhe perdão, como queria desesperadamente fazer. Takver não tinha tempo para cenas dramáticas; estava ocupada. Tinha tirado tudo de cima da cama, exceto um lençol limpo, e estava parindo uma criança. Não gemia nem gritava, e não estava sofrendo, mas a cada contração controlava os músculos e a respiração, soltando um *uff* de ar, como alguém que faz uma tremenda força para erguer algo pesado. Shevek nunca tinha visto um trabalho que usasse tanto todas as forças do corpo.

Não podia olhar tal esforço sem prestar ajuda. Podia servir de apoio e suporte quando ela precisasse se alavancar. Eles encontraram esse sistema rapidamente, por tentativa e erro, e o mantiveram mesmo depois da chegada da parteira. Takver deu à luz de cócoras, o rosto colado na coxa de Shevek, as mãos agarrando seus braços firmes.

– Pronto – disse calmamente a parteira, sob a respiração forte e pulsante de Takver, e pegou a viscosa, mas reconhecível, criatura humana que aparecera. Seguiu-se uma golfada de sangue e uma massa amorfa de algo não humano, não vivo. O terror que Shevek esquecera voltou redobrado. Foi morte que ele viu. Takver soltara seus braços e aconchegara-se a seus pés, completamente frouxa. Shevek curvou-se sobre ela, num silêncio de horror e sofrimento.

– É isso – disse a parteira. – Ajude-a a sair daqui para eu poder limpar tudo.

– Quero me lavar – disse Takver, numa voz fraca.

– Isso, ajude-a a se lavar. Aquelas roupas estão esterilizadas... ali.

– Buá, buá, buá – disse outra voz.

O quarto parecia cheio de gente.

– Bem – disse a parteira –, agora leve o bebê de volta para ela, no colo, para ajudar a estancar o sangue. Quero levar a placenta para o congelador da clínica. Volto em dez minutos.

– Onde está... onde está o...

– No berço! – disse a parteira, saindo. Shevek localizou a caminha que estivera pronta no canto havia quatro décadas, e o bebê dentro. De alguma maneira, em meio à extrema afobação, a parteira tinha tido tempo de limpar o bebê e até vesti-lo com uma camisola, de modo que ele não parecia mais um peixe viscoso como quando Shevek o vira da primeira vez. A tarde escurecera, com a mesma rapidez peculiar e falta de lapso temporal. A luz estava acesa. Shevek pegou o bebê para levá-lo a Takver. Seu rosto era incrivelmente pequeno, e as pálpebras grandes e de aparência frágil estavam fechadas.

– Me dê o bebê aqui – Takver dizia. – Oh, venha logo, por favor, me dê o bebê.

Ele atravessou a sala e, com muito cuidado, baixou-o até o colo de Takver.

– Ah! – ela disse, com ternura, uma exclamação de puro triunfo.

– É menino ou menina? – ela perguntou após algum tempo, sonolenta.

Shevek estava sentado ao seu lado na beirada da cama. Ele investigou com cuidado, um tanto surpreso pelo comprimento da camisola contrastando com as perninhas extremamente curtas.

– Menina!

A parteira voltou e começou a arrumar tudo.

– Vocês fizeram um ótimo trabalho – ela observou para os dois. Eles concordaram, acanhados. – Eu volto aqui amanhã de manhã – ela disse ao sair.

O bebê e Takver já estavam dormindo. Shevek pôs a cabeça perto da cabeça de Takver. Estava acostumado ao agradável cheiro almiscarado de sua pele. O cheiro tinha mudado; tornara-se um perfume, intenso e lânguido, intenso como o sono. Com muita delicadeza, ele pôs o braço sobre a parceira, quando ela se virou de lado com o bebê junto ao peito. No quarto intenso de vida, ele adormeceu.

Um odoniano adotava a monogamia do mesmo modo que poderia empreender sociedade para uma produção, uma fábrica de sabão, ou um balé. A parceria era uma federação constituída voluntariamente, como qualquer outra. Enquanto funcionava, funcionava, e se não funcionasse, cessava de existir. Não era uma instituição, mas uma função. Não havia sanção, exceto da consciência individual.

Isto estava totalmente de acordo com a teoria social odoniana. A validade da promessa, mesmo a promessa de termo indefinido, estava no germe do pensamento odoniano; embora pudesse parecer que sua insistência na liberdade de mudança invalidaria a ideia de promessa ou compromisso, na verdade a liberdade tornava a promessa mais significativa. Uma promessa é a tomada de uma direção, uma autolimitação de escolhas. Como Odo salientava, se não se tomar nenhuma direção, se ninguém for a lugar algum, nenhuma mudança ocorrerá. A liberdade que se tem de escolher e de mudar será inútil, exatamente como se a pessoa estivesse na prisão, uma prisão construída por ela própria, um labirinto no qual nenhum caminho é melhor que o outro. Então Odo passou a ver a promessa, o voto, a ideia de fidelidade, como essencial na complexidade da liberdade.

Muitas pessoas achavam que essa ideia de fidelidade era mal aplicada à vida sexual. A feminilidade de Odo a induziu, diziam, a recusar a verdadeira liberdade sexual; neste caso – e em nenhum outro –, ela não escreveu para os homens. Como tanto as mulheres quanto os homens faziam a mesma crítica, poderia parecer que não foi a masculinidade que Odo não conseguiu entender, mas todo um tipo ou parte da sociedade, pessoas para as quais a experimentação é a alma do prazer sexual.

Embora ela talvez não os tenha entendido, e provavelmente os considerasse aberrações proprietárias – sendo a espécie humana, se não uma espécie monogâmica, pelo menos propensa a laços familiares –, ainda assim favoreceu mais os promíscuos do que aqueles que tentavam parcerias de longo prazo. Nenhuma lei, nenhum limite, ne-

242

nhuma penalidade, nenhum castigo, nenhuma reprovação se aplicava a nenhuma prática sexual de nenhum tipo, exceto estupro de crianças e mulheres, para o qual os vizinhos da vítima provavelmente aplicariam vingança sumária, se o estuprador não caísse antes nas mãos mais gentis de um centro de terapia. Mas a violação era extremamente rara numa sociedade em que a satisfação completa era a norma da puberdade em diante, e o único limite social imposto à atividade sexual era uma pressão branda a favor da privacidade, uma espécie de modéstia imposta pela vida comunitária.

Por outro lado, aqueles que se propunham a formar e manter uma parceria, seja homossexual ou heterossexual, encontravam problemas desconhecidos dos que se contentavam com o sexo onde quer que o encontrassem. Tinham de enfrentar não apenas o ciúme, o desejo de posse e outras doenças da paixão para as quais a união monogâmica fornece um excelente meio de propagação, mas também as pressões externas da organização social. Um casal que se propunha a uma parceria sabia que poderia se separar a qualquer momento pelas exigências da distribuição do trabalho.

A Divlab, a divisão de administração do trabalho, tentava manter os casais juntos e reuni-los o mais rápido possível, mediante solicitação; mas nem sempre isso era viável, especialmente em recrutamentos urgentes, e ninguém esperava que a Divlab refizesse as listas e reprogramasse os computadores na tentativa de atender pedidos. Para sobreviver, para levar a vida adiante, um anarresti sabia que deveria estar pronto para ir aonde precisavam dele e fazer o trabalho que precisasse ser feito. Crescia sabendo que a distribuição do trabalho era um importante fator da vida, uma necessidade social imediata e permanente, enquanto o estado conjugal era uma questão pessoal, uma escolha que só poderia ser feita dentro dos limites da escolha maior.

Mas, quando uma direção é escolhida com liberdade e seguida com alegria, parece que todas as coisas favorecem o caminho. Assim, a possibilidade e a realidade de uma separação muitas vezes serviam para fortalecer a lealdade dos parceiros. Manter fidelidade genuína e espontânea numa sociedade que não possuía sanções legais ou morais contra a infidelidade, e mantê-la durante separações voluntariamente aceitas que poderiam vir a qualquer momento e durar anos, era uma espécie de desafio. Mas o ser humano gosta de ser desafiado, procura a liberdade na adversidade.

No ano de 164, muitas pessoas que nunca a tinham procurado experimentaram o gosto desse tipo de liberdade, e gostaram, gostaram da sensação de provação e perigo. A seca que começou no verão de 163 não deu trégua até o inverno. No verão de 164, houve muita privação, e a ameaça de um desastre caso a seca continuasse.

O racionamento era rígido; as convocações para o trabalho, imperativas. A luta para cultivar alimento suficiente e conseguir distribuir esse alimento tornou-se decisiva, desesperada. No entanto, as pessoas não estavam nem um pouco desesperadas. Odo escreveu: "Uma criança livre da culpa da posse e do fardo da concorrência econômica crescerá com a vontade de fazer o que for necessário fazer, e com a capacidade de alegrar-se em fazê-lo. É o trabalho inútil que entristece o coração. O deleite da mãe que amamenta, do estudioso, do caçador bem-sucedido, do bom cozinheiro, do criador talentoso, de qualquer um que faça um trabalho necessário e o faça bem – essa alegria duradoura talvez seja a fonte mais profunda de afeto humano e de sociabilidade como um todo". Havia uma subcorrente de alegria, nesse sentido, em Abbenay naquele verão. Havia uma felicidade no trabalho, por mais árduo que fosse, uma disposição para esquecer toda preocupação, para que o que poderia ser feito fosse feito. O velho clichê da "solidariedade" reavivara-se. Há satisfação em descobrir que o laço, afinal, é mais forte do que tudo o que o ameaça.

No início do verão, a CPD afixou cartazes sugerindo que as pessoas reduzissem seu dia de trabalho em mais ou menos uma hora, já que a distribuição de proteína aos refeitórios era agora insuficiente para o gasto normal de energia. A atividade exuberante das ruas da cidade já vinha decrescendo. As pessoas que saíam mais cedo do trabalho costumavam vaguear pelas praças, jogavam boliche nos parques secos, sentavam-se às portas das oficinas e puxavam conversa com os transeuntes. A população da cidade estava visivelmente menos densa, já que milhares tinham se voluntariado ou sido enviados para postos de emergência nas fazendas. Mas a confiança mútua atenuava a depressão e a ansiedade. "Nós nos ajudaremos até o fim", diziam, com serenidade. E grandes impulsos de vitalidade corriam logo abaixo da superfície. Quando os poços dos subúrbios do norte secaram, encanamentos temporários vindos de outros distritos foram instalados por voluntários, qualificados ou não, adultos e adolescentes, que trabalharam em seu tempo livre, e o serviço foi feito em trinta horas.

No final do verão, Shevek foi designado para um posto num contingente agrícola de emergência na comunidade de Fontes Vermelhas, no Nascente Sul. Confiando numa chuva que tinha caído durante a estação chuvosa equatorial, apressavam-se em plantar e colher holum antes que a seca voltasse.

Ele estava aguardando uma designação emergencial, já que o serviço na construção tinha terminado e ele se registrara como disponível no grupo de serviços gerais. Durante todo o verão, não fizera nada senão dar suas aulas, ler, atender a qualquer chamado por voluntários que surgisse em seu quarteirão e na cidade, e voltar para casa, para ficar com Takver e o bebê. Takver voltara ao laboratório, só pela manhã, após cinco décadas. Como estava amamentando, tinha direito a suplementos de proteína e carboidratos às refeições e sempre se servia de ambos; seus amigos não podiam mais compartilhar sobras de comida com ela, pois não havia sobras de comida. Ela estava magra, mas viçosa, e o bebê era pequeno, mas forte.

Shevek tinha muito prazer em ficar com a bebê. Como tomava conta dela sozinho de manhã (eles a deixavam no berçário só enquanto ele fazia trabalho voluntário ou dava aula), tinha aquela sensação de ser necessário, que é o fardo e a recompensa da paternidade. Sendo uma criança alerta e receptiva, era a plateia perfeita para as fantasias verbais reprimidas de Shevek, que Takver chamava de seu traço de loucura. Ele punha a bebê no colo e proferia palestras sobre cosmologia, explicando como o tempo era, na verdade, o espaço virado do avesso, sendo o *cronon*, portanto, as vísceras invertidas do *quantum*, e a distância, uma das propriedades acidentais da luz. Dava à bebê apelidos extravagantes, sempre diferentes, e recitava-lhe exercícios mnemônicos ridículos: o Tempo é uma algema, o Tempo é tirânico, supermecânico, superorgânico – POP! – e nesse *pop* a bebê se erguia a uma curta distância no ar, dando gritinhos e agitando os punhos rechonchudos. Ambos sentiam grande contentamento com esses exercícios. Quando ele recebeu sua designação, foi uma tristeza. Esperava algum posto próximo a Abbenay, e não afastado como o Nascente Sul. Mas, junto com a necessidade desagradável de se separar de Takver e da bebê por sessenta dias, veio a certeza inabalável de que voltaria para elas. Desde que tivesse essa certeza, não tinha nada a reclamar.

Na noite anterior à partida, Bedap veio comer com eles no refeitório do Instituto, e eles voltaram juntos para o quarto. Ficaram sentados, conversando na noite quente, a luz apagada, as janelas abertas. Bedap, que comia num pequeno refeitório onde acordos especiais não eram um fardo para o cozinheiro, reservara suas rações especiais de bebida por uma década, pegando tudo depois numa garrafa de um litro de suco de fruta. Exibiu-a com orgulho: uma festa de despedida. Repartiram a garrafa, saboreando-a com volúpia, enrolando a língua.

– Você se lembra – perguntou Takver – de toda aquela comida uma noite antes de você partir para o Poente Norte? Eu comi nove daqueles bolinhos fritos.

– Na época você usava o cabelo curto – disse Shevek, surpreso com a lembrança, que ele nunca antes relacionara a Takver. – Era você mesmo, não era?

– Quem você pensava que fosse?

– Caramba, você era tão jovem naquela época!

– Você também, já faz dez anos. Cortei o cabelo para ficar diferente e interessante. Me fez muito bem! – Ela soltou sua risada alta e alegre, abafando-a rapidamente para não acordar a bebê, que dormia no berço atrás do biombo. Nada, entretanto, acordava a bebê depois que ela pegava o sono. – Eu queria tanto ser diferente. Por que será?

– Faz sentido, por volta dos 20 anos – disse Bedap –, quando você tem que escolher se vai ser como todo mundo pelo resto da vida, ou fazer de suas peculiaridades uma virtude.

– Ou pelo menos aceitá-las com resignação – disse Shevek.

– Shev está numa fase de resignação – Takver disse. – É a idade chegando. Deve ser terrível ter 30 anos.

– Não se preocupe, você não vai se resignar nem aos 90 – Bedap disse, dando-lhe uns tapinhas nas costas. – Pelo menos já se resignou com o nome da sua filha?

Os nomes de cinco e seis letras emitidos pelo computador do registro central, sendo únicos a cada indivíduo vivo, substituíam os números que, de outro modo, uma sociedade que utiliza computadores vincularia aos seus membros. Um anarresti não precisava de nenhuma outra identificação senão o nome. O nome, portanto, era considerado uma parte importante de si mesmo, embora não se pudesse escolhê-lo, assim como não se escolhe o nariz ou a altura. Takver não gostava do nome dado à bebê: Sadik.

– Ainda soa como uma boca cheia de pedregulho – ela disse –, não *combina* com ela.

– Eu gosto – disse Shevek. – Soa como uma menina alta e esbelta, de cabelo preto.

– Mas é uma menina baixa e gorda, de cabelo invisível – observou Bedap.

– Dê tempo a ela, irmão! Ouçam, vou fazer um discurso.

– Discurso! Discurso!

– Psiu...

– Por que psiu? Aquela bebê dormiria até no meio de um cataclismo.

– Quieto. Estou emotivo – Shevek ergueu seu copo de suco de fruta. – Quero dizer... O que eu quero dizer é o seguinte: estou contente por Sadik ter nascido agora. Num ano difícil, numa época difícil, quando precisamos de nossa fraternidade. Estou contente por ela ter nascido agora, e aqui. Estou contente por ela ser uma de nós, uma odoniana, nossa filha e nossa irmã. Estou contente por ela ser irmã do Bedap. Ser irmã do Sabul, até do Sabul! Bebo a esta esperança: de que, enquanto Sadik viver, ela amará suas irmãs e seus irmãos com a mesma alegria que eu sinto hoje à noite. E de que a chuva cairá...

A CPD, principal usuária de rádio, telefone e correios, coordenava os meios de comunicação interurbana, assim como os meios de viagem e transporte interurbanos. Como não havia "negócios" em Anarres, no sentido de promoção, publicidade, investimento, especulação e por aí afora, o correio consistia, sobretudo, de correspondência entre sindicatos industriais e profissionais, seus diários oficiais e seus boletins, mais os da CPD, e um pequeno volume de cartas pessoais. Vivendo numa sociedade em que qualquer um podia se mudar quando e para onde quisesse, um anarresti tendia a procurar amigos onde estivesse, não onde estivera. Raramente usava-se o telefone dentro de uma comunidade; comunidades não eram tão grandes. Até mesmo Abbenay mantinha o fechado padrão regional nos seus "quarteirões", os bairros semiautônomos nos quais se podia chegar a qualquer um ou a qualquer coisa a pé. Assim, ligações telefônicas eram, sobretudo, interurbanas, e operadas pela CPD: ligações pessoais tinham de ser combinadas com antecedência, pelo correio, ou não seriam conversas, mas simples mensagens deixadas no centro da CPD. As cartas seguiam abertas, não por lei, é claro, mas por convenção. Comunicação pessoal a longa distância é dispendiosa, em material e mão de obra, e como a economia privada e pública eram a mesma, havia considerável desaprovação a cartas e ligações desnecessárias. Eram hábitos fúteis; cheiravam a privatismo, a egoização. Era provavelmente por isso que as cartas seguiam abertas: não se tinha nenhum direito de pedir para as pessoas carregarem uma mensagem que não pudessem ler. Com muita sorte, uma carta podia seguir num dirigível postal da CPD, ou, com menos sorte, num trem de abastecimento. Por fim, como não havia carteiros, a carta chegava ao depósito postal da cidade para onde fora endereçada e lá ficava até alguém avisar o destinatário que havia uma carta para ele e que ele fosse buscá-la.

O indivíduo, entretanto, decidia o que era ou não necessário. Shevek e Takver escreviam-se com regularidade, cerca de uma vez por década. Ele escreveu:

A viagem não foi ruim, três dias inteiros num trem de passageiros. Este recrutamento foi grande... 3 mil pessoas, dizem. Os efeitos da seca são muito piores aqui. Não os racionamentos. As porções de comida nos refeitórios são as mesmas de Abbenay, só que aqui a gente come gara-verde cozido nas duas refeições, todos os dias, pois eles têm um excedente local. Nós também começamos a sentir que temos um excedente. Mas o tormento aqui é o clima. Aqui é a Poeira. O ar é seco e o vento sopra sem parar. Há chuvas breves, mas uma hora depois da chuva a terra se solta e a poeira começa a subir. Tem chovido menos da metade da média anual para esta época do ano. Todo mundo do Projeto está com os lábios rachados, sangramento no nariz, irritação nos olhos e tosse. Entre as pessoas que vivem em Fontes Vermelhas, muitas estão com a tosse da poeira. Quem sofre mais são os bebês, a gente vê muitos com a pele e os olhos inflamados. Imagino se eu notaria isso meio ano atrás. A gente fica mais atento depois da paternidade. O trabalho é apenas trabalho, e todo mundo é camarada, mas o vento seco é desgastante. Ontem à noite pensei nas Ne Theras, e à noite o som do vento parecia o som da correnteza. Não vou lamentar esta nossa separa-

ção. Ela me fez ver que eu tinha começado a me dedicar menos, como se eu possuísse você e você a mim, e não houvesse mais nada a se fazer. O fato real não tem nada a ver com a posse. O que fazemos é afirmar a integridade do Tempo. Conte-me o que Sadik tem feito. Estou dando aulas nos dias livres a algumas pessoas que me pediram; uma garota tem o dom da matemática e vou recomendá-la ao Instituto. Seu irmão. Shevek.

Takver respondeu:

Estou preocupada com uma coisa meio esquisita. As aulas do terceiro trimestre foram publicadas há três dias e eu fui ver qual seria o seu horário no Inst., mas não havia nenhuma aula designada a você. Pensei que o tivessem deixado de fora por engano, então fui ao Sind. dos Membros e eles disseram que sim, querem que você dê aulas de Geom. Então, fui ao gabinete da Coord. do Inst., aquela velha nariguda, e ela não sabia de nada, não, não, não sei de nada, vá à Central de Postos. Isso é um absurdo, eu disse, e fui falar com Sabul. Mas ele não estava no gabinete de Fís. e eu ainda não consegui falar com ele, apesar de ter voltado lá duas vezes. Com Sadik, que está usando um lindo chapéu branco que Terrus tricotou com fios de lã desfiados e ficou uma graça. Eu me recuso a ir caçar Sabul no quarto, na toca de minhoca ou seja lá onde ele more. Pode ser que ele esteja fora fazendo trabalho voluntário ha! ha! Talvez você devesse telefonar para o Instituto e descobrir que tipo de engano eles cometeram. Na verdade, eu já fui lá verificar no Centro de Postos da Divlab, mas você não estava em nenhuma das novas listas. O pessoal lá foi simpático, mas aquela velha nariguda é ineficiente e de má vontade e ninguém se interessa. Bedap está certo, deixamos a burocracia tomar conta de nós. Por favor volte (com a garota gênio em matemática se for preciso), a separação educa a gente, mas sua presença é a educação que eu quero. Estou

conseguindo meio litro de suco de fruta e uma cota de cálcio por
dia porque meu leite estava diminuindo e a S. gritava muito. Viva
os médicos!! Tudo, sempre, T.

Shevek nunca recebeu esta carta. Ele saíra do Nascente Sul antes de ela chegar ao depósito postal de Fontes Vermelhas.

A distância aproximada entre Fontes Vermelhas e Abbenay era de 4 mil quilômetros. Um viajante teria simplesmente pedido carona, pois todos os veículos de transporte ficavam à disposição como veículos de passageiros, para quantas pessoas coubessem; mas como 450 pessoas estavam sendo redistribuídas aos seus postos regulares no Noroeste, providenciou-se um trem para elas. Era feito de vagões de passageiros, ou pelo menos de vagões sendo utilizados naquele momento por passageiros. O menos popular era o vagão fechado que recentemente transportara um carregamento de peixe defumado.

Após um ano de seca, as linhas de transporte normais se tornaram insuficientes, apesar de todo o empenho dos trabalhadores do transporte para suprir a demanda. Eles formavam a maior federação da sociedade odoniana: auto-organizada, é claro, em sindicatos regionais coordenados por representantes que se reuniam e trabalhavam com a CPD local e central. A rede mantida pela federação dos transportes era eficiente em tempos normais e emergências limitadas; era flexível, adaptável às circunstâncias, e os Síndicos do Transporte possuíam uma ótima equipe e orgulho profissional. Davam a seus trens e dirigíveis nomes como *Indomável*, *Persistência*, *Papa-Vento*; tinham lemas: "Sempre Chegamos Lá"; "Nada é Demais!". Mas agora, quando regiões inteiras do planeta estavam ameaçadas de fome iminente caso a comida não fosse trazida de outras regiões, e quando grandes contingentes de trabalhadores de emergência precisavam mudar de um lugar para outro, a demanda por transporte era demasiada. Não havia veículos o suficiente; não havia pessoas o suficiente para dirigi-los. Tudo o que a federação tinha com asas ou rodas foi posto em operação, e aprendizes, trabalhadores aposentados, voluntários e contingentes de emergência ajudavam a operar os caminhões, os trens, os navios, os portos, os pátios.

O trem em que Shevek estava seguia em curtos avanços e longas paradas, já que todos os trens de provisões tinham precedência sobre ele. Depois parou de uma vez por vinte horas. Um despachante sobrecarregado ou destreinado cometera um erro, e por conta disso houve um acidente nos trilhos.

A pequena cidade onde o trem parou não tinha comida sobrando nos refeitórios ou nos armazéns. Não era uma comunidade agrícola, mas uma cidade industrial que fabricava concreto e cimento-espuma, construída numa feliz confluência de depósitos de cal e um rio navegável. Havia hortas, mas era uma cidade dependente de transporte para alimentação. Se as 450 pessoas do trem comessem, as 160 pessoas locais não comeriam. Em circunstâncias ideais, todos partilhariam a comida, comeriam metade da ração e passariam fome juntos. Se houvesse 50, ou mesmo 100 pessoas no trem, a comunidade provavelmente lhes reservaria pelo menos uma fornada de pães. Mas 450? Se dessem qualquer coisa nessa quantidade, ficariam sem nada por dias. E será que o próximo trem de provisões chegaria logo? E qual a quantidade de cereais que traria? Não deram nada.

Os viajantes, não tendo comido nada no café da manhã daquele dia, jejuaram, portanto, durante sessenta horas. Só fizeram uma refeição depois de a linha do trem ter sido liberada e o trem percorrido mais de 250 quilômetros até uma estação com refeitório abastecido para os passageiros.

Foi a primeira experiência de fome de Shevek. Ele jejuara algumas vezes quando estava trabalhando, pois não queria se preocupar com alimentação, mas duas refeições completas por dia sempre estiveram à disposição: constantes como o nascer e o pôr do sol. Ele jamais sequer imaginara como seria ficar sem elas. Ninguém em sua sociedade, ninguém no mundo tinha de passar sem elas.

Enquanto ficava cada vez mais faminto, enquanto o trem ficou parado hora após hora num desvio entre uma pedreira esburacada e empoeirada e uma fábrica temporariamente fechada, teve pensamentos sombrios sobre a realidade da fome, e sobre a possível inadequação de sua sociedade para enfrentar uma fome sem perder a solidariedade que era a sua força. Era fácil partilhar quando se tinha o suficiente, mesmo escassamente suficiente, para se viver. Mas e quando não havia o suficiente? Então a força entrava em cena; força reivindicando direitos; poder e sua ferramenta, a violência, e seu mais fiel escudeiro, o olho desviado.

O ressentimento dos passageiros contra os habitantes da cidade se intensificou, mas era menos nefasto que o comportamento dos habitantes da cidade – o modo como se escondiam atrás de "seus" muros, com a "sua" propriedade, e ignoravam o trem, desviando o olhar. Shevek não era o único passageiro melancólico; uma longa conversa serpenteou de cima a baixo ao lado dos vagões parados, pessoas saindo e entrando, discutindo e concordando, todas sobre o mesmo tema geral que os pensamentos de Shevek acompanhavam. Uma invasão das hortas foi proposta com seriedade e debatida com amargura, e poderia ter ocorrido se o trem não tivesse finalmente apitado, anunciando a partida.

Mas, quando o trem enfim se aproximou lentamente da estação da linha e eles fizeram uma refeição – meio pão de holum e uma tigela de sopa –, a melancolia deles deu lugar ao júbilo. Quando se chegava ao fundo da tigela, percebia-se que a sopa era bem rala, mas a primeira colherada dela, a primeira colherada tinha sido maravilhosa e valia o jejum. Todos concordaram com isso. Voltaram para o trem rindo e brincando juntos. Tinham se ajudado até o fim.

Um comboio de caminhões-trens apanhou os passageiros de Abbenay na Colina do Equador e os levou pelos últimos oitocentos quilômetros. Chegaram tarde à cidade, numa noite ventosa de início de outono. Era quase meia-noite; as ruas estavam desertas. O vento fluía através deles como um turbulento rio seco. Acima das luzes fracas dos postes, as estrelas cintilavam com uma luminosidade brilhante e trêmula. A tempestade seca de outono e a paixão carregavam Shevek pelas ruas, quase correndo, cinco quilômetros até o quarteirão norte, sozinho na cidade escura. Subiu os três degraus da varanda num salto, correu pelo corredor, chegou à porta, abriu-a. O quarto estava escuro. Estrelas iluminavam a janela escura.

– Takver! – ele disse, e ouviu o silêncio. Antes de acender a luz, ali no escuro, no silêncio, de repente, ele soube o que era a separação.

Nada tinha ido embora. Nada havia para ir embora. Apenas Sadik e Takver tinham ido embora. As Ocupações do Espaço Inabitado giraram delicadamente, num brilho fugidio, com a corrente de ar vinda da porta aberta.

Havia uma carta sobre a mesa. Duas cartas. Uma de Takver. Era breve: ela recebera um posto de emergência nos Laboratórios de Desenvolvimento Experimental de Algas Comestíveis no Nordeste, por tempo indeterminado. Ela escreveu:

Eu não poderia em sã consciência recusar agora. Fui conversar com eles na Divlab e também li o projeto que eles mandaram para a Ecologia, na CPD, e é verdade que eles precisam de mim porque trabalhei exatamente nesse ciclo algas-ciliados-camarão-kukuri. Solicitei à Divlab para lhe designarem a um posto em Rolny, mas é claro que eles não vão fazer nada até você também solicitar esse posto, e se isso não for possível por causa do trabalho no Inst., então não solicite. Afinal, se demorar muito, direi a eles para arranjarem outra geneticista e voltarei! Sadik está muito bem e já consegue falar "uiz" de luz. Não vai demorar muito. Tudo, por toda a vida, sua irmã, Takver. Oh, por favor, venha se puder.

O outro bilhete tinha sido rabiscado às pressas num pedacinho de papel: "Shevek, venha ao gab. de Física assim que vc voltar. Sabul".

Shevek vagou pelo quarto. A tempestade, o ímpeto que o impelira pelas ruas ainda estava nele. Tinha se deparado com um muro. Não podia seguir adiante e, no entanto, precisava se mexer. Olhou no armário. Não havia nada, exceto seu casaco de inverno e uma camisa que Takver, adepta de trabalhos manuais delicados, bordara para ele; as poucas roupas que ela tinha não estavam lá. O biombo estava fechado, mostrando o berço vazio. A cama não estava arrumada, mas o cobertor cor de laranja cobria cuidadosamente a roupa de cama dobrada. Shevek deparou com a mesa de novo, leu a carta de Takver de novo. Seus olhos se encheram de lágrimas enraivecidas. Uma fúria de decepção o abalou, uma ira, um mau pressentimento.

Não havia a quem culpar. Isso era o pior de tudo. Precisavam de Takver, precisavam para combater a fome – dela, dele, a fome de Sadik. A sociedade não estava contra eles. Estava a favor deles; com eles; eles eram a sociedade.

Mas ele renunciara ao seu livro, ao seu amor, à sua filha. Quanto se pode pedir a um homem para renunciar?

– Que inferno! – ele disse em voz alta. Právico não era uma boa língua para xingamentos. É difícil xingar quando o sexo não é sujo e a blasfêmia não existe. – Ah, que inferno! – repetiu. Vingativo, amassou o bilhetinho imundo de Sabul, depois bateu na borda da mesa com os punhos cerrados, duas vezes, três vezes, em sua dor à procura de paixão. Mas não havia nada. Não havia nada a fazer nem aonde ir. Restou-lhe enfim arrumar a cama, deitar sozinho e dormir, com sonhos maus e sem conforto.

Primeira coisa de manhã, Bunub bateu à porta. Ele atendeu e não se afastou para deixá-la entrar. Era a vizinha deles de corredor, uma mulher de 50 anos, operadora de máquinas na fábrica de Motores de Veículos Aéreos. Takver sempre se divertia com ela, mas ela enfurecia Shevek. Primeiro, porque queria o quarto deles. Ela o requisitara assim que vagou, dizia, mas a animosidade da registradora do quarteirão a tinha impedido de consegui-lo. O quarto dela não tinha a janela de canto, objeto de sua eterna inveja. No entanto, era um quarto de casal, e ela morava sozinha nele, o que, considerando a redução de moradias, era egoísta da parte dela; mas Shevek jamais teria perdido tempo em desaprová-la se ela não o tivesse obrigado a fazê-lo, ao inventar desculpas. Ela explicava, explicava. Tinha um parceiro, um parceiro para toda a vida, "exatamente como vocês dois", riso afetado. Só que onde estava o parceiro? De algum modo, ela sempre se referia a ele no pretérito. Enquanto isso, o quarto de casal era plenamente justificado pela sucessão de homens que passavam pela porta de Bunub, um homem diferente por noite, como se ela fosse uma estonteante garota de 17 anos. Takver observava o cortejo com admiração. Bunub vinha lhe contar tudo sobre os homens e reclamava, reclamava. Não ter a janela de canto era apenas uma de suas inúmeras queixas. Tinha uma mente insidiosa e invejosa, que conseguia ver o mal em tudo e trazê-lo direto para si. A fábrica onde trabalhava era uma massa peçonhenta de incompetência, favoritismo e sabotagem. As reuniões do seu sindicato eram tumultos de insinuações injustas, todas voltadas contra ela. O organismo social inteiro se dedicava à perseguição de Bunub. Tudo isso fazia Takver rir, às vezes gargalhar, bem na cara de Bunub.

– Ah, Bunub, você é tão engraçada! – ela dizia, ofegante, e a mulher, com cabelo grisalho, boca fina e olhos abatidos, dava um sorriso apagado, não ofendida, nem um pouco, e continuava suas horrendas recitações. Takver tinha razão em rir dela, mas ele não conseguia fazer o mesmo.

– É terrível – ela disse, dando um jeito de passar por ele e entrar, indo direto para a mesa para ler a carta de Takver. Ela pegou a carta; Shevek arrancou-a de suas mãos com uma rapidez serena que ela não esperava. – Realmente terrível. Nem uma década de prazo. Só "Venha aqui! Agora mesmo!". E dizem que somos pessoas livres, que devemos ser pessoas livres. Que piada! Separar um casal feliz desse jeito. É por isso que fizeram isso, sabe. Eles são contra parcerias, a gente vê isso o tempo todo, eles mandam os parceiros para postos separados de propósito. Foi o que aconteceu comigo e com Labeks, exatamente a mesma coisa. Nunca mais vamos voltar a ficar juntos. Não com toda a Divlab se unindo contra nós. Olhe ali o bercinho vazio.

Tadinha! Não parou de chorar nas últimas quatro décadas, dia e noite. Não me deixava dormir por horas. São os racionamentos, claro; Takver simplesmente não tinha leite suficiente. E ainda mandam uma mãe amamentando para um posto a centenas de quilômetros de distância, imagine! Suponho que você não vá poder unir-se a ela lá, para onde é que a mandaram?

– Nordeste. Quero tomar café da manhã agora, Bunub, estou com fome.

– É bem típico deles, fazer isso enquanto você estava fora.

– Fazer o quê, enquanto eu estava fora?

– Mandá-la para longe... acabaram com a parceria – Ela estava lendo o bilhete de Sabul, que desamassara com cuidado. – Eles sabem quando agir! Suponho que agora você vai sair deste quarto, não vai? Não vão deixar você manter um quarto de casal. Takver falou em voltar logo, mas eu percebi que ela só estava tentando se animar. Liberdade, devemos ser livres, grande piada! Ficam empurrando a gente de um lugar para o outro...

– Ah, caramba, Bunub, se Takver não quisesse assumir o posto, teria recusado. Você sabe que estamos enfrentando uma fome.

– Bem, eu me pergunto se ela não estava querendo mudar. Acontece com frequência depois da chegada de um bebê. Sempre achei que vocês deveriam ter mandado a bebê para um berçário há muito tempo. Como chorava! Crianças atrapalham os parceiros. Eles ficam amarrados. É natural, como você diz, que ela estivesse querendo mudar, e que tenha agarrado a primeira oportunidade que apareceu.

– Eu não disse isso. Vou tomar café. – Ele saiu a passos largos, tremendo pelas cinco ou seis feridas sensíveis nas quais Bunub tinha posto o dedo certeiro. O horrível naquela mulher é que ela exprimia todos os temores mais desprezíveis dele próprio. Ela ficou sozinha no quarto, provavelmente planejando sua mudança para lá.

Ele tinha dormido demais e chegou ao refeitório pouco antes de fecharem as portas. Ainda esfomeado por causa da viagem, pegou uma porção dupla do mingau e do pão. O rapaz atrás das mesas de distribuição olhou-o franzindo o cenho. Naqueles dias ninguém pegava porções duplas. Shevek retribuiu o olhar, também franzindo o cenho, e não disse nada. Ele passara as últimas oitenta horas com duas tigelas de sopa e um quilo de pão e tinha o direito de compensar o que perdera, mas de jeito nenhum iria dar explicações. A existência justifica-se por si mesma, a necessidade é o direito. Ele era odoniano, deixava a culpa para os exploradores.

Sentou-se sozinho, mas Desar uniu-se a ele imediatamente, sorrindo, olhando com olhos desconcertantes para Shevek ou para algo ao lado.

– Você esteve fora por um tempo – Desar disse.

– Contingente agrícola. Seis décadas. Como estão as coisas por aqui?

– Escassas.

– Vão ficar mais escassas ainda – disse Shevek, sem muita convicção, pois estava comendo, e o mingau estava excelente. "Frustração, ansiedade, fome!", dizia seu cérebro anterior, base do intelecto; mas seu cérebro posterior, agachado em impenitente selvageria no fundo escuro do crânio, dizia: "Comida agora! Bom, bom!".

– Viu Sabul?

– Não. Cheguei tarde ontem à noite. – Olhou de relance para Desar e disse, com indiferença forçada: – Takver recebeu um posto na prevenção da fome; teve de ir há quatro dias.

Desar assentiu mexendo a cabeça, com indiferença genuína:

– Fiquei sabendo. Está sabendo da reorganização do Instituto?

– Não. O que há?

O matemático estendeu as mãos longas e esguias sobre a mesa e baixou os olhos para elas. Ele sempre falava pouco e de modo telegráfico; na verdade, ele balbuciava; mas se era um balbucio verbal ou moral, Shevek nunca chegara a uma conclusão. Assim como gostava de Desar sem saber por quê, havia momentos em que desgostava dele intensamente, também sem saber por quê. Aquele era um desses momentos. Havia uma dissimulação na expressão da boca de Desar, nos seus olhos abatidos, como os olhos abatidos de Bunub.

– Ajustes. Só fica pessoal funcional. Shipeg está fora. – Shipeg era um matemático notoriamente idiota que, por meio da assídua bajulação aos alunos, sempre dava um jeito de conseguir um curso requisitado por eles a cada período letivo. – Mandaram embora. Algum instituto regional.

– Ele faria menos mal se fosse carpir holum – disse Shevek. Agora que estava alimentado, parecia-lhe que a seca, no fim das contas, prestaria um serviço ao organismo social. As prioridades estavam voltando a ficar claras. Fraquezas, pontos fracos, pontos doentes seriam varridos para fora, órgãos preguiçosos iriam recuperar sua função plena, a gordura seria cortada do corpo político.

– Falei a seu favor na reunião do Instituto – Desar disse, erguendo os olhos, mas não olhando diretamente nos olhos de Shevek, pois não conseguia. Enquanto falava, embora Shevek ainda não entendesse o que ele queria dizer, sabia que Desar estava mentindo. Tinha certeza. Desar não tinha falado a seu favor, mas contra ele.

O motivo por que detestava Desar em alguns momentos tornou-se claro agora: um reconhecimento, antes não admitido, do traço de pura maldade na personalidade de Desar. Que Desar também o amava e estava tentando adquirir poder sobre ele estava igualmente claro, e, para Shevek, igualmente abominável. Os tortuosos caminhos da posse, os labirintos do amor/ódio não faziam sentido algum para ele. Arrogante, intolerante, ele atravessava direto esses muros. Não falou mais com o matemático. Terminou o café da manhã e cruzou o quadrilátero, na luminosa manhã do início do outono, até o gabinete de física.

Foi até a sala dos fundos que todos chamavam de "escritório do Sabul", a sala onde se conheceram, onde Sabul lhe dera a gramática e o dicionário de iótico. Sabul ergueu cautelosamente os olhos da escrivaninha, tornou a baixá-los, ocupado com papéis, o cientista trabalhador, abstrato; depois permitiu que a percepção da presença de

Shevek penetrasse em seu cérebro sobrecarregado; depois foi, para seus padrões, efusivo. Parecia magro e envelhecido e, quando se levantou, estava com a cabeça mais baixa do que de costume, uma espécie de cabeça baixa apaziguadora.

– Tempos difíceis, hein? – ele disse. – Tempos difíceis!

– E vai piorar – Shevek disse, de modo inconsequente. – Como vão as coisas por aqui?

– Mal, mal. – Sabul balançou a cabeça grisalha. – Tem sido uma época difícil para a ciência pura, para os intelectuais.

– Já houve alguma época boa?

Sabul deu uma risadinha artificial.

– Chegou alguma coisa para nós nos carregamentos de verão de Urras? – perguntou Shevek, abrindo espaço no banco para se sentar. Sentou-se e cruzou as pernas. A pele clara se bronzeara e a penugem que lhe cobria o rosto tornara-se prateada enquanto trabalhava nos campos do Nascente Sul. Parecia magro, saudável e jovem, comparado a Sabul. Ambos estavam cientes do contraste.

– Nada de interesse.

– Nenhuma crítica aos *Princípios*?

– Não. – O tom de voz de Sabul foi ríspido, mais como ele mesmo.

– Nenhuma carta?

– Não.

– Estranho.

– O que há de estranho nisso? O que você esperava, ser palestrante da Universidade de Eun? O Prêmio Seo Oen?

– Esperava críticas e respostas. Já era tempo – ele disse isso enquanto Sabul dizia:

– Mal houve tempo ainda para fazerem críticas.

Houve uma pausa.

– Você tem que perceber, Shevek, que a mera convicção de se estar certo não é autojustificativa. Você se esforçou muito no livro, eu sei. Eu me esforcei muito ao editá-lo também, tentando deixar claro que não se tratava apenas de um ataque irresponsável à teoria da Sequência, porém tinha aspectos positivos. Mas se outros físicos não derem valor ao seu trabalho, você vai ter que começar a examinar os valores que defende para descobrir onde está a discrepância. Se o livro não significa nada para outras pessoas, para que ele serve? Qual a sua função?

— Sou físico, não analista de função — Shevek disse, cordialmente.

— Todo odoniano deve ser analista de função. Você tem 30 anos, não é? Nessa idade um homem deve saber não apenas a sua função celular, mas sua função orgânica... qual o seu melhor papel no organismo social. Talvez você não tenha precisado pensar tanto nisso, como a maioria das pessoas precisa...

— Não. Desde os 10 ou 12 anos eu sabia que tipo de trabalho eu tinha de fazer.

— O que um garoto pensa que gosta de fazer nem sempre é o que a sociedade precisa que ele faça.

— Tenho 30 anos, como você disse. Um garoto bem velho.

— Você atingiu essa idade num ambiente excepcionalmente protegido, abrigado. Primeiro o Instituto Regional do Poente Norte...

— E um projeto florestal, e projetos agrícolas, e treinamento prático, e comitês de quarteirão, e trabalho voluntário desde a seca; a quantidade normal de kleggich. Gosto de fazer tudo isso, na verdade. Mas faço física também. Aonde está querendo chegar?

Como Sabul não respondeu, mas limitou-se a lançar um olhar furioso sob as pesadas e gordurosas sobrancelhas, Shevek acrescentou:

— É melhor você dizer com clareza, porque não vai conseguir chegar a lugar nenhum apelando para a minha consciência social.

— Considera funcional o trabalho que fez aqui?

— Sim. "Quanto mais organizado, mais central é o organismo: centralidade aqui significando o campo de função real." *Definições*, de Tomar. Como a Física Temporal tenta organizar tudo o que é compreensível à mente humana, ela é, por definição, uma atividade centralmente funcional.

– Mas não põe comida na boca das pessoas.

– Acabei de passar seis décades ajudando a fazer isso. Quando for chamado de novo, irei de novo. Enquanto isso, mantenho-me fiel ao meu ofício. Se existe um trabalho de física a ser feito, reivindico o direito de fazê-lo.

– O que você precisa é encarar o fato de que, neste momento, não há trabalho de física a ser feito. Não do tipo que você faz. Temos que nos ajustar à praticidade. – Sabul mexeu-se na cadeira. Parecia emburrado e apreensivo. – Tivemos que liberar cinco pessoas para outros postos. Lamento informar que você é uma delas. É isso aí.

– Exatamente o que eu tinha pensado – Shevek disse, embora na verdade ele não percebera, até aquele momento, que Sabul o estava expulsando do Instituto. Assim que o ouviu, entretanto, a notícia lhe pareceu familiar; e não daria a Sabul a satisfação de vê-lo abalado.

– O que pesou contra você foi uma combinação de coisas. A natureza abstrusa e irrelevante da pesquisa que você tem feito nos últimos anos. Além de uma certa impressão, não necessariamente justificada, mas existente entre muitos alunos e professores do Instituto, que tanto as suas aulas quanto o seu comportamento refletem uma certa deslealdade, um grau de privatismo, de não altruísmo. Isso foi mencionado em reuniões. Falei a seu favor, claro. Mas sou só um síndico entre muitos.

– Desde quando o altruísmo é uma virtude odoniana? – Shevek perguntou. – Bem, não importa. Entendo o que quer dizer. – Levantou-se. Não conseguia permanecer sentado, mas de resto mantinha-se sob controle e falava com a maior naturalidade. – Imagino que não tenha me recomendado para um posto como professor em outro lugar.

– De que adiantaria? – respondeu Sabul, quase melodioso em autojustificação. – Ninguém está aceitando novos professores. Professores e alunos estão trabalhando lado a lado em projetos de prevenção da fome, por todo o planeta. É claro que esta crise não vai durar. Daqui a um ano, mais ou menos, vamos olhar para trás, orgulhosos dos sacrifícios que fizemos e do trabalho que realizamos, ajudando uns aos outros, compartilhando em igualdade. Mas neste exato momento...

Shevek estava em pé, ereto, relaxado, olhando o céu pálido através da janela pequena e arranhada. Havia nele um poderoso desejo de, enfim, mandar Sabul para o inferno. Mas foi um impulso diferente e mais profundo que encontrou as palavras.

– Na verdade – ele disse –, você provavelmente está certo. – Com isso, despediu-se de Sabul inclinando a cabeça e saiu.

Pegou um ônibus no centro da cidade. Ainda tinha pressa, motivação. Estava seguindo uma linha e queria ir até o fim, até poder descansar. Foi ao escritório da Central de Postos da Divisão Laboral solicitar um posto na comunidade aonde Takver tinha ido.

A Divlab, com seus computadores e sua imensa tarefa de coordenação, ocupava uma praça inteira; os prédios eram bonitos, imponentes pelos padrões anarrestis, com linhas simples e delicadas. Por dentro, a Central de Postos tinha o teto alto, semelhante a um celeiro, cheio de gente e movimento, as paredes cobertas de cartazes referentes a postos de trabalho e instruções sobre a que balcão ou departamento se dirigir para este ou aquele assunto. Enquanto esperava numa das filas, ouviu as pessoas à sua frente, um rapaz de 16 anos e um homem de 60 e poucos. O rapaz estava se voluntariando para um posto de prevenção da fome. Estava cheio de sentimentos nobres, transbordava fraternidade, audácia, esperança. Estava encantado porque ia viajar sozinho, deixando a infância para trás. Falava muito, como uma criança, numa voz ainda não acostumada a tons mais graves. Liberdade, liberdade!, reverberava em sua conversa entusiasmada, em cada palavra; e a voz do mais velho atravessava a do rapaz, murmurando e resmungando, provocando sem ameaçar, caçoando sem advertir. Liberdade, a capacidade de ir a algum lugar e fazer alguma coisa, liberdade era o que o velho elogiava e apreciava no jovem, mesmo enquanto caçoava de sua presunção. Shevek os ouvia com prazer. Eles interromperam a série de coisas grotescas daquela manhã.

Assim que Shevek explicou aonde queria ir, a atendente adquiriu um olhar preocupado e foi buscar um atlas, que abriu no balcão entre eles.

– Veja – ela disse. Era uma mulher feia e dentuça; as mãos sobre as páginas coloridas eram hábeis e macias. – Rolny fica aqui, está vendo, a península que entra no Mar Tameniano Norte. É só uma imensa faixa de areia. Não existe absolutamente nada por lá, a não ser os laboratórios marinhos nessa extremidade aqui, está vendo? E a costa é toda de pântanos e charcos salinos até acabar aqui, em Harmonia... a mil quilômetros. E a oeste fica o Areão da Costa. O lugar mais próximo de Rolny seria alguma cidade nas montanhas. Mas eles não estão pedindo postos de emergência lá; são autossuficientes. É claro que você pode ir para lá mesmo assim – ela acrescentou, num tom de voz ligeiramente diferente.

– É longe demais de Rolny – ele disse, olhando o mapa, percebendo nas montanhas do Nordeste a cidadezinha isolada onde Takver crescera, Vale Redondo. – Eles não precisam de um zelador no laboratório marinho? Um estatístico? Alguém para alimentar os peixes?

– Vou verificar.

A rede humana/eletrônica de arquivos da Divlab funcionava com eficiência admirável. Não levou nem cinco minutos para a atendente obter a informação desejada, selecionada do enorme e contínuo sistema de entrada e saída de informações a respeito de cada trabalho sendo feito, cada posição solicitada e as prioridades de cada um na economia geral da sociedade em todo o planeta.

– Eles acabaram de preencher um contingente de emergência... foi a parceira, não foi? Eles conseguiram todos que queriam, quatro técnicos e um pescador experiente. Equipe completa.

Shevek apoiou os cotovelos no balcão e baixou a cabeça, coçando-a, um gesto de confusão e derrota mascarado pela inibição.

– Bem – ele disse –, não sei o que fazer.

– Escute, irmão, de quanto tempo é o posto da parceira?

– Indefinido.

– Mas é um trabalho de prevenção da fome, não é? Não vai durar para sempre. Não pode! Vai chover no inverno.

Ele ergueu os olhos para o rosto sério, solidário e perturbado da irmã. Sorriu um pouco, pois não podia deixar sem resposta o esforço da mulher em lhe dar esperança.

– Vocês vão ficar juntos de novo. Enquanto isso...

– Sim. Enquanto isso – ele disse.

Ela aguardou a decisão dele.

Era ele quem tinha de tomar a decisão; e as opções eram intermináveis. Ele poderia ficar em Abbenay e organizar aulas de física, se encontrasse alunos voluntários. Poderia ir para a Península Rolny e morar com Takver, mesmo sem nenhum posto na estação de pesquisa. Poderia viver em qualquer lugar e não fazer nada, mas levantar duas vezes por dia e ir ao refeitório mais próximo se alimentar. Poderia fazer o que quisesse.

A identidade das palavras "trabalho" e "diversão" em právico tinha, é claro, um forte significado ético. Odo percebera o perigo de um moralismo rígido proveniente do uso da palavra "trabalho" em seu sistema analógico: as células devem trabalhar juntas, o funcionamento ideal do organismo, o trabalho feito por cada elemento, e daí por diante. Cooperação e função, conceitos essenciais da *Analogia*, implicavam ambas trabalho e funcionamento. A prova de um experimento, vinte tubos de ensaio num laboratório ou 20 milhões de pessoas na Lua, tudo se resumia a uma questão simples: funciona? Odo percebera a armadilha moral: "O santo nunca está ocupado", ela afirmara, talvez com melancolia.

Mas as escolhas do ser social nunca são feitas na solidão.

– Bem – disse Shevek –, acabei de voltar de um posto na prevenção da fome. Tem mais alguma coisa assim que precise ser feita?

A atendente lançou-lhe um olhar de irmã mais velha, incrédulo, mas indulgente.

– Há cerca de setecentos pedidos urgentes afixados nesta sala – ela disse. – Qual deles você gostaria?

– Algum deles precisa de matemática?

– A maioria é trabalho agrícola e qualificado. Tem conhecimento de engenharia?

– Não muito.

– Bem, tem coordenação de trabalho. Certamente exige cabeça para números. Que tal este?

– Tudo bem.

– É lá no Sudoeste, na Poeira, você sabe.

– Já estive na Poeira. Além do mais, como você disse, um dia vai chover...

Ela assentiu com a cabeça, sorrindo, e digitou no registro de Shevek na Divlab: *DE ABBENAY, N.O., Inst. Centr. de Cien., PARA Cotovelo, S.O., coord. trab., usina fosfato, nº 1: POST. EMERG. 5-1-3-165 – indefinido.*

9

○○○○○

Shevek despertou com os sinos da torre da capela repicando a Primeira Harmonia para o serviço religioso da manhã. Cada nota era como uma pancada na cabeça. Estava tão enjoado e trêmulo que por um bom tempo não conseguiu sentar na cama. Pôde finalmente se arrastar até o banheiro e tomar um longo banho frio, que aliviou a dor de cabeça; mas o corpo todo continuava a lhe parecer estranho – a lhe parecer, de algum modo, repulsivo. Quando começou a ser capaz de pensar de novo, fragmentos e momentos da noite anterior vieram-lhe à mente, vívidos, cenas breves e absurdas da festa na casa de Vea. Tentou não pensar nelas, e então não conseguiu pensar em mais nada. Tudo, tudo se tornou repulsivo. Sentou-se à escrivaninha e ficou sentado ali por meia hora, com os olhos fixos, imóvel, totalmente desolado.

Já tinha se constrangido muitas vezes, e já se sentira um idiota. Quando jovem, sofrera com a sensação de que os outros o achavam estranho, diferente deles; anos depois, sentira a raiva e o desprezo, pois deliberadamente os provocara, de muitos de seus companheiros em Anarres. Mas nunca aceitara de fato o julgamento deles. Nunca se sentira envergonhado.

Não sabia que aquela humilhação paralisante era uma consequência química da bebedeira, como a dor de cabeça. Nem esse conhecimento teria feito muita diferença para ele. Vergonha – a sensação de repulsa e autoestranhamento – foi uma revelação. Ele via com uma nova clareza, uma clareza medonha; e via muito além daquelas lembranças incoerentes do fim da noite na casa de Vea. Não foi apenas a pobre Vea que o traíra; não foi apenas o álcool que ele tentou vomitar; era tudo que ele engolira em Urras.

Apoiou os cotovelos na mesa e pôs a cabeça nas mãos, pressionando as têmporas, a posição rígida da dor; examinou sua vida à luz da vergonha.

Em Anarres, escolhera, desafiando as expectativas de sua sociedade, fazer o trabalho que atendia a um chamado individual. Fazê-lo era rebelar-se: arriscar-se em nome da sociedade.

Ali em Urras, aquele seu mesmo ato de rebelião era um luxo, um comodismo. Ser físico em A-Io era servir não à sociedade, não à humanidade, não à verdade, mas ao Estado.

Em sua primeira noite no quarto, perguntara-lhes, desafiador e curioso: "O que vão fazer comigo?" Agora sabia o que tinham feito com ele. Chifoilisk dissera a pura verdade. Eles o possuíam. Pensou em barganhar com eles, uma noção anarquista muito ingênua. O indivíduo não pode barganhar com o Estado. O Estado não reconhece outra moeda senão o poder: e o próprio Estado cunha as moedas.

Percebia agora – em detalhe, item por item, desde o início – que cometera um erro ao vir para Urras; seu primeiro grande erro, que provavelmente duraria pelo resto da vida. Uma vez percebido o erro, uma vez recapituladas todas as suas evidências, que ele reprimira e negara por meses – e isso lhe tomou um bom tempo sentado imóvel à escrivaninha –, até chegar à absurda e abominável última cena com Vea, e reviver isso também, e sentir o rosto quente até os ouvidos zumbirem, ele encerrou o assunto em sua mente. Mesmo no vale de lágrimas pós-alcoólico, não sentia culpa alguma. Agora aquilo tudo estava feito, e o que ele tinha de pensar era: o que fazer agora? Tendo trancado a si mesmo numa prisão, como poderia agir como um homem livre?

Não faria física para os políticos. Isso estava claro, agora.

Se parasse de trabalhar, eles o deixariam ir embora para casa?

Nesse ponto, deu um longo suspiro e ergueu a cabeça, olhando com olhos vagos a paisagem verde iluminada pelo sol, do lado de fora da janela. Era a primeira vez que se permitira pensar em ir para casa como uma possibilidade genuína. Esse pensamento ameaçou romper os portões e inundá-lo de um anseio incontrolável. Falar právico, falar com amigos, ver Takver, Pilun, Sadik, tocar a poeira de Anarres...

Eles não o deixariam partir. Ele não pagara a passagem. Nem ele poderia se permitir partir: desistir e fugir.

Ainda sentado à luz brilhante do sol matinal, bateu com as mãos na beirada da escrivaninha, deliberadamente e com força, duas vezes, três vezes; seu rosto estava calmo e parecia pensativo.

– Para onde vou? – disse em voz alta.

Uma batida na porta. Efor entrou com a bandeja do café da manhã e os jornais do dia.

– Entrei às seis, como de costume, mas o senhor estava recuperando o sono – observou, descansando a bandeja na mesa com admirável destreza.

– Fiquei bêbado ontem à noite – disse Shevek.

– Lindo enquanto dura – disse Efor. – É tudo, senhor? Muito bem. – E ele saiu com a mesma destreza, curvando-se no caminho para Pae, que entrou quando ele saiu.

– Não tinha a intenção de atrapalhar o seu café da manhã! Voltando da igreja, resolvi dar uma passada por aqui.

– Sente-se. Tome um pouco de chocolate. – Shevek não conseguiu comer até Pae pelo menos fingir que estava comendo com ele. Pae pegou um pão de mel e o esmigalhou num prato. Shevek ainda se sentia bastante trêmulo, mas com muita fome agora, e atacou seu café da manhã com energia. Pae parecia achar ainda mais difícil do que de costume começar uma conversa.

– O senhor ainda recebe esse lixo? – perguntou por fim, em tom de brincadeira, tocando os jornais dobrados que Efor colocara na mesa.

– Efor os traz.

– Traz?

– Eu que pedi – explicou Shevek, olhando Pae de relance, um rápido olhar de reconhecimento. – Eles ampliam minha compreensão de seu país. Interesso-me pelas classes inferiores.

– Sim, claro – disse o mais jovem, respeitoso, assentindo com a cabeça. Comeu um pedacinho do pão de mel. – Acho que vou querer um gole desse chocolate, afinal – disse, e tocou o sino que estava na bandeja. Efor apareceu à porta. – Mais uma xícara – ordenou Pae, sem se virar. – Bem, estávamos aguardando para passear com o senhor de novo, agora que o tempo está melhorando, para lhe mostrar mais do nosso país. Até uma visita ao estrangeiro, talvez. Mas receio que essa maldita guerra tenha posto um fim a todos esses planos.

Shevek olhou a manchete do jornal que estava por cima:

CHOQUE ENTRE IO E THU PERTO DA CAPITAL BENBILI.

– Há notícias mais recentes do que essa no telefax – disse Pae. – Liberamos a capital. O general Havevert será reinstalado.

– Então a guerra acabou?

– Não enquanto Thu ainda ocupar as duas províncias orientais.

– Entendo. Então o seu exército e o exército de Thu vão lutar em Benbili. Mas não aqui?

– Não, não. Seria loucura total eles nos invadirem, ou nós a eles. Superamos o tipo de barbárie que costumava gerar guerras no coração das altas civilizações! O equilíbrio de poder se mantém com esse tipo de ação policial. Entretanto, estamos oficialmente em guerra. Assim, receio que todas as velhas e cansativas restrições estejam valendo.

– Restrições?

– Classificação de pesquisa feita na Faculdade de Ciência Nobre, por exemplo. Nada de mais, na verdade, só um carimbo do governo. E às vezes a demora em publicar um artigo, quando os chefes de alto coturno acham que deve ser perigoso porque não entendem!... E viagens são um pouco limitadas, especialmente para o senhor e para os outros estrangeiros. Acredito que, enquanto o estado de guerra durar, não se pode deixar o campus sem a autorização do reitor. Mas não ligue para isso. Posso tirá-lo daqui quando o senhor quiser, sem passar por todo esse processo.

– Você tem as chaves – Shevek disse, com um sorriso ingênuo.

– Ah, sou um grande especialista nisso. Adoro burlar regras e ser mais esperto que as autoridades. Talvez eu seja um anarquista nato, hein? Onde diabos está aquele maldito idiota com a xícara?

– Ele tem que descer até a cozinha para pegar uma.

– Não precisa levar meio dia fazendo isso. Bem, não vou esperar. Não quero ocupar o que lhe resta da manhã. A propósito, o senhor viu o último Boletim da Fundação de Pesquisa Espacial? Eles publicaram os planos de Reumere para o ansível.

– O que é ansível?

– É como ele está chamando um dispositivo de comunicação instantânea. Ele diz que se os temporalistas... isso quer dizer o senhor, claro... solucionarem as equações de tempo-inércia, os engenheiros... isso quer dizer ele... serão capazes de construir a maldita coisa, testá-la e assim, consequentemente, provar a validade da teoria em poucos meses ou semanas.

– Os próprios engenheiros são a prova da existência da reversibilidade causal. Veja que Reumere já tem o efeito antes de eu providenciar a causa. – Ele sorriu de novo, com bem menos ingenuidade. Quando Pae fechou a porta atrás de si, Shevek levantou-se de repente. – Seu mentiroso corrupto e explorador! – ele disse em prático, branco de raiva, as mãos cerradas para evitar que pegassem alguma coisa e atirassem em Saio Pae.

Efor entrou carregando uma xícara e um pires numa bandeja. Parou subitamente, apreensivo.

– Está tudo bem, Efor. Ele não... Ele não quis a xícara. Pode levar tudo agora.

– Certo, senhor.

– Escute, não quero receber visitas por um tempo. Você pode barrá-los lá fora?

– Fácil, senhor. Alguém especial?

– Sim, ele. Qualquer um. Diga que estou trabalhando.

– Ele vai gostar de ouvir isso, senhor – Efor disse, suas rugas fundindo-se em malícia por um instante; depois, com familiaridade respeitosa. – Ninguém que o senhor não queira vai passar por mim. – E, por fim, com a devida formalidade: – Obrigado, senhor, e bom dia.

A comida e a adrenalina dissiparam a paralisia de Shevek. Ficou andando de um lado para o outro no quarto, irritado e inquieto. Queria agir. Passara quase um ano sem fazer nada, exceto bancar o idiota. Era hora de fazer alguma coisa.

Bem, ele viera para Urras fazer o quê?

Fazer física. Para afirmar, com seu talento, os direitos de qualquer cidadão em qualquer sociedade: o direito de trabalhar, de ser sustentado enquanto trabalha e de compartilhar o produto de seu trabalho com todos os interessados. Os direitos de um odoniano e de um ser humano.

Estava certo que seus anfitriões benevolentes e protetores o deixavam trabalhar e o sustentavam enquanto trabalhava. O problema ocorria no terceiro ramo dos direitos. Mas ele próprio não chegara lá ainda. Não tinha feito seu trabalho. Não podia compartilhar o que não tinha.

Voltou à escrivaninha, sentou-se e tirou alguns pedaços de papel todo rabiscados do bolso menos acessível e menos útil da calça justa e elegante. Desdobrou-os com os dedos o olhou para eles. Ocorreu-lhe que estava ficando igual a Sabul, escrevendo em letras miúdas, em abreviações, em pedaços de papel. Agora sabia por que Sabul fazia isso: era possessivo e sigiloso. Uma psicopatia em Anarres era comportamento racional em Urras.

De novo Shevek ficou sentado imóvel, a cabeça baixa, estudando os dois pedacinhos de papel nos quais fizera algumas anotações essenciais da Teoria Temporal Geral, até o ponto em que estava.

Nos três dias seguintes, ficou sentado à escrivaninha, olhando os dois pedaços de papel.

272

Às vezes levantava e andava pela sala, ou escrevia alguma coisa, ou usava o computador da mesa, ou pedia a Efor para lhe trazer alguma coisa para comer, ou deitava e dormia. Depois voltava à escrivaninha e ficava sentado lá.

Na noite do terceiro dia estava sentado, para variar, no assento de mármore ao lado da lareira. Sentou-se lá na primeira noite. Sentara-se ali na primeira noite que entrara no quarto, sua graciosa cela de prisão, e geralmente sentava ali quando recebia visitas. Não tinha visitas no momento, mas estava pensando em Saio Pae.

Como todos os que buscam poder, Pae tinha uma visão espantosamente curta. Havia um aspecto banal, imaturo em sua mente; faltava-lhe profundidade, imaginação, paixão. Era na verdade um instrumento primitivo. No entanto, sua potencialidade tinha sido real e, apesar de deformada, não se perdera. Pae era um físico muito inteligente. Ou, mais exatamente, tinha muita inteligência para a física. Não tinha feito nada original, mas seu oportunismo, sua intuição para saber onde estava a vantagem, conduziram-no repetidas vezes ao campo mais promissor. Ele tinha faro para saber *onde começar a trabalhar*, assim como Shevek, e Shevek respeitava essa qualidade nele, como respeitava em si mesmo, pois se trata de um atributo especialmente importante num cientista. Foi Pae quem deu a Shevek o livro traduzido de Terran, o simpósio sobre as teorias da Relatividade, ideias que lhe ocupavam a mente cada vez mais, nos últimos tempos. Seria possível, afinal, que ele tivesse vindo a Urras apenas para conhecer Saio Pae, seu inimigo? Que ele tenha vindo procurá-lo, sabendo que poderia receber de seu inimigo o que não conseguira receber de seus irmãos e amigos, o que nenhum anarresti poderia lhe dar: conhecimento estrangeiro, alienígena, *informação*...

Esqueceu Pae. Pensava no livro. Não podia afirmar com clareza a si mesmo o que, exatamente, ele achara tão estimulante no livro. Afinal, a maior parte da física contida nele estava ultrapassada; os métodos eram complicados, e a atitude dos alienígenas, às vezes bem desagradável. Os terranos tinham sido imperialistas intelectuais, ciumentos construtores de muros. Até mesmo Ainsetain, o iniciador da teoria, sentiu-se compelido a advertir que sua física abrangia apenas o modo físico e não deveria ser tomada como se envolvesse a metafísica, a filosofia e a ética. O que, evidentemente, era uma verdade superficial; no entanto, ele utilizara o *número*, a ponte entre o racional e o observado, entre psique e a matéria, "Número, o Indiscutível", como diziam os antigos fundadores da Ciência Nobre. Aplicar matemática nesse sentido era aplicar o modo que precedeu e conduziu a todos os outros modos. Ainsetain percebera isso; com cautela afetuosa, ele admitira acreditar que sua física de fato descrevia a realidade.

Estranheza e familiaridade: em cada movimento do pensamento do terrano, Shevek captava essa combinação e ficava constantemente intrigado. E solidário: pois Ainsetain também buscara uma teoria unificadora. Depois de explicar a força da gravidade como uma função da Geometria do Tempo-Espaço, ele procurara estender a síntese para incluir as forças eletromagnéticas. Não teve êxito. Mesmo durante sua vida, e por várias décadas após sua morte, os físicos de seu próprio planeta afastaram-se de seu esforço e de seu fracasso, adotando as magníficas incoerências da Teoria Quântica e seus importantes produtos tecnológicos, por fim concentrando-se tão exclusivamente no modo tecnológico que chegaram a um beco sem saída, a um catastrófico fracasso da imaginação. No entanto, a intuição original dos terranos era sólida; no ponto em que chegaram, o progresso residira na incerteza que o velho Ainsetain se recusara a aceitar. E sua recusa tinha sido igualmente correta – a longo prazo. Só que lhe faltaram as ferramentas para prová-lo – as variáveis de Saeba e as teorias da Velocidade Infinita e Causa Complexa. Seu campo unificado existia, na física cetiana, mas existia em termos que ele talvez não estivesse disposto a aceitar; pois a velocidade da luz como um fator limitante tinha sido essencial às suas grandes teorias. As suas duas Teorias da Relatividade continuavam bonitas, válidas e úteis como sempre, após todos aqueles séculos, porém ainda dependiam de hipóteses cuja veracidade não se podia comprovar e que, em certas circunstâncias, demonstraram ser falsas.

Mas uma teoria cujos elementos fossem *todos* provavelmente verdadeiros não seria uma simples tautologia? Nos domínios do que não pode ser provado, ou mesmo refutado, residia a única chance de se quebrar o círculo e seguir adiante.

Nesse caso, a impossibilidade de se provar a hipótese da coexistência real – o problema no qual Shevek vinha quebrando a cabeça desesperadamente nos últimos três dias, na verdade nos últimos dez anos – teria realmente importância?

Estivera tateando em busca de uma certeza, como se fosse algo que pudesse possuir. Estivera exigindo uma segurança, uma garantia, que não poderia ser concedida e que, se fosse concedida, se tornaria uma prisão. Simplesmente admitir a validade da coexistência real o deixaria livre para utilizar as belas geometrias da Relatividade; e então seria possível seguir adiante. O próximo passo era perfeitamente claro. A coexistência da sucessão e da presença não apresentava absolutamente nenhuma antítese. A unidade fundamental dos pontos de vista da Sequência e da Simultaneidade tornou-se evidente; o conceito de intervalo servia para conectar os aspectos estáticos e dinâmicos do universo. Como pôde ter contemplado a realidade por dez anos e não ter visto isso? Não haveria problema algum em seguir adiante. Na verdade, já tinha seguido adiante. Já estava lá. Viu tudo o que estava por vir no primeiro vislumbre, aparentemente casual, do método proporcionado a ele pela compreensão de uma falha no passado distante. O muro tinha caído. A visão era clara e total. O que ele via era simples, mais simples do que qualquer outra coisa. Era simplicidade: e continha em si toda a complexidade, toda a promessa. Era a revelação. Era o caminho livre, o caminho para casa, a luz.

O espírito de Shevek era como o de uma criança correndo em direção à luz do sol. Era sem fim, sem fim...

No entanto, em sua completa calma e felicidade, ele tremia de medo; as mãos estavam trêmulas, os olhos, cheios de lágrimas, como se ele tivesse ficado olhando para o sol. Afinal, a carne não é transparente. E é estranho, demasiado estranho, saber que sua vida atingiu a plenitude.

No entanto, ele continuou procurando, indo mais longe, com a mesma alegria infantil, até que, de repente, não pôde mais avançar; retornou e, olhando à sua volta através das lágrimas, viu que a sala estava escura e as janelas altas estavam cheias de estrelas.

O momento se foi; ele o viu partir. Não tentou agarrar-se a ele. Sabia que ele, Shevek, fazia parte do momento, e não o contrário. Estava sob a guarda do momento.

Após certo tempo levantou-se, trêmulo, e acendeu a luz. Vagou um pouco pela sala, tocando as coisas, a capa de um livro, a sombra de um abajur, contente por estar de volta entre aqueles objetos familiares, de volta ao próprio mundo – pois, naquele instante, a diferença entre este e aquele planeta, entre Urras e Anarres, não era mais significativa do que a diferença entre dois grãos de areia na praia. Não havia mais abismos, nem muros. Não havia mais exílio. Ele tinha visto as fundações do universo, e eram sólidas.

Entrou no quarto, com andar vagaroso e meio cambaleante, e jogou-se na cama sem se despir. Ficou ali deitado com os braços cruzados atrás da cabeça, de vez em quando prevendo e planejando um ou outro detalhe do trabalho a ser feito, absorto numa solene e agradável gratidão, que pouco a pouco se transformou num sereno devaneio, e então adormeceu.

Dormiu por dez horas. Acordou pensando nas equações que iriam expressar o conceito de intervalo. Foi até a escrivaninha e começou a trabalhar nelas. Tinha uma aula naquela tarde e cumpriu o compromisso; jantou no refeitório dos Veteranos da Faculdade e lá conversou com os colegas sobre o clima, a guerra e qualquer outro assunto que traziam à baila. Se notaram qualquer mudança em seu comportamento, ele não sabia, pois não estava realmente prestando atenção neles. Voltou aos seus aposentos e trabalhou.

O dia dos urrastis tinha vinte horas. Por oito dias ele passou de doze a dezesseis horas diárias à sua escrivaninha, ou perambulando pelo quarto, os olhos claros voltados frequentemente para as janelas, lá fora brilhando o sol quente da primavera, ou as estrelas e a lua, fulva e minguante.

Entrando com a bandeja do café da manhã, Efor o encontrou deitado, semivestido, de olhos fechados, falando numa língua estrangeira. Ele o despertou. Shevek acordou com um susto convulso, levantou-se e foi cambaleando para o outro cômodo, para a escrivaninha, que estava completamente vazia; fitou o computador, que tinha sido apagado, e então ficou ali parado como um homem que levou uma pancada na cabeça e ainda não sabe. Efor conseguiu fazê-lo deitar-se de novo e disse:

– Febre, senhor. Chamo o médico?

– Não.

– Certeza, senhor?

– Não! Não deixe ninguém entrar aqui. Diga que estou doente, Efor.

– Daí com certeza vão trazer médico. Posso dizer que ainda está trabalhando, senhor. Eles gostam disso.

– Tranque a porta quando sair – disse Shevek. Seu corpo não transparente o decepcionara; estava fraco pela exaustão e, portanto, aflito e em pânico. Tinha medo de Pae, de Oiie, de uma batida policial. Tudo o que tinha ouvido, lido e semicompreendido sobre a polícia urrasti, a polícia secreta, veio-lhe à mente de modo vívido e terrível, como um homem que admite sua doença a si mesmo relembra cada palavra já ouvida sobre o câncer. Ergueu os olhos para Efor em angústia febril.

– Pode confiar em mim – disse o homem, em seu jeito calado, oblíquo e rápido. Trouxe um copo d'água para Shevek e saiu, e a fechadura da porta externa fez um clique após sua saída.

Ele cuidou de Shevek nos dois dias seguintes, com uma conduta que pouco devia à sua instrução como criado.

– Você devia ter sido médico, Efor – disse Shevek, quando sua fraqueza se tornara apenas uma prostração física, e não desagradável.

– É o que diz minha velha. Ela não quer que ninguém cuide dela além de mim quando fica adoentada. Ela diz "você tem muito jeito". Acho que tenho.

– Você já trabalhou com doentes?

– Não, senhor. Não quero me meter em hospitais. Triste dia o dia que eu tiver que morrer num desses focos de infecção.

– Os hospitais? O que há de errado com eles?

– Nada, senhor, não esses onde levariam o senhor se piorasse – Efor disse, com bondade.

– Que tipo de hospital você quis dizer, então?

– Nosso tipo. Sujo. Como o traseiro de um lixeiro – disse Efor, sem violência, descritivamente. – Velho. Criança morreu num. Buracos no piso, buracos grandes, dá pra ver através deles, entende? Pergunto "por quê?". Veja, ratos sobem pelos buracos direto para as camas. Eles dizem "prédio velho, é hospital há seiscentos anos". Estabelecimento da Divina Harmonia para os Pobres, o nome dele. Uma bosta é o que ele é.

– A criança que morreu no hospital era sua?

– Sim, senhor, minha filha Laia.

– Do que ela morreu?

– Válvula no coração. Dizem. Ela não cresceu muito. Dois anos quando morreu.

– Você tem outros filhos?

– Não vivos. Três nascidos. Difícil para a velha. Mas agora ela diz: "Bem, a gente não precisa sofrer por causa deles, e isso é sorte, afinal!". Algo mais que eu possa fazer, senhor?

A súbita mudança para a sintaxe da classe superior perturbou Shevek; ele disse, impaciente:

– Sim! Continue falando.

Por Shevek ter falado espontaneamente, ou por estar doente e precisar ser animado, desta vez Efor não se empertigou.

– Pensei ser médico militar, certa vez – ele disse –, mas me pegaram primeiro. Recrutamento. Dizem "servente do hospital, você vai ser servente". Então eu fui. Bom treinamento, servente de hospital. Saí do exército direto para o serviço para cavalheiros.

– Você poderia ter se formado em medicina no exército? – A conversa prosseguiu. Shevek a acompanhava com dificuldade, tanto pela linguagem quanto pelo conteúdo. Estava ouvindo coisas nas quais não tinha experiência alguma. Jamais tinha visto um rato, ou um quartel, ou um hospício, ou um albergue para pobres, ou uma casa de penhores, ou uma execução, ou um ladrão, ou um cortiço, ou um cobrador de aluguel, ou um homem que quisesse trabalhar e não encontrasse trabalho para fazer, ou um bebê morto numa vala. Todas essas coisas surgiam nas reminiscências de Efor como lugares-comuns ou horrores comuns. Shevek teve de usar a imaginação e evocar cada fragmento de informação que tinha sobre Urras para compreendê-las de algum modo. E, no entanto, elas lhe eram familiares de uma forma que nada do que vira em Urras era, e ele as compreendeu.

Era este o Urras sobre o qual aprendera na escola em Anarres. Era este o mundo do qual seus ancestrais haviam fugido, preferindo a fome, o deserto e o exílio interminável. Era este o mundo que formara a mente de Odo e a aprisionara oito vezes por tê-lo denunciado. Era este o sofrimento humano no qual se enraizaram os ideais de sua sociedade, o solo no qual frutificaram.

Não era o "Urras real". A dignidade e a beleza dos aposentos onde ele e Efor estavam eram tão reais quanto a miséria onde Efor nascera. Para Shevek, a tarefa de um pensador não era negar uma realidade à custa de outra, mas incluir e conectar. Não era uma tarefa fácil.

– Parece cansado de novo, senhor – Efor disse. – Melhor descansar.

– Não, não estou cansado.

Efor o observou por um momento. Quando Efor funcionava como criado, seu rosto enrugado e bem barbeado era bastante inexpressivo; durante a última hora Shevek o tinha visto passar por mudanças extraordinárias de humor, rispidez, cinismo e dor. No momento, sua expressão era solidária, embora distante.

– Diferente de tudo lá de onde o senhor vem – Efor disse.

– Muito diferente.

– Ninguém nunca sem trabalho lá.

Havia um leve traço de ironia, ou de dúvida, em sua voz.

– Não.

– E ninguém faminto?

– Ninguém passa fome enquanto outro come.

– Ah.

– Mas já passamos fome. Já morremos de fome. Houve uma grande fome, sabe, há oito anos. Conheci uma mulher que, nessa época, matou seu bebê porque ela não tinha leite, e não havia mais nada, mais nada para dar ao bebê. Nem tudo são flores em Anarres, Efor.

– Não duvido, senhor – disse Efor, com um de seus curiosos retornos à dicção culta. Então disse com uma careta, contraindo os lábios e mostrando os dentes. – Mesmo assim, não tem nenhum *deles* lá!

– Deles?

– O senhor sabe, sr. Shevek. O que o senhor disse uma vez. Os proprietários.

Na noite seguinte Atro fez uma visita. Pae devia estar vigiando, pois, minutos após Efor consentir na entrada do velho, ele entrou passeando e perguntou, com amável cordialidade, sobre o estado de saúde de Shevek.

– O senhor tem trabalhado demais nas duas últimas semanas – disse –, o senhor não deve se desgastar assim. – Ele não se sentou e logo se despediu, o espírito da civilidade. Atro continuou falando sobre a guerra em Benbili, que estava se tornando, segundo suas palavras, "uma operação em larga escala".

– O povo deste país aprova essa guerra? – Shevek perguntou, interrompendo um discurso sobre estratégia. Ficara perplexo com a falta de julgamento moral da imprensa alpiste sobre o assunto. Tinham abandonado o tom bombástico; sua linguagem muitas vezes era exatamente a mesma dos boletins do governo publicados no telefax.

– Se aprova? Você acha que iríamos deitar no chão e deixar os malditos thuvianos passarem por cima de nós? Nosso status de potência mundial está em jogo!

– Mas eu quis dizer o povo, não o governo. As... as pessoas, os soldados que têm de combater.

– O que têm eles? Estão acostumados aos recrutamentos obrigatórios em massa. É para isso que servem, meu caro amigo! Para lutar pelo seu país. E vou lhe dizer, não há soldado melhor no mundo do que o iota, depois de domado para obedecer a ordens. Em tempos de paz ele pode declamar pacifismo sentimental, mas a coragem está lá, aguardando. O soldado raso sempre foi nosso melhor recurso como nação. Foi como nos tornamos os líderes que somos.

– Escalando uma pilha de crianças mortas? – disse Shevek, mas a raiva, ou talvez uma relutância inconsciente em magoar os sentimentos do velho, abafou a sua voz, e Atro não o ouviu.

– Não – Atro continuou –, você vai ver que a alma do povo é verdadeira e forte quando o país é ameaçado. Alguns agitadores em Nio e nos centros industriais fazem um grande barulho entre as guerras, mas é formidável ver como as pessoas cerram fileiras quando a bandeira está em perigo. Você não quer acreditar nisso, eu sei. O problema com o odonismo, sabe, meu caro amigo, é que ele é feminil. Simplesmente não inclui o lado viril da vida. "Sangue e aço, clarão da batalha", como diz o velho poeta. O odonismo não entende a coragem... o amor à bandeira.

Shevek ficou em silêncio por um minuto; depois disse, com delicadeza:

– Isso pode ser verdade, em parte. Pelo menos não temos bandeiras.

Quando Atro foi embora, Efor entrou para retirar a bandeja do jantar. Shevek o impediu. Levantou-se e aproximou-se dele, dizendo:

– Com licença, Efor. – E pôs um bilhete na bandeja. Nele estava escrito: "Há um microfone nesta sala?".

O criado inclinou a cabeça e leu, devagar, e então olhou para Shevek, um longo olhar bem de perto. Então olhou de relance por um segundo para a chaminé da lareira.

"Quarto?", perguntou Shevek, com o mesmo recurso.

Efor balançou a cabeça, pôs de volta a bandeja na mesa e seguiu Shevek até o quarto. Fechou a porta atrás de si com o silêncio de um bom criado.

– Localizei aquele primeiro dia, espanando – disse com um meio sorriso que aprofundou as rugas de seu rosto, tornando-as sulcos ásperos.

– Aqui não?

Efor encolheu os ombros.

– Nunca localizei. Podemos deixar a água correndo ali dentro, senhor, como fazem nas histórias de espião.

Entraram no magnífico templo de ouro e marfim do banheiro. Efor abriu as torneiras e olhou as paredes em volta.

– Não – ele disse. – Acho que não. E olho espia eu poderia localizar. Conheci uns quando trabalhei uma vez para um homem em Nio. Não escapam depois que você os conhece.

Shevek tirou outro pedaço de papel do bolso e mostrou a Efor:

– Você sabe de onde veio isto?

Era o bilhete que ele tinha encontrado no casaco: "Junte-se a nós, seus irmãos".

Após uma pausa – ele leu devagar, mexendo os lábios fechados –, Efor disse:

– Não sei de onde veio isto.

Shevek ficou decepcionado. Ocorrera-lhe que o próprio Efor estava em posição ideal para enfiar alguma coisa no bolso de seu "patrão".

– Sei de quem veio isto, de certa maneira.

– Quem? Como posso chegar até eles?

Mais uma pausa.

– Negócio perigoso, sr. Shevek. – Virou-se e aumentou o jato d'água das torneiras.

– Não quero envolvê-lo. Se puder só me dizer... dizer aonde devo ir. O que devo procurar. Pelo menos um nome.

Uma pausa ainda mais longa. O rosto de Efor parecia aflito e tenso.

– Eu não... – ele disse, e parou. Depois disse abruptamente, e em voz muito baixa. – Veja, sr. Shevek, Deus sabe, eles querem o senhor, precisamos do senhor, mas veja, o senhor não sabe como é. Como vai se esconder? O homem como o senhor? Com a sua aparência? Aqui é uma armadilha, mas todo lugar é uma armadilha. O senhor pode fugir, mas não se esconder. Não sei o que lhe dizer. Vou dar nomes, claro. Pergunte a qualquer niota, ele vai lhe dizer aonde ir. Já estamos cansados. Precisamos de ar para respirar. Mas, se pegarem o senhor, se o matarem, como eu fico? Trabalho para o senhor há oito meses, passei a gostar do senhor. A admirá-lo. Eles me abordam o tempo todo. Eu digo: "Não, deixem-no em paz. É um bom homem e não tem nada a ver com seus problemas. Deixem-no voltar para o lugar de onde veio, onde as pessoas são livres. Deixem alguém se livrar desta maldita prisão em que a gente está vivendo!"

– Não posso voltar. Ainda não. Quero conhecer essas pessoas.

Efor ficou em silêncio. Talvez tenha sido o hábito de uma vida inteira como criado, como alguém que obedece, que o fez enfim assentir com a cabeça e dizer, sussurrando:

– Tuio Maedda, é ele que o senhor quer. Na Travessa da Brincadeira, Cidade Velha. A mercearia.

– Pae diz que estou proibido de sair do campus. Podem me deter se me virem pegando o trem.

– Táxi, talvez – disse Efor. – Chamo um, o senhor desce pela escada. Conheço Kae Oimon, do ponto de táxi. Ele tem juízo. Mas não sei.

– Tudo bem. Agora mesmo. Pae esteve aqui há pouco tempo, ele me viu, pensa que vou ficar aqui dentro porque estou doente. Que horas são?

– Sete e meia.

– Se eu for agora, terei a noite inteira para descobrir aonde devo ir. Chame o táxi, Efor.

– Vou arrumar uma mala, senhor...

– Uma mala para quê?

– O senhor vai precisar de roupas...

– Já estou vestido! Vamos.

– O senhor não pode ir assim, sem nada – Efor protestou. Isso o deixou mais ansioso e inquieto do que qualquer outra coisa. – O senhor tem dinheiro?

– Ah... sim. Devo levar dinheiro.

Shevek já estava saindo; Efor coçou a cabeça, com ar sério e preocupado, mas foi até o telefone do corredor para chamar o táxi. Voltou e encontrou Shevek aguardando do lado de fora, diante da porta do corredor, já vestido com o casaco.

– Vá para o andar de baixo – Efor disse, contrariado. – Kae estará na porta dos fundos em cinco minutos. Diga para ele sair pelo Caminho do Bosque, não tem controle lá como no portão principal. Não vá pelo portão, eles vão parar vocês com certeza.

– Você levará a culpa por isso, Efor?

Ambos estavam sussurrando.

– Não sei que o senhor foi embora. De manhã digo que o senhor ainda não levantou. Mantê-los longe por um tempo.

Shevek segurou-lhe pelos ombros, deu-lhe um abraço, apertou-lhe a mão.

– Obrigado, Efor!

– Boa sorte – disse o homem, desnorteado. Shevek já tinha saído.

O dia dispendioso que Shevek passara com Vea tinha levado quase todo o seu dinheiro vivo, e a corrida de táxi até Nio levou mais dez unidades. Desceu numa das principais estações de metrô para a Cidade Velha, uma parte da cidade que ele nunca tinha visto. A Travessa da Brincadeira não estava no mapa, então ele desceu do trem na estação central da Cidade Velha. Quando saiu da espaçosa estação de mármore para a rua, parou, confuso. Aquilo não parecia Nio Esseia.

Caía uma chuva fina e nevoenta e já estava escuro; não havia luzes na rua. Os postes estavam lá, mas as luzes não estavam acesas, ou estavam quebradas. Aqui e ali, vislumbres amarelos cintilavam através das venezianas das janelas. Mais à frente na rua, uma luz irradiava de uma porta aberta, em torno da qual homens descansavam, conversando alto. O asfalto, escorregadio com a chuva, estava sujo de lixo e pedaços de papel. As vitrines das lojas, pelo que ele podia ver, eram baixas e estavam todas protegidas por metal pesado ou venezianas de madeira, exceto uma que tinha sido devastada pelo fogo e permanecia escura e vazia, cacos de vidro ainda grudados nas esquadrias das janelas quebradas. Pessoas passavam, sombras silenciosas e apressadas.

Uma idosa subia a escada atrás dele, e ele virou-se para lhe pedir informação. Sob a luz do globo amarelo que marcava a entrada do metrô, ele viu nitidamente o rosto dela; enrugado e branco, com o olhar apático e hostil dos fatigados. Grandes brincos de vidro roçavam-lhe as bochechas. Ela subia a escada com dificuldade, encurvada pelo cansaço, pela artrite ou por alguma deformidade na espinha. Mas não era velha, como ele havia pensado; não tinha nem 30 anos.

– Pode me dizer onde fica a Travessa da Brincadeira? – ele perguntou, gaguejando. Ela o olhou de relance, com indiferença, acelerou o passo quando chegou ao topo da escada e continuou andando sem dizer uma palavra.

Ele começou a andar pela rua ao acaso. O entusiasmo de sua súbita decisão e fuga de Ieu Eun havia se tornado apreensão, uma sensação de estar sendo impelido, caçado. Evitou o grupo de homens em torno da porta, o instinto o alertou de que um estranho desacompanhado não deve se aproximar daquele tipo de grupo. Quando viu um homem à sua frente caminhando sozinho, ele o alcançou e repetiu a pergunta. O homem disse:

– Não sei. – E desviou de Shevek.

Não havia nada a fazer senão seguir em frente. Chegou a uma rua transversal mais bem iluminada, que se estendia pela chuva enevoada em ambas as direções, na profusão turva e sinistra de letreiros e anúncios luminosos. Havia muitas adegas e casas de penhores, algumas ainda abertas. Muitas pessoas estavam na rua, passando e se esbarrando, entrando e saindo das adegas. Havia um homem deitado, deitado na sarjeta, o casaco amarrotado sobre a cabeça, deitado na chuva, dormindo, doente, morto. Horrorizado, Shevek fitou o homem e as pessoas que passavam sem olhar.

Enquanto estava ali paralisado, alguém parou ao seu lado e ergueu os olhos para olhá-lo no rosto, um homem de 50 ou 60 anos, baixo, com a barba por fazer, de pescoço torto, olhos injetados e a boca desdentada aberta num riso aparvalhado. Ficou ali parado, rindo do homem grande e aterrorizado, apontando-lhe o dedo trêmulo.

– Onde arranjou todo esse cabelo, he, he, hein, esse cabelo, onde arranjou todo esse cabelo? – resmungou.

– Pode... pode me dizer onde fica a Travessa da Brincadeira?

– Claro, brincadeira, estou brincando, sem brincadeira, estou quebrado. Ei, tem um trocado para um trago numa noite fria? É claro que tem um trocado.

O homem se aproximou. Shevek afastou-se, vendo a mão aberta, mas sem entender.

– Vamos, uma brincadeira, senhor, um trocadinho – o homem resmungou, sem ameaça ou súplica, mecanicamente, a boca ainda aberta no sorriso sem sentido, a mão estendida.

Shevek entendeu. Apalpou o bolso, achou seu último dinheiro, jogou-o na mão do mendigo e então, com um medo frio que não era medo por si mesmo, passou pelo homem, que resmungava e tentava agarrar o seu casaco, e entrou pela primeira porta aberta. Ficava abaixo de um letreiro que dizia "Penhor e produtos usados – melhores preços". Lá dentro, entre as prateleiras de casacos, sapatos e xales surrados, instrumentos danificados, lustres quebrados, pratos desemparelhados, vasilhas, colheres, contas, destroços e fragmentos, cada velharia marcada com um preço, ele ficou parado, tentando se recompor.

– Está procurando alguma coisa?

Shevek fez a sua pergunta mais uma vez.

O lojista, um homem de pele escura da mesma altura de Shevek, mas recurvado e magro, olhou-o de cima a baixo.

– Para que você quer ir lá?

– Estou procurando uma pessoa que mora lá.

– De onde você é?

– Preciso chegar a essa rua. Travessa da Brincadeira. Fica longe daqui?

– De onde você é, cavalheiro?

– Sou de Anarres, da Lua – Shevek disse, irritado. – Tenho que chegar à Travessa da Brincadeira, agora, esta noite.

– Você é ele? O cientista? Que diabos está fazendo aqui?

– Fugindo da polícia! Quer avisá-los que estou aqui ou vai me ajudar?

– Caramba – disse o homem. – Caramba. Olhe... – Hesitou, estava prestes a dizer algo, prestes a dizer outra coisa, e disse: – É só seguir em frente. – E no mesmo fôlego, embora visivelmente com uma completa mudança de atitude, disse: – Tudo bem. Eu vou fechar. Te levo lá. Espere. Caramba!

Inspecionou os fundos da loja, apagou a luz, saiu com Shevek, abaixou as venezianas metálicas e as trancou, passou um cadeado na porta e começou a andar com passos rápidos, dizendo:

– Vamos!

Andaram 20 ou 30 quarteirões, cada vez mais entranhados no labirinto de ruas tortuosas e becos no coração da Cidade Velha. A chuva enevoada caía de modo suave na escuridão irregularmente iluminada, acentuando cheiros de decadência, de pedra e metal molhados. Viraram num beco sem iluminação, sem placa, entre cortiços velhos e altos, cujos térreos eram, em sua maioria, lojas. O guia de Shevek parou e bateu na veneziana fechada da janela de uma delas: V. Maedda, Secos e Molhados de Qualidade. Depois de um bom tempo a porta se abriu. O penhorista conferenciou com alguém lá dentro, depois gesticulou para Shevek, e ambos entraram. Uma garota os deixara entrar.

– Tuio está lá atrás. Venham – ela disse, olhando o rosto de Shevek na luz fraca de um corredor nos fundos. – Você é ele? – perguntou com voz fraca e ansiosa, e com um sorriso estranho. – Você é ele mesmo?

Tuio Maedda era um homem de pele escura de 40 e poucos anos, rosto inteligente e cansado. Fechou um livro no qual estivera escrevendo e levantou-se depressa quando entraram. Cumprimentou o penhorista pelo nome, mas em nenhum momento tirou os olhos de Shevek.

– Ele veio à minha loja perguntando como chegar aqui, Tuio. Ele diz que é o, você sabe, o que veio de Anarres.

– Você é, não é? – Maedda perguntou devagar. – Shevek. O que está fazendo aqui? – Fitou Shevek com olhos vivos e assustados.

– Procurando ajuda.

– Quem mandou você aqui?

– O primeiro homem a quem perguntei. Não sei quem você é. Perguntei para ele aonde eu poderia ir, ele disse para procurar você.

– Alguém mais sabe que você está aqui?

– Eles não sabem que fui embora. Amanhã saberão.

– Vá chamar Remeivi – Maedda disse à garota. – Sente-se, dr. Shevek. É melhor me contar o que está acontecendo.

Shevek sentou-se numa cadeira de madeira, mas não desabotoou o casaco. Estava tão cansado que tremia.

– Eu fugi – ele disse. – Da universidade, da prisão. Não sei para onde ir. Talvez tudo aqui seja prisão. Vim aqui porque falam das classes mais baixas, as classes trabalhadoras, e eu pensei, isso parece meu povo. Pessoas que podem se ajudar.

– Que tipo de ajuda está procurando?

Shevek esforçou-se para se recompor. Olhou um pouco em volta, para o escritório pequeno e sujo, e para Maedda.

– Tenho algo que eles querem – disse. – Uma ideia. Uma teoria científica. Vim de Anarres porque pensei que aqui eu poderia fazer o trabalho e publicá-lo. Não entendi que aqui uma ideia é propriedade do Estado. Não trabalho para o Estado. Não posso pegar o dinheiro e as coisas que me dão. Quero sair. Mas não posso ir para casa. Então vim para cá. Você não quer a minha ciência e talvez também não goste de seu governo.

Maedda sorriu.

– Não, não gosto. Mas meu governo também não gosta de mim. Você não escolheu o lugar mais seguro, nem para você, nem para nós... Não se preocupe. Hoje à noite é hoje à noite; decidiremos o que fazer.

Shevek tirou o bilhete que havia encontrado no bolso de seu casaco e o entregou para Maedda.

– Foi isso que me trouxe aqui. É de alguém que você conheça?

– Junte-se a nós, seus irmãos... Não sei. Pode ser.

– Vocês são odonianos?

– Parcialmente. Sindicalistas, libertários. Trabalhamos com os thuvianistas, com o Sindicato dos Trabalhadores Socialistas, mas somos anticentralistas. Você chegou num momento bem quente, sabe.

– A guerra?

Maedda confirmou com a cabeça.

– Foi anunciada uma passeata para daqui a três dias. Contra o recrutamento, os impostos de guerra, o aumento no preço dos alimentos. Há 400 mil desempregados em Nio Esseia, e eles aumentam impostos e preços. – Ele observara Shevek firmemente o tempo todo que conversaram; agora, como se o exame tivesse terminado, desviou o olhar, reclinando-se na cadeira. – Esta cidade está quase pronta para qualquer coisa. Precisamos de uma greve, uma greve geral, e de manifestações em massa. Como a Greve do Nono Mês que Odo liderou – acrescentou com um sorriso seco e tenso. – Uma Odo nos seria útil agora. Mas desta vez eles não têm uma Lua para nos comprar. Ou fazemos justiça aqui, ou em lugar nenhum. – Tornou a olhar para Shevek e em seguida falou numa voz mais suave: – Você sabe o que a sua sociedade tem significado aqui, para nós, nos últimos cento e cinquenta anos? Você sabe que quando as pessoas querem desejar boa sorte umas às outras dizem "que você renasça em Anarres"? Saber que ela existe, saber que existe uma sociedade sem governo, sem polícia, sem exploração econômica, saber que nunca mais se pode dizer que é só uma miragem, um sonho idealista! Imagino se você consegue entender plenamente por que o mantiveram tão bem escondido lá em Ieu Eun, dr. Shevek. Por que nunca permitiram que você aparecesse em qualquer reunião aberta ao público. Por que eles virão atrás de você como cães atrás de um coelho no momento em que descobrirem que você fugiu. Não é só porque eles querem essa sua ideia. Mas porque você é uma ideia. Uma ideia perigosa. A ideia do anarquismo, em carne e osso. Andando entre nós.

– Então vocês têm a sua Odo – a garota disse em sua voz baixa e urgente. Ela tinha retornado enquanto Maedda falava. – Afinal, Odo era apenas uma ideia. O dr. Shevek é a prova.

Maedda ficou em silêncio por um minuto.

– Uma prova indemonstrável – ele disse.

– Por quê?

– Se o povo souber que ele está aqui, a polícia também vai saber.

– Deixe que tentem vir aqui pegá-lo – disse a garota, e sorriu.

– A passeata será absolutamente sem violência – Maedda disse, com súbita violência. – Até o STS já aceitou isso!

– Eu não aceitei, Tuio. Não vou deixar os casacos-pretos socarem meu rosto ou estourarem a minha cabeça. Se eles me agredirem, vou revidar.

– Una-se a eles, se gosta do método que usam. Não se chega à justiça com a força!

– E não se chega ao poder com passividade.

– Não queremos poder. Queremos o fim do poder! O que me diz? – Maedda apelou para Shevek. – Os meios são os fins. Odo disse isso a vida inteira. Só a paz gera paz, só atos justos geram justiça! Não podemos divergir sobre isso na véspera da ação!

Shevek olhou para ele, para a garota e para o penhorista que estava parado, tenso, ouvindo tudo perto da porta. Disse, numa voz cansada e calma:

– Se eu puder ser útil, usem-me. Talvez eu possa publicar uma declaração sobre isso num dos seus jornais. Não vim a Urras para me esconder. Se todas as pessoas que eu conheço souberem que estou aqui, talvez o governo fique com medo de me prender em público. Não sei.

– É isso – disse Maedda. – Claro. – Seus olhos escuros brilharam de entusiasmo. – Onde diabos está Remeivi? Vá chamar a irmã dele, Siro, diga para ela ir atrás dele e trazê-lo aqui... Escreva por que veio para Urras, escreva sobre Anarres, escreva por que não vai se vender ao governo, escreva o que quiser... e nós publicaremos... Siro! Chame Meisthe também... Vamos escondê-lo, mas, por Deus, vamos avisar a todos os homens de A-Io que você está aqui, está conosco! – As palavras jorravam dele, suas mãos se agitavam enquanto falava, e ele andava rápido de um lado a outro da sala. – E então, depois da passeata, depois da greve, veremos. Talvez as coisas mudem até lá! Talvez você não precise se esconder!

– Talvez todas as portas das prisões se abram – disse Shevek. – Bem, dê-me papel, vou escrever.

A garota Siro aproximou-se dele. Sorrindo, parou como se fosse reverenciá-lo, um pouco timidamente, com decoro, e deu-lhe um beijo no rosto; depois saiu. O toque de seus lábios foi frio, e ele o sentiu no rosto por um longo tempo.

Passou um dia no sótão de um cortiço na Travessa da Brincadeira, e duas noites e um dia num porão debaixo de uma loja de móveis usados, um lugar estranho e sombrio, cheio de molduras de espelhos vazias e armações de camas quebradas. Escreveu. Trouxeram o que ele escrevera, impresso, em poucas horas: primeiro no jornal *Era Moderna* e, mais tarde, depois que fecharam a gráfica do *Era Moderna* e prenderam os editores, como panfletos rodados numa gráfica clandestina, junto com planos e incitações à passeata e à greve geral. Não revisou o que escrevera. Não prestou muita atenção em Maedda e nos outros, que descreviam o entusiasmo com que liam os jornais, a crescente adesão ao plano de greve, o efeito que sua presença na greve teria aos olhos do mundo. Quando o deixaram sozinho, tirou algumas vezes um caderninho do bolso da camisa e olhou as anotações em código e as equações da Teoria Temporal Geral. Olhou-as e não conseguiu lê-las. Não as compreendeu. Guardou o caderninho de novo e sentou-se com a cabeça entre as mãos.

Anarres não tinha nenhuma bandeira para ser agitada, mas entre os cartazes proclamando a greve geral e os estandartes azuis e brancos dos Sindicalistas e dos Trabalhadores Socialistas, havia muitas bandeirolas caseiras mostrando o Círculo verde da vida, o antigo símbolo do Movimento Odoniano de duzentos anos antes. Todas as bandeiras e cartazes brilhavam corajosamente à luz do sol.

Era bom estar ao ar livre, depois das salas trancadas, dos esconderijos. Era bom andar, balançar os braços, respirar o ar puro de uma manhã de primavera. Era assustador estar no meio de tanta gente, de uma multidão tão imensa, milhares marchando juntos, enchendo todas as ruas laterais, bem como a larga via pública na qual marchavam, mas era também estimulante. Quando cantaram, tanto o estímulo quanto o medo tornaram-se uma exaltação cega; seus olhos se encheram de lágrimas. Era intenso, nas ruas intensas suavizadas pelo ar livre e pelas distâncias, era indistinto, avassalador, aquele levantar de milhares de vozes numa só canção. O canto na frente da marcha, lá longe no fim da rua, e o das multidões infinitas que vinham atrás eram defasados pela distância que o som deve percorrer, de modo que a melodia parecia estar sempre atrasada e alcançando a si mesma, como um cânone, e todas as partes da canção eram cantadas ao mesmo tempo, no mesmo momento, embora cada cantor cantasse a música como um verso do início ao fim.

Ele não conhecia aquelas canções, apenas ouvia e deixava-se levar pela música, até que lá da frente veio refluindo, onda por onda pelo imenso e vagaroso rio de pessoas, uma cantiga que ele conhecia. Levantou a cabeça e cantou com eles, em sua própria língua, como a tinha aprendido: o Hino da Insurreição. Tinha sido cantada naquelas ruas, naquela mesma rua, duzentos anos antes, por aquele povo, seu povo.

Ó luz do oriente, desperta
Aqueles que dormiram!
A treva será rompida,
A promessa será cumprida

Fizeram silêncio nas fileiras em torno de Shevek para ouvi-lo, e ele cantou alto, sorrindo, seguindo em frente com eles.

Devia haver 100 mil pessoas na Praça do Capitólio, ou o dobro disso. Os indivíduos, como as partículas da Física Atômica, não podem ser contados, nem sua posição determinada, nem seu comportamento previsto. No entanto, como uma massa, aquela massa enorme fez o que se esperava que fizesse pelos organizadores da greve: ela se juntou, marchou em ordem, cantou, encheu a Praça do Capitólio e todas as ruas do entorno, ficou parada em sua imensidão inquieta, mas paciente, na claridade do meio-dia, ouvindo os oradores, cujas vozes, amplificadas de modo desordenado, ressoavam e ecoavam nas fachadas ensolaradas do Senado e do Diretório, estrepitavam e silvavam sobre o murmúrio vasto, contínuo e suave da própria multidão.

Havia mais gente ali na Praça do que habitantes em Abbenay, pensou Shevek, mas o pensamento era sem sentido, uma tentativa de quantificar a experiência direta. Ficou com Maedda e os outros na escadaria do Diretório, em frente às colunas e às altas portas de bronze, olhou para o trêmulo e sombrio campo de rostos e ouviu, como eles ouviam, os oradores: não ouvindo e compreendendo da maneira como a mente individual e racional percebe e compreende. Quando falou, falar não foi muito diferente de ouvir. Nenhuma vontade própria consciente o movia, não havia nele nenhuma consciência de si mesmo. Os múltiplos ecos de sua voz vindos dos distantes alto-falantes e das fachadas de pedra dos imensos prédios, entretanto, o distraíam um pouco, fazendo-o hesitar às vezes e falar muito devagar. Mas em nenhum momento hesitou nas palavras. Expressou o pensamento deles, a existência deles, na língua deles, embora não dissesse mais do que havia dito em seu próprio isolamento, no centro de seu próprio ser, muito tempo atrás.

– É o nosso sofrimento que nos une. Não é o amor. O amor não obedece à mente e transforma-se em ódio, quando forçado. O laço que nos une vai além da escolha. Somos irmãos. Somos irmãos naquilo que compartilhamos. Na dor, que cada um de nós deve sofrer sozinho, na fome, na pobreza, na esperança, sabemos que somos irmãos. Sabemos, pois tivemos de aprender. Sabemos que não há ajuda para nós exceto a ajuda mútua, que nenhuma mão vai nos salvar se não estendermos a nossa mão. E a mão que vocês estendem está vazia, como a minha mão está vazia. Vocês não têm nada. Não possuem nada. Não são donos de nada. Vocês são livres. Tudo o que vocês têm é aquilo que vocês são, e aquilo que dão.

"Estou aqui porque vocês veem uma promessa em mim, a promessa que fizemos há duzentos anos nesta cidade – a promessa cumprida. Nós a cumprimos, em Anarres. Não temos nada, exceto nossa liberdade. Não temos nada a lhes dar, exceto a sua própria liberdade. Não temos leis, exceto um único princípio de ajuda mútua entre indivíduos. Não temos governo, exceto o único princípio da livre associação. Não temos Estado, nação, presidente, primeiro-ministro, chefes, generais, patrões, banqueiros, senhorios, salários, caridade, polícia, soldados, guerras. Nem temos muito. Nós compartilhamos, não somos proprietários. Não somos prósperos. Nenhum de nós é rico. Nenhum de nós é poderoso. Se é Anarres o que vocês querem, se é o futuro que procuram, então eu lhes digo que vocês devem vir de mãos vazias. Devem vir sozinhos, e despidos, como a criança vem ao mundo, ao seu futuro, sem passado, sem nenhuma propriedade, dependendo totalmente de outras pessoas para viver. Não podem receber o que não deram, e vocês devem se dar. Não podem comprar a Revolução, não podem fazer a Revolução. Vocês só podem ser a Revolução. Ela está no seu espírito, ou não está em lugar nenhum."

Quando estava terminando de falar, o barulho espalhafatoso dos helicópteros da polícia que se aproximavam começou a abafar a sua voz.

Afastou-se dos microfones e olhou para cima, semicerrando os olhos à luz do sol. Muitos na multidão repetiram o gesto, de modo que o movimento das cabeças e mãos foi como a passagem do vento sobre um ensolarado campo de trigo.

O ruído das hélices girando na imensa caixa de pedra da Praça do Capitólio era insuportável, um estrépito e um ganido como a voz de um monstruoso robô. Abafou até o barulho dos disparos de metralhadoras vindos dos helicópteros. Mesmo quando o ruído da multidão elevou-se num tumulto, o estrondo dos helicópteros ainda era audível, a gritaria estúpida das armas, a palavra sem sentido.

O fogo dos helicópteros centrava-se nas pessoas que estavam mais perto da escadaria do Diretório. O pórtico cheio de colunas do edifício ofereceu refúgio imediato aos que estavam na escadaria, e em poucos instantes ficou apinhado de gente. O ruído da multidão, à medida que as pessoas corriam em pânico em direção às oito ruas que saíam da Praça do Capitólio, elevou-se numa lamúria, como uma ventania. Os helicópteros estavam logo acima de suas cabeças, mas não era possível dizer se tinham cessado fogo ou se ainda disparavam; os mortos e feridos na multidão estavam tão comprimidos, tão próximos uns dos outros, que não caíam.

As portas revestidas de bronze do Diretório cederam com um estalo que ninguém ouviu. As pessoas se empurraram e pisotearam umas às outras em direção às portas, procurando abrigo da saraivada de balas. Empurraram-se às centenas para dentro das altas paredes de mármore, algumas se agachando para se esconder no primeiro refúgio que viam, algumas se empurrando adiante para encontrar uma saída pelos fundos do edifício, outras ficando para destruir o que podiam antes da chegada dos soldados. Quando chegaram, marchando em seus elegantes uniformes pretos pela escadaria, por entre os mortos e os homens e as mulheres agonizantes, encontraram na parede alta, cinza e polida do grande vestíbulo uma palavra escrita na altura dos olhos, em extensas manchas de sangue: ABAIXO!

Atiraram nos homens mortos que estavam estirados mais perto da palavra e, mais tarde, quando o Diretório foi recolocado em ordem, a palavra foi apagada com água, sabão e panos, mas ela permaneceu; tinha sido dita; tinha sentido.

Ele percebeu que era impossível seguir adiante com seu companheiro, que estava enfraquecendo, começando a cambalear. Não havia aonde ir, exceto para longe da Praça do Capitólio. Tampouco havia onde parar. A multidão tinha se reagrupado duas vezes no Bulevar Mesee, tentando enfrentar a polícia, mas os carros blindados do exército vieram atrás da polícia e impeliram as pessoas para a frente, em direção à Cidade Velha. Os casacos-pretos não tinham atirado nenhuma das duas vezes, embora se pudesse ouvir o barulho de armas em outras ruas. Os helicópteros ruidosos cruzavam as ruas de cima a baixo; não se podia escapar deles.

Seu companheiro respirava em soluços, sorvendo o ar, enquanto ele se esforçava para continuar. Shevek praticamente o carregara por vários quarteirões, e agora estavam muito atrás da concentração principal da multidão. Não adiantava tentar alcançá-la.

– Aqui, sente-se aqui – disse ao homem, e ajudou-o a sentar no primeiro degrau da entrada do porão de algum tipo de armazém, em cujas venezianas a palavra GREVE estava escrita a giz em letras garrafais. Ele desceu até a porta do porão e tentou abri-la; estava trancada. Todas as portas estavam trancadas. A propriedade era privada. Pegou um pedaço de pedra que tinha se soltado do canto da escada e arrebentou o cadeado e o trinco da porta, agindo não de forma furtiva ou vingativa, mas com a segurança de alguém destrancando a própria porta de entrada. Olhou lá dentro. O porão estava cheio de engradados e sem ninguém. Ajudou o companheiro a descer os degraus, fechou a porta e disse:

– Sente aqui, deite, se quiser. Vou ver se tem água.

O lugar, obviamente um depósito químico, tinha uma fileira de tanques de água, bem como um sistema de mangueiras para incêndios. O companheiro de Shevek estava desmaiado quando ele voltou. Aproveitou a oportunidade para lavar a mão do homem com um filete de água da mangueira e dar uma olhada no ferimento. Era pior do que tinha pensado. Mais de uma bala devia tê-lo atingido, arrancando dois dedos e destroçando a palma da mão e o pulso. Pedaços de osso lascado se projetavam para fora como palitos de dente. O homem estava em pé perto de Shevek e Maedda quando os helicópteros começaram a disparar e, atingido, tinha se chocado contra Shevek, agarrando-o para se apoiar.

Shevek o amparara com um braço durante toda a fuga através do Diretório; duas pessoas poderiam manter-se de pé melhor do que uma naquele primeiro tumulto da multidão.

Fez o que pôde para estancar o sangramento com um torniquete e para enfaixar, ou pelo menos cobrir, a mão destruída, e conseguiu fazer o homem beber um pouco d'água. Não sabia o nome dele; pela braçadeira branca, era um Trabalhador Socialista; parecia ter quase a mesma idade de Shevek, 40, ou um pouco mais.

Nas usinas do Sudoeste, Shevek tinha visto homens muito mais feridos do que aquele em acidentes e aprendera que as pessoas podem, incrivelmente, suportar a dor e sobreviver a ferimentos graves. Mas aquelas pessoas tinham recebido cuidados. Havia um cirurgião para amputar, plasma para compensar a perda de sangue, uma cama para se deitar.

Shevek sentou-se no chão ao lado do homem, que agora estava semiconsciente e em choque, e olhou em volta, as pilhas de engradados, as longas e escuras passagens entre eles, o lampejo esbranquiçado da luz do dia vindo das frestas das venezianas fechadas ao longo da parede da frente, as riscas brancas de salitre no teto, as marcas das botas dos trabalhadores e das rodas dos carrinhos no chão de cimento empoeirado. Uma hora, centenas de milhares de pessoas cantando a céu aberto; na hora seguinte, dois homens se escondendo num porão.

– Vocês são desprezíveis – Shevek disse em právico ao seu companheiro. – Não podem deixar as portas abertas. Nunca serão livres. – Pôs a mão delicadamente na testa do homem; estava fria e suada. Soltou o torniquete por um momento, levantou-se, atravessou o porão escuro até a porta e subiu para a rua. A frota de carros blindados já tinha passado. Uns poucos retardatários da passeata passavam apressados, de cabeça baixa, em território inimigo. Shevek tentou falar com dois deles; um terceiro enfim parou para ouvi-lo:

– Preciso de um médico, há um homem ferido. Pode mandar um médico aqui?

– Melhor tirá-lo de lá.

– Ajude-me a carregá-lo.

O homem voltou a andar apressado.

– Eles estão vindo para cá – ele disse, virando a cabeça para trás. – É melhor você dar o fora.

Ninguém mais passou, e logo Shevek viu um destacamento de casacos-pretos do final da rua. Ele voltou ao porão, fechou a porta, voltou para o lado do homem ferido e sentou-se no chão empoeirado.

– Inferno – disse.

Depois de um tempo, tirou o caderninho do bolso da camisa e começou a estudá-lo.

À tarde, quando olhou lá fora com cuidado, viu um carro blindado estacionado do outro lado da rua e dois outros atravessados no cruzamento. Isso explicou os gritos que estivera ouvindo: eram os soldados dando ordens uns aos outros.

Atro uma vez lhe explicara como isso funcionava, como os sargentos podiam dar ordens aos soldados, como os tenentes podiam dar ordens aos soldados e aos sargentos, como os capitães... e daí por diante, até chegar aos generais, que podiam dar ordens a todo mundo e não precisavam receber ordens de ninguém, exceto do comandante supremo. Shevek ouvira com aversão incrédula.

– Vocês chamam isso de organização? – ele perguntara. – Chamam até de disciplina? Mas não é nem uma coisa nem outra. É um mecanismo coercitivo de extraordinária ineficiência... uma espécie de máquina a vapor do sétimo milênio! Com uma estrutura tão rígida e frágil, o que se poderia fazer que valesse a pena? – Isso dera a Atro a oportunidade de argumentar a favor da guerra como geradora da coragem e da virilidade e como extirpadora dos incapazes, mas sua própria linha de raciocínio o forçara a concordar com a eficácia das guerrilhas, organizadas de baixo, autodisciplinadas. – Mas só funciona quando as pessoas pensam que estão lutando por algo que lhes pertence... você sabe, suas casas, ou alguma ideia, ou outra coisa – tinha dito o velho. Shevek desistira da discussão. Agora a continuava, no porão que escurecia por entre os engradados empilhados de produtos químicos sem rótulos. Explicou a Atro que agora entendia por que o exército era organizado daquela maneira. Era de fato muito necessário. Nenhuma forma racional de organização serviria ao propósito. Ele simplesmente não entendera que o propósito era habilitar homens a usar metralhadoras para matar homens e mulheres desarmados com facilidade, e em grandes quantidades, quando recebessem a ordem. Só não conseguia entender onde entrava a coragem, ou virilidade, ou capacidade.

De vez em quando falava com seu companheiro também, enquanto escurecia. O homem agora estava deitado de olhos abertos e gemeu duas vezes de um modo que comoveu Shevek, um gemido infantil, paciente. O homem fizera um esforço nobre de se manter de pé e andando o tempo todo, nos primeiros momentos de pânico da multidão forçando a entrada no Diretório, e correndo, e depois caminhando em direção à Cidade Velha; tinha escondido a mão ferida sob o casaco, pressionando-a contra o flanco, e tinha feito o possível para prosseguir e não deter Shevek. Da segunda vez que gemeu, Shevek segurou-lhe a mão ilesa e sussurrou "Não, não. Fique quieto, irmão", só porque não suportava ouvir a dor do homem sem poder fazer nada por ele. O homem provavelmente pensou que ele deveria ficar quieto para que não os entregasse à polícia, pois concordou com um fraco movimento da cabeça e fechou a boca.

Os dois aguentaram ficar ali três noites. Durante todo esse tempo houve combates esporádicos no bairro do depósito, e o bloqueio do exército permaneceu naquele quarteirão do Bulevar Mesee. Em nenhum momento os combates se aproximaram dali, mas o lugar estava sob forte vigilância, portanto os homens escondidos não tinham chance alguma de saírem sem se renderem. Uma vez, quando seu companheiro estava acordado, Shevek lhe perguntou:

– Se saíssemos e nos entregássemos à polícia, o que fariam conosco?

O homem sorriu e sussurrou:

– Nos matariam.

Como tinha havido disparos dispersos nas redondezas, próximos e distantes, e explosões sólidas ocasionais, e barulho de helicópteros, a opinião do homem parecia bem fundamentada. O motivo de seu sorriso era menos claro.

Morreu por perda de sangue naquela noite, enquanto dormiam lado a lado para se aquecerem no colchão que Shevek fizera com palha tirada dos engradados. O corpo já estava rígido quando Shevek acordou, sentou-se e ouviu o silêncio no grande porão escuro, e na rua, e em toda a cidade, um silêncio de morte.

10

○○○○○

As ferrovias no Sudoeste seguiam, em sua maioria, sobre aterros de mais ou menos um metro acima da planície. Havia menos nuvem de poeira num leito mais elevado, o que oferecia aos viajantes uma bela vista da região desértica.

O Sudoeste era a única das oito Divisões de Anarres sem nenhuma grande fonte de água. Pântanos se formavam pelo degelo polar no verão, no extremo sul; nas proximidades do equador só havia lagos rasos e alcalinos, em vastas salinas. Não havia nenhuma montanha; a cada cem quilômetros, mais ou menos, uma cadeia de colinas estendia-se no sentido norte-sul, áridas, fendidas, desgastadas em penhascos e pináculos. Eram riscadas de violeta e vermelho, e nas faces dos rochedos o musgo da rocha, planta capaz de sobreviver aos extremos de calor, frio, aridez e vento, crescia em verticais ousados de cinza-verde, formando um desenho xadrez com os estriamentos de arenito. Não havia nenhuma outra cor na paisagem além de cinza-pardo, que desbotava num tom esbranquiçado nas salinas semicobertas de areia. Raras nuvens carregadas moviam-se acima na planície, branco vívido num céu apurpurado. Não faziam chuva, apenas sombra. O aterro e os trilhos cintilantes estendiam-se em linha reta atrás do trem a perder de vista, e em linha reta adiante a perder de vista.

– Não dá para fazer nada no Sudoeste – disse o maquinista – a não ser atravessá-lo.

Seu companheiro não respondeu, pois adormecera. Sua cabeça sacolejava com a vibração da locomotiva. As mãos, calejadas e enegrecidas por queimaduras de frio, descansavam soltas sobre as coxas; o rosto relaxado era enrugado e triste. Pegara carona na Montanha do Cobre e, como não havia outros passageiros, o maquinista tinha lhe pedido para se sentar na cabine e lhe fazer companhia. Ele dormira imediatamente. O maquinista o olhava de relance de vez em quando, um tanto decepcionado, mas com complacência. Tinha visto tanta gente exausta nos últimos anos que isso lhe parecia a condição normal.

No final da longa tarde o homem acordou e, depois de fitar o deserto por um instante, perguntou:

— Você sempre faz esse trajeto sozinho?

— Nos últimos três ou quatro anos.

— O trem já quebrou aqui?

— Duas vezes. Tem provisões e água de sobra no armário. Por falar nisso, está com fome?

— Ainda não.

— Eles mandam o carro de consertos lá de Solitário em um ou dois dias.

— Solitário é o nome do próximo povoado?

— Isso. Mil e setecentos quilômetros das Minas de Sedep até Solitário. A maior distância entre cidades em Anarres. Faço esse trajeto há onze anos.

— Não cansa?

— Não. Gosto de trabalhar sozinho.

O passageiro concordou com um movimento da cabeça.

— E é estável. Gosto de rotina; dá tempo de pensar. Quinze dias viajando, quinze de folga com a parceira em Nova Esperança. Entra ano, sai ano; seca, fome, o que for. Nada muda, aqui é sempre seca. Gosto da viagem. Pode pegar água, por favor? O refrigerador fica nos fundos, embaixo do armário.

Cada um tomou uma longa golada na garrafa. A água tinha um gosto alcalino, choco, mas estava fresca.

— Ah, que bom! – o passageiro disse, agradecido. Pôs a garrafa de lado e, voltando ao seu assento na frente da cabine, espreguiçou-se, forçando as mãos contra o teto. – Então você tem uma parceira – disse. Falou com uma simplicidade que agradou o maquinista, e ele respondeu:

– Há dezoito anos.

– Estão apenas começando.

– Caramba, concordo! Mas isso é uma coisa que certas pessoas não entendem. Mas eu penso que, se a gente copula bastante na adolescência, é quando se aproveita melhor, e também descobre que é tudo mais ou menos a mesma coisa! E uma coisa boa, claro! Mas mesmo assim, o diferente não é copular; é a outra pessoa. E dezoito anos é realmente só o começo, quando se fala em entender *essa* diferença. Pelo menos quando é uma mulher que a gente está tentando entender. A mulher não revela que está intrigada com um homem, mas talvez esteja blefando... De todo modo, o prazer está aí. A intriga, o blefe e todo o resto. A variedade. A variedade não é só ficar de lá para cá o tempo todo. Eu, jovem, andei por Anarres inteiro. Dirigi e carreguei em todas as Divisões. Devo ter conhecido cem garotas em cidades diferentes. Ficou enfadonho. Voltei para cá e faço este percurso a cada três décadas, entra ano e sai ano, por este mesmo deserto onde não dá para distinguir uma colina de areia da outra, e é tudo a mesma coisa por 3 mil quilômetros, para onde quer que a gente olhe, e depois vou para casa, para a mesma parceira... E eu nunca, nenhuma vez, fiquei enfadado. Não é andar de um lugar a outro que faz a gente se sentir vivo. É ter o tempo a seu favor. Trabalhando com ele, não contra ele.

– É isso aí – disse o passageiro.

– Onde está a parceira?

– No Nordeste. Há quatro anos.

– Tempo demais – disse o maquinista. – Vocês deviam ter sido enviados para um posto juntos.

– Não onde eu estava.

– Onde era?

– Em Cotovelo, e depois Vale Grande.

– Já ouvi falar em Vale Grande. – Ele agora olhava o passageiro com o respeito devido a um sobrevivente. Viu a aparência seca da pele bronzeada do homem, uma espécie de desgaste até os ossos, que ele vira em outros que tinham passado pelos anos da fome na Poeira. – Não devíamos ter tentado manter aquelas usinas funcionando.

– Precisávamos dos fosfatos.

– Mas dizem que, quando o trem de provisões foi atacado em Portal, eles mantinham as usinas funcionando enquanto as pessoas morriam de fome no trabalho. Elas se afastavam um pouco, deitavam e morriam. Foi assim mesmo?

O homem confirmou com um movimento da cabeça. Não disse nada. O maquinista não insistiu, mas, após um momento, falou:

– Fiquei imaginando o que faria se um dia o meu trem fosse atacado.

– Nunca foi?

– Não. É que não carrego comida; um vagão, no máximo, até Sedep do Norte. Esta é uma rota de minérios. Mas, se eu pegasse uma rota de provisões e eles me parassem, o que eu faria? Passaria por cima de todo mundo e levaria a comida para onde ela deveria ir? Mas que diabos, vou passar por cima de crianças, de velhos? Estão fazendo coisa errada, mas vou *matá-los* por isso? Não sei!

Os trilhos retos e brilhantes corriam sob as rodas. Nuvens a oeste projetavam grandes miragens tremulantes na planície, sombras de sonhos de lagos secos há 10 milhões de anos.

– Um síndico, um camarada que conheço há anos, fez exatamente isso, ao norte daqui, em 66. Tentaram descarrilar um vagão de cereais do trem dele. Ele recuou o trem e matou dois antes de saírem dos trilhos; eram como vermes num peixe podre, um monte, ele disse. Ele pensou: tem oitocentas pessoas esperando esse vagão de cereais, e quantas podem morrer se ele não chegar lá? Mais de duas, muito mais. Então, parece que ele estava certo. Mas, caramba! Não sou capaz de fazer essas contas, não sei se é certo contar pessoas como se contam números. Mas então o que você faz? Quem você mata?

– No meu segundo ano no Cotovelo, eu fazia as listas de trabalho, e o sindicato cortou as rações. Quem trabalhava seis horas na fábrica recebia a ração completa... que mal dava para aquele tipo de serviço. Quem trabalhava meio período recebia três quartos de ração. Se ficavam doentes ou muito fracos, recebiam metade. Com meia ração não se podia melhorar. Não se podia voltar ao trabalho. Talvez conseguisse ficar vivo. Eu tinha de deixar pessoas com meia ração, pessoas que já estavam doentes. Eu estava trabalhando em tempo integral, às vezes dez horas, no escritório, então recebia rações completas: eu tinha direito a essas rações, tinha direito por fazer as listas de quem deveria passar fome. – Os olhos claros do homem olharam em direção à luz seca à frente. – Como você disse, eu tinha de contar pessoas.

– Desistiu do trabalho?

– Sim, desisti. Fui para o Vale Grande. Mas alguém assumiu as listas nas usinas do Cotovelo. Sempre existe alguém querendo fazer listas.

– Ora, isso está errado – disse o maquinista, franzindo o cenho em direção ao clarão da luz. Tinha a cabeça e o rosto calvos e de pele escura, sem nenhum pelo entre as bochechas e o occipício, embora tivesse menos de 45 anos. Era um rosto forte, duro e inocente. – Está totalmente errado. Eles deviam ter fechado as usinas temporariamente. Não se pode pedir a um homem que faça isso. Não somos odonianos? Tudo bem que um homem pode perder a paciência. Foi isso o que aconteceu com as pessoas que atacaram os trens. Elas estavam com fome, as crianças estavam com fome, estavam com fome há muito tempo, tem comida passando e não é para elas. Elas perdem a paciência e vão atrás da comida. Foi a mesma coisa com o amigo, aquelas pessoas estavam desmontando o trem sob a responsabilidade dele, ele perdeu a paciência e deu marcha à ré. Ele não contou as pessoas. Não naquele momento! Mais tarde, talvez. Porque ele ficou doente quando viu o que tinha feito. Mas o que mandaram você fazer, dizer quem vive e quem morre... Isso não é um trabalho que a pessoa tem direito de fazer, nem de pedir a ninguém para fazer.

– Estamos passando por tempos difíceis, irmão – disse o passageiro com delicadeza, observando o clarão da planície onde as sombras de água oscilavam e flutuavam com o vento.

O velho dirigível cargueiro deslizou acima das montanhas e atracou no aeroporto da Montanha Rim. Os passageiros desembarcaram. No instante exato em que o último deles tocou o solo, o solo se abriu e tremeu.

– Terremoto – observou o passageiro; ele era um morador local voltando para casa. – Caramba, olhe aquela poeira! Qualquer dia a gente vai descer aqui e não vai ter mais montanha nenhuma.

Dois passageiros preferiram aguardar os caminhões serem carregados e viajar com eles. Shevek preferiu caminhar, já que o morador local disse que Chakar ficava a apenas seis quilômetros montanha abaixo.

A estrada seguia por uma série de longas curvas, com uma leve subida no fim de cada uma. Os aclives à esquerda da estrada e os declives à direita estavam cheios de holum rasteira; fileiras de grandes árvores holum, espaçadas como se tivessem sido plantadas, acompanhavam os veios do lençol de água ao longo das encostas das montanhas. No topo de um aclive, Shevek viu o dourado luminoso do crepúsculo sobre as colinas escuras e sinuosas. Não havia nenhum sinal de vida humana ali, exceto pela própria estrada, descendo no anoitecer. Quando começou a descer, o ar rosnou um pouco, e ele sentiu uma estranheza: não um sobressalto, não um tremor, mas um deslocamento, uma convicção de que as coisas estavam erradas. Concluiu o passo que havia começado, e o solo estava ali para encontrar seu pé. Prosseguiu; a estrada continuou descendo. Ele não estivera em perigo, mas nunca, em qualquer situação de perigo, tinha ficado tão perto da morte. A morte estava nele, debaixo dele; a própria terra era incerta, instável. O duradouro, o estável é uma promessa feita pela mente humana. Shevek sentiu o ar puro e frio em sua boca e em seus pulmões. Escutou. Ao longe, uma torrente na montanha ressoava em algum lugar, caindo na escuridão.

Chegou a Chakar no início da noite. O céu estava violeta-escuro sobre os cumes pretos das montanhas. As luzes da rua tremeluziam brilhantes e solitárias. As fachadas das casas pareciam esboços na luz artificial, atrás delas a erma escuridão. Havia muitos terrenos vazios, muitas casas sozinhas: uma cidade velha, uma cidade de fronteira, isolada, espalhada. Uma mulher que passava indicou o Domicílio 8 a Shevek.

– Por ali, irmão, depois do hospital, no final da rua. – A rua se estendeu no escuro sob a encosta da montanha e terminou na porta de um prédio baixo. Ele entrou e deparou com o vestíbulo de um domicílio rural que o remeteu à infância, aos lugares em Liberdade, Monte Tambor, Campina Vasta, onde ele e seu pai moraram: a luz fraca, os tapetes remendados; um folheto descrevendo um grupo local para formação de maquinistas, uma folha com datas de reuniões do sindicato e um cartaz de peça teatral de três semanas antes, afixados no quadro de avisos; um retrato amador de Odo emoldurado acima do sofá da sala comum; um harmônio artesanal; uma lista dos residentes e um aviso pendurado na porta com os horários da água quente nos banheiros da cidade.

Sherut, Takver, nº 3.

Ele bateu, observando o reflexo da luz do teto na superfície escura da porta, que não se ajustava muito bem ao batente. Uma mulher disse:

– Entre!

Ele abriu a porta. A luz mais forte do quarto estava atrás dela. Por um momento, não conseguiu ver bem o suficiente para ter certeza de que era Takver. Ela ficou olhando para ele. Estendeu a mão, como se fosse empurrá-lo ou segurá-lo, um gesto incerto, inacabado. Ele pegou a mão dela, e então se abraçaram, se uniram, e ficaram abraçados na terra insegura.

– Entre – disse Takver –, ah, entre, entre.

Shevek abriu os olhos. Mais adiante dentro do quarto, que agora parecia muito claro, ele viu o rosto sério e atento de uma pequena criança.

– Sadik, este é Shevek.

A criança foi até Takver, agarrou a perna da mãe e rompeu em lágrimas.

– Mas não chore, por que está chorando, benzinho?

– E por que você está chorando? – sussurrou a criança.

– Porque estou feliz! Só porque estou feliz. Sente no meu colo. Mas Shevek, Shevek! A sua carta só chegou ontem. Eu ia ao telefone depois de levar Sadik para dormir. Você disse que ia *telefonar* hoje à noite. Não *vir* hoje à noite! Oh, não chore, Sadikinha, olhe, não estou mais chorando, estou?

– O homem chorou também.

– Claro que chorei.

Sadik olhou para ele com uma curiosidade desconfiada. Estava com 4 anos. Tinha uma cabeça redonda, um rosto redondo, ela era redonda, morena, felpuda, macia.

Não havia mobília no quarto, exceto as duas camas. Takver tinha se sentado em uma, com Sadik no colo, Shevek sentou-se na outra e esticou as pernas. Enxugou os olhos com as costas das mãos e estendeu-as, mostrando os nós dos dedos para Sadik.

– Está vendo? – ele disse. – Estão molhadas. E o nariz está escorrendo. Você tem um lenço?

– Tenho. Você não tem?

– Eu tinha, mas perdi numa lavanderia.

– Você pode compartilhar o lenço que eu uso – disse Sadik, após uma pausa.

– Ele não sabe onde está – disse Takver.

Sadik desceu do colo da mãe e foi buscar um lenço na gaveta do armário. Voltou e o deu a Takver, que o entregou para Shevek.

– Está limpo – disse Takver, com seu sorriso largo. Sadik observava atentamente enquanto Shevek limpava o nariz.

– Teve um terremoto aqui pouco tempo atrás?

– Treme o tempo todo. A gente até para de perceber – disse Takver, mas Sadik, encantada por poder dar informação, disse em sua voz aguda, mas rouca:

– Sim, teve um grande antes do jantar. Quando tem terremoto, as janelas ficam chiando e o chão balança, e aí a gente tem que ficar debaixo da porta ou lá fora.

Shevek olhou para Takver; ela retribuiu o olhar. Takver tinha envelhecido mais de quatro anos. Nunca tivera dentes bons e agora perdera dois, bem atrás dos caninos superiores, de modo que as falhas apareciam quando ela sorria. A pele já não tinha a firmeza lisa da juventude, e seu cabelo, preso impecavelmente para trás, estava sem brilho.

Shevek viu claramente que ela perdera a graça da juventude e parecia uma mulher simples, cansada, chegando à meia-idade. Viu isso com mais clareza do que qualquer um poderia ter visto. Viu tudo a respeito de Takver de uma maneira que ninguém mais poderia ter visto, do ponto de vista de anos de intimidade e anos de saudade. Ele a viu como ela era.

Seus olhos se encontraram.

– Como... como têm sido as coisas por aqui? – ele perguntou, corando na mesma hora e obviamente falando ao acaso. Ela sentiu a onda palpável, o ímpeto do desejo dele. Ela também ficou levemente ruborizada e sorriu. Disse em sua voz rouca:

– Ah, a mesma coisa de quando conversamos pelo telefone.

– Isso foi há seis décades!

– As coisas continuam as mesmas por aqui.

– É muito bonito aqui... as colinas. – Ele viu nos olhos de Takver a escuridão dos vales das montanhas. A intensidade de seu desejo sexual teve um aumento abrupto, deixando-o tonto por um momento; depois superou a crise temporariamente e tentou diminuir a ereção. – Você acha que vai querer ficar aqui? – ele perguntou.

– Tanto faz – ela disse, em sua voz estranha, profunda, rouca.

– Seu nariz ainda está escorrendo – observou Sadik, sutilmente, mas sem viés emocional.

– Ainda bem que é só isso – disse Shevek. Takver disse:

– Quieta, Sadik, não egoíze! – Os dois adultos riram. Sadik continuou a estudar Shevek.

– Eu gosto da cidade, Shev. As pessoas são simpáticas... todas elas. Mas o trabalho não é muito. É só trabalho de laboratório no hospital. O problema da falta de técnicos quase acabou, e eu poderia ir embora logo sem deixá-los em dificuldade. Gostaria de voltar a Abbenay, se é isso o que você estava pensando. Você já conseguiu seu posto de volta?

– Não pedi e não verifiquei. Estou na estrada há uma década.

– O que você estava fazendo na estrada?

– Viajando, Sadik.

– Ele estava atravessando meio mundo, lá do sul, dos desertos, para chegar até nós – disse Takver. A criança sorriu, ajeitou-se numa posição mais confortável no colo da mãe e bocejou.

– Já comeu, Shev? Está cansado? Tenho que levar esta criança para a cama, eu estava pensando em sair quando você bateu na porta.

– Ela já dorme no dormitório?

– Desde o início deste trimestre.

– Eu já tinha 4 anos – declarou Sadik.

– Você diz eu já *tenho* 4 anos – corrigiu Takver, tirando-a do colo com delicadeza, a fim de pegar seu casaco no armário. Sadik ficou de pé, de perfil para Shevek; ela estava extremamente consciente da presença dele e dirigia suas observações a ele.

– Mas eu *tinha* 4 anos, agora tenho mais de 4.

– Uma temporalista, como o pai!

– Você não pode ter 4 anos e mais de 4 anos ao mesmo tempo, pode? – perguntou a criança, percebendo a aprovação, e agora falando diretamente com Shevek.

– Ah, sim, facilmente. E você pode ter 4 anos e quase 5 ao mesmo tempo também. – Sentado na cama baixa, ele podia manter a cabeça no mesmo nível da cabeça da criança, de modo que ela não precisava olhar para cima para vê-lo. – Mas eu tinha esquecido que você já tem quase 5 anos, entende? Quando a vi pela última vez, você era uma coisinha de nada.

– É mesmo? – Seu tom de voz era sem dúvida galanteador.

– Sim. Você era mais ou menos deste tamanho. – Ele afastou um pouco as mãos uma da outra.

– Eu já sabia falar?

– Você falava uá e algumas outras coisas.

– Eu acordava todo mundo do dormitório, como o bebê de Cheben? – ela interrogou, com um sorriso largo e alegre.

– Claro.

– Quando eu aprendi a falar de verdade?

– Com mais ou menos 1 ano e meio – disse Takver – e depois nunca mais calou a boca. Onde está o gorro, Sadikinha?

– Na escola. Eu odeio o gorro que eu uso – ela informou a Shevek.

Caminharam com a criança pelas ruas ventosas até o dormitório do centro de aprendizagem e a levaram até o saguão. Era também um lugar pequeno e decadente, mas alegrado pelos desenhos das crianças, pelas várias miniaturas de máquinas feitas de bronze e pela bagunça espalhada de casas de brinquedo e bonecos de madeira pintada. Sadik deu um beijo de boa-noite na mãe e depois virou-se para Shevek e estendeu os braços; ele se curvou até ela; ela o beijou sem rodeios, mas com firmeza, e disse:

– Boa noite! – Foi embora com a assistente noturna, bocejando. Ouviram a voz da criança e a da assistente, pedindo silêncio de maneira carinhosa.

– Ela é linda, Takver. Linda, inteligente, forte.

– Receio que seja mimada.

– Não, não. Você se saiu bem, maravilhosamente bem... numa época tão difícil...

– Não tem sido tão difícil aqui em Chakar, não do jeito que foi no sul – ela disse, olhando para ele enquanto saíam do dormitório. – As crianças eram alimentadas aqui. Não muito bem, mas o suficiente. A comunidade local consegue plantar seu alimento. Nem que seja holum rasteira. Dá para juntar sementes de holum silvestre e triturá-las para uma refeição. Ninguém passou fome aqui. Mas eu realmente mimei Sadik. Eu a amamentei até os 3 anos, claro, por que não, se não havia nada de bom para dar a ela depois que desmamasse! Mas eles desaprovavam, lá na estação de pesquisa em Rolny. Queriam que eu a colocasse na creche em período integral. Diziam que eu estava sendo proprietária com a criança e não estava me dedicando integralmente ao esforço social da crise. E tinham razão, na verdade. Mas eram tão moralistas. Nenhum deles entendia o que era estar sozinho. Eram todos grupais, sem personalidade individual. Eram as mulheres que me chateavam por causa da amamentação. Verdadeiras exploradoras de corpos. Fiquei lá porque a comida era boa; experimentando as algas para ver se eram palatáveis, às vezes a gente acabava comendo bem mais do que a porção padrão, mesmo que as algas tivessem gosto de cola; fiquei até eles conseguirem me substituir por alguém que se adaptasse melhor. Depois fui para Recomeço e fiquei lá mais ou menos dez décadas. Isso foi no inverno, há dois anos, aquele período longo em que a correspondência não chegava, quando as coisas estavam tão ruins lá onde você estava. Em Recomeço vi este posto numa lista e vim para cá. Sadik ficou comigo no domicílio até este outono. Ainda sinto falta dela. O quarto ficou tão silencioso.

– Você não tem uma companheira de quarto?

– Sherut, ela é muito simpática, mas trabalha à noite no hospital. Já estava na hora de Sadik ir, é bom para ela morar com outras crianças. Ela estava ficando tímida. Ela aceitou muito bem ir para lá, foi muito estoica. Crianças pequenas são estoicas. Choram se tropeçam e caem, mas aceitam as coisas difíceis quando elas vêm, não ficam choramingando como tantos adultos.

Seguiram caminhando lado a lado. As estrelas de outono já tinham surgido, incríveis em número e brilho, luzindo e quase piscando, por causa da poeira levantada pelo terremoto e pelo vento, de modo que o céu inteiro parecia tremeluzir, um brilho oscilante de diamantes lapidados, uma cintilação de luz solar num mar sombrio. Sob aquele esplendor inquieto, as colinas pareciam escuras e sólidas, os telhados bem demarcados, as luzes dos postes, fracas.

– Faz quatro anos – disse Shevek. – Faz quatro anos que voltei a Abbenay daquele lugar no Poente Sul... como era o nome?... Fontes Vermelhas. Foi numa noite assim, com vento e estrelas. Eu corri, corri o caminho todo, desde a Rua da Planície até o domicílio. E você não estava lá, tinha ido embora. Quatro anos!

– No momento em que parti de Abbenay percebi que estava sendo uma idiota em ir embora. Com fome ou sem fome, eu deveria ter recusado o posto.

– Não teria feito muita diferença. Sabul estava me esperando para me dizer que eu estava fora do Instituto.

– Mas eu estaria lá, e você não teria ido para a Poeira.

– Talvez não, mas pode ser que não tivéssemos conseguido postos no mesmo lugar. Por um tempo, parecia que nada conseguia permanecer no mesmo lugar, não é? As cidades do Sudoeste... não sobrou nenhuma criança lá. Ainda não tem nenhuma. Mandaram todas para o Norte, para regiões onde existe comida local, ou pelo menos uma chance. E eles ficaram para manter as minas funcionando. É um milagre termos vencido tantas dificuldades, todos nós, não é?... Mas, caramba, vou fazer o meu próprio trabalho agora!

Ela segurou o braço dele. Ele parou abruptamente, como se o toque dela o tivesse eletrocutado na hora. Ela o sacudiu, sorrindo.

– Você não comeu, né?

– Não. Ah, Takver, senti tanto a sua falta, tanto!

Abraçaram-se ardorosamente, na rua escura entre os postes de luz, sob as estrelas. Afastaram-se com o mesmo ímpeto, e Shevek encostou-se no muro mais próximo.

– É melhor eu comer alguma coisa – ele disse.

– Sim, senão você vai cair de cara no chão! Vamos.

Caminharam um quarteirão até o refeitório, o maior prédio em Chakar. O jantar regular já tinha acabado, mas os cozinheiros estavam comendo e providenciaram ao viajante uma tigela de cozido e pão à vontade. Todos se sentaram à mesa mais próxima da cozinha. As outras mesas já tinham sido limpas e postas para a manhã seguinte. O grande salão parecia uma caverna, o teto alto nas trevas, a outra extremidade obscura, exceto onde uma tigela ou uma xícara cintilavam numa mesa escura, refletindo a luz. Os cozinheiros e os atendentes formavam uma equipe silenciosa, cansada após um dia de trabalho; comiam depressa, sem falar muito, não prestando muita atenção em Takver e no estranho. Um após o outro, terminavam de comer, deixavam a mesa e levavam o prato aos lavadores na cozinha. Uma mulher idosa disse, ao sair:

– Não tenham pressa, ammari, eles ainda têm uma hora de lavagem de louça. – Ela tinha um rosto severo e parecia austera, não maternal, não benevolente; mas falou com compaixão, com a caridade dos iguais. Não podia fazer nada por eles, exceto dizer "Não tenham pressa" e olhar para eles por um momento com o olhar do amor fraterno.

Eles também não podiam fazer mais nada por ela, e muito pouco um pelo outro.

Voltaram ao Domicílio 8, Quarto 3, e ali o longo desejo foi satisfeito. Nem sequer acenderam a luz; ambos gostavam de fazer amor no escuro. Na primeira vez, ambos gozaram quando Shevek a penetrou; na segunda vez, se contorceram e gritaram num furor de êxtase, prolongando o clímax como se adiassem o momento da morte; na terceira vez, ambos estavam meio adormecidos, girando em torno do centro de prazer infinito, em torno da essência um do outro, como planetas girando, de modo despreocupado e silencioso, no fluxo da luz solar, em torno do centro comum de gravidade, rodando, girando infinitamente.

Takver acordou ao amanhecer. Apoiou-se no cotovelo e olhou para o quadrado cinza da janela, depois olhou para Shevek. Ele estava deitado de costas, respirando tão calmo que seu peito mal se movia, o rosto um pouco jogado para trás, distante e circunspecto, na luz fraca. Nós viemos, pensou Takver, de uma longa distância um para o outro. Sempre foi assim. Atravessamos grandes distâncias, longos anos, abismos de probabilidade. É porque ele vem de tão longe que nada pode nos separar. Nada, nem as distâncias, nem os anos podem ser maiores do que a distância que já existe entre nós, a distância de nosso sexo, a diferença de nosso ser, nossas mentes; essa lacuna, esse abismo que transpomos com um olhar, com um toque, com uma palavra, a coisa mais fácil do mundo. Veja como ele está longe, adormecido. Veja como ele está longe, ele sempre está longe. Mas ele volta, ele volta, ele volta...

Takver avisou sobre sua partida no hospital de Chakar, mas ficou até conseguirem substituí-la no laboratório. Trabalhava num turno de oito horas – no terceiro trimestre do ano 168, muitas pessoas ainda trabalhavam em longos turnos nos postos de emergência, pois, embora a seca tivesse abrandado no inverno de 167, a economia ainda não havia de modo algum retornado ao normal. "Trabalho longo e refeição curta" ainda era a regra para as pessoas em trabalho qualificado, mas a comida era agora adequada a um dia de trabalho, o que não fora o caso nos dois anos anteriores.

Shevek não fez muita coisa durante algum tempo. Não se considerava doente; após quatro anos de fome, todos estavam tão acostumados aos efeitos das privações e da subnutrição que já os consideravam normais. Estava com a tosse da poeira, que era endêmica nas comunidades dos desertos do sul, uma irritação crônica dos brônquios semelhante à silicose e outras doenças que acometiam os mineiros, mas isso também era algo que se aceitava como natural onde estavam vivendo. Ele simplesmente gostava do fato de que, se não tivesse vontade de fazer nada, não precisava fazer nada.

Por alguns dias ele e Sherut compartilhavam o quarto durante o dia, ambos dormindo até o final da tarde; depois Sherut, uma mulher pacata de 40 anos, foi morar com outra mulher que trabalhava à noite, e Shevek e Takver ficaram com o quarto só para eles, nas quatro décadas seguintes em que permaneceram em Chakar. Enquanto Takver trabalhava, ele dormia, ou saía para caminhar nos campos ou nas colinas áridas e estéreis que dominavam a cidade. Ia até o centro de aprendizagem no final da tarde e observava Sadik e as outras crianças nos playgrounds, ou se envolvia, como os adultos muitas vezes faziam, num dos projetos das crianças – um grupo de carpinteiros loucos de 7 anos de idade, ou dois topógrafos sóbrios enfrentando problemas com triangulação. Depois acompanhava Sadik até o quarto; encontravam Takver quando ela saía do trabalho e iam juntos aos banheiros e ao refeitório. Uma ou duas horas após o jantar, ele e Takver levavam a criança de volta ao dormitório e retornavam ao quarto. Os dias transcorriam na mais completa paz, na luz do sol de outono, no silêncio das colinas. Para Shevek, era um tempo fora do tempo, a favor do fluxo, irreal, duradouro, encantado. Ele e Takver às vezes conversavam até muito tarde; outras noites iam para a cama logo após o anoitecer e dormiam nove, dez horas no silêncio profundo e cristalino da noite montanhosa.

Ele tinha trazido bagagem: uma malinha surrada feita de compensado, com seu nome escrito à tinta preta, em letras grandes. Quando em viagem, todos os anarrestis carregavam papéis, presentes e o par de botas sobressalente no mesmo tipo de mala, de compensado laranja, toda arranhada e amassada. A dele continha uma camisa nova que ele apanhara quando passou por Abbenay, dois livros e alguns papéis, e um curioso objeto que, ali dentro da mala, parecia consistir de uma série de espirais de arame achatado e algumas contas de vidro. Ele revelara o objeto, com algum mistério, para Sadik, em sua segunda noite em Chakar.

– É um colar! – a criança disse, com espanto. As pessoas das cidades pequenas usavam muitas joias. Na sofisticada Abbenay, sentia-se mais a tensão entre o princípio da não posse e o impulso de se autoenfeitar, e lá um anel ou um broche era o limite do bom gosto. Mas em outros lugares, a profunda relação entre o estético e o aquisitivo simplesmente não era motivo de preocupação; as pessoas se adornavam descaradamente. A maioria dos distritos possuía um joalheiro profissional, que fazia esse trabalho por amor e pela fama, bem como ofici-

316

nas de artesanato onde se podia mandar fazer joias sob encomenda, de acordo com o próprio gosto, com os modestos materiais disponíveis: cobre, prata, contas, espinélio e granadas e diamantes amarelos do Nascente Sul. Sadik nunca tinha visto muitas coisas brilhantes e delicadas, mas conhecia colares, e por isso o identificou.

– Não. Olhe – disse seu pai, e com solenidade e habilidade ergueu o objeto pelo fio que ligava as várias espirais. Pendurado em sua mão, o objeto ganhou vida, as espirais girando livres, descrevendo esferas etéreas uma dentro da outra, as contas de vidro refletindo a luz do quarto.

– Ah, que lindo! – disse a criança. – O que é isso?

– É para pendurar no teto; tem um prego? O cabide do casaco serve, até eu conseguir um prego nos Suprimentos. Sabe quem fez isso, Sadik?

– Não... Foi você.

– Ela fez. A mãe. Ela fez – Ele se virou para Takver. – É o meu preferido, o que estava acima da escrivaninha. Dei os outros para Bedap. Não ia deixar lá para aquela velha, qual o nome dela, a Mãe Inveja do final do corredor?

– Ah... Dunub! Há anos que não me lembrava mais dela! – Takver riu, trêmula. Olhou o móbile como se estivesse com medo dele.

Sadik ficou observando o móbile girar em silêncio, em busca de seu equilíbrio.

– Eu queria – ela disse enfim, com cautela – poder partilhar dele uma noite, em cima da cama que eu durmo no dormitório.

– Eu vou fazer um para você, benzinho. Para todas as noites.

– Você sabe fazer mesmo, Takver?

– Bem, eu sabia. Posso fazer um para você. – As lágrimas agora eram evidentes nos olhos de Takver. Shevek deu-lhe um abraço. Os dois ainda estavam tensos, esgotados. Com olhos calmos e observadores, Sadik olhou por um instante os dois se abraçando, depois tornou a contemplar a Ocupação do Espaço Inabitado. Quando ficavam sozinhos à noite, Sadik com frequência era o assunto das conversas. Takver estava um tanto concentrada demais na criança, por falta de outras intimidades, e seu forte bom senso foi obscurecido pelas ambições e ansiedades maternais. Isso não era natural nela; nem a competição nem a proteção eram motivações fortes na vida anarresti. Ela estava contente em desabafar suas preocupações e livrar-se delas, o que a presença de Shevek lhe possibilitou fazer. Nas primeiras noites, foi ela quem mais falou, e ele escutou como se estivesse escutando música ou barulho de água corrente, sem tentar responder. Ele não conversara muito nos últimos quatro anos; tinha perdido o hábito de conversar. Ela o libertou desse silêncio, como sempre fizera. Depois, era ele quem mais falava, embora sempre dependente da reação dela.

– Você se lembra de Tirin? – ele perguntou uma noite. Fazia frio; o inverno chegara, e o quarto, o mais distante da caldeira de calefação do domicílio, nunca ficava muito aquecido, mesmo com o registro aberto no máximo. Eles tinham tirado as cobertas das duas camas e estavam enrolados nelas, juntos, na cama mais próxima do registro. Shevek usava uma camisa muito velha e puída para aquecer o peito, pois gostava de ficar sentado na cama. Takver, que não usava nada, estava enfiada nas cobertas das orelhas para baixo.

– Que fim levou o cobertor laranja? – ela perguntou.

– Que proprietária! Eu deixei lá.

– Para a Mãe Inveja? Que tristeza. Não sou proprietária. Sou apenas sentimental. Foi o primeiro cobertor que usamos juntos.

– Não, não foi. A gente deve ter usado um cobertor nas Ne Theras.

– Se usamos, não me lembro – Takver riu. – De quem você me perguntou?

– Tirin.

– Não lembro.

– Do Instituto do Poente Norte. Um rapaz moreno, de nariz arrebitado...

– Ah, Tirin! Claro. Eu estava pensando em Abbenay.

– Encontrei com ele no Sudoeste.

– Você viu Tirin? Como ele estava?

Shevek não disse nada por um momento, passando o dedo na trama do cobertor.

– Lembra o que Bedap nos falou sobre Tirin?

– Que ele só pegou postos kleggich e ficou de lá para cá até ir parar na Ilha Segvina, não foi? E depois Dap perdeu contato com ele.

– Você viu a peça que ele encenou, aquela que deu problema para ele?

– No Festival de Verão, depois que você foi embora? Ah, sim. Não me lembro da peça, já faz tanto tempo. Era boba. Espirituosa... Tirin era espirituoso. Mas boba. Era sobre um urrasti, certo? Esse urrasti se esconde num tanque hidropônico no cargueiro da Lua e respira por um canudo, e come as raízes das plantas. Eu falei que era boba! E assim ele entra como um clandestino em Anarres. E aí ele percorre os depósitos, tentando comprar coisas, e tenta vender coisas às pessoas, e guarda pepitas de ouro até que junta tantas que não consegue se mexer. Então ele tem que ficar sentado onde está, constrói um palácio e se autodenomina o Dono de Anarres. E tinha uma cena engraçadíssima em que ele e uma mulher querem copular, e ela está lá, pronta e de pernas abertas, mas ele não consegue fazer nada até dar a ela as pepitas de ouro primeiro, em pagamento. E ela não quer as pepitas. Aquilo foi engraçado, ela se jogando no chão e agitando as pernas, e ele se lançando sobre ela, e depois ele levanta num pulo, como se tivesse levado uma mordida, dizendo: "Não devo! Não é *moral*! Não é bom *negócio*!". Coitado do Tirin! Ele era tão engraçado, tão cheio de vida.

– Ele fez o papel do urrasti?

– Sim. Estava maravilhoso.

– Ele me mostrou a peça. Várias vezes.

– Onde você o encontrou? No Vale Grande?

– Não, antes, no Cotovelo. Ele era o zelador da usina.

– Ele tinha escolhido isso?

– Acho que ele não tinha condições de escolher nada, naquela altura... Bedap sempre achou que Tirin foi forçado a ir para Segvina, que foi intimidado até pedir a terapia. Não sei. Quando o vi, vários anos após a terapia, ele estava destruído.

– Você acha que fizeram alguma coisa com ele em Segvina...?

– Não sei; acho que o Manicômio realmente tenta oferecer um abrigo, um refúgio. A julgar pelas publicações sindicais deles, são pelo menos altruístas. Duvido que eles tenham levado Tir a perder o controle.

– Mas então o que o destruiu? Só o fato de não ter encontrado o posto que ele queria?

– A peça o destruiu.

– A peça? O escândalo que aqueles velhos de merda fizeram por causa dela? Ah, mas veja, para ser levado à loucura por aquele tipo de bronca moralista é porque ele já era louco. Tudo o que ele tinha a fazer era ignorá-los!

– Tir já era louco. Pelos padrões da nossa sociedade.

– O que você quer dizer?

– Bem, acho que Tir é um artista nato. Não um artesão... um criador. Um inventor-destruidor, do tipo que tem de virar tudo de cabeça para baixo e do avesso. Um satírico, um homem que elogia através da fúria.

– A peça era tão boa assim? – Takver perguntou com ingenuidade, saindo um ou dois centímetros das cobertas e examinando o perfil de Shevek.

– Não, acho que não. Deve ter sido engraçada no palco. Ele só tinha 20 anos quando a escreveu, afinal. Ele não para de reescrevê-la. Nunca escreveu mais nada.

– Ele fica escrevendo a mesma peça?

– Fica escrevendo a mesma peça.

– Ai – disse Takver, com pena e repulsa.

– A cada duas décades ele vinha e me mostrava. Eu lia, ou fingia que estava lendo, e tentava conversar com ele. Ele tinha desespero para conversar sobre a peça, mas não conseguia. Tinha muito medo.

– Do quê? Não entendo.

– De mim. De todo mundo. Do organismo social, da raça humana, da irmandade que o rejeitara. Quando um homem se sente sozinho contra todo o resto, tem mesmo de ficar com medo.

– Quer dizer, só porque algumas pessoas chamaram a peça dele de imoral e disseram que ele não deveria ser designado a um posto de professor, ele concluiu que todo mundo estava contra ele? Isso é meio bobo.

– Mas quem ficou a favor dele?

– Dap... todos os amigos dele.

– Mas ele perdeu os amigos. Foi mandado para um posto distante.

– Por que ele não recusou o posto, então?

– Veja, Takver. Eu pensava exatamente a mesma coisa. Nós sempre dizemos isso. Você disse isso... você disse que deveria ter se recusado a ir para Rolny. Eu disse isso assim que cheguei ao Cotovelo: sou um homem livre, não precisava ter vindo para cá!... Nós sempre pensamos isso, e dizemos isso, mas não fazemos isso. Enfiamos a nossa iniciativa num lugar bem guardado e seguro da nossa mente, como um quarto onde podemos entrar e dizer "não sou obrigado a fazer nada, faço as minhas próprias escolhas, sou livre". E então saímos desse quartinho de nossa mente e seguimos para os postos designados a nós pela CPD, e ficamos lá até sermos designados para outro lugar.

– Ah, Shev, isso não é verdade. Só depois da seca. Antes disso não havia nem metade desses postos. As pessoas só trabalhavam onde queriam, entravam num sindicato ou formavam um, e depois se registravam na Divlab. A Divlab designava principalmente as pessoas que preferiam ficar no Grupo de Serviços Gerais. Vai voltar a ser assim agora.

– Não sei. Deveria voltar, claro. Mas, mesmo antes da fome, as coisas já estavam se distanciando desse rumo. Bedap tinha razão: cada emergência, até mesmo cada recrutamento de trabalho tende a criar um incremento na máquina burocrática dentro da CPD, e uma espécie de rigidez: foi feito assim, é feito assim, *tem* de ser feito assim... Havia muito disso antes da seca. Cinco anos de controle rigoroso talvez tenham fixado esse padrão de modo permanente. Não seja tão cética! Olhe, me diga quantas pessoas você conhece que se recusaram a aceitar um posto... mesmo antes da fome?

Takver considerou a pergunta.

– Tirando os nuchnibi?

– Não, não. Os nuchnibi são importantes.

– Bem, vários amigos do Dap... aquele compositor simpático, Salas, e alguns daqueles sujinhos também. E uns nuchnibi de verdade passavam pelo Vale Redondo quando eu era criança. Só que eles trapaceavam, sempre achei. Contavam mentiras e histórias tão adoráveis, liam a sorte, todo mundo gostava de vê-los, abrigá-los e alimentá-los, enquanto ficassem. E nunca ficavam muito tempo. Mas naquela época era só pegar uma carona e sair da cidade, geralmente os jovens, alguns odiavam o trabalho nas fazendas, e eles simplesmente abandonavam os postos e iam embora. As pessoas fazem isso em todo lugar, o tempo todo. Elas se mudam, procurando algo melhor. Isso *não é* recusar um posto!

– Por que não?

– Aonde você quer chegar? – Takver resmungou, recolhendo-se ainda mais debaixo do cobertor.

– Bem, a isto. Que temos vergonha de dizer que recusamos um posto. Que a consciência social domina completamente a consciência individual, em vez de encontrar um ponto de equilíbrio com ela. Nós não cooperamos... nós *obedecemos*. Temos medo de sermos banidos, de sermos chamados de preguiçosos, de disfuncionais, de egoizadores. Temos mais medo da opinião do vizinho do que respeito pela nossa própria liberdade de escolha. Você não acredita em mim, Tak, mas tente, só tente sair da linha, só na imaginação, e veja como se sente. Aí você percebe o que Tirin é e por que ele é uma pessoa arruinada, uma alma perdida. Ele é um criminoso! Nós criamos o crime, assim como os proprietários fizeram. Nós forçamos um homem para fora da esfera de nossa aprovação e depois o condenamos por isso.

Nós criamos leis, leis de comportamento convencional, construímos muros à nossa volta e não conseguimos vê-los, porque são parte de nosso pensamento. Tir nunca fez isso. Eu o conhecia desde que tínhamos 10 anos de idade. Ele nunca fez isso, nunca conseguiu construir muros. Era um rebelde natural. Era um odoniano natural... um verdadeiro odoniano! Era um homem livre, e todos nós, irmãos dele, o levamos à loucura como punição por seu primeiro ato de liberdade.

– Eu acho – Takver disse, agasalhada na cama, e de modo defensivo – que Tir não era uma pessoa muito forte.

– Não, ele era extremamente vulnerável.

Houve um longo silêncio.

– Não é à toa que ele o assombra – ela disse. – A peça dele. O seu livro.

– Mas eu tenho mais sorte. Um cientista pode fingir que o seu trabalho não o representa, é apenas a verdade impessoal. Um artista não pode se esconder atrás da verdade. Não pode se esconder em lugar nenhum.

Takver o observou com o canto do olho por um momento, depois virou-se e sentou-se, colocando o cobertor em volta dos ombros.

– Brr! Que frio... Eu estava errada, não é, sobre o livro? Sobre deixar Sabul editá-lo e colocar o nome dele. Parecia certo. Parecia que estávamos colocando o trabalho acima do trabalhador, o orgulho acima da vaidade, a comunidade acima do ego, tudo isso. Mas na verdade não foi absolutamente nada disso, não é? Foi uma capitulação. Uma rendição ao autoritarismo de Sabul.

– Não sei. O livro acabou sendo publicado.

– O fim certo, mas por meios errados! Pensei nisso por muito tempo, em Rolny. Vou lhe dizer o que estava errado. Eu estava grávida. Mulheres grávidas não têm ética. Só têm o impulso do sacrifício mais primitivo. Ao inferno com o livro, com a parceria, com a verdade, se tudo isso ameaça o precioso feto! É um instinto de preservação da espécie, mas pode funcionar contra a comunidade; é biológico, não social. O homem pode agradecer por nunca cair nas garras desse instinto. Mas deve saber que a mulher cai, e ele deve ter cuidado. Acho que é por isso que os velhos hierarquistas usavam as mulheres como propriedade. Por que as mulheres deixavam? Porque estavam grávidas o tempo todo... porque já estavam possuídas, escravizadas!

— Tudo bem, pode ser, mas a nossa sociedade, aqui, é uma verdadeira comunidade onde quer que incorpore genuinamente as ideias de Odo. Foi uma mulher quem fez a Promessa! O que você está fazendo? Perdendo-se em sentimentos de culpa? Chafurdando?

A palavra que ele usou não foi "chafurdando", pois não havia animais em Anarres para chafurdar; foi uma palavra composta, cujo significado literal é "cobrindo-se total e continuamente de excremento". O právico, com sua flexibilidade e precisão, prestava-se à criação de metáforas vívidas totalmente imprevistas pelos inventores da língua.

— Bem, não. Foi ótimo ter Sadik! Mas eu *estava* errada sobre o livro.

— Nós dois estávamos errados. Sempre erramos juntos. Você não pensa realmente que decidiu por mim, não é?

— Neste caso, acho que decidi.

— Não. O fato é que nenhum de nós dois decidiu. Nenhum de nós dois fez uma escolha. Deixamos Sabul decidir por nós. Nosso próprio Sabul internalizado: convenção, moralismo, medo do ostracismo social, medo de sermos diferentes, medo de sermos livres! Bem, nunca mais. Aprendo devagar, mas aprendo.

— O que você vai fazer? — perguntou Takver, com uma vibração de agradável excitação na voz.

— Vou para Abbenay com você e abrir um sindicato, um sindicato de imprensa. Vou publicar os *Princípios*, sem cortes. E o que mais quisermos. O *Esboço de Educação Aberta em Ciência*, de Bedap, que a CPD se recusou a pôr em circulação. E a peça de Tirin. Devo isso a ele. Ele me ensinou o que são prisões, e quem as constrói. Os que constroem muros são seus próprios prisioneiros. Vou cumprir minha própria função no organismo social. Vou derrubar muros.

– Isso pode causar uma tempestade – disse Takver, encolhida nas cobertas. Ela se recostou nele, e ele a abraçou.

– Espero que sim.

Muito depois de Takver ter adormecido, Shevek ainda estava acordado, com as mãos debaixo da cabeça, olhando a escuridão, ouvindo o silêncio. Pensou em seu longo regresso da Poeira, lembrando-se das planícies e miragens do deserto, do maquinista do trem com sua careca marrom e olhar sincero, que dissera ser preciso trabalhar com o tempo, não contra ele.

Shevek aprendera algo sobre sua própria vontade nos últimos quatro anos. Na frustração de sua vontade, aprendera qual era a sua força. Nenhum imperativo social ou ético igualava-se à sua força. Nem mesmo a fome conseguia reprimi-la. Quanto menos ele tinha, mais absoluta se tornava a sua necessidade de ser.

Reconhecia essa necessidade, em termos odonianos, como sua "função celular", o termo analógico para a individualidade do indivíduo, o trabalho que ele melhor desempenha e, portanto, sua melhor contribuição à sociedade. Uma sociedade saudável o deixaria exercer essa função ideal livremente, pois é na coordenação de todas essas funções que ela encontra sua adaptabilidade e força. Esta era a ideia central da *Analogia* de Odo. O fato de a sociedade odoniana em Anarres não ter alcançado esse ideal não diminuía, a seus olhos, a sua própria responsabilidade para com ela; muito pelo contrário. Afastado o mito do Estado, a verdadeira mutualidade e reciprocidade entre sociedade e indivíduo tornou-se clara. Podia-se exigir sacrifício do indivíduo, mas nunca o compromisso: pois, embora somente a sociedade pudesse oferecer segurança e estabilidade, somente o indivíduo, a pessoa, tinha o poder da escolha moral – o poder da mudança, a função essencial da vida. A sociedade odoniana foi concebida como uma revolução permanente, e revolução começa no intelecto.

Shevek refletira sobre tudo isso nesses termos, pois sua consciência era completamente odoniana.

Portanto, ele agora tinha certeza de que seu anseio radical e ilimitado de criar era, em termos odonianos, sua própria justificativa. Seu senso de responsabilidade primordial em relação ao trabalho não o afastava dos companheiros e da sociedade, como ele tinha pensado. Unia-o a eles de maneira absoluta.

Percebeu também que um homem que tivesse esse senso de responsabilidade em relação a uma coisa era compelido a estendê-lo a todas as coisas. Era um erro ver a si mesmo como o veículo desse senso e nada mais, e sacrificar qualquer outra obrigação em seu nome.

Era desse sacrifício que Takver falou, reconhecendo-o em si mesma quando estava grávida, e falou meio horrorizada, com autorrepugnância, pois ela também era odoniana, e a separação entre meios e fins era-lhe falsa também. Para ela e para ele, não havia um fim. Havia um processo: o processo era tudo. Podia-se ir numa direção promissora ou numa direção errada, mas não se podia partir com a expectativa de um dia parar em algum lugar. Todas as responsabilidades, todos os compromissos deste modo adquiriam substância e duração.

Assim, seu compromisso mútuo com Takver, o relacionamento deles, mantivera-se inteiramente vivo durante os quatro anos de separação. Ambos haviam sofrido com isso, sofrido muito, mas não ocorrera a nenhum dos dois fugir do sofrimento pela negação do compromisso.

Pois, afinal, pensava ele agora, deitado no calor do sono de Takver, era a alegria que ambos buscavam – a plenitude de ser. Quando você evita o sofrimento, evita também a chance de alegria. Você pode ter prazer, ou prazeres, mas não pode atingir a plenitude. Você não saberá o que é voltar para casa.

Takver suspirou suavemente em seu sono, como se concordasse com ele, e virou-se, prosseguindo algum sonho tranquilo.

A plenitude, pensou Shevek, é uma função do tempo. A busca pelo prazer é circular, repetitiva, atemporal. O espectador que procura variedade, o caçador de emoção, o sexualmente promíscuo acaba no mesmo lugar. Há um fim. Quando se chega ao fim, começa-se tudo de novo. Não é uma viagem e um retorno, mas um ciclo fechado, um quarto trancado, uma cela.

Fora do quarto trancado está a paisagem do tempo, na qual o espírito pode, com sorte e coragem, construir as estradas e cidades de fidelidade, frágeis, transitórias e improváveis: uma paisagem habitável para seres humanos.

Só quando um ato ocorre dentro da paisagem do passado e do futuro é que ele é um ato humano. A lealdade, que garante a continuidade do passado e do futuro, agregando o tempo numa totalidade, é a raiz da força humana; não se faz nada de bom sem ela.

Assim, recordando os últimos quatro anos, Shevek os viu não como um desperdício, mas como parte do edifício que ele e Takver estavam construindo com suas vidas. O bom de trabalhar a favor do tempo, e não contra ele, pensou, é que não há desperdício. Até a dor conta.

11

ooooo

Rodarred, a antiga capital da Província de Avan, era uma cidade pontuda: uma floresta de pinheiros e, acima das pontas dos pinheiros, uma floresta de torres mais etérea. As ruas eram escuras e estreitas, musgosas, muitas vezes nevoentas, sob as árvores. Somente nas sete pontes sobre o rio era possível olhar para cima e ver os topos das torres. Algumas tinham dezenas de metros de altura, outras eram meros brotos, como casas comuns malcuidadas. Algumas eram de pedra, outras de porcelana, mosaico, folhas de vidro colorido, revestimentos de cobre, estanho ou ouro, ornamentos inacreditáveis, delicados, resplandecentes. Era nessas ruas alucinantes e encantadoras que o Conselho dos Governos Mundiais urrasti mantivera sua sede nos trezentos anos de sua existência. Muitas embaixadas e consulados junto ao CGM e a A-Io também se aglomeravam em Rodarred, a apenas uma hora de carro de Nio Esseia e da sede nacional do governo.

A embaixada terrana no CGM situava-se no Castelo do Rio, agachado entre a estrada de Nio e o rio, erguendo apenas uma torre atarracada, com um topo quadrado e frestas de janelas semelhantes a olhos semicerrados. Suas paredes tinham enfrentado armas e intempéries por catorze séculos. Árvores escuras se aglomeravam próximo ao lado do castelo que dava para a terra, e entre elas e a ponte levadiça estendia-se um fosso. A ponte levadiça estava abaixada, com os portões abertos. O fosso, o rio, a grama verde, as paredes escuras, a bandeira no topo da torre, tudo emanava um brilho mortiço e enevoado, enquanto o sol atravessava a neblina do rio e os sinos de todas as torres de Rodarred iniciavam sua tarefa prolongada e insanamente harmoniosa de soar as sete horas.

Um atendente sentado à moderna mesa da recepção, no interior do castelo, ocupava-se com um tremendo bocejo.

– Abrimos ao público só depois das oito – disse, inexpressivo.

– Quero ver o embaixador.

– O embaixador está tomando o café da manhã. O senhor terá que marcar hora. – Ao dizer isso, o atendente esfregou os olhos úmidos e conseguiu ver o visitante claramente pela primeira vez. Fitou-o, abriu a boca várias vezes e perguntou:

– Quem é o senhor? Onde... O que o senhor quer?

– Quero ver o embaixador.

– Aguarde um momento – disse o atendente no mais puro sotaque niota, ainda o fitando, e estendeu a mão até um telefone.

Um carro acabara de estacionar entre o portão da ponte levadiça e a entrada da Embaixada, e vários homens saíam dele, com os detalhes metálicos de seus casacos pretos brilhando à luz do sol. Dois outros homens acabavam de entrar no saguão da parte principal do edifício, falando ao mesmo tempo, pessoas de aparência estranha, com trajes estranhos. Shevek apressou-se em contornar a mesa da recepção e foi até eles, tentando correr.

– Socorro! Me ajudem! – disse.

Eles o olharam, assustados. Um deles recuou, franzindo o cenho. O outro olhou para o grupo uniformizado que acabava de entrar na embaixada.

– Por aqui – ele disse com calma, pegou o braço de Shevek e, com dois passos e um gesto elegante como o de um bailarino, se fechou com ele num pequeno escritório lateral.

– O que está acontecendo? Você é de Nio Esseia?

– Quero ver o embaixador.

– Você é um dos grevistas?

– Shevek. Meu nome é Shevek. De Anarres.

Os olhos alienígenas se arregalaram, brilhantes e inteligentes, no rosto preto-azeviche.

– *Meu Deus!* – disse o terrano, num sussurro, e depois, em iótico:

– O senhor está pedindo asilo?

– Não sei. Eu...

– Venha comigo, dr. Shevek. Vou levá-lo a algum lugar onde o senhor possa se sentar.

Havia corredores, escadas, a mão do homem negro em seu braço. Pessoas tentavam tirar seu casaco. Ele se debateu, temendo que estivessem atrás do caderno no bolso da camisa. Alguém falou em tom autoritário, numa língua estrangeira. Outra pessoa lhe disse:

– Está tudo bem. Ele está tentando ver se o senhor está ferido. Seu casaco está ensanguentado.

– Outro homem – Shevek disse. – O sangue é de outro homem.

Conseguiu ficar sentado, embora sua cabeça girasse. Estava num sofá, numa sala grande e ensolarada; aparentemente, ele tinha desmaiado. Dois homens e uma mulher estavam perto dele. Olhou-os sem entender.

– O senhor está na embaixada de Terran, dr. Shevek. Está em solo terrano aqui. Está perfeitamente seguro. Pode ficar aqui o tempo que quiser.

A pele da mulher era amarelo-marrom, como terra ferrosa, e sem pelos, exceto na cabeça; não depilada, mas sem pelos. Os traços eram estranhos e infantis, boca pequena, nariz achatado, olhos com pálpebras longas e cheias, bochechas e queixo arredondados, gorduchos. A figura toda era arredondada, dócil, infantil.

– O senhor está seguro aqui – ela repetiu.

Ele tentou falar, mas não conseguiu. Um dos homens o empurrou delicadamente no peito, dizendo:

– Deite-se, deite-se.

Ele se deitou, mas sussurrou:

– Quero ver o embaixador.

– Eu sou a embaixadora. Meu nome é Keng. Estamos contentes por ter nos procurado. Está seguro aqui. Por favor, descanse agora, dr. Shevek, conversaremos mais tarde. Não há pressa. – Sua voz tinha um estranho ritmo monótono, mas era rouca, como a voz de Takver.

– Takver – ele disse, em sua própria língua. – Não sei o que fazer. Ela disse:

– Durma. – E ele dormiu.

Após dois dias de sono e dois dias de refeições, vestido de novo em seu terno cinza-iota, que tinham lavado e passado para ele, foi levado ao gabinete particular da embaixadora no terceiro andar da torre.

A embaixadora não se inclinou para cumprimentá-lo nem apertou sua mão, mas uniu as palmas das mãos diante do peito e sorriu.

– Fico contente de ver que o senhor está se sentindo melhor, dr. Shevek. Não, devo dizer apenas Shevek, não é? Sente-se, por favor. Desculpe ter de lhe falar em iótico, uma língua estrangeira para nós dois. Não conheço a sua língua. Disseram-me que é muito interessante, o único idioma inventado racionalmente que se tornou a língua de um grande povo.

Ele se sentia grande, pesado, peludo ao lado daquela alienígena suave. Sentou-se numa das cadeiras fundas e macias. Keng também se sentou, mas fez uma careta ao sentar-se.

– Tenho problema de coluna – ela disse – de ficar sentada nessas cadeiras confortáveis! – E Shevek então percebeu que ela não era uma mulher de 30 anos ou menos, como tinha pensado, mas de 60 ou mais; a pele lisa e a figura infantil o enganaram. – No meu país – ela continuou – nós nos sentamos em almofadas no chão. Mas se eu fizesse isso aqui eu teria de olhar ainda mais para cima para ver todo mundo. Vocês, cetianos, são tão altos... Temos um pequeno problema. Isto é, nós não, mas o governo de A-Io. Seus amigos de Anarres, os que mantêm contato por rádio com Urras, têm pedido para lhe falar com urgência. E o governo iota está constrangido. – Ela sorriu, um sorriso de puro divertimento. – Eles não sabem o que dizer.

Ela era calma. Calma como uma pedra corroída pela água, que, se contemplada, acalma. Shevek recostou-se na cadeira e levou um tempo considerável para responder.

– O governo iota sabe que estou aqui?

– Bem, não oficialmente. Não dissemos nada, eles não perguntaram. Mas temos vários funcionários e secretários iotas trabalhando aqui na embaixada. Então, é claro que sabem.

– É perigoso para vocês... minha presença aqui?

– Oh, não. Nossa embaixada é no Conselho dos Governos Mundiais, não na nação de A-Io. O senhor tinha todo o direito de vir para cá, o que o resto do Conselho forçaria A-Io a admitir. Como lhe falei, este castelo é solo terrano. – Ela tornou a sorrir; o rosto liso franziu em várias pequenas pregas, e desfranziu. – Uma encantadora fantasia de diplomatas! Este castelo, a onze anos-luz do meu planeta Terra, esta sala numa torre em Rodarred, em A-Io, no planeta Urras do sol de Tau Ceti, é solo terrano.

– Então vocês podem dizer a eles que estou aqui.

– Ótimo. Vai simplificar a questão. Queria o seu consentimento.

– Não havia nenhuma... mensagem para mim, de Anarres?

– Não sei. Não perguntei. Não pensei no assunto do seu ponto de vista. Se está preocupado com alguma coisa, podemos transmitir uma mensagem a Anarres. Sabemos qual o comprimento de onda que seus amigos têm utilizado, claro, mas não o utilizamos porque não fomos convidados. Pareceu melhor não pressionar. Mas podemos facilmente providenciar uma conversa para o senhor.

– Vocês têm um transmissor?

– Retransmitiríamos através da nossa nave... a nave hainiana que fica em órbita em volta de Urras. Hain e Terran trabalham juntos. O embaixador hainiano sabe que o senhor está conosco; ele foi a única pessoa a ser informada oficialmente. Então, o rádio está à sua disposição.

Ele agradeceu, com a simplicidade de quem não procura a motivação por trás de uma oferta. Ela o analisou por um instante, com olhos perspicazes, diretos e tranquilos.

– Ouvi seu discurso – ela disse.

Ele a olhou como se a olhasse a distância.

– Discurso?

– Quando o senhor falou na grande passeata na Praça da Capital. Faz uma semana hoje. Sempre ouvimos a rádio clandestina, a transmissão de rádio dos Trabalhadores Socialistas e Libertários. É claro que estavam transmitindo a passeata. Ouvi o senhor falar. Fiquei muito emocionada. Depois houve um barulho, um barulho estranho, e deu para ouvir a multidão começando a gritar. Eles não explicaram. Houve uma gritaria. Então saiu do ar de repente. Foi terrível, terrível ouvir aquilo. E o senhor estava lá. Como conseguiu escapar? Como saiu da cidade? A Cidade Velha ainda está cercada por um cordão de isolamento; há três regimentos do exército em Nio; capturam grevistas e suspeitos às dezenas e centenas, todos os dias. Como conseguiu chegar até aqui?

Ele deu um sorriso fraco.

– Num táxi.

– E passou por todos os pontos de revista? E com aquele casaco ensanguentado? Mesmo com todos conhecendo a sua aparência?

– Fiquei escondido no banco de trás. O táxi foi recrutado, é essa a palavra? Algumas pessoas se arriscaram por mim. – Baixou os olhos para as mãos entrelaçadas sobre o colo. Estava sentado perfeitamente calmo, mas havia uma tensão interior, um peso, visível em seus olhos e nas linhas em torno de sua boca. Pensou por um instante, e então prosseguiu do mesmo modo neutro e tranquilo. – Foi sorte, no início. Quando saí do esconderijo, tive sorte de não ser preso na hora. Mas consegui chegar à Cidade Velha. Depois disso, não foi apenas sorte. Imaginaram onde eu poderia estar, planejaram me apanhar lá e correram os riscos. – Disse uma palavra em sua própria língua e a traduziu: – Solidariedade...

– É muito estranho – disse a embaixadora de Terran. – Não sei quase nada sobre o seu mundo, Shevek. Só sei o que os urrastis nos contam, já que o seu povo não nos permite ir até lá. Sei, é claro, que o planeta é árido e deserto, e como a Colônia foi fundada, que é um experimento anarco-comunista que sobrevive há cento e setenta anos. Li um pouco dos escritos de Odo... não muito. Pensei que tudo isso não tinha mais importância para os problemas atuais de Urras, que era algo remoto, uma experiência interessante. Mas eu estava errada, não é? É importante. Talvez Anarres seja a chave para Urras... Os revolucionários de Nio vêm dessa mesma tradição. Não estavam apenas fazendo greve por melhores salários ou protestando contra o recrutamento. Não são apenas socialistas, são anarquistas; estavam em greve contra o poder. Veja, o tamanho da passeata, a intensidade do sentimento popular e a reação de pânico do governo, tudo pareceu muito difícil de acreditar. Por que tanta comoção? O governo aqui não é despótico. Os ricos são de fato muito ricos, mas os pobres não são tão pobres. Não são escravos, nem passam fome. Por que não estão satisfeitos com o pão e os discursos? Por que estão tão sensíveis?... Agora começo a entender por quê. Mas o que ainda é inexplicável é que o governo de A-Io, sabendo que a tradição libertária ainda estava viva, e sabendo do descontentamento das cidades industriais, ainda assim tenha trazido o senhor para cá. É como trazer o fósforo para uma fábrica de pólvora!

– Não era para eu me aproximar da fábrica de pólvora. Era para eu ter ficado longe do populacho, vivendo entre os eruditos e os ricos. Sem ver os pobres. Sem ver nada feio. Era para eu ter sido embrulhado em algodão dentro de uma caixa de papelão envolta numa folha de plástico, como tudo aqui. Ali eu deveria ser feliz e fazer o meu trabalho, o trabalho que não consegui fazer em Anarres. E quando eu terminasse, deveria entregá-lo a eles, para que pudessem ameaçar vocês.

– Nos ameaçar? Você quer dizer Terran, Hain e as outras potências interespaciais? Nos ameaçar com o quê?

– Com a aniquilação do espaço.

Ela ficou em silêncio por um instante.

– É isso que o senhor faz? – ela perguntou em sua voz branda e sorridente.

– Não, não é o que eu faço! Em primeiro lugar, não sou um inventor, um engenheiro. Sou um teórico. O que eles querem de mim é a teoria. A teoria do Campo Geral em Física Temporal. Sabe o que é isso? – Shevek, sua física cetiana, sua Ciência Nobre está muito além da minha compreensão. Não tenho conhecimento profundo de matemática, física e filosofia, e essa teoria parece consistir de tudo isso, e cosmologia, além de outras coisas. Mas sei o que quer dizer quando fala em Teoria da Simultaneidade, do mesmo modo que compreendo a Teoria da Relatividade; isto é, sei que a Teoria da Relatividade acarretou grandes resultados práticos; então, suponho que a sua Física Temporal pode tornar possível o surgimento de novas tecnologias.

Ele confirmou com um movimento da cabeça.

– O que eles querem – ele disse – é a transferência instantânea de matéria no espaço. Transiliência. Viagem espacial, entende, sem travessia no espaço nem lapso de tempo. Talvez ainda consigam; não com as minhas equações, eu acho. Mas podem fazer o ansível com as minhas equações, se quiserem. Os homens não podem saltar as distâncias abismais, mas as ideias podem.

– O que é ansível, Shevek?

– Uma ideia. – Ele sorriu sem muito humor. – Será um dispositivo que permitirá a comunicação sem nenhum intervalo entre os dois pontos no espaço. O dispositivo não irá transmitir mensagens, é claro; simultaneidade é identidade. Mas, para as nossas percepções, essa simultaneidade irá funcionar como uma transmissão, um envio. Assim, poderemos usá-lo para conversas entre planetas, sem a longa espera para a mensagem ir e para a resposta retornar que os impulsos eletromagnéticos exigem. É uma questão realmente muito simples. Como uma espécie de telefone.

Keng riu.

– A simplicidade dos físicos! Então eu poderia pegar o... ansível?... e falar com meu filho em Déli? E com a minha neta, que tinha 5 anos quando eu parti e que envelheceu onze anos enquanto eu viajava numa nave de Terran para Urras quase na velocidade da luz. E poderia descobrir o que está acontecendo no meu planeta agora, não onze anos atrás. E seria possível tomar decisões, fechar acordos e partilhar informações. Eu poderia conversar com diplomatas em Chiffewar, o senhor poderia conversar com os físicos de Hain, as informações não levariam uma geração para chegar de um planeta a outro... Sabe, Shevek, acho que a sua questão muito simples pode mudar a vida de todos os bilhões de pessoas nos nove Planetas Conhecidos!

Ele confirmou com um movimento da cabeça.

– Tornaria possível uma liga de planetas. Uma federação. Temos estado separados pelos anos, pelas décadas entre partir e chegar, entre a pergunta e a resposta. É como se o senhor tivesse inventado a fala humana! Podemos conversar... pelo menos podemos conversar ao mesmo tempo.

– E o que você dirá?

O tom amargo de Shevek assustou Keng. Ela olhou para ele e não disse nada.

Ele inclinou-se para a frente na cadeira e esfregou a testa penosamente.

– Olhe – ele disse –, devo lhe explicar por que vim aqui procurá-los, e também por que vim para este planeta. Vim pela ideia. Por causa da ideia. Para aprender, para ensinar, para compartilhar a ideia. Em Anarres, nós nos isolamos, sabe. Não conversamos com outros povos, com o resto da humanidade. Não consegui terminar meu trabalho lá. E, mesmo que eu tivesse conseguido terminá-lo, eles não o queriam, não viam utilidade nele. Por isso vim para cá. Aqui há o que eu preciso: a conversa, o compartilhamento, um experimento do Laboratório de Luz que comprove algo que ele não estava destinado a provar, um livro sobre a Teoria da Relatividade de um mundo alienígena, o estímulo de que eu preciso. Então, finalmente terminei meu trabalho. Não há nada escrito ainda, mas tenho as equações, e o raciocínio está completo. Mas as ideias em minha cabeça não são as únicas importantes para mim. Minha sociedade também é uma ideia. Fui formado por ela. Uma ideia de liberdade, de mudança, de solidariedade humana, uma ideia importante. E, embora eu tenha sido muito estúpido, enfim percebi que, ao perseguir uma ideia, a física, estava traindo a outra. Estou deixando os proprietários *comprarem a verdade* de mim.

– E o que mais poderia fazer, Shevek?

– Não há outra alternativa senão vender? Não existe algo como uma dádiva?

– Sim...

– Vocês não entendem que eu quero oferecer isto a vocês... e a Hain, e aos outros planetas... e aos outros países de Urras? Mas para vocês todos! Para que um de vocês não possa usá-lo como A-Io quer fazer, para ter poder sobre os outros, para enriquecer e vencer mais guerras. Para que não possam usar a verdade em proveito próprio, mas apenas para o bem comum.

– No fim, a verdade geralmente insiste em servir apenas ao bem comum – disse Keng.

– No fim, sim, mas não estou disposto a esperar por esse fim. Tenho só uma vida e não vou passá-la servindo à ambição, à exploração e a mentiras. Não servirei a *nenhum* senhor.

A serenidade de Keng era agora muito mais forçada e controlada do que no início da conversa. A força da personalidade de Shevek, não reprimida por inibição ou considerações de autodefesa, era tremenda. Ela estremeceu diante dele e o olhou com compaixão e certo temor.

– E como é – ela perguntou –, como seria essa sociedade que o formou? Eu o ouvi falar de Anarres, na Praça, e chorei ao ouvi-lo, mas na verdade não acreditei no senhor. Os homens sempre falam assim de sua terra, de sua terra ausente... Mas o senhor *não é* como os outros homens. Há uma diferença no senhor.

– A diferença da ideia – ele disse. – Foi por essa ideia que vim, também. Por Anarres. Já que meu povo se recusa a olhar para fora, achei que poderia fazer com que os outros olhassem para nós. Achei que seria melhor não ficarmos isolados atrás de um muro, mas sermos uma sociedade entre as outras, um planeta entre os outros, dando e recebendo. Eu estava errado... estava absolutamente errado.

– Por quê? Certamente...

– Porque não há nada, nada em Urras de que nós anarrestis precisemos! Partimos daqui de mãos vazias, há cento e setenta anos, e estávamos certos! Não levamos nada. Porque não há nada aqui além de Estados e suas armas, os ricos e suas mentiras e os pobres e sua miséria. Não há como agir honestamente, de coração puro, em Urras. Não há nada que se possa fazer que não envolva lucro, medo de prejuízo e desejo de poder. Não se pode dar bom-dia sem saber qual de vocês é "superior" ao outro, ou tentar prová-lo. Vocês não conseguem agir como irmãos com outras pessoas, vocês têm que manipulá-las, comandá-las, obedecê-las, ou enganá-las. Não se pode tocar em ninguém, mas não deixam você em paz. Não há liberdade. É uma caixa... Urras é uma caixa, um embrulho, com toda essa linda embalagem de céu azul, prados, florestas e grandes cidades. E então você abre a caixa, e o que há lá dentro? Um porão escuro cheio de poeira e um homem morto. Um homem cuja mão foi arrancada a tiros por tê-la estendido aos outros. Finalmente conheci o inferno. Desar tinha razão; é Urras; o inferno é Urras.

Apesar de toda a exaltação, ele falou com simplicidade, com uma espécie de humildade, e mais uma vez a embaixadora de Terran o observou com um assombro cauteloso, mas solidário, como se ela não fizesse ideia de como lidar com aquela simplicidade.

– Nós dois somos alienígenas aqui, Shevek – ela disse, enfim. – Eu de um lugar muito mais distante em espaço e tempo. No entanto, começo a achar que sou muito menos alienígena em Urras do que o senhor... Deixe-me falar como vejo este mundo. Para mim, e para meus companheiros terranos que viram o planeta, Urras é o mais agradável, mais variado e mais belo dos mundos habitados. É o mundo que mais se aproxima do Paraíso.

Ela olhou para ele com serenidade e intensidade; ele não falou nada.

– Sei que está cheio de maldade, cheio de injustiça humana, ganância, loucura, desperdício. Mas também está cheio de bondade, de beleza, de vitalidade, de realizações. É assim que um mundo deve ser! Ele está *vivo*, tremendamente vivo... vivo, apesar de todas as maldades, e tem esperança. Não é verdade?

Ele concordou com um movimento da cabeça.

– Ora, o senhor é um homem vindo de um mundo que eu não consigo imaginar; o senhor, que vê meu Paraíso como Inferno, quer saber como é o *meu* mundo?

Ele ficou calado, observando-a, com os olhos firmes.

– Meu mundo, minha terra é uma ruína. Um planeta devastado pela espécie humana. Nós nos multiplicamos, nos empanturramos e brigamos até não sobrar nada, e então morremos. Não controlamos nosso apetite nem nossa violência; não nos adaptamos, nos destruímos. Mas destruímos nosso planeta primeiro. Não sobrou nenhuma floresta na Terra. O ar é cinza, o céu é cinza, está sempre quente. É habitável, ainda é habitável, mas não como este planeta. Este é um mundo vivo, uma harmonia. O meu é uma dissonância. Vocês, odonianos, escolheram um deserto; nós, terranos, criamos um deserto. Nós sobrevivemos lá, como vocês sobrevivem. As pessoas são resistentes! Somos quase meio bilhão agora. Já fomos 9 bilhões. Ainda se pode ver as antigas cidades por toda parte. Os ossos e os tijolos viram pó, mas os pedacinhos de plástico, jamais... também jamais se decompõem. Fracassamos como espécie, como uma espécie social. Estamos aqui agora, lidando como iguais com outras sociedades humanas, em outros mundos, só por causa da caridade dos hainianos. Eles vieram; trouxeram ajuda. Construíram naves e nos deram, para que pudéssemos sair de nosso planeta arruinado. Eles nos tratam com bondade,

340

com caridade, como o homem forte trata o doente. São pessoas muito estranhas, os hainianos; são mais velhos do que qualquer um de nós; infinitamente generosos. São altruístas. São movidos por uma culpa que nem sequer compreendemos, apesar de nossos próprios crimes. São movidos em tudo o que fazem, penso eu, pelo passado, seu passado interminável. Bem, nós tínhamos salvado o que era possível salvar e criado uma espécie de vida em meio às ruínas, em Terran, da única maneira possível: pela total centralização. Total controle sobre o uso de cada acre de terra, cada fragmento de metal, cada litro de combustível. Racionamento total, controle de natalidade, eutanásia, recrutamento universal para a força de trabalho. A absoluta arregimentação de cada vida para o objetivo da sobrevivência racial. Tínhamos atingido essa meta quando os hainianos chegaram. Eles nos trouxeram... um pouco mais de esperança. Não muita. Nós perseveramos. Só podemos olhar de fora este esplêndido planeta Urras, esta sociedade cheia de vida, este Paraíso. Somos capazes apenas de admirá-lo e talvez invejá-lo um pouco. Não muito.

– Então Anarres, pelo que me ouviu dizer... o que Anarres significaria para você, Keng?

– Nada. Nada, Shevek. Perdemos a chance de ser Anarres séculos atrás, antes de ele sequer existir.

Shevek levantou-se e foi até a janela, uma das frestas horizontais da torre. Havia um nicho na parede abaixo dela, no qual um arqueiro pisava para olhar para baixo e mirar invasores no portão; se não se pisasse naquele degrau, não se podia ver nada além do céu banhado pelo sol, com uma leve bruma. Shevek ficou debaixo da janela, olhando para fora, a luz preenchendo seus olhos.

– Você não compreende o que é o tempo – ele disse. – Você diz que o passado já foi, que o futuro não é real, que não há mudança, não há esperança. Você acha que Anarres é um futuro que não pode ser alcançado, como seu passado não pode ser alterado. Assim, não há nada além do presente, este planeta Urras, o presente rico, real, estável, o momento de agora. E você pensa que é algo que pode ser possuído! Você o inveja um pouco. Você pensa que é algo que gostaria de ter. Mas não é real, sabe. Não é estável, não é sólido... nada é. As coisas mudam, mudam. Não se pode ter nada... E muito menos o presente, a não ser que você o aceite junto com o passado e o futuro. Não apenas o passado, mas também o futuro, não só o futuro, mas também o passado! Porque eles são reais; só a realidade deles torna o presente real. Vocês não vão conquistar, ou sequer compreender Urras, a menos que aceitem a realidade, a realidade duradoura de Anarres. Você tem razão: nós somos a chave. Mas, ao dizer isso, você não acreditou de verdade. Você não acredita em Anarres. Não acredita em mim, embora eu esteja aqui, nesta sala, neste momento... Meu povo estava certo, e eu estava errado, sobre uma coisa: não podemos vir até vocês. Vocês não deixam. Não acreditam em mudança, em oportunidade, em evolução. Vocês prefeririam nos destruir a admitir a nossa realidade, a admitir que existe esperança! Não podemos vir até vocês. Só podemos esperar vocês virem até nós.

Keng permaneceu sentada, com uma expressão assustada e pensativa, e talvez ligeiramente confusa.

– Não compreendo... não compreendo – ela disse afinal. – O senhor parece alguém do nosso próprio passado, os velhos idealistas, os visionários da liberdade, e, no entanto, eu não o compreendo, como se o senhor estivesse tentando me dizer coisas do futuro; e, no entanto, como o senhor diz, estamos aqui, agora!... – Ela não perdera a perspicácia. Perguntou, após um instante: – Então, por que é que veio até nós, Shevek?

– Ah, para lhes dar a ideia. Minha teoria. Para impedir que ela se torne propriedade dos iotas, um investimento ou uma arma. Se quiser, a coisa mais simples a fazer seria transmitir as equações, entregá-las a todos os físicos deste mundo, aos hainianos e aos outros planetas, o mais rápido possível. Estaria disposta a fazer isso?

– Mais do que disposta.

— Serão apenas algumas páginas. As provas e algumas das implicações levariam mais tempo, mas isso pode ficar para depois, e outras pessoas podem desenvolvê-las, se eu não puder.

— Mas o que o senhor vai fazer depois? Pretende voltar para Nio? A cidade está calma agora, aparentemente; parece que a insurreição foi derrotada, pelo menos por enquanto; mas receio que o governo iota o considere um revolucionário. O senhor pode ir para Thu, é claro...

— Não. Não quero ficar aqui. Não sou nenhum altruísta! Se me ajudasse com isso também, eu poderia ir para casa. Talvez os iotas até estejam dispostos a me mandar para casa. Seria coerente, eu acho, me fazer desaparecer, negar minha existência. É claro que eles podem achar mais fácil me matar, ou me mandar para a prisão pelo resto da vida. Não quero morrer ainda, e de modo algum quero morrer aqui, no Inferno. Para onde vai a alma quando se morre no Inferno? — Ele riu; tinha recuperado toda a gentileza de seus modos. — Mas se pudesse me mandar para casa, acho que eles ficariam aliviados. Anarquistas mortos viram mártires, você sabe, e continuam vivos por séculos. Mas os ausentes podem ser esquecidos.

— Eu achava que sabia o que era "realismo" — disse Keng. Ela sorriu, mas não foi um sorriso fácil.

— Como pode saber se não sabe o que é esperança?

— Não nos julgue com tanta severidade, Shevek.

— Não os julgo de forma alguma. Só peço a sua ajuda, para a qual não tenho nada em troca.

— Nada? Você chama a sua teoria de nada?

— Ponha a teoria numa balança com a liberdade de um único espírito humano — ele disse, voltando-se para ela — e qual pesará mais? Você sabe dizer? Eu não.

12

ooooo

– Quero apresentar um projeto – disse Bedap – do Sindicato da Iniciativa. Vocês sabem que estamos em contato com Urras pelo rádio há cerca de vinte décadas...

– Contra a recomendação deste conselho, da Federação da Defesa e contra a maioria dos votos da Lista!

– Sim – disse Bedap, olhando o orador de cima a baixo, mas sem protestar contra a interrupção. Não havia regras de procedimento parlamentar nas reuniões da CPD. Interrupções às vezes eram mais frequentes do que exposições. O processo, comparado a uma convenção executiva bem conduzida, era um pedaço de carne crua comparado a um atraente diagrama. Carne crua, contudo, funciona melhor do que funcionaria um diagrama em seu lugar... dentro de um animal vivo.

Bedap conhecia todos os velhos oponentes no Conselho de Importação-Exportação; há três anos vinha frequentando as reuniões e os combatendo. Aquele orador era novo, um jovem, provavelmente um dos sorteados na nova Lista de postos da CPD. Bedap o estudou com benevolência e prosseguiu.

– Não vamos rediscutir antigas disputas, por favor. Proponho uma nova. Recebemos uma mensagem interessante de um grupo de Urras. Chegou pelo comprimento de onda que os nossos contatos iotas usam, mas não veio no horário combinado e era um sinal fraco. Parece ter sido enviada de um país chamado Benbili, não de A-Io. O grupo se autodenomina "A Sociedade Odoniana". Parece que são odonianos pós-Colonização, existindo de algum modo nas brechas da lei e do governo de Urras. A mensagem era para os *irmãos de Anarres*. Vocês podem ler no boletim do Sindicato, é interessante. Perguntam se seriam autorizados a mandar pessoas para cá.

– Mandar pessoas para cá? Deixar urrastis entrarem aqui? Espiões?

– Não, como Colonizadores.

– Querem reabrir a Colonização, é isso, Bedap?

– Dizem que estão sendo perseguidos pelo governo deles e esperam...

– Reabrir a Colonização! A qualquer explorador que se diga odoniano?

Relatar um debate administrativo anarresti na íntegra seria difícil; acontecia muito rápido, várias pessoas falando ao mesmo tempo, ninguém se estendendo em exposições demoradas, muito sarcasmo, muitas coisas não ditas; o tom emocional, muitas vezes furiosamente pessoal; chegava-se a um fim, porém a nenhuma conclusão. Era como uma discussão entre irmãos, ou entre pensamentos numa mente indecisa.

– Se deixarmos esses supostos odonianos entrarem, como eles sugerem chegar até aqui?

Agora falou o oponente que Bedap temia, a mulher calma e inteligente chamada Rulag. Ela tinha sido a inimiga mais inteligente o ano todo no conselho. Ele olhou de soslaio para Shevek, que comparecia pela primeira vez a esse conselho, a fim de lhe chamar a atenção para ela. Alguém contara a Bedap que Rulag era engenheira, e ele viu nela a clareza e o pragmatismo do engenheiro, além do ódio que o especialista em mecânica tem da complexidade e da irregularidade. Ela se opunha ao Sindicato da Iniciativa em todos os pontos de discussão, inclusive no direito de o sindicato existir. Seus argumentos eram bons, e Bedap a respeitava. Às vezes, quando ela falava da força de Urras e do perigo de negociar com o forte numa posição de fraqueza, ele acreditava nela.

Pois havia ocasiões em que Bedap se perguntava, reservadamente, se ele e Shevek, quando se reuniram no inverno de 68 e discutiram os meios pelos quais um físico frustrado poderia publicar seu trabalho e comunicá-lo aos físicos de Urras, não teriam desencadeado uma série de acontecimentos incontroláveis. Quando enfim estabeleceram contato, os urrastis estavam mais ansiosos para conversar, para trocar informações, do que eles esperavam; e quando publicaram relatos desses contatos, a oposição em Anarres foi mais virulenta do que esperavam. Pessoas em ambos os mundos estavam voltando mais atenção para eles do que seria confortável. Quando o inimigo o recebe com entusiasmo e seus compatriotas o rejeitam asperamente, é difícil não se perguntar se você não é, de fato, um traidor.

— Suponho que viriam num dos cargueiros deles — Bedap respondeu. — Como bons odonianos, eles pegariam carona. Se o governo deles, ou o Conselho dos Governos Mundiais, deixar. Eles deixariam? Os hierarquistas fariam um favor aos anarquistas? É o que eu gostaria de descobrir. Se convidássemos um pequeno grupo, seis ou oito, dessas pessoas, o que aconteceria no fim?

— Curiosidade louvável — disse Rulag. — Com certeza conheceríamos melhor o perigo se entendêssemos melhor como as coisas de fato funcionam em Urras. Mas o perigo mora no ato de tentar descobrir. — Ela ficou de pé, demonstrando com isso que desejava ter direito a mais do que uma ou duas frases. Bedap estremeceu e lançou outro olhar a Shevek, que estava sentado ao seu lado. — Cuidado com essa — murmurou. Shevek não respondeu, mas em geral era reservado e tímido nas reuniões, absolutamente calado, a não ser que algo o comovesse profundamente, e, nesse caso, revelava-se um orador surpreendentemente bom. Estava sentado com os olhos baixos, fitando as próprias mãos. Mas, quando Rulag falou, Bedap percebeu que, embora ela se dirigisse a ele, não parava de olhar de relance para Shevek.

— Seu Sindicato da Iniciativa — ela disse, enfatizando o pronome possessivo — prosseguiu na construção de um transmissor, na troca de mensagens com Urras e na publicação dessas comunicações. Fizeram tudo isso contra o conselho da maioria da CPD e os crescentes protestos de toda a Irmandade. Não houve reprimendas contra vocês e seus equipamentos, ainda, em grande parte, creio eu, porque nós, odonianos, nos desacostumamos à ideia de que alguém possa adotar uma conduta prejudicial aos demais e nela persistir, contrariando conselhos e protestos. É um acontecimento raro. Na verdade, vocês são os primeiros entre nós a se comportarem da maneira como os críticos hierarquistas sempre previram que as pessoas se comportariam numa sociedade sem leis: com total irresponsabilidade em relação ao bem-estar da sociedade. Não proponho voltar a discutir o mal que vocês já causaram, entregando informações científicas a um inimigo poderoso, a confissão de nossa fraqueza que cada uma de suas transmissões representa. Mas agora, pensando que já nos acostumamos a tudo isso, vocês propõem algo muito pior. Qual a diferença, dirão vocês, entre conversar com alguns urrastis pelas ondas curtas e conversar com eles aqui em Abbenay? Qual a diferença? Qual a diferença entre uma porta fechada e uma porta aberta? Vamos abrir a porta... é isso o que vocês estão dizendo, sabem, ammari. Vamos abrir a porta, deixem os urrastis entrarem! Seis ou oito pseudo-odonianos no próximo cargueiro. Sessenta ou oitenta exploradores iotas no cargueiro seguinte, para nos estudarem e verem como podem nos dividir, como uma propriedade, entre as nações de Urras. E na viagem seguinte serão 600 ou 800 naves de guerra armadas: armas de fogo, soldados, uma força de ocupação. O fim de Anarres, o fim da Promessa. Nossa esperança reside e tem residido há cento e setenta anos, nos Termos da Colonização: nenhum urrasti fora das naves, exceto os Colonizadores, naquela época, e para sempre. Sem mistura. Sem contato. Abandonar esse princípio agora significa dizer aos tiranos que já nos escravizaram: a experiência fracassou, venham nos reescravizar!

– Em absoluto – disse Bedap prontamente. – A mensagem é clara: a experiência deu certo, estamos fortes o bastante agora para encará-los como iguais.

A discussão prosseguiu como antes, uma sucessão rápida e enérgica de argumentos. Não durou muito. Não houve votação, como de costume. Quase todos os presentes defendiam com veemência a aplicação dos Termos da Colonização e, assim que isso ficou claro, Bedap disse:

– Tudo bem. Considero isso decidido. Ninguém pode vir a bordo da *Atento* ou da *Forte Kuieo*. Sobre a questão de trazer urrastis para Anarres, os objetivos do Sindicato devem, evidentemente, se submeter à opinião da sociedade como um todo; pedimos seu conselho e vamos segui-lo. Mas há outro aspecto da mesma questão. Shevek?

– Bem, há a questão – disse Shevek – de mandar um anarresti para Urras.

Houve exclamações e dúvidas. Shevek não levantou a voz, que não estava muito acima de um murmúrio, mas insistiu:

– Não iria prejudicar nem ameaçar ninguém que vive em Anarres. E parece tratar-se de uma questão de direito individual; uma espécie de teste desse direito, na verdade. Os Termos da Colonização não o proíbem. Proibi-lo agora seria usurpação de autoridade pela CPD, uma redução do direito individual odonioano de tomar iniciativas que não prejudiquem os outros.

Rulag, sentada, inclinou-se para a frente, sorrindo um pouco.

– Qualquer um pode sair de Anarres – ela disse. Seus olhos claros foram de Shevek para Bedap, e de volta para Shevek. – Ele pode ir quando quiser se os cargueiros dos proprietários o aceitarem. Mas não pode voltar.

– Quem disse que não pode? – interpelou Bedap.

– Os Termos de Fechamento da Colonização. Ninguém será autorizado a sair das naves cargueiras e ultrapassar os limites do Porto de Anarres.

– Bem, ora, com certeza isso se referia aos urrastis, não aos anarrestis – disse um velho conselheiro, Ferdaz, que gostava de dar suas remadas, mesmo quando isso afastava o barco do curso que ele queria.

– Uma pessoa vinda de Urras é um urrasti – disse Rulag.

– Legalismos, legalismos! O que significam essas ninharias? – disse uma mulher calma e forte chamada Trepil.

– Ninharias! – gritou o novo membro, o jovem. Tinha um sotaque do Nascente Norte e uma voz grave e firme. – Se não gosta de ninharias, que tal isto? Se existem pessoas que não gostam de Anarres, que vão embora. Eu ajudo a carregá-las até o Porto. Posso até chutá-las até lá! Mas se tentarem entrar de novo escondidas, alguns de nós estaremos lá esperando. Alguns odonianos de verdade. E não vão nos encontrar sorrindo, dizendo "bem-vindos, irmãos". Vão é engolir os dentes com socos e levar uns chutes no saco. Entende isso? Está claro o bastante para você?

– Claro, não; óbvio, sim. Óbvio como um peido – disse Bedap. – Clareza é uma função do pensamento. Você devia aprender um pouco de Odonismo antes de falar aqui.

– Você não é digno de pronunciar o nome de Odo! – berrou o jovem. – Vocês são traidores, vocês e todo o Sindicato! Tem gente em Anarres inteiro vigiando vocês. Vocês pensam que não sabemos que pediram para Shevek ir para Urras, para ir e vender a ciência anarresti aos exploradores? Acham que não sabemos que vocês todos, seus hipócritas, adorariam ir para lá viver na riqueza e deixar os proprietários darem tapinhas nas suas costas. Podem ir! Já vão tarde! Mas, se tentarem voltar para cá, vão dar de cara com a *justiça*!

Ele estava em pé, inclinado sobre a mesa, gritando diretamente na cara de Bedap. Bedap olhou para ele e disse:

– Você não está falando de justiça, está falando de castigo. Acha que são a mesma coisa?

– Ele está falando de violência – disse Rulag. – E se houver violência, você a terão causado. Vocês e seu Sindicato. E terão merecido.

Um homem magro, franzino, de meia-idade, que estava ao lado de Trepil, começou a falar, de início tão baixo, com a voz enrouquecida pela tosse da poeira, que apenas alguns o ouviram. Era um delegado visitante de um sindicato de mineiros do Sudoeste, e não esperavam que se manifestasse sobre o assunto.

– ... o que os homens merecem – dizia ele. – Pois cada um de nós merece tudo, cada luxo empilhado nos túmulos dos reis mortos, e cada um de nós não merece nada, nem um pedaço de pão quando se está com fome. Nós não comemos enquanto outros morriam de fome? Vão nos punir por isso? Vão nos recompensar pela virtude de termos passado fome enquanto outros comiam? Nenhum homem merece castigo, nenhum homem merece recompensa. Libertem a mente da ideia de *merecer*, da ideia de *ganhar*, e serão capazes de pensar. – Eram, naturalmente, palavras de Odo, tiradas das *Cartas do Cárcere*, mas, ditas numa voz rouca e fraca, tiveram um estranho efeito, como se o próprio homem as tivesse produzido, como se viessem de seu coração, devagar, com dificuldade, como água brotando devagar, devagar, na areia do deserto.

Rulag o escutou, com a cabeça ereta, o rosto rígido, como o de uma pessoa reprimindo a dor. De frente para ela, do outro lado da mesa, Shevek estava sentado de cabeça baixa. As palavras deixaram um silêncio atrás de si, e ele olhou para cima e falou no silêncio.

– Sabem – ele disse –, o que pretendemos é relembrar que não viemos para Anarres por segurança, mas por liberdade. Se tivermos todos que concordar e trabalhar juntos, não seremos mais do que uma máquina. Se um indivíduo não puder trabalhar em solidariedade com os companheiros, é sua obrigação trabalhar sozinho. Sua obrigação e seu direito. Temos negado esse direito às pessoas. Temos afirmado, com frequência cada vez maior, que devemos trabalhar com os outros, que devemos aceitar as regras da maioria. Mas qualquer regra é tirania. A obrigação do indivíduo é não aceitar *nenhuma* regra, é ser o iniciador de seus próprios atos, é ser responsável. Somente se o indivíduo agir assim a sociedade poderá viver, mudar, se adaptar e sobreviver. Não somos súditos de um Estado fundado na lei, mas membros de uma sociedade fundada na revolução. A revolução é a nossa obrigação: nossa esperança de evolução. "Ou a Revolução está no espírito do indivíduo, ou não está em lugar nenhum." É para todos, ou não é nada. "Se for vista como algo com qualquer propósito, a Revolução jamais começará de verdade." Não podemos parar aqui. Temos de prosseguir. Temos de correr riscos.

Rulag replicou, tão calma quanto ele, mas com muita frieza.

– Você não tem nenhum direito de envolver a todos nós num risco que motivações particulares o impelem a correr.

– Ninguém que se recuse a ir tão longe quanto estou disposto a ir tem o direito de impedir que eu vá – respondeu Shevek. Seus olhos se encontraram por um segundo; ambos baixaram os olhos.

– O risco de uma viagem a Urras não envolve ninguém, a não ser a pessoa que estiver indo – disse Bedap. – Não muda nada nos Termos da Colonização, e nada em nosso relacionamento com Urras, exceto, talvez, moralmente... em nosso benefício. Mas acho que nenhum de nós está pronto para decidir sobre isso. Retiro o tópico por ora, se todos estiverem de acordo.

Todos assentiram, e ele e Shevek deixaram a reunião.

– Tenho que passar no Instituto – Shevek disse, ao saírem do prédio da CPD. – Sabul me enviou um de seus bilhetes... o primeiro nos últimos anos. O que será que ele quer?

– O que será que aquela Rulag quer? Ela tem algo pessoal contra você. Inveja, suponho. Não vamos mais colocar vocês dois frente a frente, senão não chegaremos a lugar algum. Embora aquele rapaz do Nascente Norte tenha sido uma novidade desagradável também. A maioria governa, e a força faz o direito! Será que estamos conseguindo passar nossa mensagem, Shev? Ou será que estamos apenas endurecendo a oposição a ela?

– Talvez tenhamos mesmo que mandar alguém para Urras... para provar nosso direito pela ação, se as palavras não adiantarem.

– Talvez. Desde que não seja eu! Vou ficar roxo de tanto defender nosso direito de sair de Anarres, mas, se eu tivesse de sair, caramba, eu cortaria a minha garganta.

Shevek riu.

– Tenho que ir. Vou estar em casa daqui a uma hora, mais ou menos. Venha comer conosco hoje à noite.

– Encontro você no quarto.

Shevek começou a andar na rua com seus passos largos; Bedap ficou hesitante em frente ao prédio da CPD. Era o meio da tarde de um dia ventoso, ensolarado e frio de primavera. As ruas de Abbenay estavam claras, limpas, animadas com gente e luz. Bedap sentiu-se ao mesmo tempo animado e decepcionado. Tudo, inclusive suas emoções, era promissor, mas insatisfatório. Dirigiu-se ao domicílio no Quarteirão Pekesh, onde Shevek e Takver moravam agora, e encontrou, como esperava, Takver em casa com a bebê.

Takver tivera dois abortos, e então chegou Pilun, atrasada e de forma um tanto inesperada, mas muito bem-vinda. Nascera bem pequena e agora, com quase 2 anos, ainda era pequena, de pernas e braços finos. Sempre que Bedap a segurava, ficava um tanto assustado ou aflito com o toque daqueles braços delicados, tão frágeis que se podia quebrá-los com uma simples torcida de mão. Gostava muito de Pilun, fascinado pelos olhos cinzentos e turvos, encantado com sua total confiança, mas sempre que a tocava sentia conscientemente, como nunca sentira antes, o que é a atração da crueldade, por que os fortes atormentam os mais fracos. E, portanto – embora não pudesse explicar por quê –, também compreendeu algo que nunca fizera muito sentido para ele, nem lhe interessara de modo algum: sentimento paterno. Provocava-lhe extraordinário prazer quando Pilun o chamava de "*babai*".

Sentou-se na cama abaixo da janela. Era um quarto espaçoso, com duas camas e uma esteira no chão; não havia mais nenhuma mobília, nenhuma mesa ou cadeira, só o biombo que delimitava uma área para brincadeiras ou protegia o berço de Pilun. Takver tinha aberto a gaveta longa e larga da outra cama e estava separando pilhas de papéis guardados ali.

– Pode segurar a Pilun, Dap, querido? – ela disse, com seu sorriso largo, quando a bebê começou a caminhar na direção dele. – Ela já revirou esses papéis pelo menos dez vezes, toda vez que eu os separo. Termino aqui em um minuto... dez minutos.

— Não tenha pressa. Não quero conversar. Quero só sentar aqui. Venha, Pilun. Ande... Isso, menina! Venha com o babai Dap. Agora te peguei!

Pilun sentou-se contente no colo de Dap e estudou a mão dele. Bedap sentiu vergonha das próprias unhas, que ele não roía mais, mas que ficaram deformadas de tanto serem roídas, e no começo fechou a mão para escondê-las; depois sentiu vergonha da vergonha e abriu a mão. Pilun bateu nela de leve.

— É um belo quarto — ele disse. — Com a luz do norte. É sempre calmo aqui.

— Sim, psiu, estou contando estes papéis.

Após um momento, ela guardou os papéis e fechou a gaveta.

— Pronto! Desculpe. Falei para o Shev que eu paginaria aquele artigo para ele. Que tal uma bebida?

O racionamento ainda estava em vigor para muitos alimentos básicos, embora muito menos rígido do que cinco anos antes. Os pomares do Nascente Norte tinham sofrido menos e se recuperaram mais rápido da seca do que as regiões de cereais e, no ano passado, frutas e sucos de frutas saíram da lista dos restritos. Takver tinha uma garrafa em pé na janela sombreada. Serviu uma xicarada para cada um, em canecas de cerâmica um tanto irregulares que Sadik tinha feito na escola. Ela sentou-se de frente para Bedap e olhou para ele, sorrindo.

— Bem, como vão as coisas na CPD?

— As mesmas de sempre. Como vai o laboratório de peixes?

Takver baixou os olhos para a sua caneca, mexendo-a para captar a luz na superfície do líquido.

— Não sei. Estou pensando em sair.

— Por quê, Takver?

— Melhor sair do que ser mandada embora. O problema é que eu gosto daquele trabalho e sou boa nele. É o único desse tipo em Abbenay. Mas não dá para ser membro de uma equipe de pesquisa que decidiu que você não é mais membro.

— Estão ficando cada vez mais severos com você, não é?

354

– O tempo todo – ela disse, e olhou para a porta de modo rápido e inconsciente, como se quisesse ter certeza de que Shevek não estava ali, ouvindo. – Alguns deles são inacreditáveis. Bem, você sabe. Não adianta continuar assim.

– Não. É por isso que estou feliz de encontrar você sozinha. Realmente não sei. Eu, Shevek, Skovan, Gezach e o restante do pessoal que passa a maior parte do tempo na gráfica ou na torre de rádio não temos postos, então não vemos muitas pessoas fora do Sindicato da Iniciativa. Vou muito à CPD, mas lá a situação é especial, lá eu espero oposição porque eu a crio. Que tipo de dificuldade você está enfrentando?

– Ódio – disse Takver, em sua voz sombria e macia. – Ódio real. O diretor do meu projeto não fala mais comigo. Bem, isso não é uma grande perda. Ele é um idiota mesmo. Mas alguns dos outros me dizem o que pensam... Tem uma mulher, não no laboratório de peixes, aqui no domicílio. Estou no comitê de saneamento do quarteirão e tive que ir conversar com ela sobre alguma coisa. Ela não me deixou falar. "Nem tente entrar nesta sala. Conheço vocês, seus malditos traidores, seus intelectuais, seus egoizadores", e assim por diante, e depois bateu a porta na minha cara. Foi grotesco. – Takver riu sem humor. Pilun, ao vê-la rir, sorriu, aninhada no braço de Bedap, e então bocejou. – Mas, sabe, foi assustador. Sou uma covarde, Dap. Não gosto de violência. Não gosto nem que me desaprovem!

– Claro que não. A única segurança que temos é a aprovação de nossos vizinhos. Um hierarquista pode infringir a lei e ter a esperança de se livrar da punição, mas você não pode "infringir" um costume; é a estrutura de nossa vida com outras pessoas. Estamos apenas começando a sentir como é ser um revolucionário, como Shevek disse hoje da reunião. E não é confortável.

– Algumas pessoas entendem – Takver disse com otimismo convicto. – Uma mulher no ônibus ontem. Não sei de onde a conhecia, do trabalho na dezena, suponho; ela disse: "Deve ser maravilhoso viver com um grande cientista, deve ser tão interessante!" E eu disse:

"Sim, pelo menos tem sempre alguma coisa para conversar..." Pilun, não durma, meu bebê! Shevek vai chegar logo e nós vamos ao refeitório. Dê uma sacudida nela, Dap. Bem, de qualquer modo, ela sabia quem era Shevek, mas não falou com ódio ou desaprovação, ela foi muito simpática.

– As pessoas realmente sabem quem ele é – disse Bedap. – É engraçado, porque não conseguem entender os livros dele, como eu não entendo. Ele acha que algumas centenas de pessoas entendem. Aqueles estudantes dos Institutos Divisionais que tentam organizar cursos sobre Simultaneidade. Eu acho que algumas dezenas já seriam uma estimativa generosa. E, no entanto, as pessoas o conhecem, têm essa sensação de que ele é algo do que se orgulhar. Isso é uma coisa que o Sindicato fez, suponho, no mínimo. Publicou os livros de Shev. Pode ter sido a única coisa sensata que fizemos.

– Ah, ora! Vocês devem ter tido uma péssima reunião na CPD, hoje.

– Tivemos. Gostaria de animá-la, Takver, mas não posso. O Sindicato está se aproximando muito do limite do laço social: o medo do estrangeiro. Tinha um rapaz lá hoje ameaçando abertamente com represálias violentas. Bem, é uma opção equivocada, mas ele vai encontrar outros prontos para acatá-la. E aquela Rulag, caramba, ela é uma tremenda oponente!

– Sabe quem é ela, Dap?

– Quem é ela?

– Shev nunca te contou? Bem, ele não fala nela. Ela é a mãe.

– Mãe do Shev?

Takver confirmou com um movimento da cabeça.

– Ela o deixou quando ele tinha 2 anos. O pai ficou com ele. Nada de extraordinário, claro. Exceto os sentimentos de Shev. Ele tem a sensação de que perdeu algo essencial... tanto ele quanto o pai. Ele não faz disso um princípio geral, de que os pais sempre devem ficar com os filhos, ou algo assim. Mas a importância que ele dá à lealdade, isso começou lá atrás, eu acho.

– O que é extraordinário – disse Bedap com energia, esquecendo-se de que Pilun dormia num sono profundo em seu colo –, singularmente extraordinário, são os sentimentos dela em relação a ele! Ela estava só esperando que ele fosse a uma reunião da Importação-Exportação, deu para perceber, hoje. Ela sabe que ele é a alma do grupo, e ela nos odeia por causa dele. Por quê? Culpa? Será que a Sociedade Odoniana apodreceu tanto que somos motivados por *culpa*?... Sabe, agora que eu sei, eles se parecem. Só que nela tudo endureceu, virou pedra... morreu.

A porta se abriu enquanto ele falava. Shevek e Sadik entraram. Sadik tinha 10 anos, alta para a idade dela e magra, de pernas muito longas, flexível e frágil, com uma nuvem de cabelo escuro. Atrás dela vinha Shevek; e Bedap, olhando para ele sob a intrigante luz nova de seu parentesco com Rulag, o viu como se vê ocasionalmente um velho amigo, com uma nitidez para a qual todo o passado contribui: o esplêndido rosto reticente, cheio de vida, mas esgotado, esgotado até os ossos. Era um rosto intensamente individual e, no entanto, os traços não eram parecidos apenas com os de Rulag, mas com os de muitos outros anarrestis, um povo escolhido por uma visão de liberdade e adaptado a um mundo árido, um mundo de distâncias, silêncios, desolações.

No quarto, entretanto, muita proximidade, comoção, comunhão: cumprimentos, risos, Pilun passando de uma pessoa a outra, um tanto contrariada, para ser abraçada, a garrafa passando de uma mão a outra para ser servida, perguntas, conversas. Primeiro, Sadik foi o centro, pois ela era a presença menos frequente da família; em seguida, Shevek.

– O que o velho Barba Sebenta queria?

– Você esteve no Instituto? – perguntou Takver, examinando-o enquanto ele se sentava ao seu lado.

– Só dei uma passada lá. Sabul me mandou um bilhete de manhã no Sindicato. – Shevek bebeu todo o seu suco de fruta e baixou a caneca, revelando uma curiosa firmeza na boca, uma não expressão. – Ele disse que a Federação de Física tem um posto de período integral a ser preenchido. Autônomo, permanente.

– Quer dizer, para você, no Instituto?

Ele confirmou com a cabeça.

– Sabul disse isso a você?

– Ele está tentando aliciá-lo – disse Bedap.

– Sim, acho que sim. Se não pode eliminá-lo, domestique-o, como dizíamos no Poente Norte. – Shevek soltou uma gargalhada súbita e espontânea. – É engraçado, não é? – ele disse.

– Não – disse Takver. – Não é engraçado. É nojento. Como você pôde sequer conversar com ele? Depois de todas as calúnias que ele espalhou sobre você, das mentiras sobre você ter roubado os *Princípios* dele, de não ter contado que os urrastis tinham lhe dado aquele prêmio, e depois, agora, no ano passado, de ter mandado dissolver e dispersar o grupo que aqueles garotos tinham organizado para a série de palestras, por causa da sua "influência criptoautoritária" sobre eles... *você*, um autoritário!... aquilo foi repugnante, imperdoável. Como você pode ser civilizado com um homem desses?

– Bem, não é apenas o Sabul, você sabe. Ele é só um porta-voz.

– Eu sei, mas ele adora ser o porta-voz. E tem sido um ordinário há muito tempo! Bem, o que você disse a ele?

– Pode-se dizer que eu... temporizei. – Shevek disse, e riu de novo. Takver o olhou de soslaio de novo, sabendo que agora ele estava, apesar de todo o autocontrole, num estado de extrema tensão e excitação.

– Então, você não o rejeitou de pronto?

– Eu disse que tinha resolvido, alguns anos atrás, não aceitar nenhum posto regular, desde que eu pudesse fazer trabalho teórico. Então ele disse que, já que aquele posto era autônomo, eu estaria completamente livre para prosseguir com a pesquisa que eu estava fazendo, e que o objetivo de me dar um posto no Instituto era... vamos ver se eu lembro como ele disse... "facilitar acesso ao equipamento experimental no Instituto e aos canais regulares de publicação e disseminação". A CPD, em outras palavras.

– Ora, então você venceu – disse Takver, olhando para ele com uma expressão esquisita. – Você venceu. Eles vão publicar o que você escrever. Era o que você queria quando voltamos para cá, há cinco anos. Os muros foram derrubados.

– Há muros atrás dos muros – Bedap disse.

– Venci apenas se eu aceitar o posto. Sabul está oferecendo... me legalizar. Me tornar oficial. Para me separar do Sindicato da Iniciativa. Não acha que a intenção dele é essa, Dap?

– Claro – disse Bedap. Seu rosto estava melancólico. – Dividir para enfraquecer.

– Mas levar Shevek de volta ao Instituto e publicar o que ele escrever na gráfica da CPD é uma aprovação implícita do Sindicato, não é?

– Pode significar isso para a maioria das pessoas – disse Shevek.

– Não, não vai significar – disse Bedap. – Eles vão explicar. O grande físico foi corrompido por um grupo de desleais, por algum tempo. Intelectuais estão sempre sendo desviados, pois pensam em coisas irrelevantes, como tempo, espaço e realidade, coisas que não têm nada a ver com a vida real, por isso são facilmente enganados por dissidentes malvados. Mas os bondosos odonianos do Instituto delicadamente lhe demonstraram que ele estava errado, então o grande físico voltou para o caminho da verdade social-orgânica. Ceifando do Sindicato da Iniciativa a única chance concebível para chamar a atenção de alguém em Anarres ou Urras.

– Eu não vou sair do Sindicato, Bedap.

Bedap levantou a cabeça e disse, após um minuto:

– Não, eu sei que não.

– Muito bem. Vamos jantar. Minha barriga está roncando: escute, Pilun, está ouvindo? Rrom, rrom!

– Upa! – disse Pilun, em tom de comando. Shevek pegou-a e se levantou, girando-a para colocá-la nos ombros. Atrás da cabeça dele e a da criança, o único móbile pendurado naquele quarto oscilou levemente. Era uma peça grande feita de fios achatados que, de perfil, quase desapareciam, fazendo as formas ovais nas quais eram moldados tremeluzirem, sumindo sob certas luzes, como também sumiam as duas finas bolhas de vidro que se mexiam com os fios ovais, em órbitas elipsoides entrelaçadas em torno de um centro comum, nunca se encontrando, nunca se separando inteiramente. Takver chamava o móbile de Habitação do Tempo.

Foram ao refeitório de Pekesh e aguardaram até o painel mostrar uma anulação, para que pudessem entrar com Bedap como convidado. Seu registro ali anulava o que ele tinha no refeitório onde costumava comer, pois o sistema era coordenado em toda a cidade por um computador. Era um dos "processos homeostáticos" altamente mecanizados adorados pelos primeiros colonizadores, que persistiam apenas em Abbenay. Como as outras soluções menos elaboradas em outros lugares, este sistema também não funcionava com perfeição; havia faltas, excedentes e frustrações, mas não muito importantes. Anulações no refeitório de Pekesh não eram frequentes, pois tinha a cozinha mais famosa de Abbenay e a tradição de ótimos cozinheiros. Uma vaga abriu, enfim, e eles entraram. Dois jovens que Bedap reconheceu vagamente como sendo vizinhos de domicílio de Shevek e Takver sentaram-se à mesa com eles. De resto, ficaram sozinhos... deixaram-nos sozinhos. Isolamento deliberado? Não pareceu importar. Tiveram um bom jantar, uma boa conversa. Mas, de vez em quando, Bedap sentia que havia um círculo de silêncio em torno deles.

– Não sei o que os urrastis vão inventar depois – ele disse e, embora não estivesse falando alto, percebeu, para seu desgosto, que estava baixando a voz. – Eles pediram para vir para cá e pediram para Shevek ir para lá; qual será o próximo passo?

– Eu não sabia que eles tinham de fato pedido para Shev ir para lá – Takver comentou, um tanto contrariada.

– Sabia, sim – retrucou Shevek. – Quando me disseram que eu tinha ganhado o prêmio, você sabe, o Seo Oen, perguntaram se eu podia ir, lembra? Para pegar o dinheiro do prêmio! – Shevek sorriu, radiante. Se havia um círculo de silêncio em torno deles, isso não o incomodava, pois sempre estivera sozinho.

– É verdade. Eu realmente sabia disso. Apenas não registrei como uma possibilidade real. Vocês vêm falando há décadas em sugerir à CPD que mande alguém para Urras só para chocá-los.

– É o que finalmente fizemos, hoje à tarde. Dap me fez falar.

– E eles ficaram chocados?

– De cabelo em pé, olhos arregalados...

Takver soltou uma risadinha. Pilun estava sentada numa cadeira alta ao lado de Shevek, exercitando os dentes num pedaço de pão de holum e a voz numa canção.

– Ô, mama, baba – proclamou.

– Aberi, aberi baba dab! – Shevek, versátil, respondeu no mesmo espírito. A conversa adulta prosseguiu sem intensidade e com interrupções. Bedap não se importava, tinha aprendido havia muito tempo que, ou se aceitava Shevek com complicações, ou não se aceitava de jeito nenhum. A mais quieta de todos era Sadik.

Bedap ficou com eles por uma hora após o jantar, nas agradáveis e espaçosas salas comuns do domicílio e, quando se levantou para ir embora, ofereceu-se para acompanhar Sadik ao dormitório da escola, que ficava em seu caminho. Neste momento, algo aconteceu, um desses eventos ou sinais obscuros aos que estão fora da família; tudo o que soube é que Shevek, sem nenhuma confusão ou discussão, iria junto com eles. Takver tinha de amamentar Pilun, que fazia cada vez mais barulho. Ela beijou Bedap, e ele e Shevek saíram com Sadik, conversando. Conversavam com entusiasmo e passaram o dormitório do centro de aprendizagem. Voltaram. Sadik tinha parado na frente da entrada do dormitório. Ficou ali, imóvel, ereta e frágil, o rosto sereno, na luz fraca do poste da rua. Shevek ficou igualmente imóvel por um instante, e então foi até ela.

– O que foi, Sadik?

A criança respondeu:

— Shevek, posso ficar no quarto esta noite?

— Claro. Mas o que foi?

O rosto longo e delicado de Sadik estremeceu e pareceu se fragmentar.

— Não gostam de mim, no dormitório — ela disse, com a voz ficando aguda de tensão, porém ainda mais suave do que antes.

— Não gostam de você? Como assim?

Ainda não tinham se tocado. Ela respondeu com coragem desesperada.

— Porque não gostam... não gostam do Sindicato, do Bedap e... e de você. Eles chamam... A irmã grande do dormitório, ela disse que você... que você era um tr... Ela disse que nós somos traidores. — E, ao dizer a palavra, a criança teve um espasmo, como se tivesse levado um tiro, e Shevek segurou-a e abraçou-a. Ela o agarrou com toda a força, chorando em grandes soluços ofegantes. Ela era alta e já não tinha idade para ser carregada no colo. Ele ficou abraçando-a, acariciando seu cabelo. Olhou por cima do cabelo escuro da filha em direção a Bedap. Seus próprios olhos estavam cheios de lágrimas.

— Tudo bem, Dap. Pode ir — disse.

Não havia nada que Bedap pudesse fazer a não ser deixá-los ali, o homem e a criança, naquela intimidade única que ele não podia compartilhar, a mais difícil e profunda: a intimidade da dor. Não teve nenhuma sensação de alívio ou libertação ao partir; ao contrário, sentiu-se inútil, diminuído. "Tenho 39 anos", pensou, enquanto caminhava em direção ao domicílio, o quarto com cinco homens onde morava em perfeita independência. "Quarenta, em algumas décadas. E o que eu fiz? O que tenho feito? Nada. Me intrometendo. Me intrometendo na vida dos outros porque não tenho vida. Nunca tive pressa. E o tempo vai se esgotar para mim, de uma vez, e eu nunca terei tido... aquilo." Olhou para trás, para a rua comprida e silenciosa, onde os postes da esquina formavam suaves poças de luz no escuro ventoso, mas já estava longe demais para ver pai e filha, ou eles já tinham ido embora. E o que ele quis dizer com "aquilo", não saberia expressar, por melhor que fosse com as palavras; no entanto, sentiu que compreendia claramente, que toda a sua esperança estava nessa compreensão, e que, se quisesse ser salvo, teria de mudar de vida.

Quando Sadik se acalmou o bastante para soltá-lo, Shevek deixou-a sentada no degrau da frente do dormitório e entrou para informar ao vigia que ela iria dormir com os pais aquela noite. O vigia respondeu-lhe com frieza. Adultos que trabalhavam em dormitórios infantis tinham uma tendência natural a desaprovar visitas a domicílios com pernoite, considerando-as um transtorno; Shevek disse a si mesmo que decerto estava enganado ao sentir alguma coisa a mais do que essa desaprovação no vigia. Os corredores do centro de aprendizagem estavam vivamente iluminados, soando com barulho, prática musical, vozes de crianças. Eram todos os velhos sons, os cheiros, os ecos de infância de que Shevek se lembrou e, no caso dele, os medos. A gente esquece os medos.

Ele saiu e caminhou com Sadik, os braços em volta dos ombros magros da garota. Ela estava quieta, ainda se contorcendo. Disse, de modo abrupto, quando entraram do domicílio principal de Pekesh:

– Eu sei que não é agradável para você e Takver quando eu durmo aqui.

– De onde você tirou essa ideia?

– Porque vocês querem privacidade, casais adultos precisam de privacidade.

– Tem a Pilun – ele observou.

– A Pilun não conta.

Ela fungou, tentando sorrir.

Quando entraram na luz do quarto, entretanto, seu rosto branco inchado e com manchas vermelhas logo levou Takver a perguntar, assustada:

– O que foi que aconteceu?

E Pilun, interrompida no meio de sua mamada, tirada de seu contentamento com um susto, abriu o berreiro, diante do qual Sadik tornou a cair em prantos, e por um certo tempo parecia que todo mundo estava chorando, se consolando e recusando consolo. Tudo isso de repente se transformou em silêncio, Pilun no colo da mãe, Sadik no colo do pai.

Quando a bebê foi saciada e posta para dormir, Takver falou em voz baixa, mas intensa:

— Agora me diga, o que foi?

A própria Sadik já estava quase dormindo, com a cabeça no peito do pai. Ele sentiu que ela estava reunindo todas as forças para responder. Acariciou-lhe os cabelos para acalmá-la e respondeu por ela:

— Algumas pessoas no centro de aprendizagem nos desaprovam.

— E que maldito direito elas têm de nos desaprovar?

— Psiu, psiu. Desaprovam o Sindicato.

— Ah — disser Takver, num som esquisito e gutural e, ao abotoar a túnica, arrancou o botão do tecido. Ficou em pé, olhando o botão na palma da mão. Depois olhou para Shevek e Sadik.

— Há quanto tempo isso vem acontecendo?

— Há muito tempo — respondeu Sadik, sem levantar a cabeça.

— Há dias, décadas, o trimestre inteiro?

— Ah, mais tempo. Mas eles ficam... são mais malvados lá no dormitório. À noite. E a Terzol não faz nada. — Sadik parecia falar dormindo, muito serena, como se aquilo não a preocupasse mais.

— O que eles fazem? — Takver perguntou, embora o olhar de Shevek a advertisse.

— Bem, eles... eles são malvados. Me deixam fora dos jogos e outras coisas. A Tip, sabe, era uma amiga, ela vinha conversar comigo pelo menos até apagarem as luzes. Mas parou. Terzol é a irmã grande no dormitório agora e ela... ela diz: "Shevek é... Shevek...".

Ele interrompeu, sentindo a tensão aumentar no corpo da criança, encolhendo-se e criando coragem, intolerável.

— Ela diz "Shevek é traidor, Sadik é egoizadora...". Você sabe o que ela diz, Takver! — Seus olhos chamejavam. Takver aproximou-se e tocou na bochecha da filha, uma vez, com delicadeza. Disse, numa voz calma:

– Sim, eu sei. – E foi se sentar na outra cama, de frente para eles.

A bebê, enrolada perto da parede, ressonava levemente. Pessoas no quarto ao lado chegavam do refeitório, uma porta bateu, alguém lá embaixo na praça gritou um boa-noite e outro respondeu de uma janela aberta. O grande domicílio, duzentos quartos, estava agitado, tranquilamente vivo, à volta deles; assim como a existência deles se infiltrava na existência do domicílio, a existência do domicílio também se infiltrava na deles, como parte de um todo. Logo Sadik deslizou para fora do colo do pai e sentou-se na cama ao lado dele, perto dele. Seu cabelo escuro estava desgrenhado, embaraçado, caindo-lhe no rosto.

– Eu não queria contar para vocês porque... – Sua voz soava fina e fraca. – Mas só foi piorando. Eles ficam mais malvados juntos.

– Então você não vai voltar lá – disse Shevek, e a envolveu em seu braço, mas ela resistiu, sentando-se ereta.

– Se eu for lá falar com eles... – disse Takver.

– Não adianta. Eles sentem o que sentem.

– Mas o que é isso que estamos enfrentando? – perguntou Takver, com perplexidade.

Shevek não respondeu. Continuou com o braço no ombro de Sadik, e ela enfim cedeu, recostando a cabeça no braço do pai com um cansaço pesado.

– Existem outros centros de aprendizagem – ele disse, enfim, sem muita certeza.

Takver levantou-se. Era evidente que não conseguia ficar quieta, sentada, e queria fazer alguma coisa, agir. Mas não havia muito que fazer.

– Deixe eu fazer uma trança no seu cabelo, Sadik – ela disse, com voz mais branda.

Ela escovou e trançou o cabelo da criança; colocaram o biombo no meio do quarto e deitaram Sadik ao lado da bebê adormecida.

Sadik estava quase às lágrimas de novo quando disse boa-noite, mas em meia hora perceberam, pela respiração, que ela estava dormindo.

Shevek tinha se acomodado na cabeceira da cama deles com um caderno e a lousa que ele usava para cálculos.

– Paginei aquele manuscrito hoje – disse Takver.

– Deu quantas páginas?

– Quarenta e uma. Com o suplemento.

Ele fez um movimento afirmativo com a cabeça. Takver levantou-se, olhou por cima do biombo as duas crianças adormecidas, voltou e sentou-se na beira da cama.

– Eu sabia que tinha alguma coisa errada. Mas ela não disse nada. Ela nunca diz, é estoica. Não me ocorreu que fosse isso. Pensei que fosse apenas problema nosso, não me ocorreu que eles podiam descontar nas crianças. – Falou com delicadeza e amargura. – Está aumentando, não para de aumentar... Será que vai ser diferente em outra escola?

– Não sei. Se ela passar bastante tempo conosco, provavelmente não.

– Você por acaso está sugerindo...

– Não, não estou. Só estou constatando um fato. Se optarmos por oferecer à criança a intensidade do amor individual, não poderemos poupá-la do que faz parte disso: o risco da dor. Dor vinda de nós e através de nós.

– Não é justo que ela seja atormentada pelo que nós fazemos. Ela é tão boa, tão educada, ela é como água cristalina... – Takver parou, sufocada por uma breve torrente de lágrimas, enxugou os olhos e firmou os lábios.

– Não é o que nós fazemos. É o que eu faço. – Pôs o caderno na cama. – Você também tem sofrido por causa disso.

– Pouco me importa o que eles pensam.

– No seu trabalho?

– Posso arranjar outro posto.

– Não aqui, não em seu próprio campo.

– Bem, você quer que eu vá para outro lugar? Os laboratórios de peixes de Sorruba, em Paz-e-Fartura, me aceitariam. Mas como você fica? – Olhou para ele, irritada. – Aqui, suponho?

– Eu poderia ir com você. Skovan e os outros já estão indo bem em iótico, vão conseguir lidar com as comunicações por rádio, e esta é minha principal função prática no Sindicato agora. Posso trabalhar em física em Paz-e-Fartura ou aqui. Mas, a menos que eu saia do Sindicato da Iniciativa, isso não resolve o problema, não é? O problema sou eu. Eu sou a única causa dos problemas.

– Será que eles se importariam com isso num lugar tão pequeno como Paz-e-Fartura?

– Receio que sim.

– Shevek, quanto desse ódio você vem enfrentando? Você tem se calado, como Sadik?

– E como você. Bem, às vezes. Quando fui a Concórdia, no verão passado, foi um pouco pior do que lhe contei. Jogaram pedras, e houve uma briga feia. Os alunos que me pediram para ir tiveram de brigar em minha defesa. Mas eu saí rápido; estavam em perigo por minha causa. Bem, estudantes gostam do perigo. E, afinal, nós pedimos briga, provocamos as pessoas deliberadamente. E muitos estão do nosso lado. Mas agora... estou começando a me perguntar se não estou expondo você e as crianças ao perigo, Tak. Ficando com vocês.

– É claro que você *não está* em perigo – ela disse, furiosa.

– Eu procurei. Mas não me ocorreu que eles estenderiam o ressentimento tribal a vocês. Não vejo o perigo que vocês correm do mesmo modo que vejo o meu.

– Altruísta!

– Talvez. Não posso evitar. Realmente me sinto responsável, Tak. Sem mim, vocês podem ir a qualquer lugar, ou ficar aqui. Você trabalhou para o Sindicato, mas do que eles se ressentem é a sua lealdade a mim. Eu sou o símbolo. Então, não... Não existe nenhum lugar para onde eu possa ir.

– Vá para Urras – disse Takver. Seu tom de voz foi tão áspero que Shevek recuou como se ela tivesse lhe dado um soco no rosto.

Ela não o olhou nos olhos, mas repetiu, em tom mais brando:

– Vá para Urras... Por que não? Eles querem você lá. Aqui não! Talvez comecem a perceber o que perderam quando você for embora. E você quer ir. Percebi isso hoje à noite. Nunca pensei nisso antes, mas quando conversamos sobre o prêmio, no jantar, eu percebi, do jeito que você riu.

– Não preciso de prêmios e recompensas!

– Não, mas precisa de reconhecimento, de discussões e de alunos... livres das amarras de Sabul. E olhe. Você e Dap ficam o tempo todo falando em assustar a CPD com a ideia de mandar alguém para Urras, para reafirmar o direito do indivíduo à autodeterminação. Mas se vocês falam isso e ninguém vai, só estarão fortalecendo o lado deles... só vão provar que um costume é inquebrável. Agora que vocês levaram o assunto a uma reunião da CPD, alguém vai ter que ir. E deveria ser você. Eles o convidaram, você tem um motivo para ir. Buscar o seu prêmio... o dinheiro que eles estão guardando para você – ela terminou com uma risada súbita e espontânea.

– Takver, eu não quero ir para Urras!

– Quer sim; você sabe que quer. Só não estou tão certa do motivo.

– Bem, é claro que eu gostaria de conhecer alguns dos físicos... E ver os laboratórios de Ieu Eun, onde estão fazendo experiências com a luz. – Parecia envergonhado ao falar.

– É seu direito fazer isso – disse Takver, com determinação ardorosa. – Faz parte do seu trabalho, você deveria ir.

– Ajudaria a manter a Revolução viva... de ambos os lados... não ajudaria? – ele disse. – Que ideia maluca! Como a peça de Tirin, só que ao contrário. Vou subverter os hierarquistas... Bem, pelo menos provaria a eles que Anarres existe. Eles conversam conosco pelo rádio, mas acho que não acreditam de verdade em nós. No que nós somos.

– Se acreditassem, poderiam ficar com medo. Poderiam vir e nos explodir lá do céu, se você de fato os convencesse.

– Não creio. Eu poderia causar uma pequena revolução na física deles de novo, mas não nas opiniões. É aqui, aqui que eu posso afetar a sociedade, mesmo que não prestem atenção à minha física. Você tem toda a razão. Agora que falamos nisso, temos que fazê-lo. – Houve uma pausa. – Fico imaginando que tipo de física as outras raças fazem.

– Que outras raças?

– Os alienígenas. O povo de Hain e outros sistemas solares. Existem duas embaixadas em Urras, Hain e Terran. Os hainianos inventaram o propulsor interestelar que Urras está usando agora. Suponho que eles nos dariam, também. Se estivéssemos dispostos a pedir. Seria interessante se... – Ele não terminou.

Após uma outra longa pausa, ele voltou-se para ela e disse, num tom de voz diferente e sarcástico:

– E o que você faria enquanto eu estivesse visitando os proprietários?

– Iria para a costa do Sorruba com as meninas e viveria uma vida muito tranquila como técnica num laboratório de peixes. Até você voltar.

– Voltar? E quem sabe se eu poderia voltar?

Ela o olhou direto nos olhos.

– O que o impediria?

– Talvez os urrastis. Podem querer me manter lá. Ninguém lá é livre para ir e vir, sabe. Talvez nosso próprio povo. Podem impedir o pouso da nave na volta. Algumas pessoas na CPD fizeram essa ameaça, hoje. Rulag foi uma delas.

– Claro. Ela só conhece a negação. Como negar a possibilidade de voltar para casa.

– Isso é verdade. Isso diz tudo – ele concordou, tornando a recostar-se na cama e olhando Takver com admiração contemplativa. – Mas Rulag não é a única, infelizmente. Para muitas pessoas, qualquer um que fosse a Urras e tentasse voltar seria apenas um traidor, um espião.

– O que eles fariam de verdade?

– Bem, se convencessem a Defesa do perigo, poderiam destruir a nave no espaço.

– A Defesa seria tão estúpida?

– Não acredito. Mas qualquer um fora da Defesa poderia fazer bombas de dinamite e explodir a nave em terra. Ou, o mais provável, me atacar assim que eu saísse da nave. Acho que essa é uma possibilidade bem real. Deveria ser incluída no pacote da viagem de ida e volta para ver as paisagens de Urras.

– Valeria a pena para você... esse risco?

Ele olhou para o vazio por um instante.

– Sim – disse –, de certo modo. Se eu pudesse concluir a teoria lá e entregar para eles... para eles, para nós, para todos os planetas, sabe... gostaria disso. Aqui estou cercado por muros. Estou amarrado, é difícil trabalhar, testar o trabalho, sempre sem equipamento, sem colegas ou alunos. E aí, quando faço o trabalho, eles não se interessam. Ou, se se interessam, como Sabul, querem que eu abandone a iniciativa em troca de aprovação. Vão usar o meu trabalho depois que eu morrer, isso sempre acontece. Mas por que devo dar o meu trabalho de uma vida toda de presente para Sabul, para todos os Sabul, para os egos mesquinhos, maquinadores e gananciosos de um único planeta? Gostaria de compartilhar o meu trabalho. Ele lida com um assunto muito importante. Deve ser divulgado, distribuído. Ele não vai se esgotar!

– Tudo bem – disse Takver –, então vale a pena.

– Vale a pena o quê?

– O risco. De talvez não poder voltar.

– Talvez não poder voltar – ele repetiu. Fitou Takver com um olhar estranho, intenso, embora distraído.

– Acho que há mais pessoas do nosso lado, do lado do Sindicato, do que imaginamos. Só que não fizemos muita coisa... não fizemos nada... para reuni-las... não corremos riscos. Se você corresse o risco, acho que essas pessoas apareceriam para apoiá-lo. Se você abrisse a porta, sentiriam o cheiro de ar puro de novo, o cheiro da liberdade.

– Ou viriam correndo para fechar a porta com força.

– Se fizerem isso, pior para elas. O Sindicato pode protegê-lo quando a nave pousar. E depois, se as pessoas continuarem com a hostilidade e o ódio, mandamos todas para o inferno. De que adianta uma sociedade anarquista que tem medo de anarquistas? Iremos viver em Solitário, em Sedep do Norte, em Confins, iremos viver sozinhos nas montanhas, se for preciso. Tem espaço. Muitas pessoas iriam com a gente. Criaremos uma nova comunidade. Se a nossa sociedade está caminhando para a política, para a busca de poder, então vamos dar o fora, vamos fazer Anarres além de Anarres, um novo começo. Que tal?

– Lindo – ele respondeu –, é lindo, querida. Mas eu não vou para Urras, sabe.

– Ah, vai. E vai voltar – afirmou Takver. Seus olhos estavam muito escuros, uma escuridão suave, como a escuridão de uma floresta à noite. – Se você resolver ir. Você sempre chega aonde quer chegar. E sempre volta.

– Não seja boba, Takver. Eu não vou para Urras!

– Estou exausta – disse Takver, se espreguiçando e se inclinando para colocar a cabeça no braço dele. – Vamos dormir.

13

ooooo

Antes de saírem de órbita, as vigias se preencheram com o turquesa nublado do planeta Urras, imenso e belo. Mas a nave virou e as estrelas surgiram, e Anarres no meio delas, como uma pedra redonda e brilhante: movendo-se sem se mover, jogada quem sabe por que mão, girando eternamente, criando tempo.

Mostraram a Shevek a nave inteira, a interestelar *Davenant*. Era diferente do cargueiro *Atento* de todas as formas possíveis. Vista de fora, sua aparência era tão bizarra e frágil quanto a de uma escultura de arame e vidro; não parecia em nada com uma nave, um veículo, não tinha sequer proa e popa, pois nunca viajava numa atmosfera mais densa do que a do espaço interplanetário. Por dentro, era espaçosa e sólida como uma casa. As salas eram grandes e individuais, as paredes revestidas de madeira ou tecido, os tetos altos. Só que parecia uma casa com as persianas fechadas, pois poucas salas tinham vigias, e era muito silenciosa. Até na ponte de comando e na engenharia havia esse silêncio, e as máquinas e instrumentos tinham a perfeição simples das instalações de um navio. Para recreação havia um jardim, onde a luz tinha a qualidade da luz solar e o ar tinha o cheiro agradável de terra e folhas; durante a noite da nave, o jardim era escurecido, e as vigias revelavam as estrelas.

Embora suas jornadas interestelares durassem apenas horas ou dias, no horário de bordo, uma nave que quase atingia a velocidade da luz como aquela poderia passar meses explorando o sistema solar, ou anos orbitando um planeta onde sua tripulação estivesse vivendo ou explorando. Portanto, era espaçosa, humana, habitável aos que tinham de viver nela. Seu estilo nem tinha a opulência de Urras, nem a austeridade de Anarres, mas um equilíbrio e uma graça natural adquirida pela longa prática. Podia-se imaginar a vida restrita ali sem se afligir com as restrições, plena de contentamento e meditação. Eram um povo meditativo, os hainianos da tripulação, gentis, atenciosos, um tanto sombrios. Havia pouca espontaneidade neles. O mais jovem deles parecia mais velho do que todos os terranos a bordo.

Mas Shevek raramente os observava, terranos ou hainianos, nos três dias que a *Davenant*, movendo-se por propulsão química a velocidades convencionais, levou para viajar de Urras até Anarres. Respondia quando lhe falavam; respondia às perguntas com boa vontade, mas perguntava muito pouco. Quando falava, era a partir de um silêncio interior. Os viajantes da *Davenant*, em especial os mais jovens, sentiam-se atraídos por ele, como se ele tivesse algo que lhes faltasse ou fosse algo que eles gostariam de ser. Conversavam muito sobre Shevek entre si, mas eram tímidos na presença dele. Shevek não percebia isso. Mal tinha consciência deles. Tinha consciência de Anarres, diante dele. Tinha consciência da esperança iludida e da promessa mantida; do fracasso; e das fontes em seu espírito enfim abertas, da alegria. Era um homem liberto da prisão, indo para casa, para a família. Seja o que for que um homem assim veja ao longo do caminho, ele vê apenas como reflexos da luz.

No segundo dia de viagem, estava na sala de comunicações, falando com Anarres pelo rádio, primeiro no comprimento de onda da CPD, e agora com o Sindicato da Iniciativa. Estava sentado, inclinado para a frente, ouvindo ou respondendo com um jorro do idioma claro e expressivo que era sua língua nativa, às vezes gesticulando com a mão livre como se o interlocutor pudesse vê-lo, às vezes rindo. O imediato da *Davenant*, um hainiano chamado Ketho que controlava o contato pelo rádio, o observava atentamente. Ketho passara uma hora após o jantar na noite anterior com Shevek, junto com o comandante e outros membros da tripulação; ele perguntara – do jeito hainiano, calmo e afável – muitas coisas sobre Anarres.

Shevek enfim voltou-se para ele.

– Tudo certo, terminei. O resto pode esperar até eu chegar em casa. Amanhã vão contatá-lo para combinar o procedimento de reentrada.

Ketho assentiu com um movimento da cabeça.

– O senhor recebeu boas notícias – ele disse.

– Sim, recebi. Pelo menos algumas, como vocês dizem, notícias vívidas. – Tinham de falar em iótico juntos; Shevek era mais fluente nessa língua do que Ketho, que falava de um modo muito correto e formal. – A aterrissagem vai ser emocionante – prosseguiu Shevek. – Muitos inimigos e muitos amigos estarão lá. A boa notícia são os amigos... Parece que tenho mais amigos agora do que quando parti.

– Esse perigo de ataque, quando o senhor chegar – disse Ketho. – Decerto os oficiais do Porto de Anarres sabem que podem controlar os dissidentes? Não iriam deliberadamente dizer-lhe para descer e ser assassinado?

– Bem, eles vão me proteger. Mas eu também sou dissidente, afinal. Pedi para correr o risco. É meu privilégio, entende, como odoniano. – Sorriu para Ketho; o hainiano não retribuiu o sorriso; seu rosto estava sério. Era um homem bonito, de mais ou menos 30 anos, alto, de pele clara, como um cetiano, mas quase sem pelos, como um terrano, com traços muito finos e fortes.

– Fico contente em poder compartilhar esse momento com o senhor – ele disse. – Sou eu que vou levá-lo na nave de pouso.

– Ótimo – disse Shevek. – Não é todo mundo que se disporia a aceitar nossos privilégios!

– Mais gente do que o senhor pensa, talvez – respondeu Ketho. – Se o senhor permitisse.

Shevek, cuja mente não estivera totalmente concentrada na conversa, estava prestes a sair; aquilo o deteve. Olhou para Ketho e, após um momento, disse:

– Está querendo dizer que gostaria de desembarcar comigo?

O hainiano foi igualmente direto:

– Sim, gostaria.

– O comandante permitiria?

– Sim. Como oficial de uma nave em missão, na verdade, faz parte do meu dever explorar e investigar um planeta novo quando possível. O comandante e eu conversamos sobre essa possibilidade. Discutimos o assunto com nossos embaixadores antes de partir. A opção deles foi a de que não deveríamos fazer nenhuma solicitação formal, já que a política do seu povo é a de proibir o desembarque de estrangeiros.

– Hum – disse Shevek, evasivo. Foi até a parede do outro lado e ficou em pé por um instante em frente a um quadro, uma paisagem hainiana muito simples e sutil, um rio escuro fluindo por entre juncos, sob um céu carregado. – Os Termos de Fechamento da Colonização de Anarres – disse – não permitem que urrastis desembarquem, exceto dentro dos limites do Porto. Esses termos ainda são aceitos. Mas você não é urrasti. Quando Anarres foi colonizado, não havia outras raças conhecidas. Por consequência, esses termos incluem todos os estrangeiros. Foi o que os nossos administradores decidiram, sessenta anos atrás, quando seu povo veio pela primeira vez ao nosso sistema solar e tentou falar conosco. Mas acho que erraram. Estavam apenas construindo mais muros. – Virou-se e ficou, com as mãos para trás, olhando o outro homem. – Por que quer desembarcar, Ketho?

– Quero ver Anarres – respondeu o hainiano. – Mesmo antes de sua ida para Urras, eu já tinha curiosidade sobre o seu mundo. Começou quando li as obras de Odo. Fiquei muito interessado. Eu... – Hesitou, como se estivesse envergonhado, mas continuou, no seu jeito reprimido e cuidadoso. – Eu aprendi um pouco de právico. Não muito ainda.

– É o seu próprio desejo, então... sua própria iniciativa?

– Inteiramente.

– E você entende que pode ser perigoso?

– Sim.

– As coisas andam... um pouco descontroladas em Anarres. É o que os meus amigos estavam me falando pelo rádio. Era esse o nosso objetivo desde o início... do nosso Sindicato, desta minha viagem... dar uma sacudida nas coisas, agitar, romper certos hábitos, fazer as pessoas questionarem. A se comportarem como anarquistas! Tudo isso tem acontecido desde que eu parti. Então, veja, ninguém tem certeza absoluta do que vai acontecer. E se você desembarcar comigo, as coisas vão se descontrolar mais ainda. Não posso ir longe demais. Não posso levá-lo como representante oficial de algum governo estrangeiro. Isso não vai funcionar em Anarres.

– Compreendo.

– Depois que você estiver lá, depois que atravessar o muro comigo, então, a meu ver, você já será um de nós. Seremos responsáveis por você, e você, por nós; você se tornará um anarresti, com as mesmas opções de todos os outros. Mas não serão opções seguras. A liberdade nunca é muito segura. – Olhou em volta da sala tranquila e arrumada, com os painéis simples e instrumentos delicados, o teto alto e paredes sem janelas, e tornou a olhar Ketho. – Você se sentirá muito sozinho – disse.

– Minha raça é muito antiga – disse Ketho. – Somos civilizados há mil milênios. Temos histórias de centenas desses milênios. Já experimentamos de tudo. Anarquismo, e todo o resto. Mas *eu* não experimentei. Dizem que não há nada de novo sob nenhum sol. Mas, se cada vida não é nova, cada uma delas, então para que nascemos?

– Somos os filhos do tempo – disse Shevek, em právico. O jovem olhou-o por um instante e, em seguida, repetiu as palavras em iótico:

– Somos os filhos do tempo.

– Está certo – disse Shevek, e riu. – Está certo, ammar! É melhor você chamar Anarres pelo rádio de novo... o Sindicato, primeiro... Eu disse a Keng, a embaixadora, que eu não tinha nada para oferecer em troca pelo que o povo dela e o seu tinham feito por mim; bem, talvez eu possa lhe oferecer algo em troca. Uma ideia, uma promessa, um risco...

– Vou falar com o comandante – Ketho disse, sério como sempre, mas com uma vibração muito leve na voz, de excitação, de esperança.

Muito tarde na noite seguinte, no horário de bordo, Shevek estava no jardim da *Davenant*. As luzes estavam apagadas ali, e o lugar era iluminado apenas pela luz das estrelas. O ar estava muito frio. Uma flor noturna, originária de algum planeta inimaginável, desabrochara em meio às folhas verde-escuras, exalando seu perfume com uma doçura paciente e vã, para atrair alguma mariposa inimaginável a trilhões de quilômetros de distância, num jardim de um planeta orbitando outra estrela. As luzes solares variam, mas a escuridão é uma só. Shevek postou-se diante da vigia alta e limpa, olhando o lado noturno de Anarres, uma curva escura encobrindo metade das estrelas. Perguntou-se se Takver estaria lá, no Porto. Da última vez que falou com Bedap, ela ainda não chegara a Abbenay, vinda de Paz-e--Fartura, então ele deixara Bedap discutir e decidir com ela se seria sensato ela vir até o Porto. "Você não acha que eu vou conseguir impedi-la, mesmo que não seja?", dissera Bedap. Perguntou-se também que tipo de carona ela pode ter pegado desde a costa de Sorruba; um dirigível, esperava, se ela tivesse trazido as meninas. Viagens de trem eram difíceis com crianças. Ele ainda se recordava do desconforto da viagem de Chakar a Abbenay, em 68, quando Sadik enjoou durante três dias desastrosos.

A porta do jardim se abriu, aumentando a iluminação fraca. O comandante da *Davenant* olhou lá dentro e chamou seu nome; ele respondeu; o comandante entrou com Ketho.

– Já temos as coordenadas de reentrada para a nossa nave de pouso, enviadas pelo controle de terra de Anarres – disse o comandante. Era um terrano baixo, cor de ferro, calmo e metódico. – Se o senhor estiver pronto, iniciaremos os preparativos para o lançamento.

– Sim.

O comandante confirmou com um movimento da cabeça e saiu. Ketho aproximou-se e postou-se ao lado de Shevek na vigia.

– Tem certeza de que quer atravessar esse muro comigo, Ketho? Sabe, para mim é fácil. O que quer que aconteça, estou voltando para casa. Mas você está saindo de casa. A verdadeira jornada é o retorno...

– Espero retornar – Ketho disse em sua voz tranquila. – No devido tempo.

– Quando vamos entrar na nave de pouso?

– Daqui a uns vinte minutos.

– Estou pronto. Não tenho bagagem nenhuma. – Shevek riu, um riso de pura e verdadeira felicidade. O outro homem olhou-o com seriedade, como se não tivesse certeza do que era a felicidade, mas a reconhecia, ou talvez se lembrasse dela, de longe. Ficou ao lado de Shevek como se houvesse algo que gostaria de perguntar. Mas não perguntou.

– Pousaremos de manhã bem cedo no Porto de Anarres – ele disse, por fim, e saiu para pegar as suas coisas e encontrar Shevek no portal de lançamento.

Sozinho, Shevek tornou a olhar a vigia de observação e viu surgir a curva cegante do sol nascente sobre as Planícies de Temae.

"Vou deitar e dormir em Anarres hoje à noite", pensou. "Vou deitar ao lado de Takver. Queria ter trazido a foto, o carneirinho, para dar a Pilun."

Mas não tinha trazido nada. Suas mãos estavam vazias, como sempre estiveram.

TIPOGRAFIA:
Amerigo [texto]
Caslon [entretítulos]

PAPEL:
Golden 78 g/m² [miolo]
Couché 150 g/m² [capa]
Offset 150 g/m² [guarda]

IMPRESSÃO:
Ipsis Gráfica [maio de 2024]
1ª EDIÇÃO: maio de 2017
2ª EDIÇÃO: outubro de 2019 [4 reimpressões]